Goldmann Science Fiction

SCIENCE FICTION ROMAN

James Morrow
Der Wein des Frevels

THE WINE OF VIOLENCE

Deutsche
Erstveröffentlichung

Wilhelm Goldmann Verlag

Aus dem Amerikanischen übertragen von
Dr. Eva Malsch

Meine Dankbarkeit gilt den Freunden, die mir bei der Arbeit an diesem Roman in ihren verschiedenen Stadien wertvolle Ratschläge gegeben haben – unter anderem Linda Barnes, Jean Kilbourne, Lee Richmond, Robert Cohan, Robert Stewart, William Filippone und Jean Morrow. Ebenso dankbar bin ich für die Beiträge, die mein Lektor, Donald Hutter, meine Agentin, Patricia Berens, und meine Mutter, Emily Morrow, geleistet haben.

Für R. J. Develin, meinen Onkel Ralph

Made in Germany · 6/83 · 1. Auflage · 119
© der Originalausgabe 1981 by James Morrow
© der deutschsprachigen Ausgabe 1983 by Wilhelm Goldmann Verlag, München
Umschlagentwurf: Atelier Adolf & Angelika Bachmann, München
Umschlagillustration: Les Edwards/Agt. Schlück, Garbsen
Satz: Mohndruck Graphische Betriebe GmbH, Gütersloh
Druck: Elsnerdruck GmbH, Berlin
Verlagsnummer 23432
Lektorat: Werner Morawetz/Peter Wilfert · Herstellung: Peter Papenbrok
ISBN 3-442-23432-8

Im siebenten Jahrhundert wanderten die Tolteken, ein Bauernvolk, aus dem nördlichen Mexiko nach Süden, in die Nachbarschaft von Mexico City. Im Lauf der Geschichte gab es niemals ein zivilisierteres, humaneres Volk. Alten Berichten zufolge zogen die Tolteken mit hölzernen Schwertern in den Krieg – damit sie ihre Feinde nicht töteten.

Das Buch der Kampfplätze

Denn sie schlafen nicht, sie haben denn Übel getan, und sie ruhen nicht, sie haben denn Schaden getan. Denn sie nähren sich von gottlosem Brot und trinken vom Wein des Frevels.

Die Sprüche Salomos 4, 16–17

Es gab eine Zeit, ihr mögt es glauben oder nicht, da die Menschen einander großes Leid zufügten. In den chaotischen Äonen, die der Stromboli-Wende vorausgingen, waren Folterqualen, Vergewaltigung, Krieg und Mord beinahe an der Tagesordnung. Die Gewalt regierte wie eine seelenlose Despotin. Und die Selbstverteidigung entwickelte sich zu einer ungeheuren Industrie.

Heutzutage erklären die Gelehrten übereinstimmend, daß von allen Eroberungs- und Aggressionssystemen der Prä-Stromboli-Zeit nur ein einziges einen Platz in unserer kollektiven Erinnerung verdient.

Dies ist die Geschichte von Quetzalia.

Teil eins

Der Atheist

Nichts in Francis Lostwax' Erfahrungsbereich hatte ihn auf das plötzliche Verschwinden seines Heimatplaneten vorbereitet.

Er war ein gläubiger Anhänger der Naturgesetze. Wenn Francis eine frische, reife Mamuka von sich warf, so glaubte er, daß sie nach unten und in keine andere Richtung fallen würde. Wenn er einen neugeborenen Gorgathon aus seinem Nest nahm und ins Labor brachte, so wußte er aus seiner unerschütterlichen Erfahrung, daß ihm die wütende Mutter mit spitzem, stechendem Schnabel folgen würde.

Es geschah zur Mittagszeit, nach der Äquatorialzeit, während der letzten fünfzig Millionen Kilometer ihrer Rückreise von Arete. Er saß in seiner Kabine und fühlte sich nach einem üppigen Lunch vollsatt und schläfrig. Die sanft geformten Klumpen des Malnovischen Asteroidengürtels schwebten wie Croutons vor seinen Augen. Alltäglich, dachte er, so alltäglich wie das Essen im Weltall. Als er den Gürtel passierte, stellte er seinen Holovisionsmonitor auf Nahaufnahme ein. Da – das war schon besser – sein Zuhause . . .

Aus der Warte des Alls betrachtet, war die Nerde mit ihren glatten, zyanblauen Wolken die Königin des Solarsystems. Niemand käme auf den Gedanken, daß dieselben Wolken an der Unterseite schmutzig waren und einen üblen Geruch ausströmten. Der Planet rückte im Geschwindigkeitsfaktor eins näher. Laut Flugplan würden sie ihn im Leerlauf ansteuern, nachdem sie gestern ihren letzten Treibstoff verbraucht hatten. Francis pumpte sein Kissen auf, bis es ganz prall wurde, dann schob er es sich bequem unter und rutschte vor den Monitor, um ein intensives Heimwehgefühl zu genießen.

Eben hatte er sie noch gesehen – und jetzt war sie seinen Blicken entschwunden. Die Nerde war nicht mehr zu sehen, und an ihrer Stelle gähnte eine endlose, höhnische Nacht.

Das Entsetzen, das ihn erfaßte, trennte ihn von allem, was existierte. Er war ebenso verloren wie sein Planet. »Großer Gott!« entfuhr es ihm mit lauter Stimme, auch wenn er nicht an Götter glaubte – mochten sie nun gut sein oder nicht.

Bebend sprang Francis auf und schleppte sich auf seinen Metallstiefeln durch die künstlich erzeugte Magnetschwerkraft. Ein Röhrenschacht führte ihn auf das Kontrolldeck der *Darwin,* in dessen Mitte Burne Newman umherzappelte, dicht vor dem Hauptmonitor. Der Malnovische Asteroidengürtel kreiste in seinem Orbit, als sei nichts geschehen.

Unter normalen Umständen hätte es Francis Spaß gemacht, den großen Würfelmonitor zu betrachten, der eine aufregende Ansicht der im Bild eingefangenen Sonnen bot. Die *Darwin* war ein Sozyo-Modell 3560, und das bedeutete, daß der Holojektor in der Decke montiert war und nicht im Boden oder in der Wand. Sozyo stellte 4-D-Geräte her. Das Bild hatte Höhe, Breite, Tiefe und eine vierte Dimension, die sich einer genauen Definition entzog. Sie wurde Präsenz genannt. Irgendwie hatte der Betrachter das Gefühl, daß sich der dargestellte Gegenstand in demselben Raum befand wie er selbst. Man konnte scheinbar darauf zugehen, den Wohlgeruch der Planeten einatmen, ihre Oberflächen betasten und mit einem Finger den Schmutz mehrerer Äonen von den Konturen reiben. Francis nahm die Präsenz des Malnovischen Gürtels auf, und vor lauter Abscheu wurde ihm fast übel.

Burne schnaufte und brachte damit zum Ausdruck, daß auch Francis Präsenz hatte. Der gute, alte Burne. Der sanfte, nervöse Burne. *Burne* würde ihm das alles erklären.

Francis ging mit klirrenden Schritten weiter. Der Boden des Kontrolldecks bestand aus einer großen, fleckenlosen Metallscheibe. »Es hat Krieg gegeben!« krächzte er. »Die Nerde hat sich in Luft aufgelöst!«

Burne musterte ihn mit halbgeschlossenen Augen. Wortlos schaltete er auf Nahaufnahme und zuckte zusammen. Die Nerde war auch von seinem Monitor verschwunden, und die sternenlose Nacht war ebenso endlos wie in Francis' Kabine.

Aber Burnes Stimme klang ruhig und gelassen. »Ach, zum Teufel –, irgend etwas versperrt uns die Sicht, das ist alles.« Er wechselte die Bildschärfe, und die Nacht verdichtete sich langsam zu einem Gegenstand, einer schwarzen Kugel, die ein Loch im Himmel bildete und in mondlosem Schweigen vor ihnen schwebte. »Gottes magische Mausefalle!«

»Was ist das?« fragte Francis und atmete erleichtert auf. Das war doch noch nicht das Ende der Welt.

»Carlotta!« jubelte Burne entzückt. »Carlotta der Geist!« Er warf ein Relais auf das Schaltfeld der Bordsprechanlage und sandte seine Stimme gleichzeitig an ein Dutzend Orte. »Kappie! Luther! Stellt eure Monitore auf Nahaufnahme und die größte Bildschärfe ein! Geht auf zweitausend Millimeter ran, und ihr werdet die schöne Carlotta sehen, wie sie sich noch niemals blicken ließ!«

Francis wußte über Carlotta Bescheid. Schon seit Jahren unterstützten ein paar andersdenkende ökonomische Journale die Theorie, daß sich irgendwo im Malnovischen Gürtel ein nicht kartographierter Himmelskörper befand, ein Atlantis unter den Asteroiden, zu klein, um seine Nachbarn zu stören, und zu groß, um uninteressant zu sein. Aber bisher hatte nur eine einzige, mit einem speziellen Teleskop ausgerüstete Wissenschaftlerin das Ding gesehen, mit ihren eigenen drei Augen, und zwar Dr. Carlotta V. Quippet. Und in einem Anfall von Eitelkeit hatte Dr. Carlotta V. Quippet den Stern nach sich selbst benannt.

Sie konnte sich nicht entscheiden, ob sie ihre Entdeckung als Planeten, Planetoiden, Asteroiden, entflohenen Mond oder stabilen Kometen bezeichnen sollte. Francis betrachtete sie jedenfalls als Ärgernis. »Wir werden doch nicht damit zusammenstoßen, oder?«

»Wir werden das Ding rasieren.« Burne schlenderte mit entnervender Nonchalance zur nächsten Computer-Einheit. Während der letzten sechs Tage hatte ihr L-17 Plastikrechtecke ausgespuckt, mit einer kybernetischen Sub-Sprache gestempelt, die nur wenige Leute entziffern konnten. Er packte den Stapel und mischte ihn. »Das bedeutet, daß wir die Troposphäre um fünfzig Kilometer verfehlen werden.«

»Dann sollten wir ihnen raten, ihre Hennen vom Dach runterzuholen«, entgegnete Francis lächelnd. Doch er war keineswegs in heiterer Stimmung. Er wollte seine Nerde haben, nicht diese trostlose Welt, die da vor seinen Augen hing wie eine Kugel aus giftiger Eiscreme.

Die Wand am anderen Ende des Raumes teilte sich, und Kappie MacKack trat ein und überquerte den Fliegenfängerboden mit einer

Leichtigkeit, um die Francis sie beneidete. Sie war eine große Frau, intelligent und schlau, mit klaren Zügen in einem schmalen Gesicht. Ihre jugendliche Stimme gefiel ihm.

»Hat sich denn niemand die Koordinaten geben lassen? Denkt ihr Schwachköpfe an überhaupt nichts?« Kappie blätterte in den Computerkarten, nahm den Elektrostift aus dem Mund (sie hatte immer einen Elektrostift im Mund) und notierte Carlottas Position auf einem Stück Durchschlagpapier. »Das müssen wir veröffentlichen. Dann werden wir berühmt. Wir sollten die Nerde kontaktieren – sofort!«

»Durch diese Radiationen kriegst du keine Nachricht durch«, entgegnete Burne, dessen Lider sich verächtlich gesenkt hatten.

Kappie warf ihm einen Versuchen-wir's-trotzdem-Blick zu und sprintete schwerelos zur Schalttafel. FM-2 An DR. ALBERT THORNE, tippte sie, GALILEO-INSTITUT, PLANET NERDE.

FM-2 war die offizielle Bezeichnung ihres wissenschaftlichen Teams. F bedeutete Forschung, M hieß Mission, und die Zwei bezog sich auf die Tatsache, daß sie von ihrer ersten Reise nach Arete nicht als Leichen zurückgekehrt waren. Der Name des Teams war eine Lüge. Es verlangte Francis ebensowenig danach, das Solarsystem zu erforschen, wie es ihn gelüstete, Glas zu essen. Er war Biologe und Insektenexperte (Dissertation an der philosophischen Fakultät: »Die Mückenplage als ökologische Strategie«) und kein Abenteurer. Der Vorteil lag darin, daß man die Insekten daheim in seinen vier Wänden studieren konnte.

Ein Plastikrechteck schoß wie eine Toastscheibe nach oben, und Kappie fing es in der Luft auf. »TRANSMISSION ZU PLANET NERDE DURCH RADIATION DES MALVONISCHEN GÜRTELS VERHINDERT«, las sie fröhlich vor. »Ich habe euch ja gesagt, daß es nicht funktionieren würde.« Sie wandte sich ab, um Burnes Blick auszuweichen, und studierte den Zigeunerplaneten. »Genauso, wie es diese absonderlichen Theorien behaupten –, eine dunkle Wolkendecke, die alle Sonnenstrahlen aufsaugt – die perfekte Tarnung. Aber nun ist dein Geheimnis enthüllt, Carlotta.«

Mit blitzenden Augen begann Kappie Mythen zu improvisieren. Hier würden die Marduken leben, erklärte sie, eine verirrte Rasse, deren Sprache Musik war und die in Gerüchen dachte. Dies wäre der legendäre Gartenplanet, in dem jenes Wunderkraut wucherte, das einen, sobald man es verdaut hatte, dazu befähigen würde, die

Entscheidung rückgängig zu machen, die man am allermeisten bereute. »Wenn wir noch Treibstoff hätten, Carlotta, dann würden wir auf dir landen und dich entlarven!«

Landen – allein schon der Gedanke daran ließ Francis zusammenzucken. Während er den unscheinbaren kleinen Planeten anstarrte, versuchte er angestrengt die wunderbaren, erregenden Gefühle zu empfinden, die Kappie bewegten. Er wußte, daß er über eine romantische Ader verfügte, aber in diesem Augenblick weigerte sie sich, zum Vorschein zu kommen. Angewidert humpelte er zum Monitor hinüber, suchte nach dem Schalter und betätigte ihn. Carlotta und der Rest des Universums lösten sich in Nichts auf, machten Platz für Francis' Spiegelbild – im Entstehungsstadium begriffener Spitzbauch, Koboldgesicht, siebenunddreißig Jahre alt, Kraushaar.

»Ich mache mir Sorgen.« Eine weitere Stimme erklang auf dem Kontrolldeck. Luther Gorst, der seinen Schiffskameraden um zwei Generationen voraus war, ließ sich sein Alter nicht anmerken. Er stapfte zur Computer-Einheit, ohne seine Schritte zu verlangsamen, und seine Atemzüge beschleunigten sich nicht. »Dieser verdammte Asteroid könnte uns kapern.«

Burne erklärte, daß sie in einem Abstand von über fünfzig Kilometern an Carlotta vorbeifliegen würden. »Gerade nah genug, um ein paar aufregende Schnappschüsse zu machen.«

»Wir könnten ihre Schwerkraft nicht einmal in Schach halten, wenn wir *hundert* Kilometer entfernt wären.« Luther zog seine Hört-auf-mich-weil-ich-der-älteste-bin-Show ab. »Und wenn sie uns aufsaugt, könnt ihr *wirklich* ein paar aufregende Schnappschüsse machen.« Er griff nach einem Mamula-förmigen Becher und ging zur Kaffeemaschine der *Darwin*, einem plumpen Gerät, das mit einem anachronistischen Filigranmuster aus dem neunzehnten Jahrhundert überzogen war.

»Das ist unwahrscheinlich«, erwiderte Burne. »Carlotta ist genauso belanglos wie Dr. Lostwax. Du hast sie doch gesehen.«

Francis lachte ohne echte Fröhlichkeit.

»Ich habe auch eine Atmosphäre gesehen.« Luther schenkte sich Kaffee ein. »Was glaubst du wohl, was diese Wolken zusammenhält? Gummizement? Ich sage dir, dieses Objekt hat eine ziemlich dichte Struktur. Vermutlich findet in seinem Kern irgendein esoterischer Schmelzvorgang statt.«

Burne strich sich den Bart. »Heiliger Strohsack! Carlotta vertreibt sich also die Zeit, indem sie Gold in Blei verwandelt. Hoffen wir, daß die Schwerkraft nicht mehr so stark ist wie früher . . .«

Francis spürte, wie seine Eingeweide sich zusammenzogen.

Zwei Standardtage später wurde ihnen auf qualvolle Weise klar, daß die Schwerkraft noch genauso stark war wie früher. »Wir sind festgenagelt, Gentlemen«, stöhnte Kappie. »Genauso wie Francis' Motten.«

Luther schaltete die Retros ein, die einzigen Maschinen, die noch mit Treibstoff versorgt waren, und die computerisierte Alchemie begann. Cäsiumdampf zersetzte sich in Ionen. Die Geschwindigkeit wurde gebremst, der Sturz abgefangen, und die *Darwin* begann Carlotta zu umkreisen, knapp neunzig Minuten, bevor die faserige Atmosphäre das Schiff in Aschenklümpchen zerteilt hätte.

Die Retros wurden heruntergeschaltet, die Monitoren angestellt, und die Wissenschaftler schlenderten lethargisch auf dem Kontrolldeck umher, jeder in privaten Trübsinn versunken.

Schließlich sagte Luther: »Laß dir was einfallen, Burne! Bring uns weg von hier. Du hast doch schon größere Hasen aus kleineren Hüten gezogen.«

»Ich möchte einen Vorschlag machen«, meldete sich Francis mit der schwachen Stimme eines Patienten zu Wort, der seinem Neurochirurgen einen hoffnungslosen Tumor ans Herz legt. »Wir haben doch immer noch Cäsiumdampf in den Retros, nicht wahr? Wenn wir diese Maschinen abfeuern und noch ein bißchen moralische Unterstützung von der Chemieschubkraft kriegen, könnten wir uns vielleicht losreißen.«

Obwohl Burne sich sehr viel Mühe gab, klang seine Antwort herablassend. »Ja, das *könnten* wir. Aber wie willst du denn danach steuern? Willst du dich draußen auf den Schiffsrumpf stellen und an den Solarschalttafeln drehen?« Er begann um den Monitor herumzugehen, streckte gelegentlich die Hand aus, um sie mit statischer Elektrizität an das Glas zu fesseln. In dem Bildwürfel rannte Carlottas Äquator vorbei, in nahtlosen Nebel gehüllt. »Außerdem brauchen wir die Chemieschubkraft zur Landung.«

»Zur Landung?« Francis' Magen krampfte sich zusammen. »Zu was für einer Landung?«

»Freunde, ich habe entschieden, daß es das Beste wäre, die Geschwindigkeit noch mehr zu drosseln, tiefer runterzugehen und um ein gütiges Geschick zu beten – um Cäsium und Oxygen und frisches Obst und nette Eingeborene.«

»Aber du warst doch noch nie dort!«

»So wie ich es sehe, wäre die Alternative eine extreme, schmerzhafte Hungersnot. Und die habe ich schon mal erlebt.«

Francis hatte die ganze Zeit gewußt, daß Burne als Krisenmanager fungieren würde. Burne war hart und zäh. Burne praktizierte Archäologie, die unbequemste aller Wissenschaften. Er schlief unter den Sternen und brachte die verschiedenartigsten Eingeborenen dazu, Dinge zu tun, die sie eigentlich lieber nicht tun würden. Als Burne einmal auf einem eisigen Außenmond nach Zivilisationsspuren gesucht hatte, war die lebenswichtige Thermalpumpe an seinem Kinn innerhalb des normalerweise undurchlässigen Druckanzugs gefroren. Der erfinderische Burne hatte sich daraufhin in die Zunge gebissen, warmes Blut auf den Motor gespuckt und ihn wieder in Gang gebracht. Mit Anfang Dreißig genoß der Mann bereits einen bescheidenen Ruf als eine Art interplanetarer Glücksjäger, dessen Leben man eines Tages zu einem furchtbar wirklichkeitsfremden Kino-Epos machen würde.

Hingegen war Luther ein introvertierter, bärbeißiger Exzentriker, der im Namen der soziologischen Forschung einmal versucht hatte, von der Regierung eine entsprechende Bewilligung zu bekommen, um Eremit zu werden. Inzwischen war der selbstgenügsame Chemiker über siebzig Jahre alt und verlangte von der Welt nichts weiter als Schweigen und Materie. Wenn die ganze Menschenrasse eines schönen Tages in die Luft gehen sollte, würde Luther ein paar exotische Kristalle studieren und glücklich sein. Aber wenn sämtliche exotischen Kristalle eines schönen Tages in die Luft gehen sollten, würde Luther vor Einsamkeit sterben.

Kappie, das Wunderkind des Teams, war letzte Woche dreiundzwanzig geworden. Sie war Anthropologin, und dieser Beruf führte sie, ebenso wie der Francis Lostwax', in unwirtliche Außenregionen und lehrte sie, die dunklen Aspekte der Natur mühelos zu bewältigen. In nur einem Jahr hatte Kappie drei wissenschaftliche Abhandlungen, zwei Bücher und *Die blutsverwandte Bestie* veröffentlicht, ein Werk, das sie bereits zu bereuen begann.

Und was Francis anging – so hatte er es während der zweiten Hälfte der Reise geschafft, ein pornographisches Faible für Kappie zu entwickeln.

Innerhalb einer Stunde bereitete Burne ein fotografisches Projekt vor, baute Dutzende von Transmitter-Kameras auf, die vor ihrem Zusammenbruch noch massenhafte visuelle Beweise für vegetative und animalische Wanderungen liefern würden (O Gott, laß die Biester wenigstens genießbar sein!). Doch der große Knalleffekt folgte erst, als Luther die ersten Spektro-Abzüge auswertete und eine spärliche, aber zweifellos existente Ablagerung von Polluzit entdeckte, einem cäsiumhaltigen Mineral (Cäsium!). Francis fühlte, wie sich seine inneren Verkrampfungen zu lockern begannen.

Sensorensonden, die aus den Seitenwänden der *Darwin* sprangen, von einem blitzschnellen Relais bewegt, brachten weitere Informationen zurück, die auf einen barmherzigen Planeten hoffen ließen. Carlottas Temperaturen, der Luftdruck, die Radiationsgrade und das Wasservorkommen erwiesen sich als äußerst günstig, was die Überlebenschancen der Menschenrasse erhöhte. Die Bakterien existierten in reicher Vielfalt und waren nicht geneigt, pathogene Beziehungen mit höheren Organismen einzugehen.

Ein paar Minuten nachdem die *Darwin* ihre dritte Kreisbahn um Carlotta begonnen hatte, beobachteten die Wissenschaftler, wie ein Loch in der Wolkendecke entstand, das etwa tausend Kilometer im Durchmesser maß. Die Landschaft darunter war ein Patchwork aus Eis, Schnee und gefrorenem Erdreich und sah erfreulich stabil aus. Smaragdgrüne Sonnenstrahlen brachen im Westen hervor, erleuchteten das Loch und erloschen wieder. Da unten war der Morgen heraufgedämmert.

Burne hastete zu den Kontrollschaltern der Chemieschubkraft. Über seinem Kopf glühten ein Dutzend Radaranlagen, die ihm ein flaches, offenes Terrain zeigten – der Traum eines jeden Piloten. »Marsch, ab in eure Kabinen, Kumpels!« rief er. »Jetzt wollen wir mal eine kleine Besichtigungstour machen!«

Als Francis durch den Röhrenschacht stolperte, trieb ihm der Gedanke, auf Carlotta zu stranden, Tränen in die Augen – heiße Tränen, die nur ein wenig von der Erkenntnis abgekühlt wurden, daß er in seiner Heimat niemals das wahre Glück kennengelernt hatte.

Francis' Ahnen waren wie die Ahnen aller anderen Leute mit der großen Raumarche *Eden Zwei* auf dem Planeten Nerde gelandet. Dies war das größte Abenteuer des einundzwanzigsten Jahrhunderts gewesen, eine Chance, die Kalamität namens Erde zu begraben und zu vergessen und einen neuen Anfang zu wagen. Alle hatten damals ins All aufbrechen wollen.

Das Ziel war ein älterer Stern, UW Canis Majoris, so benannt, weil er einer Konstellation angehörte, die, von der Erde aus betrachtet, einem großen Hund ähnelte – wenn man viel Phantasie besaß. Es stellte sich heraus, daß UWCM von vielen Satelliten umkreist wurde. Mindestens einer von ihnen würde dem *Homo sapiens* einen adäquaten Lebensraum bieten, und man beschloß, diesem gelobten Planeten, sobald man ihn erreicht hatte, den phantasielosen Namen Neue Erde zu geben. Und als *Eden Zwei* dort gelandet war, hatten Etymologie und Mundfaulheit die Neue Erde zu Nerde dezimiert.

Die Reisenden waren ebenso wie das Ziel aufgrund von Toleranzaspekten ausgewählt worden. Niemand durfte sich eintragen, wenn er überzeugt war, sein Alter, sein Geschlecht, seine Rasse und sein Recht auf Rettung würden etwas beinhalten, was dem Alter, dem Geschlecht, der Rasse oder dem Recht auf Rettung vorzuziehen wäre, die ein Mitmensch aufzuweisen hatte. Diese Vorsichtsmaßnahme machte sich bezahlt. Während die *Eden Zwei* ihre Sonne suchte, herrschte reine Herzensgüte an Bord. Den Passagieren, die an Vernunft und soziale Planung glaubten, wurde großzügig von jenen verziehen, die an Seancen und übersinnliche Wahrnehmung glaubten. Und die Passagiere, die an Seancen und übersinnliche Wahrnehmung ihr Herz hingen, waren eifrig bestrebt, sich von jenen unterrichten zu lassen, die an Boyles Gesetz und den Doppler-Effekt glaubten. Man begann sich zu paaren, ohne auf Rassenbarrieren Rücksicht zu nehmen – von akzeptablen Verbindungen über modische bis zu banalen –, bis das ganze Volk sechs Generationen später eine Einheitshautfarbe angenommen hatte, wie Kaffee mit zwei Löffeln Sahne.

Und nachdem man die Nerde gefunden und kultiviert hatte, entstand eine andere Ethik – eine Tatsache, die in den Geschichtsbüchern übergangen wurde, die Francis jedoch von seinem unangepaßten anarchistischen Vater gelernt hatte. Im Gegensatz zur *Eden Zwei* mit ihren streng rationalisierten Vorräten strotzte die neue Heimat vor Schätzen, deren man sich einfach bedienen konnte, und was wäre ein besserer Nährboden für Habgier, Neid, Ausbeutung, Wuchergeschäfte und Politik.

Die Leute fanden immer ingeniösere Methoden, einander zu hassen. Wenn die überkommenen Reizmittel von Geschlecht und Nationalität nicht mehr wirkten – nun, dann schieden sich die Geister eben am Temperament. Auf der einen Seite der Zivilisation standen die gefühlsbetonten Romantiker, die sich weigerten, Intuition von Wahrheit zu trennen. Ihre Feinde waren die Rationalisten, die Hüter des Intellekts, die Entlarver der Illusionen, die Vernichter der Seifenblasen. Wenn die Rationalisten an der Macht waren, wurden Unsummen für Industrie und Technologie ausgegeben, und das Waisenhaus weiter unten an der Straße mußte ohne Neubau auskommen. Wenn die Romantiker regierten, zog alles hinaus in die freie Natur und redete mit Gott, und das Waisenhaus weiter unten an der Straße mußte wiederum ohne neuen Trakt auskommen. »Selbstgefälligkeit tötet alle Utopien«, pflegte Francis' Vater zu seinem Sohn zu sagen.

Wie die anderen Monumente der Wissenschaft stand das Galileo-Institut selbstredend im Lager der Rationalisten, wenn auch viele Mitglieder bestrebt waren, ihre Neigung zu den schönen Künsten und ihren Abscheu vor allzu weltlichen Dingen zu demonstrieren. Kappie plante, einen Roman zu schreiben, Francis hatte einen Essay mit dem Titel »Das geistige Wesen der Bohnenlaus« herausgegeben, und Luther spielte Harfe.

Knapp fünf Jahre nach der Einweihung der Nerde wurde ein junges Mädchen gelyncht, weil es zum Anführer einer Kultbewegung, die sich für das überlegene Bewußtsein einsetzte, irgend etwas Komisches gesagt hatte. Bald darauf wurde auch das erste Gefängnis des Planeten eröffnet. Seine Gitterstäbe bestanden aus einem neuen Metall namens Crysanium, das unter unvorstellbaren Bedingungen gefördert und mit beispiellosem Profit verkauft wurde.

Im Juni 2283 schloß die erste Generation eifriger junger Gesetzeshüter ihr Studium an der Nerdenpolizeiakademie ab. Sie stopften ihre Bandeliere mit Patronen aus künstlichem Ferment voll und schützten das Recht der Nichtgewerkschaftler, in den Crysanium-Minen zu arbeiten. Wenn eine Fermentkugel ins Fleisch traf, begann sie sich auszudehnen und zermalmte das Opfer von innen her.

Nach Francis' Meinung hatte seine Heimat auch einige besondere Dinge zu bieten – nicht nur Diebstahl und Unruhen. Trotz aller Probleme bot einem die Nerde eine so verrückte, vielgestaltige Abwechslung, daß jeder in gleichem Maße die Möglichkeit fand, seine Zeit zu verschwenden.

Das passende Wort lautete Blödsinn.

Da gab es Berg-und-Tal-Bahnen, Spielhallen, Comic Strips, Rabattkarten, Steptanz, 3D-Kino-Epen, Komödianten, schrecklich überzeugende Spielsachen, frohe Überraschungen, die man per Post bekam, Süßigkeiten, die großartig schmeckten und einem nicht schaden konnten, Sprengballspiele und Halloween.

Die Nerde war nicht liebenswert, denn sie war nicht aus einem Stück, aber sie war durchaus sympathisch, eben weil sie ihren Blödsinn hatte.

Und diesen Blödsinn würde Francis am allermeisten vermissen, wenn sich Carlotta, der Geisterplanet, als Gefängnis erweisen sollte. Den Blödsinn und die Insekten und ...

»Anschnallen, Kumpel!«

Unaufgefordert drängte sich Burnes Stimme in Francis' Überlegungen. Als Francis bewußt wurde, daß er sich in seiner Kabine befand, setzte er sich in den Wiedereintritts-Sessel, sicherte seinen Bauch mit Nyoplengurten und konzentrierte sich auf die unmittelbaren Details, um seine Gedanken von Carlotta abzulenken. Anatomische Insektenzeichnungen bedeckten die Wände, und er hatte seine Koje neben das Bullauge gestellt, damit die Nacht, die kristallklare Nacht des äußeren Alls, stets das letzte war, was er sah, bevor er entschlummerte. Unglücklicherweise stand der Wiedereintritts-Sessel so, daß Francis' Gesicht vom Bullauge abgewandt war, und so war er gezwungen, sich auf seinen Monitor zu verlassen, um festzustellen, wo er sich befand. Dem Monitor zufolge flog die *Darwin* nun durch eine häßliche gelbe Stratosphäre. Er wappnete sich für die Landung und betete zu den Göttern, an die er nicht glaubte, daß seine Ausbeute von dieser Reise, ein *Cortexclavus areteus*-Exemplar, keinen Schaden nehmen möge.

So verbeult und alt die *Darwin* auch war –, man konnte sie als verläßliches Raumschiff bezeichnen, von einer tröstlichen Stabilität, die energiegeladene und humorlose Designer im Lauf einiger Generationen entwickelt hatten. Von einem einfühlsamen Piloten gesteuert, würde die *Darwin* immer auf den Füßen landen. Und Burne ist ein *ganz besonders* einfühlsamer Pilot, sagte sich Francis immer wieder vor. Burne kann eine Eierkiste auf einem brodelnden Käsemeer landen, ohne ein einziges Omelett zu backen.

Das gefährdete Exemplar war ein Käfer, das erste lebende Insekt, das man auf Arete gefunden hatte, und von so vollkommener Schönheit, daß Francis bei seinem Anblick immer aufs neue von Schwindelgefühlen erfaßt wurde. Er erwartete, daß ihm der Käfer Berühmtheit oder Reichtum oder beides einbringen würde, und hatte ihn Ollie getauft.

Aus Kappies und Burnes prosaischer Perspektive betrachtet, war nicht Ollie die wichtigste Errungenschaft dieses Trips, sondern die Analyse der Eingeborenen von Arete, der dritten empfindungsfähigen Spezies, die man bisher im Solarsystem aufgestöbert hatte. Die Aretianer waren nicht humanoid. Burne nahm an, daß sie von den Primitivlingen des Jemdetischen Zeitalters abstammten, die nur über winzige Gehirne verfügt hatten. Sie bewegten sich vorwärts, indem sie sich wie Würmer wanden, ihre Körper glänzten vor Schleim, doch sie besaßen eine Kultur.

Burne interessierte die Geschichte der Aretianer, während Kappie ihre Gewohnheiten studierte. Die Wissenschaftler hatten fünf Masken mitgenommen, neun Messer, einen Speer, zwanzig Vasen, sieben Fossilienschädel und drei Götter. Sie hatten nichts ausgelassen. Inzwischen hatte Luther an der steinigen Oberfläche des Planeten herumgehämmert und den Spezimen-Raum mit Gesteins- sowie Bodenproben vollgestopft, alle handschriftlich etikettiert. Luthers Druckschrift war so akkurat, daß sich die meisten Leute darüber ärgerten.

Burne riß Francis aus seinen Gebeten. Nun waren regelmäßige, subtile Erschütterungen zu spüren. Burne hatte das Schiff sicher nach unten gebracht.

Francis befreite sich von den Gurten und bemerkte zu seinem Entzücken, daß die Magnetschwerkraft ausgeschaltet war. Er hopste eine Weile umher, genoß die natürliche Gravität, dann begann er sich aus seinem Druckanzug zu schälen.

Luther klopfte an die offene Tür, dann schlenderte er herein, als hätte er gar nicht geklopft. Er trug Pfeife und ein Schwarzweißfoto bei sich und konnte offenbar nicht entscheiden, in welcher Hand er was halten sollte. »Im Spezimen-Raum ist alles in bester Ordnung«, verkündete er wichtigtuerisch.

»Ollie hoffentlich auch.«

»Er macht einen recht gesunden Eindruck, mein Sohn.«

Francis atmete auf. Der gute alte Burne. »Wie sieht's denn aus, Luther? Können wir auftanken, oder wird's da Probleme geben?«

»Es ist riskant.« Die linke Hand des Chemikers vertauschte die Pfeife mit dem Foto. »Um die Wahrheit zu sagen – ich könnte gerade jetzt eine große Herausforderung vertragen.«

»Verdammt, du Bastard, wage nur ja nicht, diesen Schlamassel auch noch zu genießen!«

Francis griff nach dem Foto, auf dem er nichts weiter erkennen konnte als ein verschwommenes Gerippe. Es sah aus wie eine Bettfeder, und das ließ er Luther auch wissen.

»Die meisten optischen Schüsse waren unbrauchbar, aber bei der letzten Transmission kam das da durch. Die Entfernung zwischen der Kamera und dem Objekt betrug drei Kilometer, und demzufolge wäre deine Bettfeder etwa so groß wie das Galileo-Institut.«

»Und dann wäre es keine Bettfeder.«

»Ich glaube, es ist ein Brustkorb.«

»Zum Teufel, was für ein Tier hat einen Brustkorb, der so groß ist wie das Galileo-Institut?«

»Ein äußerst bemerkenswertes Tier, mein Sohn.«

Francis fuhr mit einem Finger über die Umrandung des Bullauges. »Ich will nach Hause, Luther.«

 Als Francis Lostwax acht Jahre alt gewesen war, hatte er zum erstenmal mit dem Frevel der Gewalt Bekanntschaft geschlossen. Der Anlaß dieses Ereignisses war eine großartige, in Ortskreisen berühmte Sammlung von Insekten gewesen, die der tüchtige kleine Francis gefangen und in einer gläsernen Zigarrenkassette aufgespießt hatte. Kinder, die dem Erdboden bekanntlich noch näher sind als Erwachsene, verstehen sich ja besonders gut mit Insekten.

Nach dieser Spezialsammlung gelüstete es nun einen gewissen Robert Poogley, ein verderbtes Kind, dessen diversen Schurkereien von einem unfehlbar unschuldigen Augen- sowie einem Elternpaar Vorschub geleistet wurde, das unerschütterlich an der Überzeugung festhielt, Sonny Bob könne niemals etwas Böses tun. Sonny Bob war klein und dick, hatte flaumiges gelbes Haar, einunddreißig ungepflegte Zähne, inklusive zweier kampfbewährter Eckzähne. Einmal hatte er sogar versucht, letztere zu scharfen Spitzen zurechtzufeilen. In Francis' Augen war Robert Poogley schon immer der personifizierte Furz gewesen.

In einer Unterrichtspause lauerte Robert Poogley ihm in den Wäldern hinter der Schule auf und verlangte die Kassette mit den Insekten. Falls Francis am anderen Tag ohne die Kassette auftauche, würde Robert Poogley seinen deutschen Schäferhund namens Ratdog Snarler beauftragen, Francis' Elternhaus aufzusuchen und Francis' Kehle zu durchbeißen. Am nächsten Morgen packte ein verängstigter Francis die Kassette in seine Aktentasche und begab sich zur Schule, wo er während der Topologiestunde ein Gespräch mit Judy Shout begann und zu seiner grenzenlosen Erleichterung erfuhr, daß Ratdog Snarlers Blutrünstigkeit reine Erfindung sei. Wenn man ihm ein Hologramm von einer Katze zeigte, würde er den Schwanz einziehen und davonlaufen. Und wenn man ihn ins Badezimmer lockte und eine geräuschvolle Laser-Zahnbürste einschaltete, würde er den Inhalt seiner Gedärme auf den Linoleumboden entleeren.

In der Pause manövrierte Robert Poogley den armen Francis mitsamt der Aktentasche in ein sumpfiges Waldgebiet. In der vorausgegangenen Nacht hatte es geregnet, und der Boden war weich und matschig wie die Oberfläche einer Torte, die mit üppigem Zuckerguß verziert war. »Sind sie da drin?« fragte Robert Poogley und zeigte mit einer Hand auf die Aktentasche, während er Francis mit der anderen am Kragen packte.

Francis staunte über sich selbst, als er wütend wurde. »Nimm deine Abtreibungszangen weg, du Riesenfurz!«

»Du willst also, daß ich heute nacht meinen Hund zu dir schicke, was, Lostwax?«

»Du kannst mich nicht auf den Arm nehmen, Poogley. Judy Shout hat mir erzählt, daß es dein Köter nicht einmal mit verkrüppelten Hamstern aufnehmen kann.«

Diese Äußerung veranlaßte Robert Poogley, unvernünftig zu werden. Er schleuderte Francis zu Boden und versuchte ihm die Haare auszureißen. Und dann begann er auch noch, scheußlichen Schlamm in Francis' Ohren und Nasenlöcher zu drücken, so als wolle er undichte Stellen verstopfen. Francis lag im Sumpf eingebettet und heulte gottserbärmlich, als Robert Poogley aufstand und nach der Aktentasche griff. Er riß sie auf, zerrte die Zigarrenkiste heraus und war das erste Kind, das die Klasse betrat.

Robert Poogley, der Insektenpirat, wuchs zu einem erfolgreichen Holograph mit ansehnlichem Schnurrbart heran. Seine Portraits von unaussprechlich süßen Kindern wurden in den Bankgebäuden auf der ganzen Nerde ausgestellt. Die Bilder narrten jedermann, außer Francis, der hinter die Fassaden der strahlenden Gesichter blickte und die Gier nach den Motten anderer Leute erkannte.

Francis hatte inzwischen begriffen, daß die Gewalt ein natürliches, instinktives Attribut und der menschlichen Spezies eigen war. Doch zu Zeiten des Insektenraubs hatte er noch die Ansicht vertreten, die Gewalt sei nichts weiter als eine unkomplizierte Methode, sich alles anzueignen, dessen man habhaft werden wollte.

Die merkwürdige Toleranz der Welt, was Gewalttätigkeiten betraf, tauchte in Francis' historischen Studien immer wieder auf, vor allem in der Geschichte längst vergangener Jahrhunderte. Auf der Erde, der Heimstatt seiner Vorväter, hatte eine einzelne Person ganz eindeutig den Tod mehrerer Mitmenschen verursachen können und war trotzdem als eine Art Held in die Annalen der Geschichte eingegangen. Damals hatte Francis die biologische Unvermeidlichkeit der Gewalt noch nicht verstanden und war verwirrt gewesen. Warum, so fragte er sich, waren die Namen von Samson, Napoleon, Jeanne d'Arc, Alysses S. Grant und Julius Cäsar keine obszönen Ausdrücke, die man nach Einbruch der Dunkelheit in verächtlichem Flüsterton aussprach? Dieselben Lehrer, die es nicht über sich brachten, Wörter wie *Scheißkopf* oder *Kotzbrocken* in den Mund zu nehmen, diskutierten ganz offen und ungeniert über Alexander den Großen.

Er fand niemanden, der eine Antwort auf diese Frage wußte. Und bis er den Planeten Carlotta betrat, fand er auch niemanden, der diese Frage gestellt hätte.

Francis begann nicht wegen seiner geliebten Insekten, sondern wegen seines Vaters Biologie zu studieren. Am Nachmittag eines Gammatages führten die beiden den Haushund spazieren, einen nervösen Collie namens Alice. Dem Jungen entging nicht, daß Alice an keinem Baum oder Laternenpfahl urinieren wollte, wenn sie vorher nicht daran geschnüffelt hatte. In jenen Tagen dachte Francis oft über den Urin nach, da man kürzlich eine Diabetes bei ihm diagnostiziert hatte. (Schon den alten Griechen auf der Erde war nicht verborgen geblieben, daß sich Honigbienen in den Urin eines Diabetikers verliebten.) Und auf dieses Phänomen führte Francis seine lebenslange Begeisterung für Insekten zurück. Das Wort *Diabetes* entzückte den jungen Francis, und er assoziierte es nicht so sehr mit einer Krankheit, sondern vielmehr mit einem magischen Planeten in einer anderen Galaxis.

»Hunde urinieren nicht, wenn sie nicht wissen, daß schon ein anderer Hund an der betreffenden Stelle war«, antwortete sein Vater, sichtlich bemüht, eine ausreichende Erklärung zu finden. Er war ein gutherziger Mann, dessen ausdrucksloseste Miene immer noch an ein freundliches Lächeln erinnerte.

»Aber was hat denn der allererste Hund von der Welt gemacht?« wollte Francis wissen. »Der Hund, der vor allen anderen Hunden auf der Erde lebte? Konnte er denn überhaupt pinkeln?«

»Du stellst die richtigen Fragen, Francis. Dies ist das Merkmal des geborenen Wissenschaftlers. Warum willst du nicht Wissenschaftler werden?«

»Okay«, beschloß Francis. Obwohl er niemals herausgefunden hatte, wohin der erste Hund von der Welt sein Bein erhoben hatte.

Die Nerde fuhr fort, die Sonne zu umkreisen, maß die Jahre, und der Segen des Erwachsenwerdens kam über Francis herab. Nun durfte er alles – abends lange aufbleiben, sich den Appetit verderben, seine Milch verschütten, sein Essen hinunterschlingen, seine Socken verlieren, ohne sie suchen zu müssen, seine Verwandten hassen und nostalgischen Neigungen frönen. Er wurde Entomologe.

Ein Teilzeitposten als Dozent am Galileo-Institut sicherte ihm ein ausreichendes Einkommen und ließ ihm genügend Freizeit, so daß er sich seinem Lieblingsanliegen widmen konnte – dem geistigen Wesen der Bohnenläuse. Doch er wurde niemals beauftragt, im großen Amphitheater zu dozieren, das über eine computerisierte Atmosphäre verfügte und dessen Eichenregale Faksimiles der Erstausgaben von *Über den Ursprung der Arten* und Newtons *Pricipia* enthielten. Francis war nur ein permanenter Gastdozent und wurde in einen konventionellen Raum mit viel zu vielen Fenstern verfrachtet, in dem er sich wohl zu fühlen hatte. Man stellte ihm auch ein Büro zur Verfügung, dessen Ausmaße nach seiner Schätzung zwischen einem großen Vogelbauer und einem kleinen Kaninchenstall schwankten.

Und so dozierte denn Francis im Entomologiehörsaal 101 über die Nerdeninsekten, hauptsächlich über den Schneekäfer, die Hurenfliege, die Sumpfblattlaus und den Gorgathon, der eigentlich gar kein richtiges Insekt war, aus den gleichen komplizierten Gründen, die auch die Zugehörigkeit der Spinne zur Insektenfamilie in Frage stellten. Er sprach über die Insekten, die man in der *Eden Zwei* importiert hatte, über Ameisen, Bienen und tausend andere Arten, auch über die Tierchen, die durch Mängel in der Ökologie der Arche eingegangen waren: über die *Mantis religiosa*, die es wie der Mensch geschafft hatte, den Hang zum Beten mit der Gier nach Beute in Einklang zu bringen, und über die *Photuris pennsylvanica,* deren Leuchtkraft nun ebenso märchenhaft wirkte wie das Horn des Einhorns. Er dozierte sogar über die Käfer, die auf den Planeten Verne, Arete und Kritonia leben könnten, obwohl man diese Tiere bislang noch nicht entdeckt hatte.

Francis' reizvollste Studentin hieß Luli Verdegast. Während das Auditorium gelangweilt aus den Fenstern starrte, starrte Francis interessiert auf Luli. Sie war das hübscheste Wesen, das er außer seinen Motten je gesehen hatte.

Luli wollte Psychologin werden und erweiterte ihren Horizont, indem sie die Insektenwelt studierte. Francis führte sie ein paarmal zum Dinner aus, und eines Abends, nachdem sie eine halbe Flasche Wein getrunken hatten, bat er sie, seine Frau zu werden. Luli wußte sehr wohl, daß Francis über eine atypische Integrität verfügte, und da außerdem noch hinreißendes Kraushaar sein Haupt zierte, sagte sie schlicht ja.

Es war keine Ehe, auf deren himmelstürmendes Glück man Wetten abschließen konnte. Luli entpuppte sich als kompromißlose, brillante Frau. Sie war imstande, Honigtöpfe vor einem Bärengericht einzuklagen und trotzdem den Prozeß zu gewinnen. Francis, intelligent und fleißig, aber nicht brillant, wurde sehr bald zum Gegenstand ihrer Verachtung. Sie stritten unablässig, wobei Francis stets die ätzenden Worte fehlten, die Luli regelmäßig einfielen.

In physischer Hinsicht war sie bei weitem nicht so leidenschaftlich. Ihre Vorstellung von einem angenehmen Aufenthalt im Bett beschränkte sich auf das Frühstück. Trotzdem wurde sie kurz nach dem ersten Hochzeitstag schwanger, was Francis als Panne bezeichnete, und brachte alsbald ein Kind zur Welt, das sie Barry nannte.

Francis liebte Barrys sommersprossiges Gesicht und seine komische kleine Mickymausstimme. Er ging mit ihm ins Kino, spielte Backgammon mit ihm, wann immer Barry Lust dazu hatte, und kaufte ihm zahllose Spielsachen, unter anderem einen wundervollen Androidenhasen. Barry fand, daß sein Daddy das Größte überhaupt war.

Als Barry sieben war, traf im Galileo-Institut die Nachricht ein, daß Francis Lostwax' Sohn bewußtlos auf der Intensivstation des Qualamy Hospitals lag. Francis verließ den Entomologiehörsal 101 mitten in einem Satz.

Eine Krankenschwester führte ihn in das letzte Zimmer, das an einem düsteren Korridor lag. Der Raum war ebenso dunkel. Die Gardinen hingen wie nasse Haare an den Fenstern. Barry lag reglos im Bett, an so viele Drähte und Schläuche angeschlossen, daß er wie eine Marionette aussah.

»Barry, hier ist dein Vater!«

»Sch«, machte die Schwester. Sie hatte ein dümmliches, unkompliziertes Gesicht, von der Art, wie es die Leute in einen Kreis zu zeichnen pflegen.

Francis wurde wütend. »Haben Sie vielleicht Angst, daß ich ihn wecken könnte? Barry! Hier ist dein Daddy!« Barry wachte nicht auf.

Eine vitale, stämmige Frau betrat den trostlosen Raum und stellte sich als Dr. Alexander vor, diagnostizierte, daß sich Barry in einem leicht komatösen Zustand befände, und erkundigte sich nach Francis' Krankheitsgeschichte. Francis erklärte, er sei schon als Kind Diabetiker gewesen.

Normalerweise würde man in einer fortgeschrittenen Zivilisation, wie sie auf der Nerde herrschte, eine Kindheitsdiabetes als Anachronismus betrachten. Die Stoffwechsel-Rückkoppelungsverstärker und andere Erfindungen hatten diese Krankheit, die in der alten Erdengesellschaft so weit verbreitet gewesen war, praktisch ausgerottet. Doch dann hatte man die gesamte medizinische Wissenschaft auf der Nerde rekapitulieren müssen, und da waren natürlich gewisse Prioritäten aufgetaucht, und nicht alle quietschenden Räder des Fortschritts waren mit dem nötigen Öl geschmiert worden. So wurden die wirklich unheimlichen und wirksamen Killer – Krebs, Arteriosklerose und übermäßiges Knochenwachstum – bald mit kunstvollen Techniken konfrontiert, mit Heilmethoden. Und der langweiligen Diabetes, die nur an zweiter Stelle rangierte, begegnete man mit den antiquierten Waffen des zwanzigsten Jahrhunderts. Kurz nach seinem achten Geburtstag hatte man Francis eine künstliche Bauchspeicheldrüse hinter der natürlichen eingepflanzt. Danach hatte er alle drei Monate Insulininjektionen bekommen. Wenn er sich auch nie daran gewöhnt hatte, gestochen zu werden, sein Wohlbefinden wurde von seiner Krankheit kaum beeinträchtigt, und er dachte nur selten daran. Und jetzt rächte sich die Diabetes, die in Plastikfolie hinter seinem Nabel verpackt war, mittels seiner Gene.

Dr. Alexander schnappte sich den nächstbesten Videophon-Transmitter und bestellte kristallines Insulin aufs Zimmer. Sie erklärte der Schwester mit dem dümmlichen Gesicht präzise, wieviel sie dem Jungen verabreichen müsse, nämlich vierzig Einheiten, dann stürmte sie aus dem Zimmer. Als man eine U500-Flasche Insulin gebracht hatte, füllte die Schwester methodisch eine Spritze.

»Sie geben ihm zuviel!« protestierte Francis.

Als hätte er nichts gesagt, als sei er gar nicht vorhanden, durchstach die Schwester die Haut an Barrys Arm, zog den Kolben zurück, vergewisserte sich, daß sie keine Ader getroffen hatte, und injizierte die Überdosis. Nach dreißig Minuten hatte sich das einfach zu behandelnde Diabeteskoma des Jungen zu einem gefährlichen Insulinschock entwickelt. Man pumpte ausgleichende Glukose in Barrys Körper, aber die Krämpfe ließen nicht nach. Zwei Stunden später war er tot.

Ein schrilles Wimmern brach aus Francis' Seele hervor. Er war sich vage bewußt, daß er mit beiden Fäusten auf die Schwester einhämmerte, daß er sie unter Tränen schlug. Ein robuster Krankenpfleger stürmte herein, trennte die bebenden Gestalten voneinander und preßte Francis flach an die Wand, während die Schwester klugerweise das Weite suchte. Nachdem Dr. Alexander hereingeeilt war, bedeckte sie Barrys Leiche mit einem Tuch, das nach Käse roch.

So endete Francis Lostwax' zweite Begegnung mit dem Frevel der Gewalt.

Fünf Tage lang ließ er sich nicht im Galileo-Institut blicken. Er saß auf einem halb zerbrochenen Stuhl, schluckte ätzende Schnapsmengen und blätterte in Büchern, ohne darin zu lesen. Es gibt Witwen und Witwer und Waisen, aber keine Bezeichnung für einen Vater, der seinen Sohn verloren hat. Und er sagte sich, daß für manche Dinge eben keine Wörter existieren.

Nachdem er das Begräbnis überstanden, den Androidenhasen verbrannt und die Märchenbücher und kleinen Kleidungsstücke verschenkt hatte, wollte er zu vergessen beginnen. Zumindest sagte er sich, daß er nun bereit dazu sei. Soll ich die Krankenschwester verklagen? Dieser Gedanke verfolgte ihn mehrmals, aber schließlich gelangte er zu der Überzeugung, daß er diesen unmöglichen Todesfall so weit wie möglich aus seinem vordergründigen Bewußtsein verdrängen mußte. Und was seine Ehe betraf, so erkannte er ebenso wie Luli, daß es würdelos sei, diese nutzlose, enttäuschende Institution aufrechtzuerhalten. Ein paar Monate später waren sie einander losgeworden.

Francis beschloß, sich in die Wissenschaft zu vergraben. Er schrieb den Essay »Das geistige Wesen der Bohnenlaus« für das ruhmreiche Journal der Evolution. Doch das ruhmreiche Journal der Evolution lehnte das Werk ab. Dann wurde es von der weit weniger geschätzten Zeitschrift Bestiarium für die Winterausgabe angenommen. Man schickte ihm einen Scheck über zwanzig Dancs, die er im Zirkus verpraßte.

Francis benutzte die Bohnenläuse als Metapher für *Phthiraptera* im allgemeinen. Chemisch betrachtet, gaben die Bohnenläuse wenig Rätsel auf. Sie waren durchaus rationale Arrangements von Molekülen. Aber wie, so fragte Francis seine Kollegen, konnte man sich die *Willenskraft* der Bohnenlaus erklären, ihre gespenstische Fähigkeit, immer weiter zu essen, zu atmen, sich zu bewegen und weitere Bohnenläuse zu erzeugen, wenn sie nicht einmal genügend physische Substanz besaß, um eine Sumpfblattlaus zu erdrosseln? Wie konnten so viele Verhaltensweisen in einen so winzigen Körper gepreßt sein? Er hoffte, daß seine Abhandlung neue Perspektiven in der Biologie eröffnen könnte, wußte aber, daß es nicht dazu kommen würde.

An dem Tag, als die Bestiarium-Winterausgabe an den Kiosken erschien, stapfte Francis vier Kilometer weit durch den Schnee und kaufte acht Exemplare. Aus einem der Hefte schnitt er die erste Seite seines Artikels heraus, rahmte sie ein und hängte sie über das Bücherregal in seinem Apartment. Niemand nahm jemals Notiz davon.

Im Einklang mit Francis' festem Glauben an das Naturgesetz erreichte die Nerde den eisigen Außenpunkt ihres Orbits, bog um die Ecke und näherte sich dem Perihelium und dem warmen, sonnigen Wetter. An einem besonders fotogenen Tag saß er in seinem beengten Büro und fragte sich gerade, ob er jemals zum ordentlichen Professor avancieren würde, als ein Sekretär, dessen Namen er sich nicht merken konnte, den Kopf zur Tür hereinsteckte und verkündete, unten in der Halle würde ihn ein Videophongespräch erwarten. Francis' Büro war nicht mit einem Videophon ausgestattet. Manchmal staunte er darüber, daß es überhaupt einen Boden hatte.

Burne Newman von der archäologischen Abteilung des Instituts rief ihn an, um ihm mitzuteilen, daß er der Regierung eine unanständig hohe Summe und die Genehmigung für eine wissenschaftliche Expedition nach Arete entlockt habe. Kappie McKack, das *enfant terrible* von der Anthropologie, und Luther Gorst, der *vieillard terrible* von der Chemie, wollten ihn begleiten. Ob Francis nicht ebenfalls Lust habe, mitzukommen, nach Insekten zu fahnden und berühmt zu werden?

Francis brauchte zehn Sekunden, um zu erkennen, daß seine private Angst vor der Raumfahrt von seinem professionellen Bedürfnis besiegt wurde, der erste Entomologe zu werden, der das Insektenleben von Arete erforschte. »Reservier mir einen Platz«, bat er alsdann.

Der Trip erwies sich als ein gigantischer, sündhaft teurer Fehlschlag. Kappie und Burne fanden keine Eingeborenen, die sie studieren konnten. Luther fand keine bemerkenswerten Kristalle, und Francis fand nur heraus, daß die Verpflegung im Weltall bestenfalls langweilig war und schlimmstenfalls zu Verstopfung führte.

Als Burne versuchte, die Restsumme – zweitausend Dancs – zurückzuerstatten, sagte man ihm, er möge doch bitte wieder gehen. Es würde die Regierung mehr Zeit und mehr Mühe und letztlich auch mehr Geld kosten, den Überschuß zurückzunehmen, als vorzugeben, Burne habe alles verbraucht.

Dann erhielt Luther mit einiger Verspätung den Poelsig-Preis, weil er irgendwas mit dem Wetter angestellt hatte. Zusammen mit den zweitausend, die sie nicht ausgegeben hatten, besaßen sie nun genug, um noch einmal auf Reisen zu gehen.

Diesmal landeten sie im unheimlichen Norden, wo sich die Krater, von verirrten Asteroiden gegraben, zwanzig Pockennarben auf dem Gesicht des Planeten, durch die Gewalt unterirdischer Flüsse und der Regenfälle von Arete zu Seen entwickelten. Am ersten See angekommen, schlüpfte Luther in einen Taucheranzug, sprang in das dunkle Wasser und kehrte mit einem Meteoriten zurück, der auch den anspruchsvollsten Sammler entzückt hätte. Am übernächsten See fanden Kappie und Burne ein Fischernetz, dann ein Kanu und schließlich einen Aretianer. Voller Neid beschloß Francis, den nächsten Tag in dem Sumpf zu verbringen, der an das Aretianerdorf grenzte, und ihn erst wieder zu verlassen, wenn er etwas Sechsbeiniges mit drei Körpersektionen und der Seele einer Bohnenlaus aufgestöbert hatte.

UW Canis Majoris schmiegte sich gerade an den Horizont, als Francis seine Nyoplenstiefel anzog, seinen Rucksack schulterte und auf Zehenspitzen aus der *Darwin* schlich. Nach zwei sumpfigen Stunden erwog er ernsthaft einen Berufswechsel. Wenn er zum Beispiel Botaniker gewesen wäre, hätte er viele Gründe gehabt, diesen

Marsch zu genießen, hätte sich an den stattlichen Bäumen erfreut, an den weitverzweigten Ranken, an den bizarren Büschen, die sich ganz offensichtlich durch Koitus vermehrten und auch noch Spaß daran fanden. Und dann erblickte er einen ungewöhnlich festen Schlammfleck zwischen Monsterfarnen. Und in der messerscharfen Morgenkälte von Arete drehte Francis, mit Schmutz an den Händen und Triumph im Herzen, genau den richtigen Stein um.

In der Sekunde, da er jenen Rüssel sah, wußte er, daß er eine neue Gattung entdeckt hatte. Und diese Spezies mußte den Namen *Cortexclavus areteus* erhalten, der aretianische Korkenzieher.

Der Rüssel des Korkenzieherkäfers war ein spiralenförmiges Drehwerkzeug, das er benutzte, um Baumstämme und Felsblöcke zu durchbohren. Wenn man den Korkenzieherkäfer in die Hand nahm, konnte er einem die Handfläche durchbohren wie ein Kruzifixnagel. Wenn man ihn in eine Holzkiste steckte, würde er den Deckel zersägen. So groß wie eine Runkelrübe und grün wie die Sonne, saß die Kreatur selbstgefällig im Schatten des umgedrehten Steins, in der sicheren Überzeugung, daß ihr dicker Panzer, der unappetitliche Mitteldarm und die tödliche Nase alle natürlichen Feinde für immer abschrecken würden.

Eine plötzliche Inspiration veranlaßte Francis, in seinem Rucksack zu wühlen. Er fand den Kasten, mit dessen Hilfe er seine Diabetes in Schach hielt, und stellte vorsichtig die Insulinflasche sowie zwei fünf-cc-Spritzen mit Crysaniumnadeln auf den Boden. Nachdem er den *Cortexclavus areteus* in den leeren Kasten manövriert hatte, zählte er bis drei und schloß den Deckel. Wütend schwirrte der Käfer umher, mit heftig rotierendem Rüssel, dann brach er resignierend zusammen, denn die Box bestand wie die Injektionsnadeln, die sie enthalten hatte, aus purem Crysanium.

Während Francis zur *Darwin* zurückwanderte, begann er den ersten Absatz seines Essays über den Korkenzieherkäfer zu entwerfen. Ob das Journal für Evolution den Artikel publizieren würde? Publizieren? Zum Teufel, sie werden mich als Herausgeber engagieren! Und der nächste Poelsig-Preis für Entomologie ist bereits vergeben, falls nicht irgendein Trottel in den Sarl-Labors herausfand, womit man Gorgathons zum Weinen bringen konnte. Und was das Galileo-Institut angeht, so werde ich mich mit nichts geringerem als dem Atwill-Lehrstuhl zufriedengeben.

Sicher, ein solcher Optimismus war uncharakteristisch für Francis, aber er konnte keine einzige Katastrophe vorhersehen, die ihn am Genuß all dieser Vorzüge hindern sollte.

An dem Tag, als sie Arete verließen und Kurs auf die Heimat nahmen, beendete er seinen *Cortexclavus*-Artikel, in den er zahlreiche Hinweise auf das geistige Wesen der Bohnenläuse hineingeschmuggelt hatte. Zwei Minuten vor Mitternacht, nach der Nerdenäquatorialzeit, wurde Francis siebenunddreißig. Er hatte immer noch alle seine Haare.

Francis spähte aus der Luke und schluckte ein gesundes Quantum Troposphäre. Nachdem er drei Monate von Konservenluft gelebt hatte, schmeckte diese reine Natur wie Honig. Lächelnd schaute er nach oben und erkannte entzückt, daß Carlottas Himmel nicht mehr gelb wie eine tote Leber war, sondern in einem warmen, melodiösen Gold schimmerte. Burne war zielsicher jenseits des Eises gelandet, so nah am Äquator, daß man darauf spucken konnte – wenn es auch nicht ratsam war zu spukken. Sie befanden sich in einem trockenen, sandigen Gebiet, wo Speichel fast so kostbar war wie Blut.

Vor ihnen, im Osten, hob und senkte sich der Sand wie Gehirnwindungen. Tiere mit überdimensionalen Brustkörben ließen sich nirgends blicken. Aber Kappie schon. Sie hüpfte wie ein junger Hund zwischen den Dünen umher. Wenn Carlottas nördliche Hemisphäre ein Fossil enthielt, so würde Kappie es sicher finden, bevor der Tag zu Ende ging.

Francis überlegte, ob er sich zu ihr gesellen und die Gelegenheit nutzen sollte, um eine Andeutung hinsichtlich seiner Interessen zu machen. Aber es war an der Zeit, den Korkenzieherkäfer zu füttern. Seine Zuneigung zu Ollie war weiß Gott nicht durch fleischliche Gelüste belastet.

Als er den Spezimen-Raum betrat und zu dem Glasstahlkäfig eilte, sah er, daß der *Cortexclavus areteus* noch ganz der alte war, mürrisch und majestätisch. Er hatte dem Tierchen lebende Verne-Würmer gegeben, wann immer es in eine bestimmte Richtung gekrabbelt war, und bei jedem Bissen einen hellen Lichtstrahl direkt in das linke, aus mehreren Teilen zusammengesetzte Auge gerichtet.

Nach drei Lektionen brauchte er nur noch ein Streichholz anzuzünden, und Ollie, der über eine rasche Auffassungsgabe verfügte und ein unersättlicher Fleischfresser war, begann einen Steptanz.

Francis gab sich keinen Illusionen über das Erkennungsvermögen der Insekten hin. Er wußte, daß ihre Intelligenz erstaunlich, profund und unheimlich war – und verwirrend beschränkt. Wie alle Käfer war auch der *Cortexclavus areteus* in einer Evolutionsnische eingeschlossen. Sein Bohrverhalten sorgte für eine klare Demonstration. Als Geschöpf, das auf der Oberfläche eines Planeten beheimatet war, lebte und jagte er in der freien Luft. Wann immer er einem Baum oder Felsblock begegnete, ließ er einfach seinen Rüssel kreisen und krabbelte weiter, bis er das Hindernis durchquert hatte. Oberhalb des Bodens war dies eine nützliche, geradlinige Operationstechnik. Aber, wie Francis es in seinem Essay ausgedrückt hatte, wenn man einen *Cortexclavus areteus* sechs Fuß tief eingräbt, wird man erkennen, wie einfältig die Natur sein kann. Der Käfer würde natürlich immer weiterbohren, sich Kilometer um Kilometer vorwärts arbeiten, um den ganzen Globus herum, wenn es sein mußte – bis der Boden über ihm einstürzte und ihn befreite, vorausgesetzt, daß er bis dann noch nicht an Erschöpfung gestorben war.

Francis zündete ein Streichholz an, und der *Cortexclavus* begann zu tanzen, um sich sein Mittagessen zu verdienen.

Burne und Luther hatten auf dem Boden des Kontrolldecks ein Dutzend Spektro-Abzüge zu einem riesigen Puzzle-Bild von Carlotta zusammengelegt. Und als Francis auftauchte, krochen die beiden Wissenschaftler wie Babys darum herum, bewaffnet mit Bleistiften und Winkelmessern, und zogen Linien.

»Nun, was habt ihr rausgefunden?« fragte Francis.

Burne ließ seinen ausgestreckten Zeigefinger über dem Mittelpunkt eines Fotos am Außenrand kreisen, dann drückte er plötzlich mit der Fingerkuppe darauf, als wolle er eine Mücke zerquetschen. »Wir befinden uns hier.« Der Finger hob sich wieder und zog eine Spiralenlinie nach Osten, über dreizehnhundert Kilometer hinweg. »Das nächstgelegene Polluzit ist hier.« Der Finger senkte sich, eine weitere Mücke mußte dran glauben. »Und dazwischen liegt ... Nun, du hast die Aussicht ja schon bewundert.«

Francis trat an den Rand der Landkarte. »Das ist es also, was dieser Planet zu bieten hat? Sand?«

Burne nickte. »So viel, daß man auf der Nerde für die nächsten Millionen Jahre jede Katzenkiste füllen könnte.«

»Oh, hier gibt's noch mehr als Sand«, sagte Luther. »Das Polluzit liegt in einem Dschungel. Und das da ...« Seine nicht entzündete Pfeife folgte einer Schlangenlinie am Westrand des Dschungels.

»Ein Fluß?« fragte Francis.

»Ja, aber ein ungewöhnlicher Fluß – heiß und pulsierend, wie ein transkontinentales Blutgefäß.«

Rhetorische Ergüsse dieser Art machten Francis immer ganz kribblig. »Wie lange wird es dauern, bis wir das Erz haben?«

»Mit unserem Magnumauto müßten wir den Fluß in drei Tagen erreichen«, antwortete Burne. »Wir schrauben die Pontons an, schwimmen mit dem Auto rüber, dann marschieren wir achtundvierzig Stunden durch den Dschungel – bis zum Nordrand der Erzader. Und der Rückweg dauert natürlich ebenso lange.«

»Oh ...« Francis' Stimmung sank. »Zehn Tage!«

Er verabscheute das Magnumauto. Und das Magnumauto erwiderte diese Abneigung von ganzem Herzen. Wann immer er die Nebenstraßen der Nerde entlangfuhr, um nach Insekten zu suchen, warf diese boshafte Erfindung ihre Gleitflächen oder andere Metallteile von sich ab, und er mußte den Rest des Nachmittags damit verschwenden, eine Reparaturanleitung zu lesen, die in einer idiotischen Verschandelung der englischen Sprache geschrieben war.

»Und was passiert, sobald wir das Mineral an Bord haben?« fragte Francis wiederum.

»Wenn ich ein richtiges Labor zur Verfügung hätte«, erwiderte Luther, »könnte ich das Cäsium in zwei Stunden rausholen. Aber im Labor der *Darwin*, wo ich Salzsäure als Extraktionsagens benutzen muß – zwei Tage.«

»Spielt es eine Rolle, ob ...« Francis verstummte, als Kappie keuchend und aufgeregt hereinstürmte.

»Seht mal!« Sie hielt ein Gesicht in den Händen – kein richtiges, sondern das grausige, gezähnte Knochengerüst eines Gesichts.

»Gottes heilige Steuerrückzahlung!« rief Burne. »Die Motoren sind noch nicht einmal abgekühlt, und McKack ist der Meinung, daß sie unbedingt rauslaufen muß, um ein Schädelfossil aufzustöbern.«

Kappie räusperte sich verächtlich. »Lieber Burne, vielleicht würdest du mal genauer hinschauen. Das ist kein Fossil. Wir haben Eingeborene gefunden.« Sie hielt ihm das Gesicht entgegen, als wolle sie ihm ein Geschenk darbringen.

Die Tatsache, daß es sich um einen Schädel handelte, war weniger bestürzend als der Zustand desselben. Da war kein Schädel, sondern nur ein kümmerlicher Rand, grausam zerhackt, in menschlichem Bestreben, mit einem menschlichen Werkzeug. Francis, Luther und Burne erschauerten im Unisono.

»Ein Kopf wird nie aus einem einzigen Grund aufgespalten«, sagte Kappie sanft.

»Ich habe keine neurochirurgischen Kliniken am Horizont gesehen«, wandte Burne ein.

»Und das zwingt uns zu der Annahme, daß das Gehirn zu Nahrungszwecken verwendet wurde.« Sie reichte ihre Entdeckung an Burne weiter. »Die Narben im Inneren unterstützen diese Vermutung.«

»Ja«, bestätigte er. »Und schau dir mal das *foramen magnum* an. Diese Spezies bewegt sich aufrechtgehend fort.«

»Hör auf, so verdammt deduktiv zu sein!« stieß Kappie erbost hervor. »Erkennst du keinen männlichen erwachsenen *Menschen*, wenn er dir ins Auge springt?«

Francis biß sich unwillkürlich auf die Zunge, worauf ihm die Tränen kamen. »Freunde, ich habe mir gerade was überlegt ... Könnte ich vielleicht an Bord bleiben?«

»Ich stimme dagegen, Lostwax«, entschied Burne. »Dieser Schädel ist eine lausige Neuigkeit, und wir sollten lieber damit beginnen, eine kleine Armee zu formieren. Und ich habe das Gefühl, daß wir Kanibalen umbringen werden, noch bevor die Woche sich ihrem Ende neigt.«

»Ich kann nicht töten«, protestierte Francis. »Das ist wider meine Natur.«

»Die Hummel kann nicht fliegen«, bemerkte Luther. »Das ist wider ihre Natur. Sie ist zu schwer für ihre kleinen Flügel.«

»Das brauchst du mir nicht zu sagen.«

»Wieso bleibt sie dann trotzdem in der Luft?«

Francis dachte eine Weile nach, dann lächelte er schwach. »Es ist zwar nicht allgemein bekannt, aber die Hummeln sind von einem unbeirrbaren Wunderglauben erfüllt.«

Sie wären schon am frühen Morgen aufgebrochen, aber Kappie und Burne hatten zu streiten angefangen. Die ersten Sonnenstrahlen schienen durch Francis' Bullauge und fingen sich gerade auf seinem

Bauch, als zwei Stimmen an sein Ohr drangen – laut, aber nicht schrill – spöttisch, aber nicht ironisch. »Du hast den *Verstand* verloren!« – »Du bist kein *Wissenschaftler*!« Er blinzelte, um wach zu werden, im gleichen Augenblick stürzten Kappie und Burne herein.

»Hallo, Freund Lostwax, wie hast du geschlafen?« fragte Burne.

»Versuch nicht, ihn weich zu machen!« rief Kappie. »Lieber Francis, du sollst einen Streit zwischen uns schlichten.«

»Wie ich geschlafen habe? Was glaubt ihr wohl, wie ich in einem Kannibalenland geschlafen habe?«

»Burne besteht darauf, daß wir mit möglichst wenig Gepäck auf Reisen gehen«, berichtete Kappie. »Wir sollen nur was zu essen, ein Proximaskop und sein Fermentgewehr mitnehmen. Aber ich finde – zum Teufel –, wir sind die ersten Wissenschaftler auf diesem Planeten. Wir dürfen die Wissenschaft nicht verraten, nur weil wir dadurch vielleicht einen oder zwei Tage verlieren würden. Wir müssen Kameras mitnehmen, Bodenprobenkästen, Sonden, Schaufeln. Wir stehen vor der größten Entdeckung seit – seit dem *Cortexclavus areteus*.« Sie lächelte kokett.

Damit hatte sie den richtigen Ton getroffen. »Was sagt Luther dazu?«

»Er steht auf meiner Seite.«

Komm schon, Lostwax, dachte Francis. Willst du Burnes Marionette sein? Außerdem hat Kappie schöne volle Brüste. »Ich glaube, ich bin auch auf deiner Seite.«

In gespielter Verzweiflung hob Burne die Hände und marschierte aus der Kabine.

Kappie warf Francis einen zufriedenen Blick zu. »Wenn wir Burnes Mundwerk über das Gitter des Beschleunigers kleben könnten, hätten wir genug Energie, um von hier wegzukommen und den Rest der Milchstraße abzugrasen.«

Gegen Mittag hatten sie das Magnumauto von Bord gebracht, mit den Utensilien vollgestopft, die sie im Dienste der Wissenschaft und für das Leben in der freien Natur brauchten, und das Schiff zugesperrt. Jeder Forscher trug einen Schlüssel bei sich, einen unregelmäßigen Zylinder, der an einer Schnur von seinem Hals hing. Francis nahm die zwei wichtigsten Dinge seines Lebens mit – den Insulinkasten und seinen Korkenzieherkäfer.

Als sich alle ins Auto gezwängt hatten, tippte Kappie, die auf dem Vordersitz kauerte, die richtigen Längen- und Breitengrade in den Mikrocomputer. Das Magnumauto begriff, worum es ging, drehte sich um zwanzig Grad und ratterte in einem wenig eindrucksvollen Tempo los. Francis spähte durch die Rückwand der Sichtblase und ertrug seine Nackenkrämpfe so lange, bis die *Darwin* zu einer winzigen Metallmuschel an einem endlosen Sandstrand zusammengeschmolzen war.

Eine Stunde später wichen die monotonen Dünen titanisch geformten Felsen, die dem Auge die abenteuerlichsten Gestalten vorgaukelten. Das Magnumauto surrte an Felsblöcken vorbei, die Francis wie Morgs vorkamen – die großen, schaumartigen Meeresungeheuer vom Planeten Kritonia. Und dann kamen sie zu einem Wall aus hoch aufragenden Schrauben, der so aussah, als würde sich eine Kolonne gigantischer *Cortexclavi aretei* aus dem Boden winden. Diesmal bestand Luther nicht nur darauf, ein Foto zu machen, er wollte auch noch, daß Francis mit aufs Bild kam.

»Warum?«

»Wegen des Maßstabs«, erklärte Luther und stellte die Kamera ein. »Und starr nicht so in die Linse! Das sieht unmöglich aus.« Diesen Wunsch erfüllte Francis nur zu gerne, denn er hielt ohnehin viel lieber nach Kannibalen mit riesigen Brustkörben Ausschau.

Bevor sie die Schraubenfelsen verließen, kratzte Luther ein Dutzend Gesteinsproben von ihrer Oberfläche und verstaute sie in einem Plastikbeutel. Kappie schlenderte umher und kehrte mit einem ausgebleichten Relikt zurück. Der zweite Schädel unterschied sich vom ersten dadurch, daß er jung und weiblichen Geschlechts war. Und er hatte wie der erste keine Schädelkapsel.

Als das Tageslicht erlosch, hielten sie in einem Canyon und schlugen ein Lager auf. Burne packte ein Luminon aus und stellte es auf. »Diese Dinger sind wahre Juwelen«, meinte er. »Wir brauchen nur auf den Schalter zu drücken und werden in einem strahlenden Licht speisen, das mit der Sonne rivalisieren kann.« Er betätigte den Schalter, worauf das Gerät ein leises mechanisches Hüsteln von sich gab, aber kein Licht.

»Das muß eine Sonnenfinsternis sein«, stellte Kappie ohne sarkastischen Ton fest, weil die Worte allein schon genügten. Burne knirschte mit den Zähnen.

Sie dinierten im Feuerschein. Der Hauptgang bestand aus gekochten Bohnen von der Nerde und rohem dreiäugigem Fisch von Arete. Carlottas üppiger Sauerstoff animierte die Flammen dazu, wie hohe blaue Fontänen emporzulodern, die dem Luminon in jeder Beziehung überlegen waren.

Ein Wind kam auf, nagte an Nasen und Ohrläppchen. Die Wissenschaftler holten ihre Schlafsäcke und legten sie neben das Feuer. Die Atmosphäre inspirierte Kappie zu Horrorstorys, die sie in einem erstickten Flüstern erzählte. Francis entschlummerte während einer Werwolfattacke.

Die Nacht ließ Tau zurück und nahm ihm seine Angst – zumindest einen Teil davon. Als er erwachte, verspürte er eine seltsame Abenteuerlust. Er schälte sich aus dem Schlafsack, schüttelte den Sand aus seinem Haar, den der Nachtwind hineingeweht hatte, und beschloß, einen Spaziergang zu machen, um beim Frühstück einen kräftigen Appetit entwickeln zu können. Ich bin Burne viel ähnlicher, als ich dachte, sagte er sich.

Als er zu der Stelle kam, wo der Canyon eine Biegung machte, begegnete er einem Wunder und blieb blinzelnd stehen. Er war nur knappe zehn Meter vom Wrack eines riesigen Raumschiffs entfernt.

»Burne! Kappie! Luther!« Seine Freunde gesellten sich schon nach kurzer Zeit zu ihm. Für eine volle Minute fesselte sie das Erstaunen, und sie standen reglos da, eine dicht gedrängte Gruppe passiver Zuschauer. Dann ging Kappie langsam weiter vor, bis sie das Metall berühren konnte.

Es war nicht mehr viel übrig. Kabinen, Computer, Treibhäuser, Viehhöfe, Feldgeneratoren, Rumpfplatten, Reaktoren, Holojektoren – Francis vermutete, daß der emsige Wind das alles ins Nichts geschleudert hatte. Jetzt existierte nur noch der Überbau, erhob sich aus dem Sand wie das Gerippe eines glücklicherweise ausgestorbenen Behemoths, dessen Knochen von einer Herde stählerner Geier abgenagt worden war bis zur allerletzten Fleischfaser. Ein Gerippe! Mit einem breiten Grinsen wandte sich Francis zu Luther um.

»Wenigstens ein Rätsel ist gelöst. Nun wissen wir, was das verschwommene Ding auf deiner Nahaufnahme darstellt.«

»Zwei Rätsel sind gelöst«, entgegnete Luther. »Wer immer dieses Ding geflogen hat, muß ein Hirn im Kopf gehabt haben.«

»Einigen wir uns auf drei gelöste Rätsel«, fügte Kappie hinzu. »Das ist nicht nur irgendein Schiff. Ihr könnt die leeren Zeilen füllen, Gentlemen. Wir sind die ersten Menschen, die bezeugen können, welches Schicksal die *Eden Drei* erlitten hat.«

Francis zog sich in die Archive seiner Erinnerung zurück, ging

Korridore entlang, die er seit Jahren nicht mehr besucht hatte, und griff nach einem staubigen Schulbuch mit dem Titel: »Alte Geschichte – für die siebente Klasse«. Er schlug das Kapitel über das einundzwanzigste Jahrhundert auf, das Zeitalter der Raumarchen, und die ganze Story fiel ihm wieder ein.

Dieser Geschichte zufolge waren nicht nur eine, sondern zwei Archen für das Canis-Major-Abenteuer gebaut worden. Die *Eden Zwei* erreichte die Nerde flugplanmäßig, doch von der *Eden Drei* hatte man nichts mehr gehört. Man hatte angenommen, das Zwillingsschiff sei von einem Meteorhagel vernichtet oder von einem schwarzen Loch verschlungen oder durch einen internen Krieg von seinen himmelstürmenden Zielen abgelenkt worden. Es hätte zahlreiche logische Harmageddons gegeben – ein Grund, warum die Initiatoren des Nerdenunternehmens von Anfang an auf einer zweiten Arche bestanden hatten. Wer hätte erraten können, daß die Nerdenbewohner gleich hinter der nächsten Solar-Ecke Verwandte hatten, die nur geringfügig vom Kurs abgekommen waren?

Burne und Kappie hatten das Wrack betreten und hielten nun eine interdisziplinäre Konferenz ab. Die Archäologie und die Anthropologie prallten aufeinander, kämpften und erzielten schließlich eine Übereinstimmung.

»Erstens muß man feststellen, daß die Tragbalken des Rumpfs nicht beschädigt sind«, begann Kappie. »Das weist darauf hin, daß das Schiff von vernunftbegabten Wesen hierhergesteuert wurde und sicher gelandet ist. Wir können also annehmen, daß die menschliche Zivilisation nicht nur die Nerde, sondern auch Carlotta heimgesucht hat.«

»Doch dann gewann die Natur die Oberhand«, fuhr Burne fort. »Der unwirtliche Planet, der entnervende Sand, das Eis – all das hinderte die Pilger daran, eine ebenso hohe Kultur aufzubauen, wie wir sie auf der Nerde besitzen.«

»Was ist denn das für eine hohe Kultur?« fragte Francis dazwischen. Die hohe Kultur der Nerde bestand aus einem olfaktorischen Comicheft-Kiosk, zwei Onkel-Andrews-Schaschlik-Konzessionen, drei Mutter-Mocha-Milchbars und vier Pornovisionstheatern an jeder Ecke.

Burne ignorierte die Frage. »Die Jahre schleppten sich dahin, eine Generation löste die andere ab, und die menschliche Rasse kehrte in ihr frühestes tierisches Stadium zurück. Die Bewohner dieses Planeten sind wahrscheinlich wilde Barbaren ohne Tischmanieren und sanitäre Anlagen.«

»Hier, seht den Sold des Atavismus!« Kappie nahm einen ihrer Schädel aus ihrem Rucksack. »Hunde fressen Hunde.«

Francis wurde übel. Bis jetzt hatte er Kappies Funde nur als grob mißhandelte Vettern betrachtet. Wäre es möglich, daß innerhalb dieser Knochenwände keine einzige Sinfonie widergehallt war? Kein Euklid-Beweis? Kein schmutziger Witz?

Luther klopfte mit seiner Pfeife auf einen Tragbalken. »Deine Theorie hat ein bedauerliches Loch, Burne. Unter uns Chemikern gibt es einen alten Lehrsatz: ›Materie kann weder geschaffen werden noch . . .‹ Den Rest habe ich vergessen. Aber in diesem Ding fehlen alle lebenswichtigen Teile. Da finden sich nur ganz schwache Spuren von den vielen Millionen Vorrichtungen, die man braucht, um über Lichtjahre hinwegzureisen, auf dem Kurs zu bleiben und alle Leute für zwei Jahrhunderte bei Laune zu halten.«

»Vielleicht Erosion?« fragte Francis.

»Was für eine Art von Erosion kann eine Raumarche so ratzekahl aushöhlen wie ein Aretanier einen dreiäugigen Fisch, ohne die Tragbalken zu zerkratzen?«

»Die Tragbalken sind aus Stahl«, erklärte Burne.

»Ebenso die Rumpfplatten, die Ionenkammern und so weiter. Nein, ich nehme an, daß ein hochintelligentes Volk dieses Schiff sorgfältig und systematisch ausgebeutet hat.« Luther riß ein Paneel von den Resten einer Schleuse. »Schaut euch das mal an!«

Burne gab zu, daß es weder die Hände launischer Wilder noch der willenlose Sand gewesen sein konnten, die diese Schleuse ihrer übrigen Teile beraubt hatten. »Ich glaube ganz einfach, daß der Rückentwicklungsprozeß nicht sofort begonnen hat. Nach der Landung hatten die Verwandten unserer Ahnen eben irgendwelche Gründe, um alles wegzuschleppen.«

Luther deutete zu der Weite des Horizonts. »Aber, aber wohin? Gibt es hier irgendwo ein Land, in dem man leben kann? Eine Zivilisation?«

Zivilisation! Wie süß dieses Wort in Francis' Ohren klang – nach Erlösung . . .

»Das sind kluge Fragen«, entgegnete Burne, »aber wenn wir in dieser Woche irgendwelche Eingeborenen treffen, kannst du ja versuchen, mit ihnen über Religionsphilosophie und Schillachi-Gleichungen zu diskutieren.« Er hielt sein Fermentgewehr hoch. »Ich wette aber, daß sie diese Sprache besser verstehen werden.«

Knapp zwei Kilometer hinter dem Canyon breitete sich eine Oase in der Wüste aus wie eine riesige Schlingpflanze. Das war keine bloße Abnormität im Sand, dies war eine Welt für sich, ein dichtes Netzwerk aus Teichen, Wasserfällen, Felsblöcken, Halmen, Ranken, Früchten und Blumen. Die Geschlechtsorgane aller Blüten sahen wie Menschengesichter aus und waren auch genauso groß.

Man konnte die Oase auf Wegen betreten, deren dicht verwobene Zufälligkeit vermuten ließ, daß ihre Schöpfer keinem Plan gefolgt waren, sondern nur ihrem Instinkt und ihrem Durst. Die gebildeten Bewohner von Luthers zivilisiertem Land kamen offenbar nicht hierher.

Die Wissenschaftler parkten das Magnumauto unter einem großen, von vielen Fasern durchzogenen Blatt, das wahrscheinlich das Gewicht des Wagens getragen hätte, und dann folgten sie dem nächstbesten Pfad zu einer Lagune. Während sie auf Luther warteten, machten die anderen ein paar Fotos und atmeten die schwüle, feuchte Pflanzenluft ein. »Das erinnert mich an einen gräßlichen Jungen, den ich mal gekannt habe«, sagte Francis und deutete auf ein Gewächs aus Staubgefäßen und Pistillen. »Er hieß Robert Poogley.«

Luther kam heran, stach mit einem Wistar-Stab in das helle Wasser und studierte die Lichtpunkte, Meßskalen und Lackmusplatten auf dem zwiebelförmigen Ende des Geräts. Der Stab verkündete, daß das Wasser kein Wasser war, sondern ein öliges Carlotta-Faksimile von Wasser. Francis ließ sich dazu herab, seinen Durst damit zu löschen. Seine romantische Ader begann sich zu regen. Da war er, Dr. Francis Lostwax, ein demnächst berühmter Entomologe, gefangen auf einem verborgenen Planeten, wo er nun einen märchenhaften Garten erforschte und eine vergessene Zivilisation suchte. Inspiriert wanderte er zu einem paradiesischen Fleckchen, wo ein kleiner, fröhlicher Bach wie ein Spielzeugwasserfall über den Rand eines würfelförmigen Felsblocks hüpfte. Rings um den Würfel wuchsen Klumpen aus büscheligen organischen Schirmen, die das einzige prosaische Attribut dieser Szenerie bildeten. Erschöpft sank Francis unter den größten Klumpen, und die Schirme schützten ihn vor der sengenden Sonne.

Das sind zweifellos Bäume, dachte er, ebenso, wie ein Yorkshire-Terrier zweifellos ein Hund ist, so wenig er auch zum Ruhme dieser Spezies beitragen mag. Francis war ein Collie-Fan. Das nette Lächeln dieser Tiere gefiel ihm.

Später begann die Welt sich zu regen und lebendig zu werden. Benommen und voller Angst erhob sich Francis. Und dann nahte das Grauen – von oben. Wie Würmerfrüchte, in Trauben, die sich aus dreien oder vieren zusammensetzten, lösten sich die dunklen, kreischenden Gebilde von den Bäumen.

Eine Steinaxt in der Hand, raste ein Zweibeiner mit Zahnlücken heran. Francis spürte einen betäubenden Schlag auf der rechten Schulter. Sonderbarerweise brach der Knochen nicht auseinander. Aber ein zweiter Schlag, direkt auf seinen Mund, verursachte eine blutende Wunde.

Er klammerte sich an dem Würfel fest, starrte die Wilden an. Es waren über zwei Dutzend, und sie sahen alle verwüstet aus, von Schmerzen gepeinigt und nur entfernt menschlich – eher wie Gorillas, die man als Baby in Stacheldraht gewickelt hatte. Ihre Augäpfel schimmerten in einem kränklichen Gelb, ihr Haar war von einem namenlosen Morast bedeckt, und zwischen den verfaulten Lippen floß unkontrollierbarer Speichel hervor.

Irgendwie gelang es Francis, seine Verwirrung und seinen Schmerz zu bewältigen und zum Pfad zu fliehen. Schirme flogen an ihm vorbei, als er von einem Teich zum anderen sprang und verzweifelt versuchte, aus diesem Irrgarten herauszufinden. Endlich tauchte die Poogley-Pflanze vor ihm auf und wies ihm den Weg zur Wüste. Als er das Magnumauto erreichte, blickte er auf und sah zwei willkommene Gestalten, die ihm entgegeneilten. Burnes Gesicht war vor Wut verzerrt, und Luthers Züge waren gezeichnet von den Schmerzen, die ihm seine überstrapazierten Lungen bereiteten. Fünfzig Wilde stürmten hinter den beiden her.

»Lostwax – der Mikrocomputer!« stotterte Burne mit einer Stimme, die zwischen Panik und Entschlossenheit schwankte.

Gehorsam riß Francis die Sichtblase auf und sprang ins Auto. Er drückte auf die entsprechenden Tasten, seine Freunde kamen angestürmt, und Burne schob Luther auf den Rücksitz.

»Wo ist Kappie?« fragte Burne.

Francis wollte gerade stöhnend erwidern, daß er es nicht wüßte, als plötzlich etwas aus der Oase sprang, dreißig Meter entfernt. »Hinter dir!«

Kappie war nur um ein kleines bißchen näher bei den Wilden als beim Magnumauto aufgetaucht, doch dieser Unterschied erwies sich als fatal. In Sekundenschnelle war sie eingekreist. Im Bewußtsein, daß sie nur zwei Möglichkeiten hatte – hilflos zu schreien oder vernünftige Argumente vorzubringen –, nahm sie eine Pose ein, die ungefähr besagte: Ich bin nicht bereit, ein fünf Jahre langes kostspieliges Studium aller Tugenden, die dem kulturellen Relativismus anhaften, in einem einzigen Augenblick zum Teufel zu jagen. »Hört auf!« Die Wilden hörten nicht auf. »Wir stammen von derselben Rasse ab!« Sie sprangen ihr an die Kehle. »Habt ihr denn *alles* vergessen? Wir sind eine Familie . . .« Und dann konnte sie nicht mehr sprechen, sondern nur noch Blut spucken.

Burne zielte sorgfältig mit seinem Fermentgewehr, aber als er das Relais traf, war nur ein dumpfes elektronisches Wimmern zu hören.

»Steig ein!« schrie Luther. »Du kannst sie nicht retten.«

Burne rammte die unbrauchbare Waffe in seinen Gürtel. Er kehrte zum Magnumauto zurück, befahl Francis, den Fahrersitz frei zu machen, und schloß die Sichtblase. Die Wilden folgten ihm nicht. Kappies Leiche erforderte ihre totale Aufmerksamkeit.

Francis kämpfte darum, zu beobachten, was er nicht sehen wollte, zu ignorieren, was er sich wahrzunehmen zwang. Ein Wilder kniete am Boden, bohrte sein Werkzeug in ihr Gehirn. Und als das Magnumauto davonraste, sah Francis, wie sie Teile der Großhirnrinde herausholten, Knochenmarkstücke, Kleinhirnklumpen, die ganze wunderbare Maschinerie, die einst Kappies formidables Gehirn ausgemacht hatte. Das Blut in seinem Mund mischte sich mit Erbrochenem.

Und so endete Francis Lostwax' dritte Begegnung mit dem Frevel der Gewalt.

Bald waren die Wilden weit hinter ihnen zurückgeblieben, die Oase verschwand, und der Rest des Tages brachte ihnen nichts weiter ein als Sand und brennenden, qualvollen Schmerz. Luther verbannte seine Kamera in den Gepäckraum des Magnumautos und sammelte keine Steine mehr. Burne achtete nicht mehr auf sein Fermentgewehr, und Francis hörte auf, Wörter zu benutzen.

Sie parkten den Wagen schon lange bevor die Sonne unterging, denn sie wußten, daß es Stunden dauern würde, das Magnumauto zu tarnen und sich in den Dünen zu verschanzen. Sobald sie sich an einer geeigneten Stelle verkrochen hatten, erwärmte jeder Mann seine Mahlzeit mit der unmerklichen Hitze einer Kelvin-Hülse, aß direkt aus der Konservendose und vergrub die Abfälle einen Meter tief. Sie lösten einander planmäßig ab, um nach den Wilden Ausschau zu halten, und weinten unplanmäßig.

Der Verlust Kappies war wie eine Fermentkugel, die einen ins Bein getroffen hatte. Man bekommt die volle Kraft des Schmerzes nicht sofort zu spüren. Zuerst fragt man: ›Ist das alles?‹ Und dann explodiert man.

Man dürfte dem Tod einfach nicht erlauben stattzufinden, dachte Francis. Erst Barry – und jetzt Kappie . . . Seine Lebensgeister konnten es nicht ertragen, zwei so wichtige Personen zu verlieren. Es wäre viel besser, wenn nur die Nebencharaktere, die Statisten, stürben.

Um Mitternacht war Francis von der vollen Wucht seines Kummers getroffen worden, dann hatte er neue Kräfte gesammelt, und nun dachte er nach. Er mußte so viele verlorene Gedanken zusammensuchen, daß er nicht mehr schlafen konnte. Burne hielt gerade Wache.

»Burne?«

Ein Grunzlaut drang matt aus dem Westen, gefolgt von einer leisen Frage. »Ja, Lostwax?«

»Ich kann nicht schlafen.«

»Tut deine Lippe noch weh? Ich könnte die Wunde nähen.«

»Nein, wenn ich nicht lache, ist es zu ertragen. Und ich habe nicht vor, in den nächsten drei Jahren zu lachen.« Er kroch aus seiner Grube. Burne saß da, zwischen blitzenden Fermentgewehrteilen, die ihn umgaben wie die Sonnen der Andromeda. Bevor die Nacht zu Ende war, würde er die Waffe wieder zusammengesetzt haben und versuchen, das zimperliche Luminon zu überlisten.

»Beweg dich nicht!« warnte Burne. »Und sprich leise!«

»Burne, ist es ratsam, die Suche nach dem Cäsium fortzusetzen?«

»Wenn wir ein Ziel vor Augen haben, werden wir einen klaren Kopf behalten.«

»Wenn wir zum Schiff zurückkehren werden . . . Wir können einen weiten Bogen um die Oase machen und dann in der *Darwin* warten, bis uns Carlotta nahe genug an die Nerde herangebracht hat, so daß wir eine Nachricht losschicken können.«

»Das würde ein halbes Standardjahr dauern, Lostwax! Was sollten wir denn essen! Sand? Und es wäre nicht so einfach, an den Wilden vorbeizukommen, wie du dir das vorstellst. Wahrscheinlich haben sie die *Darwin* inzwischen gefunden.«

»Glaubst du, daß sie sich so weit von zu Hause entfernen?«

»Für Raubtiere ist das kein weiter Weg. Sie könnten das Schiff in einem knappen Tag erreichen. Und du wirst dich vielleicht erinnern, daß der erste Schädel praktisch vor unserer Tür lag.« Burne wies auf einen traurigen Weststern. »Nein. Wenn ich diese Richtung noch einmal einschlagen sollte – dann nur in Begleitung einer Armee.«

»Du hoffst also auf Luthers Zivilisation?«

»Worauf sollen wir denn sonst hoffen?«

Francis vernichtete den Stern, indem er ihn auf den blinden Punkt seiner Netzhaut verbannte. Ja, verdammt, Burne hat recht. Vorerst müssen wir wie die Wilden in ihrem üppigen Land dahinvegetieren, hoch oben auf den Bäumen schlafen und die Gedärme auf Blumen entleeren und Früchte und Gedanken fressen lassen. Jetzt können wir nichts weiter tun als fliehen.

Der Fluß war breit und tief. Wie ein Spiegel sah er von manchen Blickwinkeln betrachtet dunkel aus, von anderen silbrig. Die dunklen Stellen war unvorstellbar dunkel, so düster wie das Innere einer Sünde. Die silbrigen erinnerten an Aale aus Quecksilber. Es waren schnelle, verwirrende, metallische Punkte, und sie bewirkten, daß man ein leises elektrisches Summen wahrnahm, das über die Wasserfläche glitt.

War das ein geologischer Zufall? Oder ein von Menschenhand geschaffener Kanal, eine Errungenschaft der Ingenieure, die an Bord der *Eden Drei* gewesen waren? Und was am sonderbarsten war – warum erhob sich am anderen Ufer eine steinerne Mammutmauer? Keiner der drei Wissenschaftler, die an den Wasserrand getreten waren, wagte auch nur eine Vermutung auszusprechen.

Francis ließ sich auf allen vieren nieder, beugte sich über das Ufer und bereitete seine Nasenlöcher auf die süßen Düfte eines Mistkäfers vor. Aber der Geruch des Flusses war noch viel angenehmer – wie die verschiedenen Ausdünstungen des eigenen Körpers.

»Ist es schlimm?« fragte Burne.

»Nur undelikat.«

Der dickflüssige Strom verbreitete einen beißenden Gestank wie ein Mutter-Mocha-Milchshake, der sich aus giftiger Milch, verdorbenem Zucker, degenerierten Früchten und bösen Fetten zusammensetzte.

»Diesen Burggraben kann nur ein Chemiker lieben«, erklärte Luther. Er hielt den Wistar-Stab hinein und beobachtete, wie die Farben des Geräts wechselten, wie die Skalen zuckten. »Verdammt, das ist kein Wasser, und der Stock will uns einreden, daß die genetischen Materien und Aminosäuren sich in biologischem Sinn zu einem Ganzen vereint haben.«

Francis' Kinnlade klappte nach unten. »Du meinst, daß diese Brühe lebt?«

»Ich sage nur, daß sie zuviel Silberhalogenid enthält, um organisch zu sein, und zuviel Gewebe, um was anderes zu sein. Stell dir eine Substanz vor, die weder beseelt noch unbeseelt ist. Sie kann wachsen wie ein Kristall und sich vermehren wie eine Kuh. Und jetzt stell dir jemanden vor, der darin *schmilzt*...«

»Luther!« Burne zeigte auf den Wistar-Stab. Alle Augen hefteten sich darauf. Das Mittelstück war nun ein Stumpen, das Unterteil war verschwunden. Von dem hungrigen Burggraben verschlungen.

Luther nahm einen letzten Test vor. Er packte ein Crysaniumrohr aus und opferte es der Wissenschaft. »Ich habe noch drei weitere in meinem Rucksack.«

Das Rohr floß in der Strömung dahin und löste sich auf wie eine Gehirnmasse im Magen eines Kannibalen.

Der Fluß war böse. Warum ließ sich Francis trotzdem davon faszinieren? Warum war diese Bösartigkeit so reizvoll? »Wenn ich jetzt hineinspringe«, fragte er Luther, »würdest du meine Gebeine dem Institut übergeben?«

Dann richteten sie ihre Aufmerksamkeit auf die Mauer. Sie war dreißig Meter hoch, genauso hoch wie die Korkenzieherfelsen. Sie konnten nicht feststellen, wie dick sie war, doch die Intuition sagte ihnen – dick und breit, breit genug, daß man mit Raumarchen darauf landen konnte.

Die Mauer war alles, was der Fluß nicht war. Sie war schön, grau und still. Die massiven, ineinander verzahnten Steine waren von Meisterhand zusammengesetzt worden, und die Verbindungsstellen waren nicht zu sehen und so beschaffen, daß sie alle Zeiten überdauern würden.

Eines stand fest – diese Mauer war nicht von Barbaren gebaut worden.

 Dr. Tez Yon, deren Rasse die Mauer gebaut hatte, suchte nach einer Pflanze. Die Sonne, einst UW Canis Majoris genannt und jetzt Iztac, kleckste ihr Licht auf dicke Blätter und knorrige Rinde, erreichte sogar den Boden, ein dichtes Netz aus nackten Wurzeln. Es ist schön, um diese Zeit im Wald zu sein, dachte sie und erinnerte sich an ihre letzte Pflanzensuche vor zwei Epochen, wo Iztac merklich näher gewesen war und ihre Haut Blasen geworfen hatte wie ein alterndes Fresko.

Normalerweise machte Tez sich nicht die Mühe, Iztac die Gaskugel von Iztac dem Quell der Erleuchtung zu unterscheiden – oder Iztac den Quell der Erleuchtung von Iztac dem Gott. Dies war die antidichotomische Tendenz der Quetzalianischen Philosophie. Die Quetzalianische Philosophie war gleichzeitig eine Religion – Zolmec – und eine Wissenschaft – die Biophotonik. Niemand hatte jemals von der Biophotonik gehört, bis Tez' Kindheitsheldin, Dr. Janet Vij, sie erfunden hatte. Dr. Janet Vij sagte zum Beispiel: »Es ist viel arroganter, intuitives Wissen über das Heilige zu verbreiten als wissenschaftliche Erkenntnis über das Berührbare.«

Zolmec gab zu, daß manche Dichotomien unvermeidlich waren – und sogar nützlich. Qualität versus Quantität. Die Zähne fallen einem aus versus die Zähne fallen einem nicht aus.

Trotzdem gab Zolmec den säuberlichen Schismen der primitiven Zeiten – Kunst/Logik, Seele/Gehirn, Geist/Fleisch – die Schuld an allen Arten von Ignoranz – vor allem dem Gedanken, daß die physische Welt überschritten werden mußte. Immerhin – hatten Tez' Erdenahnen ihre Meßgeräte nicht unbemerkt in das Atom selbst hineingeschmuggelt, Quark von Quark getrennt und das Göttliche Ultikel herauskristallisiert? Hatten sie nicht die mystische Qualität der Materie bewiesen und die Kluft zwischen Wissenschaft und Geistigkeit für immer geschlossen? Zolmec kannte nur wenige Tabus, aber es war ganz sicher tabu, die Dinge in Kästchen zu stecken.

Heute fand Tez das Kästchen-Tabu zum erstenmal, seit sie denken konnte, sehr bedrückend. Dr. Mool ist Dogmatiker, überlegte sie. Aber wenn ich ihn so nenne, ordne ich ihn doch zweifellos in ein Kästchen ein, und dadurch betrachte ich ihn nicht mehr als ganzen Menschen. Und doch – ohne die Kästchen-Dogmatismen kann ich mir den schmierigen Bastard nicht einmal bildlich vorstellen.

Der Wald wurde nun lichter, die Bäume gingen in Büsche über, und Mixtla, ihre scheue Stute, fand plötzlich Gefallen an der Bodenbeschaffenheit und langweilte ihre Herrin mit fröhlichen Sprüngen. Mixtla war ein Lipoca, eine sechsbeinige Spezies, die vom wilden Huanocez abstammte, das die Quetzalianer vor vielen Jahren domestiziert hatten. Der Lipoca glich der Kinderzeichnung von einem Pferd.

Dr. Mool war raffiniert, sagte sich Tez. Er wird vom ganzen Personal des Chimec-Hospitals respektiert. Dr. Mool ist klug, und seine Weisheit behauptet, daß die Coyo-Wurzel die Lebensgeister meines Vaters von neuem erwecken und ihn gesund machen wird, sobald man sie in ein Serum umgewandelt hat.

Aber Dr. Mool irrt sich, dachte sie.

Unter Mixtlas Hufen schmolz der weiche Humusboden zu noch weicherem Sand zusammen. Wie Dr. Mool es prophezeit hatte, wuchsen zahllose Coyo-Blumen an der Grenze zwischen Wald und Wüste, und ihre fleischigen Blütenblätter ergötzten sich an der Mittagssonne. Tez stieg ab.

Warum war Mool so versessen darauf, das Leben ihres Vaters einer so berüchtigten Pflanze wie der Coyo anzuvertrauen? Wie konnte er so sicher sein, daß die Warnungen in einem Dutzend antiker Texte, die Prognosen schlimmer Nebenwirkungen, unter anderem eines profunden Komas, nur ein Mythos waren? Hier ging es nicht um rückständige Ideen versus neue Erleuchtung, sondern um vernünftige Vorsicht versus arrogante Laune.

Sie erinnerte sich, daß sie Mool auf den Eingangsstufen des Chimec-Hospitals über ihre Zweifel informiert hatte. Wie gewöhnlich hatte er nicht die Frage beantwortet, die sie gestellt hatte, sondern die Frage, die er beantworten wollte. »Wenn Ihr Vater weiterhin auf orthodoxe Weise behandelt wird«, sagte er mit seiner knurrigen Bärenstimme, »wird er vermutlich nie mehr zu gewissen motorischen Funktionen fähig sein. Aber wenn Sie ihn mir überlassen, wenn ich das Wissen nutzen kann, das ich mir über die richtige Anwendung der Coyo angeeignet habe – und Sie haben doch meine allgemein anerkannten Studien über die Dosierungspläne und die Keyta-Gegenwirkung in Chactols und Chitzals gelesen – wenn ich Ihren Vater also behandeln und all meine Kenntnisse einsetzen kann, wird er aus diesem Haus *tanzen*.« Keyta war eine Nebenwachstumskultur, die einen Patienten auch aus dem tiefsten Koma reißen konnte.

»Diese Kombination wurde noch nie an einem Menschen angewandt«, sagte Tez und trat nach einem der steinernen Jaguarköpfe am Rand der Stufen. »Ich glaube, es ist nicht richtig, daß Sie die Möglichkeit einer Heilung durch Neurogestaltung ignorieren.«

»Und ich finde, daß *Sie* nicht ignorieren sollten, wer der Chefarzt dieser Klinik ist und wer als seine Untergebene fungiert.« Ende der Debatte.

Teot Yon war Steinmetz und ein Opfer seines Berufs. Wenn er nicht mit den universalen quetzalianischen Interessen – Tee, Schach und unablässige Konversation – beschäftigt gewesen war, hatte er in den östlichen Steinbrüchen gearbeitet und die Mammutblöcke herausgebrochen und geformt, aus denen sich die Stadt Aca zusammensetzte. Es war ein respektabler Beruf. Die Steinhauer genossen das gleiche Ansehen wie die Geistlichkeit. Und sie wurden auch verstümmelt.

Um einen Block aus der Felswand zu lösen, mußten sie seine Konturen perforieren und die tiefen Löcher mit Wasser füllen. Wenn das Wasser gefror, brauchte man nur noch einen Eisstab hineinzustecken, bis der Steinblock herauszusplittern begann. Es war ein beliebter Sport unter den Steinhauern, auf dem Block zu stehen, bis ein KRAACK zu hören war, und dann herunterzuspringen.

Ein seltsamer Zufall – dieselbe Sorte von Eisstäben, die man in den Steinbrüchen benutzt, wurde auch im Chimec-Hospital verwendet, um Hirngewebe zu gefrieren und zu verhindern, daß es während der Operation zu einem Blutsturz kam.

Tez lag auf den Knien, umklammerte den Stiel einer großen Coyo und zerrte daran, bis sich die Wurzel aus dem Erdreich löste. Die Wurzel war mit kleinen, fleischigen Schoten bedeckt. Als Tez die Pflanze zwischen den Falten ihrer Robe barg, kam sie sich vor wie eine Schlange – eine giftige Schlange, mit einer Droge ausgestattet, die sie eigentlich nicht gebrauchen wollte.

Aber sie würde die Coyo gebrauchen. Sie würde sich Mools Tüchtigkeit beugen, seiner Weisheit, seiner Reputation.

Aber seiner unheiligen Selbstsicherheit würde sie sich nicht beugen.

Für eine Erwachsene sah Tez Yon erstaunlich neu aus, bemerkenswert vital, und ihr Spieltrieb war unverbesserlich. Seit ihrem fünften Lebensjahr veranstaltete sie regelmäßig Marionettenaufführungen, und auf dieses Hobby wollte sie auch jetzt mit dreißig nicht verzichten. Der Titel ihrer letzten Produktion lautete ›Gehen wir nackt durch den Regen‹, und das Stück war nicht für Kinder bestimmt.

Sie war klein, als hätte sich ein voll ausgewachsener menschlicher Körper auf magische Weise um zehn Prozent reduziert, aber die Proportionen stimmten. Ihr Gesicht erweckte den Eindruck, als bestünde es aus einem viel härteren Stoff als Fleisch. Es war nicht geformt, sondern gemeißelt, Zentimeter für Zentimeter. Trotzdem wirkten die kantigen Linien nicht streng, weil sie durch volle Lippen gemildert wurden. Ihr Mund war unablässig zu einem spöttischen Lächeln verzogen, als würde er sich über den Schmerz amüsieren, der den anderen Gesichtszügen entging.

Abgesehen von ihren Puppen delektierte sich Tez an Wein und an Theorien aller Art, und an Tolcatagnachmittagen spielte sie Becherball. Sie war bis zu einem gewissen Grad schlampig und sah keinen Sinn darin, ihr Bett zu machen, da man, wie sie es ausdrückte, entweder darin schlief oder sich woanders aufhielt. An ihren Geburtstagen war sie traurig. Dies war eine Tradition, die bis in ihre früheste Kindheit zurückreichte, als sie ihre Geburtstagsfeiern ständig falsch interpretierte und gedacht hatte, daß sie nun sterben müsse. Warum sollte sich die Welt denn sonst so gewaltig anstrengen, um sie aufzuheitern?

Ihre erste Liebe gehörte der Wissenschaft. Nach den Vorschuljahren entwickelte sie das Bedürfnis, bei allen Dingen das Warum zu erkennen. Warum hatten Babys einen Babinski-Reflex, und warum verschwand dieser Reflex, wenn sie älter wurden? Warum leckten sich die Leute über die Oberlippe, wenn sie sich konzentrierten, und warum gab es so etwas wie Humor? Tez wollte das Licht begreifen. Sie wollte den Schlamm auseinandernehmen, Felsen entziffern und das Gras aus dem Boden lösen.

Als heranwachsendes Mädchen war sie nahe daran gewesen, die Darwinsche Erbtheorie zu entkräften, eine Doktrin, die auf ihre Erdenahnen zurückging. Die Darwinisten betrachteten die Evolution als ungeheures Pokerspiel, bei dem die Natur niemals pleite machte. Dieser Hartnäckigkeit auf seiten der Natur waren offensichtlich die gelegentlichen großen Pots zu verdanken (das Auge, die Kiemen, der Daumen, der Flügel), was vermutlich den schmerzlichen Verlust des Brontosaurus und des Neandertalers und so fragwürdige Gewinne wie das räuberische Verhalten von Tieren und Krebsgeschwüren ausgleichen sollte.

Im Gegensatz dazu sah die verachtete Theorie des Lamarckismus, ebenfalls vom alten Planeten importiert, die Evolution als willkürliche Verbesserung. Das gefiel Tez, denn es war gefühlvoll.

Ihre erbwissenschaftlichen Experimente befaßten sich mit dem Chactol, einem eingeborenen Fisch, den sie mittels einer Kombination von außergewöhnlichen Elternpaarungen und namenlosem Glück in ihrem Keller bis zur elften Generation hochgezüchtet hatte. Chactols besaßen keine Augen. Als Höhlenbewohner brauchten sie diese nicht. Sie zog ihre Chactols mit geruchlosem Essen auf, umgeben von allgegenwärtigen Feinden, in einer Umwelt, die den Besitz von Augen erstrebenswert machte. In einem jungfräulichen chirurgischen Versuch versah sie ihre erste Chactol-Generation mit schmalen Einschnitten an den Stellen, wo sehende Fische Augen hatten. Die Einschnitte reichten bis ins Gehirn und wuchsen dann zu, wurden von vernarbtem Gewebe verschlossen.

Die gleiche Operation nahm Tez auch an der zweiten Generation vor, dann an der dritten und vierten. Bei der fünften Generation wurden die Einschnitte nicht mehr von Narben verschlossen, sondern von Hornhäuten.

Danach nahm sie keine Einschnitte mehr vor. Die elfte Generation wurde mit Augen geboren.

Die medizinische Ausbildung zwang Tez, ihre Arbeit zu unterbrechen. Als sie am Legendenabend nach Hause kam, war sie verzweifelt, als sie ihre Exemplare tot vorfand. Die ererbten Augen hatten sich zu einer amorphen Masse reduziert. Sie schwor sich, das Experiment eines Tages zu wiederholen. Wenn das Chimec-Hospital jemals einen Forschungstrakt eröffnete, wie es Dr. Zoco fortgesetzt versprach, würde sie das Skalpell an den Nagel hängen, Mool sagen, was sie von ihm hielt, und ihr Leben der Biologie weihen.

AAARRRRRRRNNNNNNNNNNN. Was war das?

Tez blickte zum Wald zurück. Alles war so wie immer, Sonnenflirren, flatternde Blätter, gewundene Ranken. Dort drüben erhob sich ein hoher, schweigender Steinaquädukt, während in noch weiterer Ferne die Bibliothek von Iztac und das Chimec-Hospital die Baumwipfel mit ihren Tempeln überragten.

Sie wandte sich um, schaute über das Ödland hinweg, das einen Kilometer breit war, auf die Mauer, die aus dieser Entfernung und im Licht dieser Sonne betrachtet nur wie ein langer Sandwall aussah – und keineswegs wie die unüberwindliche Barriere, als die sie konzipiert war. Und als Tez weiterging, schien der Lärm anzuschwellen.

Es gab keinen Zweifel. Das Geräusch drang von der anderen

Seite der Mauer herüber, wahrscheinlich von den wandernden heißen Dünen am anderen Ufer des Flusses, der aus Haß gemacht war. Führten die Neurovoren, die grausigen Verschlinger der Zentralnervensysteme, irgend etwas im Schilde?

Die schwächste Erinnerung, der winzigste Gedanke an die Neurovoren, die geringfügigste Erwähnung dieser Geschöpfe genügten schon, um alle Quetzalianer bis ins innerste Mark zu erschüttern. Ein Arzt tauchte vor Tez' geistigem Auge auf. »Tut mir leid, meine Liebe, daß ich Ihnen das sagen muß, aber Sie haben einen Tumor. Sie sind dem Tode geweiht . . .« Genauso fühlte sie sich in diesem Augenblick.

Wenn auch nur ein Dutzend lebender Quetzalianer jemals einen Wilden gesehen hatte, so war die Neurovoren-Phobie in der Seele jedes Bürgers tief verwurzelt. Und es gab immer noch phantasielose Väter und Mütter, die sich mit der Behauptung Respekt zu verschaffen suchten, die Gehirnfresser würden eine besondere Vorliebe für undankbare kleine Mädchen hegen, weißt du, und ich fürchte, die Gehirnfresser kommen mitten in der Nacht und stehlen kleine Jungs, die ihr Gemüse nicht essen, und es ist allgemein bekannt, daß die Gehirnfresser den Eltern, die sich ihres frechen Nachwuchses entledigen wollten, ungeheure Goldmengen anböten.

Wenn diese Kinder dreizehn wurden, erzählte man ihnen von den Fakten des Lebens. Nicht von den sexuellen Fakten, die sie schon mit vier Jahren kennenlernten, gemeinsam mit zusammengesetzten Brüchen und Latein, sondern von den Erbfakten. Um die Wahrheit zu sagen, die Neurovoren waren keine irrelevante Verirrung der Natur, keine fremde Spezies, die nichts mit der menschlichen Rasse zu tun hatte, sondern die Neurovoren und die Quetzalianer gehörten derselben Rasse an.

Tez zitterte. Sie hätte es vorgezogen, mit einem karzinogenen Virus verwandt zu sein.

Die reine Logik sagte den Quetzalianern natürlich, daß Gehirnfresser niemals den habgierigen Inhalt des Burggrabens und die unermeßlichen Höhen der Mauer besiegen und über die Zivilisation herfallen könnten. Aber bei der Vorstellung, daß auch nur einem einzigen Neurovoren durch irgendeinen Trick der Natur oder eine Glückssträhne gelingen könnte, in Quetzalia einzudringen, machte sich die reine Logik in die Hosen und ergriff die Flucht. Die konservative Mehrheit war glücklicherweise davon überzeugt, daß die Neurovoren niemals eine Kultur entwickeln könnten, in der Brükken und Leitern entstehen würden, wenigstens nicht innerhalb der nächsten achtzig Generationen. Und danach müßten sich andere Leute mit diesen Problemen befassen.

Doch der unheimliche, insektensummartige Lärm verstummte nicht.

Tez kehrte zum Waldrand zurück und hielt unter einem Baum inne. Sie pflückte einen roten, matschigen Verwandten des Erdenapfels, den vergessenen Zögling irgendeines Hobbybotanikers. Da sie fürchtete, in ihrer Nervosität daran zu ersticken, gab sie die Frucht ihrer Lipoca-Stute, die gierig zu fressen begann und höflich den Worten lauschte, die sie nicht verstand.

»Mixtla, meine Freundin«, lauteten die Worte. »Was für ein außergewöhnlich dummes Ding du doch bist! Du hast die geistige Potenz eines Brokkolis, und das stört dich nicht einmal. Aber irgendwo in den Tiefen deines absurden kleinen Gehirns hörst du dieses Geräusch und . . .« Jetzt begann Tez zu stottern. ». . .und du spürst, daß es eine Veränderung ankündigt, die uns alle betreffen wird . . .«

AAARRRRRRRNNNNNNNNNNNN. »Weißt du, was ich glaube, Mixtla?« Die Angst verzerrte ihr leichtfertiges Geschwätz zu einem grotesken Wispern. »Ich glaube, wir haben Besuch aus dem Weltall.«

AAARRRRRRRNNNNNNNNNNNN. Sie waren im Erdreich untergetaucht. Immer tiefer sank das Magnumauto. Es war eine seltsame Stop-Start-Vorwärts-Rückwärts-Bewegung, mit der sie ihre Reise fortsetzten. Die große Bohrmaschine würgte geräuschvoll an Carlottas Schlamm.

Ausgerechnet Francis hatte dieses Manöver angeregt, indem er geistesabwesend erklärte, wenn es keine andere Möglichkeit gäbe, den Burggraben zu überqueren, müßte man eben *darunter* durchfahren. Burne leistete einen praktischen Beitrag, indem er sich erinnerte, daß der Rüssel des Magnumautos über ein durchlöchertes Zusatzteil verfügte, das Erde schlucken, kauen, komprimieren und mit solch wunderbarer Geschwindigkeit wieder ausstoßen konnte, das aus dem Loch im Erdreich ein fester Tunnel entstand. Er hatte diese Vorrichtung bisher nur ein einziges Mal benutzt, um einen Riesenbaum auf Kritonia zu durchbohren. Der Durchmesser dieses Baumes, der ein gewisses Quantum an Unsterblichkeit besaß, maß zwei Kilometer.

Francis litt nur ein klein wenig mehr unter dieser Fahrt, als er sich das vorgestellt hatte. Er fühlte sich wie in einer Gruft, als er so dasaß, das Gesicht der Hinterfront des Autos zugewandt, Ollies Glaskäfig zwischen den Knien.

»Schlaf nicht ein«, ermahnte ihn Burne. »Sie könnten versuchen, uns zu folgen.«

»Und was passiert, wenn sie das tun?«

»Das weißt du doch.«

Zur Mittagszeit kramte Francis einen getrockneten aretianischen Fisch aus seinem Rucksack, der wie Aspirin schmeckte. Die ungenießbaren Teile schob er zwischen den Gitterstäben hindurch, die den Deckel des Glasmetallkäfigs bildeten. Bevor der *Cortexclavus* seine Kiefer aktivierte, inspizierte er den Fisch, indem er daraufstieg. Das Insekt konnte mit den Beinen riechen. Francis erinnerte sich, daß er seiner Exgattin Luli von diesem allen Insekten gemeinsamen Talent erzählt hatte, und Luli hatte gar nicht richtig zugehört und erwidert: »Ich bin mit *meinem* Fuß mal auf was draufgetreten, das ganz sicher gestunken hat.« Francis war der Ansicht, daß dieser Wortwechsel seine Beziehung zu Luli symbolhaft darstellte.

Das Auto grub sich immer weiter voran, und der Bohrer kreischte wie ein gequältes Tier. Francis beobachtete den zylinderförmigen Tunnel, der hinter ihm zurückblieb, und kam sich vor wie ein Bazillus, der im After eines Korkenzieherkäfers saß. Nach einer Stunde verkündete die Kontrolltafel, daß sie jetzt zwölf Meter tief hinabgefahren waren, vermutlich unter das Flußbett. Burne fütterte den Computer mit diesen Neuigkeiten. »Der Grund des Flusses liegt nur einen Meter über uns«, schloß er, »falls der Pythagoreische Lehrsatz irgendwas zu bedeuten hat.«

Unter dem Kommando des Mikrocomputers fraß sich das Magnumauto auf einem neuen Kurs weiter, parallel zur Oberfläche des Planeten, und sprang munter voran. »Zehn Dezimeter«, sagte Burne. »Neun – acht – sieben . . .«

Aber Francis' Gedanken befaßten sich nicht mit solchen Messungen, sondern mit grausigen Todesarten. Wenn das Auto zu hoch hinauffuhr, würde es sich in das Flußbett graben, und der Fluß würde sich auf sie ergießen. Dann hätten sie genauso viele Chancen wie ein Sorbet auf der Sonnenoberfläche.

»Drei – zwei . . .«

»Das ist es«, wisperte Luther.

»Eins.«

Francis schluckte. Luther spuckte. Die Erde blieb fest.

Neue Probleme tauchten auf. Das Erdreich, von der exotischen Brühe des Flusses benetzt, klammerte sich am Bohrer fest, verstopfte die Löcher, und das Gerät funktionierte nicht mehr, gab ein Geräusch von sich, das Gurgeln mit Vogelzwitschern kombinierte.

Burne schaltete den Bohrmotor ab, dann legte er plötzlich den Rückwärtsgang ein, stellte den Motor wieder ab, setzte das Magnumauto zurück. Schlammklumpen flogen in die Luft und bespritzten den Vorderteil der Sichtblase. Burne zog den Vorwärtshebel des Bohrers nach unten, fuhr blind wie ein Maulwurf in den Schlamm hinein. Die Maschine bewältigte zehn Zentimeter, dann klemmte sie.

Fluchend und schwitzend lösten sie einander am Steuer ab. Luther brachte das Auto dazu, in einer Stunde zwei Meter zurückzulegen. Francis entfaltete ein Talent, von dessen Existenz er bisher nichts geahnt hatte, und schaffte drei Meter.

Als sie endlich die andere Seite des Burggrabens erreichten, verriet Luthers Armbanduhr, daß sie den ganzen Nachmittag lang und bis weit nach Sonnenuntergang gebohrt hatten. Sie konnten weder die Sterne der Galaxis hoch oben noch das düstere Herz des Planeten tief unten sehen, doch ihr Wissen, daß sich die Nacht herabgesenkt hatte, war schmerzhaft real. Sie stöhnten vor Müdigkeit.

»Nehmen wir mal an, die Mauer ist dreißig Meter dick.« Burne drehte an den Knöpfen des Machskops. »Okay, Luther?«

»Gehen wir zur Sicherheit von fünfzig aus.«

»Dieses Spielzeug wird uns die genaue Zahl sagen.«

Das Machskop blinkte, die Nadel drehte sich in stummen Kreisen. Burne drückte auf den Knopf Nummer zwölf, das Tempo der Nadel beschleunigte sich, und ein lustloses elektrisches Geräusch blökte, wann immer eine Drehung beendet war. Dieser Laut bedeutete: festes Gestein, zwölf Meter weiter oben.

Jetzt war es nicht mehr schwierig weiterzufahren. Die Erde war fest, und das Tempo beschleunigte sich. Drei Meter, sechs, neun . . . Das Machskop begann zu pulsieren. Hell, dunkel, hell, dunkel. Ein Geräusch, das an eine fröhliche Pikkoloflöte erinnerte, erfüllte das

Magnumauto, und das bedeutete: freie Luft, zwölf Meter weiter oben. Burne blickte auf den Entfernungsmesser. Sie waren neuneinhalb Meter unter den Grundfesten der Mauer dahingefahren. »Sie ist schmaler, als wir dachten, aber trotzdem ziemlich massiv.« Er drückte auf eine Taste, und der Mikrocomputer steuerte steil nach oben.

Francis wurde gegen die hintere Wand der Sichtblase geschleudert, hielt den Glasmetallkäfig fest und beruhigte Ollie, er solle sich keine Sorgen machen. Vierzig Minuten später durchbrach der Bohrer die Oberfläche, das Magnumauto schoß aus dem Loch und landete auf festem Boden.

Sie waren in einem sternenlosen Raum aus Glas angekommen.

»Gottes magische Mausefalle!« rief Burne, als sie alle aus dem schlammverkrusteten Auto gestiegen waren. Luther aktivierte ein Luminon, das Licht in alle Richtungen versprühte.

Der Raum war nicht groß. Fast jeder Achtzigtausend-Dancs-pro-Jahr-Vizepräsident daheim auf der Erde hatte ein viel größeres Büro. Aber durch seine gestaltlose Leere wirkte er riesig. Es war ein strenger Geschmack gewesen, der die Einrichtung dieses Raums bestimmt hatte. Bevor die Nerdenbewohner eingetroffen waren, hatte sich überhaupt nichts darin befunden – keine Fenster, kein Stuhl, keine Couch, kein Bett, kein Teppich, keine Tür, keine Wandleiste, keine Ritze, kein Mauseloch. Kein Staub. Die vier indentischen Mauern waren so glatt und dunkel wie gefrorenes Bohnenlausblut. Die hohe Zimmerdecke, ebenso glatt und dunkel, schloß den Raum wie der Deckel eines Spezimen-Gefäßes ab. Der Boden bestand aus Erdreich.

Luther ging zur Südwand, berührte vorsichtig die Fläche. »Transpervium«, lautete sein Urteil. »Vermutlich aus der *Eden Drei*.«

Transpervium, ein veralteter synthetischer Stoff, war früher zur Herstellung von Raumschiffbullaugen verwendet worden. Es widerstand Meteorschauern, intensiver Radiation, Laserstrahlen und fast allem, was man dagegen warf. Von der einen Seite betrachtet, war das Transpervium so dumpfgrau wie Blei, von der anderen durchsichtig wie ein Fenster. Die graue Seite starrte die Wissenschaftler spöttisch an. Welche Wunder auch immer dahinter verborgen liegen mochten – sie würden für diese Nacht unsichtbar bleiben.

Der Raum mißfiel Francis. Diese sterile Symmetrie ließ ihn frösteln. Und die unendliche Undurchdringlichkeit gab ihm das Gefühl, in einem blinden Menschenauge gefangen zu sein. Soweit er es feststellen konnte, bestand die einzige Tugend des Raumes darin, daß er kein Magnumauto war.

Er blickte auf das Magnumauto, das wenigstens einige sichtbare Merkmale aufwies – Lichter, Gleitflächen, eine Sichtblase und natürlich den Bohrer, der wie eine aufgerichtete Brustwarze herausragte, eigens dazu entworfen, irgendeine ungeheuerliche Kriegsmaschine zu säugen. An der Stelle, wo das Magnumauto in den Raum geschossen war, gähnte ein Loch, zwischen der Südwand und dem Zentrum des Bodens.

Ollies Käfig eng an sich gepreßt, trat Francis gegen die nächstbeste Wand. »Ich glaube nicht, daß man Transpervium zerbrechen kann«, sagte er müde.

»Eher kannst du Marmor durchbeißen«, erwiderte Luther.

Burne schenkte Francis ein boshaftes Lächeln. »Vielleicht könnte sich ein *Cortexclavus* hindurchfressen. Sollen wir mal seinen Rüssel testen?«

Francis drückte den Käfig noch fester an seinen Bauch. »Wie kannst du so was auch nur denken! Du würdest ihn *beschädigen*!«

Als Alternative zog Burne sein Fermentgewehr hervor und feuerte ziellos auf die Nordwand. Hilflos prallte die Kugel davon ab, wie eine Schmeißfliege, die gegen eine Sichtblase stieß.

»Wir haben uns unter das Flußbett gegraben und sind weitergefahren«, murmelte Luther automatisch. »Wir sind ganz schön weit gekommen, und wir werden nicht in diesem gottverdammten Kristallhaus versauern.«

»Ich glaube, ich muß euch mal dran erinnern, daß wir alle zum Umfallen müde sind«, sagte Burne. »Ich schlage vor, daß wir hier unser Lager aufschlagen und uns erst mal ausschlafen . . .«

»Aber vorher müssen wir das da zumachen.« Luther deutete auf den aufgerissenen Boden. »Diese Wilden sind nicht so manierlich, daß sie unser Schlafbedürfnis respektieren würden.«

Sie schwitzten und keuchten, bis das Magnumauto endlich das Loch blockierte. Wenn der Raum nun wie die Achselhöhle eines Mistkäfers roch, so störte das Francis nicht. Zum erstenmal seit Tagen hatte er das Gefühl, daß kaum irgend jemand Lust dazu haben könnte, ihn zu verspeisen.

Das Dinner war karg. Es gab Trockenfrüchte, Trockenfisch, gefriergetrockneten Kaffee. Beim Essen wurden nur siebzehn Wörter gesprochen. »Glaubt ihr, daß irgend jemand diesen Raum gebaut hat?« fragte Francis, und Burne erwiderte: »Glaubst du, daß Gott die ungekürzte Division beherrscht?«

Als wolle er sich einreden, daß er sich in einem gemütlichen Nerdenschlafzimmer befand und nicht in einer öden Krypta auf Carlotta, legte jeder Mann sorgfältig seinen Schlafsack in eine Ecke und häufte seine Habseligkeiten daneben auf – Elektrostift, Armbanduhr, Tragriemen und so weiter – wie auf der Platte eines imaginären Nachttischchens. Burne schaltete das Luminon herunter, so daß es nur noch einen Hauch von Licht verströmte. Nach wenigen Minuten hallte ein Schnarchkonzert von den Transperviumwänden wider.

Nur Francis schnarchte nicht und fragte sich: Warum kann ich nicht schlafen?

Offenbar war sein Körper wieder in einer von jenen Stimmungen und demonstrierte, wie hellwach er war, indem er die Augen so weit wie möglich aufriß. Eine Stunde schleppte sich schnarchend dahin. Der Korkenzieherkäfer irrte in seinem Käfig umher.

Fragmente aus Francis' Leben sprangen in sein Gehirn und wieder hinaus. Er hatte seine Insektensammlung und seinen Sohn verloren und den *Cortexclavus* gefunden und herausgefunden, daß er Diabetes hatte. Die hübsche Darlene Spinnet unterrichtete weiter unten am Flur Biochemie. Der hübschen Kappie McKack hatte man den Schädel ausgesaugt. Francis verglich sein Leben mit einem Kino-Epos, inszeniert von irgend jemandem, dem es egal war, was darin vorkam, solange nur die Klebestellen zusammenhielten.

Warum kann ich nicht schlafen? Er wälzte sich auf die andere Seite, schaute zum Magnumauto hinüber und blinzelte, bis er die verschwommenen Umrisse des Vehikels erkennen konnte. Und plötzlich wußte er es.

Jemand hatte den Raum betreten.

Francis spürte, daß sich sein Magen loslöste und nach unten fiel. Sein erster Impuls war, laut zu schreien und seine Freunde zu wecken. Aber irgend etwas hinderte ihn daran. Mysteriöserweise verließ ihn das Entsetzen genauso schnell, wie es ihn befallen hatte. Es ist wahr, sagte er sich. Ich bin Burne viel ähnlicher, als ich dachte.

Der Fremde war kein Wilder, sondern ein alter Mann in dunkeln

Kleidern. Er saß auf einem Sessel – hoch aufgerichtet und gelassen, mit einem dichten weißen Bart, der in einer perfekt geformten Spitze endete, und konzentrierte sich so intensiv auf die Bewegungen seiner Hände, daß er weder Francis noch das Magnumauto wahrzunehmen schien. Langsam und sorgfältig, mit Hilfe seiner schlanken Finger und einer Zunge, die sich fest gegen die Oberlippe preßte, bastelte der Mann ein kompliziertes Gespinst aus Garn, Häuten und biegsamen Holzstäben.

Francis wußte sofort, daß dieses Gebilde keinem praktischen Zweck dienen sollte. Es existierte nur, um zu faszinieren. Seine geometrische Schönheit erinnerte Francis an seine Lieblingsinsektenmeisterwerke – den Flügel der Whiskymotte, das Netz des Gorgathons und das Netz der Sumpfblattlaus.

Träume ich?

Trotz des schwachen Luminonlichts leuchtete die Gestalt des Bildners erstaunlich hell. Sie pulsierte, verströmte Schleierschwaden, die aus getrocknetem Eis zu bestehen schienen. Die Atmosphäre verdichtete sich, nahm den Geruch brennender Haare an.

An der Westwand materialisierte sich eine zweite Erscheinung, ein rothaariger Junge, sommersprossig und lebhaft, mit einer weißen Leinenhose bekleidet, einen Stab in der Hand, mit dem er einen Reifen vor sich her rollte. Er spielte voller Hingebung, hatte für nichts Augen außer für sein Vergnügen. Als er das Magnumauto erreichte, ging er hindurch wie ein Vogel durch Nebelwolken.

Die Szenerie gebar neue Einzelheiten. Unter dem Sessel des Bildners entstand ein grasbewachsener Hügel, gesäumt von Blumen, in Sonnenlicht getaucht. Und wo der Junge eben noch gestanden hatte, manifestierte sich ein zweiter Künstler, ein Aquarellmaler.

Der Reifen rollte direkt auf den Bildner zu, den Jungen im Schlepptau. Er traf das Gespinst, zerriß ein Spannseil und sprang davon. Francis hörte ein heiseres Keuchen.

Die überraschende Drehung des Reifens holte den Jungen in die Wirklichkeit zurück. Er kämpfte gegen die Schwerkraft seiner Beine an, und sein Körper, der ihm entflohen war, stürzte nach vorn. Sekundenlang knisterte die Luft, mit einem Geräusch, das an heiße, sprudelnde Brühe erinnerte, und das Gespinst lag flach auf dem Boden, ein Wrack aus gesplittertem Holz und verschlungener Wolle.

Der Bildner näherte sich dem Jungen, als wolle er ihm auf die Beine helfen. Staunen und Wut röteten das Gesicht des Kindes, und die Sommersprossen verschwanden.

Francis erwartete, daß der Bildner dem Übeltäter verzeihen würde. Normalerweise machen alle Künstler einen Unterschied zwischen mutwilliger Nachlässigkeit und Sorglosigkeit. Aber der Bildner vergab dem Jungen nicht, und er machte auch keinen solchen Unterschied. Statt dessen stellte er mit methodischer Genauigkeit einen Stiefel auf den Mund des Kleinen und benützte den anderen Stiefel, um ihm in die Rippen zu treten, gegen jede einzelne.

Francis war so verblüfft, daß er sich weder bewegte noch aufschrie. Sogar auf Carlotta erschien ihm eine solche Greueltat unmöglich.

Sobald der Junge tot war, hörte alles auf, sich zu bewegen. Die Blumen neigten sich nicht mehr in der Brise, das Gras bebte nicht mehr, der Maler erstarrte. Der Bildner hatte sich in ein Monument der Grausamkeit verwandelt, und sein Gesicht war zu einem häßlichen Lachen verzerrt, der Fuß berührte immer noch den Körper des Jungen.

Ein grotesker Belag überzog die Statue wie dunkles Moos. Die Szene begann zu zerschmelzen, wurde bald von einem Flickwerk aus schwarzen Pfützen verdrängt. Und die Pfützen bewegten sich wie Amöben, schienen einander zu suchen.

Eine Pfütze glitt unter das Magnumauto und ergoß sich in den Tunnel. Die anderen versammelten sich in der Mitte des Raumes, vereinten sich wie Quecksilbertropfen, bildeten einen Teich. Langsam sickerte der Teich, der zum Mörder geworden war, durch den Boden und verschwand.

Überrascht fühlte Francis, daß er nun schlafen konnte.

Am nächsten Morgen sahen sie, daß sich Francis' Traum durch die Gleitfläche des Magnumautos gefressen hatte.

»*Da!*« sagte er und zeigte auf die gezackten Enden der Makroplastik. »Das *beweist* doch, daß ich mir das alles nicht eingebildet habe!«

»Leider beweist es nichts dergleichen«, entgegnete Burne. Er kniete neben dem Auto und sah, daß das Metall an der Unterseite unversehrt war.

»Aber es war so *real*!«

»Ich vermute, daß während der Nacht ein bißchen Flüssigkeit aus dem Burggraben hier eingedrungen ist und die Gleitflächen zerstört hat. Ein Glück, daß sie uns nicht erwischt hat!«

»Zähl lieber mal deine Zehen«, schlug Luther vor.

Burne riß ein Stück von einer Gleitfläche herunter. »Wir haben mindestens ein Dutzend Einzelteile verloren. So viele, daß wir die Gleitflächen nicht reparieren können.«

»Schon gar nicht ohne Vulkanisierbrenner.« Luther kauerte neben Burne, in so intensiver Konzentration, daß sein Unterkiefer herabhing.

»Sieht so aus, als wäre das Loch für alle Zeiten versperrt.« Burne stemmte sich gegen das Auto, konnte es aber um keinen Millimeter zur Seite rücken. »Wer immer letzte Nacht hier war – vorausgesetzt, Dr. Lostwax hat wirklich Leute gesehen, was ich stark bezweifle –, ist nicht durch den Tunnel gekommen.«

Luther erhob sich und trommelte gegen die Westwand, lauschte auf die Geräusche eventueller Geheimtüren. »Was meinst du mit *real*, mein Sohn? Meinst du, daß es so real war wie in einem Theaterstück?«

»Ja«, antwortete Francis. »Oder wie in einem Kino-Epos.«

»Kino-Epen sind nicht real.«

»Dieses aber war real.«

»Warum hast du uns nicht geweckt?«

»Ich weiß nicht . . . Zuerst kam mir das Ganze nicht bedrohlich vor.«

»Du meinst – es war wie in einem Traum?«

»Nein.«

»Wie war es dann?«

»Wie – eine Halluzination.«

»Nur damit ich das richtig verstehe«, sagte Luther sarkastisch.

»Es war wie ein Kino-Epos, aber nicht wie ein Traum, dafür aber wie eine Halluzination . . .«

Francis sah ein, daß er nicht sonderlich überzeugend wirkte. »Also gut, lassen wir das. Was nun?«

»Zuerst müssen wir uns klarmachen, daß unser Magnumauto zur Zeit sowohl ein Krüppel als auch eine Bürde ist.« Burne richtete sich keuchend auf. »Also müssen wir das Ding hier stehenlassen und unsere Reise zu Fuß fortsetzen.«

»Und wohin wollen wir gehen?«

»Wir könnten versuchen, mit meiner Schaufel einen Fluchtweg zu graben. Aber wir wissen nicht, wie tief das Transpervium in den Boden hinabreicht. Außerdem haben wir keine Garantie dafür, daß wir nicht in einen ähnlichen Raum geraten würden. Ich schlage also vor, daß wir auf dem Weg zurückgehen, den wir gekommen sind, bevor er blockiert wird.«

»Und dann?«

»Dann folgen wir der Mauer.«

Luther holte seine Lieblingspfeife hervor und steckte sie zwischen die Lippen. »Ich habe über diese Mauer nachgedacht. Sie sieht fest und gut erhalten aus, also würde ich sagen, daß die Zivilisation, die sie geschaffen hat, immer noch existiert.«

»Und hier mögen sie die Wilden ebensowenig wie wir«, meinte Burne. »Sie laden sie niemals ein.«

»Wenn wir also an der Mauer entlanglaufen, begegnen wir vielleicht einem Reparaturteam«, hoffte Francis. Sogar er fand diesen Plan vielversprechend.

Das Frühstück bestand aus aretianischen Reptileiern, die offenbar befruchtet worden waren. Schöne embryonale Schildkröten und Eidechsen saßen auf Francis' Teller und starrten anklagend zu ihm auf. Er aß sie mit abgewandtem Blick. Auf der Nerde wurden die Tiere nur in ausdruckslosen Kompositionen, ohne vorwurfsvolle Augen serviert. Man brauchte niemals das Leben als Ganzes zu schlucken.

Burne ordnete eine Inventur an. Die Männer brachen ihr Lager ab und räumten das Magnumauto aus. Schlafsäcke, Kissen, Kleider, Kelvin-Hülse, Bratpfannen, Messer, Gabeln, Löffeln, Feldflaschen, Konservendosen, Trockennahrung, Gesteinsproben, Bodentestkästen, Wistar-Stäbe, Proximaskope, Kameras, Kompasse und Luminons breiteten sich von einer gläsernen Wand bis zur anderen aus.

Man legte die Sachen auf zwei Haufen – dies sollte mitgenommen und jenes zurückgelassen werden. Wie Burne erklärt hatte: »Je weniger wir schleppen müssen, desto schneller kommen wir voran, und desto früher wird diese Mauer zwischen uns und den Wilden stehen.«

Als Francis auf den Haufen zuging, den sie mitnehmen wollten, eine Feldflasche voll köstlichem Kritonia-Kaffee in der Hand, hatte er plötzlich Visionen von Suppenschüsseln. Sein Großhirn schwebte zwischen Gemüsen umher. Und er legte die Flasche mit dem köstlichen Kritonia-Kaffee auf den Haufen, der zurückbleiben sollte.

Ein paar Minuten später begann Luther mit Burne und Francis zu verhandeln, um eine seiner besten Gesteinsproben, die ganz klein und leicht war, auf den Haufen legen zu dürfen, der mitgenommen werden sollte. Er gewann.

Gewisse Gegenstände waren zu heilig für beide Haufen. Burnes Fermentgewehr blieb in seinem Gürtel stecken, Francis' Insulinkasten in der Jackentasche, Luthers Lieblingspfeife im Mund. Francis sagte sich, daß der Zweck all dieser Dinge darin bestand, irgend etwas ins Innere eines menschlichen Körpers zu befördern. Er hatte noch niemanden an Fermentkugeln oder Tabakrauch sterben sehen, aber sein Sohn war an Insulin gestorben, an einem lebenserhaltenden Wunder.

Vor Francis' hilflosen Augen hob Burne lässig den letzten Gegenstand hoch, Ollies Käfig, und plazierte ihn auf dem Haufen, der hierbleiben sollte. »So, jetzt können wir packen.«

Francis' Unterlippe bewegte sich auf und ab wie bei einem Millionenfisch. »B-B-Burne! Das kannst du doch nicht machen!«

»Verdammt, Lostwax, dieser Käfig ist fast so schwer wie ich!«

»Er ist der erste, der jemals gefunden wurde . . .«

»Er würde ein Drittel deines Gepäcks ausmachen.«

»Er wird verhungern!«

»Laß ihm ein bißchen Thunfisch hier. Er braucht ja keinen Dosenöffner.«

»Wir wissen nicht einmal, ob wir jemals wieder hierherkommen werden. Lieber lasse ich ihn laufen!«

»Dann laß ihn eben laufen.« Burne mochte Francis, er mochte sogar den *Cortexclavus*, aber *irgend jemand* mußte in dieser schäbigen Armee das Kommando übernehmen.

»Das ist nicht sein Planet, Burne. Er könnte sich dieser Umgebung nicht anpassen. Er würde langsam sterben. Und außerdem –

verdammt, ich habe mir den Poelsig-Preis *verdient*!«

Burne zupfte sich am Bart, bis es weh tat. Normalerweise fiel es ihm leichter, Entscheidungen zu treffen. Die Logik befahl ihm: ›Laß den verdammten Käfer hier!‹ Aber Francis' Verzweiflung war so rührend. Wir brauchen also einen *logischen* Grund, um das Biest mitnehmen zu können.

»Also gut, Lostwax, du hast gewonnen. Wir können dich nicht so tief ins Unglück stürzen, daß du unsere Weiterreise verlangsamst, und wir können auf keinen Fall zulassen, daß du dich mitten in der Nacht davonschleichst, um deinen Käfer zu holen.«

Reines Glück strahlte aus Francis' Zähnen und Augen. »Das würde ich auch tun . . .«, flüsterte er. »Ich würde mich davonschleichen.«

»Wir nehmen ihn also mit, aber nur unter der Bedingung, daß er in *meinen* Rucksack gesteckt wird. Wenn uns die Wilden verfolgen, müssen wir unser Gepäck in den Burggraben werfen und davonlaufen. Das ist die einzige Rettung.«

Francis nickte. »Und du kannst dir nicht vorstellen, daß ich den *Cortexclavus* in den Burggraben werfen würde?«

»Eher könnte ich mir denken, daß die Wilden eine Oper schreiben.«

Es war wesentlich einfacher, das verdammte Magnumauto von dem Loch wegzuschieben, als es darauf zu rücken. Es war viel leichter geworden, die Männer waren ausgeruht und mit Eiern vollgestopft, und es bedurfte nur des breitesten Schulternpaars, um es aus dem Weg zu räumen. Das waren Burnes Schultern.

Die Wissenschaftler halfen einander, die prall gefüllten Rucksäcke anzuschnallen. Luminons wurden verteilt, die an ihren Hälsen hingen und mit dumpfem Klirren gegen die *Darwin*-Schlüssel stießen. Burne stieg in den Schlammtunnel hinab, mit der sorglosen Ungezwungenheit eines Zehnjährigen, der in einen tiefen Bach springt, um darin zu schwimmen. Luther folgte ihm mit der schmallippigen Konzentration eines Tauchers, der an einem Wettbewerb teilnimmt und nun seinen letzten Versuch unternimmt, um noch im Rennen zu bleiben. Und Francis empfand den heftigen Ekel eines Spions, der gefangengenommen wurde und den man nun in eine Grube voller Fäkalien wirft.

Ich muß mich ablenken, dachte er, als er sich in den Tunnel hinabließ und die Hände in die Schlammwände grub, sonst kann ich die Beine nicht kontrollieren, und sie würden mir davonlaufen. Das Luminon baumelte wie ein Bleiklumpen an seinem Hals, in kurzen, präzisen Bögen. Aber es leuchtete. Wenigstens *etwas*, das noch in Ordnung war und funktionierte.

Er fixierte seine Gedanken auf Kino-Epen. Vor einem Jahr hatte er einen dreißigstündigen Marathon besucht, der aus obszönen historischen Spektakeln bestanden hatte. Ab der siebzehnten Stunde hatte er zusammengesunken in seinem Sessel gelegen wie ein vergessener Regenmantel. Wollüstige Frauen grinsten über einem Meer aus dunklen Kopfsilhouetten, die zu den Connaisseurs obszöner historischer Spektakel gehörten. Wenn er sich die Mühe gemacht hätte, ein paar Zentimeter hochzurutschen, hätte er Brustwarzen sehen können. Doch das hätte sich nicht gelohnt.

Der Boden hörte auf, sich steil nach unten zu senken, doch das konnte Francis' Stimmung keineswegs heben. Er wußte, daß sie sich jetzt unter dem Flußbett mit seiner unberechenbaren Brühe befanden. Natürlich, es mußte der Burggraben gewesen sein, der die Gleitflächen des Magnumautos ruiniert hatte. Aber konnte eine simple Filtration die seltsame aggressive Ausstrahlung des ganzen Vorgangs bewirkt haben?

Der Mord in der vergangenen Nacht war bestimmt kein Traum gewesen. Francis kannte Träume. Eine Luftspiegelung? Luftspiegelungen waren nebelhaft. Aber Francis hatte Sommersprossen und einen gekräuselten weißen Bart gesehen.

Sie passierten den Fluß problemlos, und bald winkte ihnen ein ferner Sonnenstrahl. Atemlos vor Angst kletterten die Männer durch den ansteigenden Tunnel nach oben. Als Francis endlich im gleißenden Tageslicht auftauchte, erinnerte er sich, wie es gewesen war, als er nach dem historischen Spektakelmarathon das Kino verlassen hatte. Für einen Augenblick hatten Phantasie und Wirklichkeit die Plätze getauscht, so daß er das Gefühl gehabt hatte, die Leute auf den sonnenhellen Straßen würden banale Menschenmassen darstellen, während die Wirklichkeit hinter ihm in dem dunklen Filmtheater lag.

Es lauerten ihnen keine Wilden auf.

»Wenn ihr keine Wilden einer Zivilisation wärt«, fragte Burne, »wo würdet ihr Wurzeln schlagen? An der Mündung eures Flusses?«

»An der Quelle«, erwiderte Luther. »Wir müssen unsere Waren möglichst schnell auf den Markt bringen.«

Sie marschierten nach Süden, gegen den Strom. Bald trieb ihnen UW Canis Majoris den Schweiß aus allen Poren. Zu ihrer Linken summte und schimmerte die reiselustige, gleitflächenfressende Flüssigkeit und weigerte sich, ihre Geheimnisse preiszugeben. Dahinter kroch die Mauer dahin, eine schweigende Prozession von Steinen, die kein einziges Mal ihren Bewacher, den Burggraben, verließ oder ihre glatte Perfektion mit Ecken, Türmen, Türmchen und Toren würzte.

Die Rucksackriemen begannen in Francis' Schultern zu schneiden, und das Luminon schlug unablässig gegen sein Brustbein und züchtete eine Schramme. Sand schien überall einzudringen – in die Stiefel, die Hose, die Jacke, das Haar, unter die Fingernägel, in die Achselhöhlen und Ohren. Sogar in die Augenhöhlen. Trotzdem fühlte er sich jetzt besser. Seine romantische Ader regte sich. Er sah sich als Hauptdarsteller in einem obszönen historischen Spektakel, als dunkelhäutigen Kommandanten, der einen Wüstenangriff inszenierte. Das ist gar nicht so schlecht, überlegte er, stürz dich nur mitten hinein.

Er blickte über die Schulter, sah die tröstlichen rechtwinkeligen Ausbuchtungen von Ollies Käfig in Burnes Rucksack auf und ab hüpfen. In diesem Augenblick war seine Welt in Ordnung.

Am frühen Nachmittag hatte UW Canis Majoris seinen kleinen Planeten vorgeheizt und ging nun daran, ihn richtig durchzukochen. Die Hitze laugte Francis' und Luthers Gehirne aus, sie fielen hinter Burne zurück und gingen nur weiter, weil sie von einem geistlosen Nachahmungstrieb vorangetrieben wurden. Wenn Burne stehenblieb, blieben auch die Zombies stehen. Wenn Burne seinen Rucksack zurechtrückte, rückten auch die Zombies ihre Rucksäcke zurecht.

Francis studierte den schwarzsilbernen Fluß und versuchte sich aus seiner Trance zu reißen. Vielleicht nützte es was, wenn man redete. »Dieses Ding hat irgendwas an sich«, sagte er und zeigte nach unten. »Ich meine weder den Glanz noch den Geruch noch die ungesunde Auswirkung auf die Wistar-Stäbe. Es ist was anderes.«

»Was denn?«

»Die – Heiligkeit.«

Luther gab keine Antwort. Ein langes Schweigen senkte sich wie die Nacht über die Männer, und sie trotteten weiter.

Endlich, nach einer Monotonie von dreißig Kilometern, sah Burne die erste Biegung dieses Tages. Der Fluß krümmte sich anmutig und verschwand aus dem Blickfeld. Lag hinter dieser Kurve das ersehnte Tor?

»Seht doch!« Burne war stehengeblieben. Als Francis und Luther es bemerkten, erstarrten ihre geschwächten Beine. »Vielleicht«, sagte Burne, »wartet die Rettung direkt hinter dieser . . .« Der Gedanke wurde nicht fortgesetzt. Burnes Kiefer bewegte sich zwar immer noch, aber die Worte kamen nicht hervor. Er holte sein Proximaskop aus dem Rucksack und richtete es auf die Mauer.

Auf der Mauer war Leben – menschliches Leben, zivilisiertes Leben – Leben, das aller Wahrscheinlichkeit nach von den Kindern der Kinder aus der *Eden Drei* abstammte.

Francis nahm das Proximaskop, sah das Leben – einen Mann und seinen Sohn und seine Tochter. Sie saßen auf einem merkwürdigen sechsbeinigen Tier, das so aussah wie eine Kinderzeichnung von einem Pferd. Das Mädchen war ein hübscher Jungteenager mit dunkler Haut und sinnlichem schwarzem Haar. Der bebrillte jüngere Bruder machte einen gelehrten Eindruck und schien dieser Welt ein wenig müde zu sein, wie ein Wunderkind, das zu viele Sonaten komponiert hatte. Und der Vater hatte seine Tochter vermutlich mit so viel liebevoller Begeisterung überschüttet und seinen Sohn mit so viel ernsthafter Rücksichtnahme, daß für ihn selber nichts weiter übriggeblieben war als ein massiger Körperbau und ein langweiliges ehrliches Gesicht.

Alle drei Bürger strahlten die fröhliche Sorglosigkeit einer Familie aus, die einen Ferientag verbringt. Und es war deutlich zu erkennen, daß der Ritt auf der Mauer kein anderes Ziel verfolgte als das Vergnügen, das ein Ritt auf dieser Mauer bieten konnte.

»Schaut euch ihre *Roben* an!« schrie Francis und gab das Proximaskop an Luther weiter. »Sie sind genauso angezogen wie die Leute in meinem Traum.«

»Sind sie es?« fragte Luther.

»Nein, aber sie gehören demselben Kulturkreis an, das steht fest. Es war also kein Traum.«

»Der Mann sieht aber nicht so aus, als würde er einem Kind in die Rippen treten.«

»Dieser Bildhauer sah auch nicht so aus.«

Der Vater sah die Wissenschaftler, und das Entsetzen warf ihn fast vom Pferd. Er entriß seiner Tochter die Zügel und zerrte so lange daran, bis das Erbsengehirn des Lipoca diese Wahrnehmung korrekt übersetzte und stehenblieb.

Die Kinder waren mehr neugierig als erschrocken. Sie hatten schon immer wissen wollen, wie diese mythischen Gehirnfresser aussahen. »Wo sind denn ihre *Zähne*, Vater?« fragte der Junge.

»Das sind keine Neurovoren. Ich weiß nicht, *was* sie sind.«

»Ich wette, sie kommen von einem anderen Planeten!« sagte das Mädchen.

Burne verzog sein Gesicht zu einem falschen breiten Grinsen und brüllte: »Friede!«, wobei er die Handflächen nach oben streckte, als wolle er ein Zirkustrapez einfangen. Francis und Luther, immer noch im Banne ihrer Erschöpfung, folgten seinem Beispiel. Die Nerdenbewohner glaubten, daß sie nun wie die vollendeten Personifikationen ihres guten Willens aussahen.

In den Augen des Mädchens waren die Nerdenbewohner die vollendeten Personifikationen der Einfalt. »Warum grinsen sie so?« flüsterte sie. »Sind die Leute, die auf anderen Planeten leben, alle vertrottelt?«

Die Antwort ihres Vaters bestand aus den gemurmelten Worten: »Großer Gott der Gehirne, sie sprechen Englisch!« Dann bildete er mit seinen Händen ein Megaphon und schrie: »Mein Name ist Zamanta! Unser Planet heißt Luta – und unser Land Quetzalia! Wo wohnen Sie?«

Francis beschloß, bei dieser historischen Begegnung eine gewisse Rolle zu spielen. »Auf dem vierten Planeten nach der Sonne!« verkündete er triumphierend, dann wurde ihm flau im Magen. Hatte er richtig gerechnet? Lapus, Verne, Kritonia, Nerde, Carlotta (wie hatte Zamanta sie genannt? Luta), Arete . . . Ja, es war der vierte.

»Sie sind Menschen«, flüsterte Zamanta seiner Tochter zu.

»Da bin ich aber sehr enttäuscht«, erwiderte sie, obwohl sie ihren Gefühlen auf höchst gleichgültige Weise Ausdruck gab. »Ich hatte gehofft, solche Leute würden zumindest ein paar Tentakel oder so was ähnliches haben.«

Gleichgültigkeit paßte keineswegs zu Zamantas Stimmung. Vorsichtig entsandte er eine weitere Frage in die Wüste. »Was essen Sie?«

»Nur Gemüse!« antwortete Francis in bizarrer Überzeugung.

»Wir hassen die Barbaren auch!« fügte Luther hinzu.

Zamantas Seufzer war ein Born reiner Dankbarkeit.

Die Gehirne der Wissenschaftler tickten im Einklang. Dies war eine Chance, zur *Darwin* zurückzugelangen. Burne malte sich aus, wie er an der Spitze eines riesigen quetzalianischen Heeres stehen würde, das durch die Wüste zog, mit schmetternden Trompeten und Bannern, von der frischen Luta-Brise gebläht, mit Satteltaschen, die von Polluzit-Erz überquollen. Die Armee würde die Oase angreifen und die Wilden in wenigen Stunden ausrotten...

Francis drang noch weiter in die Zukunft vor. Er sah den Poelsig-Preis auf dem Kaminsims in seinem Büro stehen – einem großen Büro direkt neben dem riesigen Amphitheater, wo er nur Vorlesungen abhielt, wenn er Lust dazu hatte, denn nun bestand seine eigentliche Arbeit in der Forschung.

Francis' ehrgeizige Träume wurden von einem plötzlichen Schrei unterbrochen, dessen Sinn so bestürzend war, daß Burne das Proximaskop fallen ließ.

»Neurovoren!«

Einen halben Kilometer weiter rechts wirbelte und brodelte der Sand. Fünfzig Wilde rasten über die Dünen heran, über ihren Köpfen blühte ein Wald aus Speerschäften.

»Dort hinüber!« brüllte Zamanta mit ausgestreckter, bebender Hand. »Laufen Sie!« Der Vater und die Kinder sprangen vom Pferd und liefen zur Mauerecke. Die Wissenschaftler empfanden keine Scham, als sie diesem Beispiel panischer Angst folgten. In wenigen Minuten würden die Gehirnfresser über sie herfallen...

Oh, wie ich dich hasse, Planet Luta, dachte Francis, als er dahinstürmte. Warum tötest du uns nicht einfach, damit wir's endlich hinter und bringen? Der Sand stemmte sich gegen seine Füße, und der Aufprall, der seine Sohlen traf, hallte knirschend in seinem Kopf wider.

Es schien eine Ewigkeit zu dauern, bis sie die Flußbiegung erreichten. Und als sie die Kurve passierten, sahen die Männer, wie sich ihre Hoffnungen erfüllten, in Gestalt zweier Pyramidentürme, deren Schrägflächen nur einen Meter vor dem Rand des Burggrabens endeten. Zwischen den Türmen wartete eine massive Zugbrücke, ein Triumph quetzalianischer Kunst aus polierter Eiche und Eisenbolzen, reglos darauf, ihr rettendes Werk zu vollbringen. Nun senkte sie sich herab, und ein großes, klirrendes Fallgitter kroch wie eine Metallspinne hinter ihr her.

Eine schreckiche Gewißheit begann in Francis zu dämmern –

Luther war zurückgefallen. Francis blieb stehen, wandte sich um – und da sah er es.

Schließlich und endlich wurde Luther von seinem Alter übermannt. Er stolperte, sank in den Sand, und die Neurovoren fielen über ihn her.

»Burne!« Francis glaubte, sein Kehlkopf müßte herausspringen. »Burne – das Schießeisen!« Aber Burne hatte einen großen Vorsprung, und da seine Ohren vom Klang der eigenen Schritte betäubt wurden, hörte er nichts.

Die Neurovoren schlangen ihre Beute gierig und blitzschnell in sich hinein, dann hoben sie Luthers verstümmelte Leiche hoch und warfen sie wie Abfall in den Burggraben.

»Dafür werdet ihr alle sterben!« heulte Francis.

Inzwischen war Burne stehengeblieben und hatte ebenfalls gesehen, was geschehen war. Zu spät zog er sein Fermentgewehr, das wirkungslos in seiner Hand aufblitzte. »Komm zur Brücke, Lostwax!«

Der Schrei durchdrang Francis' Gene, entzündete das uralte Bestreben, sich erst einmal zu retten und die toten Freunde erst danach zu beklagen. Er rannte weiter.

Das Timing war perfekt. In dem Augenblick, als das Brückenende am anderen Flußufer aufschlug, stand Burne bereit, um hinüberzulaufen. Er war bereits bis zur Mitte des Burggrabens vorgestoßen, als Francis das Holz berührte.

Wie eine Falle, die mit einer Sprungfeder versehen war, schnellte die Brücke nach oben, gezogen von geflochtenen Kabeln. Francis stolperte nach vorn, prallte gegen Burne und warf ihn nach unten. Doch das machte nichts aus – sie stürzten in ein Sanktuarium.

Als Francis im Torbogen lag, blickte er über die Schulter und sah, daß zwei furchterregend bewaffnete Neurovoren, einer männlichen, der andere weiblichen Geschlechts, hochsprangen und den Rand der Brücke, die sich nach oben hob, zu fassen bekamen und sich hochzogen. Die Monster würden nun einer von mehreren Todesarten anheimfallen. Entweder würden sie nach vorn stürzen und mit mörderischer Gewalt auf den Brückenangeln aufschlagen. Oder sie würden nach hinten stürzen und sich im Burggraben in nichts auflösen. Oder sie würden auf der Brücke bleiben und zwischen deren Rand und der gewaltigen steinernen Oberschwelle zermalmt werden, die aus der Mauer ragte und das Fallgitter krönte.

Aber Francis schätzte, daß die Neurovoren ihre Evolution nicht dem natürlichen Ausleseprinzip überließen. Sie *agierten*, und zwar blitzschnell, mit rattenhafter Schläue und affenartigen Bewegungen. Springt! sagten ihre primitiven Instinkte und ihre Sprungfedernmuskeln. Springt auf die Mauer!

Die Neurovoren schossen himmelwärts und verschwanden hinter der Oberschwelle.

Francis und Burne taumelten durch den Torbogen und brachen zusammen, zwei erschöpfte Nervenbündel. Die Brücke stand nun senkrecht und sperrte das Wüstenland und sein Grauen aus. Burne schnallte seinen Rucksack ab und betrachtete ihn stumpfsinnig. Er hatte ganz vergessen, ihn in den Burggraben zu werfen.

Ihr Retter, der Türsteher, kam schüchtern näher. Er war ein gebrechlicher Mann in mittleren Jahren, mit dichtem grauem Haar und einem Gesicht, das teilweise abgeflacht aussah. Die Brücke und das Fallgitter hatte er nur mit der Hilfe eines komplizierten Arrangements von Winden, Flaschenzügen, Gewichten und Seilen hochziehen können.

»Gepriesen sei Iztac«, sagte er mit rauher Stimme. »Ich dachte schon, es wäre um Sie geschehen.«

»Lassen Sie mich wenigstens versuchen, Ihnen zu danken«, keuchte Francis, den Kopf auf seinen Rucksack gelegt.

»Sie haben Ihren Freund verloren.«

»Ja, das ist nun mal passiert«, würgte Burne hervor und richtete sich langsam auf, streifte mit einer Hand den Sand von seiner Jacke und packte mit der anderen sein Fermentgewehr.

»Wir haben Ihnen unser Leben zu verdanken«, murmelte Francis und wischte sich die Tränen von den Wangen. Er mußte unablässig daran denken, daß Luther nun niemals herausfinden würde, was durch den Burggraben floß.

»Ich habe nur getan, was mir die Moral gebietet. Immerhin sind Sie zivilisiert.«

Francis glaubte eine Frage aus der Stimme des Türstehers herauszuhören. »Ja«, krächzte er, »wir sind zivilisiert.« Die Erleichterung in den Augen des Türstehers hatte er erst vor wenigen Minuten auf einem anderen Gesicht gesehen, auf dem Gesicht des Mannes, der sich Zamanta nannte.

»Verzeihen Sie meine Frömmigkeit«, bat der Türsteher, »aber in Quetzalia versuchen wir...« Sein Blick wanderte ziellos zur Mauer. »Nein!«

Nie zuvor hatte Francis ein solches »Nein!« gehört – dieses

»Nein!«, das über allen persönlichen Schmerz hinausging, sogar über den Schmerz, den ihm Luthers Tod zugefügt hatte. Es war ein »Nein!«, das besagte, daß die Welt nun allen Lichts und aller Hoffnung beraubt war. Er blickte hoch, erkannte eine Steintreppe, die auf die Mauer hinaufführte. Sein umherirrender Blick heftete sich schließlich auf die beiden Neurovoren, die nach oben gesprungen waren und nun die beiden Kinder verfolgten.

Zamantas Tochter blieb nur ein einziger Fluchtweg – die Treppe, und so rannte sie darauf zu, den heißen Atem eines Neurovoren im Nacken. Sie war bereits zehn Stufen herabgesprungen, als ihr Verfolger, das Männchen, seinen Speer hinabstieß, ihre Schärpe aufspießte und sie wie einen Fisch an der Angel hochzerrte. Und dann zog er sie zu sich heran, um sie zu töten.

Oben auf der Mauer griff das blutrünstige Weibchen Zamantas Sohn an, schwang den Speer, hob die Axt hoch empor. Der Junge schrie nicht einmal auf.

Francis lag da und starrte ungläubig hinauf. Das Unglaubliche war nicht die Grausamkeit der Neurovoren, nicht einmal die Tapferkeit ihrer Beute. Das Unglaubliche war, daß Zamanta keinen Finger rührte, um seinen Kindern zu helfen. Er stand einfach nur da, bleich vor Entsetzen, mit tränennassen Augen – ein Mann, der zusah, wie sein Haus niederbrannte.

Ein Geräusch klang auf, ein Zischen, als würde rohes Fleisch auf heißes Metall prallen. Eine hellgoldene Perle durchteilte die Luft und fand mühelos ihr Ziel. Das Weibchen taumelte nach hinten, ein purpurnes Loch breitete sich in ihrem Hals aus. Klirrend fielen ihre Waffen auf die Mauersteine.

Sekunden später zerbarst ihr Hals wie eine reife Tomate, die in der Sonne gelegen hatte.

Blut regnete auf den Jungen herab. Brüllend vor Schmerzen stürzte das Monstrum rücklings in den Fluß, und als die Leiche in die Flüssigkeit eintauchte, klang das Klatschen dumpf und endgültig.

Der Türsteher erschauerte und staunte. »Sie sagten, Sie seien zivilisiert!« schrie er. »Ich traue meinen Augen nicht!«

»Bleiben Sie da, dann werden Sie es noch einmal sehen«, erwiderte Burne gelassen. Er senkte das Fermentgewehr nicht, richtete es auf den zweiten Neurovoren, das Männchen. Eiskalt drückte er ab – vergebens. Ein dünnes elektronisches Wimmern war zu hören, von derselben Art wie jenes Geräusch, das Kappies Tod begleitet hatte. »Verdammt!«

Das Männchen richtete sich wütend auf, mit angespannten Sinnen, riß seinen Speer aus der Schärpe des Mädchens, schwang ihn hoch, stürmte die restlichen Stufen herab. Mit der anderen Hand hob es eine Axt, ein kegelförmiges Mordinstrument aus Granit, das er nun zuerst einsetzte. Es ließ die Waffe über seinem Kopf kreisen, dann schleuderte es sie mit einem ohrenbetäubenden Kreischen von sich. Burne spürte einen Luftzug über seine Wange streichen. Die Axt wühlte sich in den Sand, einen Meter von Francis entfernt, der mit wild flackernden Augen an seinem Rucksack lehnte.

Das Mädchen stieg die Treppe hinauf und gesellte sich zu seinem blutbesudelten Bruder. Zamanta rannte zu den beiden Kindern, preßte sie zitternd an sich.

Das Monstrum schwang den Speer nach hinten, zielte auf Burnes Stirn. Die Blicke des Nerdenbewohners und des Neurovoren trafen sich, hielten einander fest, in abgrundtiefem Haß. Burnes Gegner hatte gräßliche Nasenlöcher, tief und weit auseinanderklaffend wie Einschußlöcher. Dicht darunter entblößte ein stinkender Mund zerbrochene Zähne, einen blutroten Gaumen voll üppig fließendem Speichel und eine Zunge mit gezackten Rändern, die mehr einer Säge glich.

Burne warf sich auf den schwammigen Boden. Die Spitze des Speers flog flüsternd an seinem Nacken vorbei, der Schaft prallte von seiner Schulter ab. Der Speer flog weiter, mit verminderter Geschwindigkeit. Francis sah ihn kommen, konnte ihm jedoch nicht ausweichen.

Ein scharfes Nußknackergeräusch verriet ihm, daß der Speer seine Hirnschale getroffen – und durchdrungen hatte. Der Schmerz setzte sofort ein, war aber nicht extrem. Unerträgliche Angst preßte sein Herz zusammen.

Er sank vornüber, und der Speer löste sich aus seiner Stirn. Etwas Feuchtes strömte an seinen Schläfen hinab. Als er über die Sandfläche hinwegblickte, sah er, daß der Neurovore nach Süden floh, dorthin, wo der Wald am dichtesten war.

Und dann erlosch die Sonne.

Eine desorganisierte Galaxis. Ein pochender Schmerz. Langsam ordneten sich die Lichtpunkte, fügten sich zu einem Gesicht zusammen. Francis blinzelte zweimal. Das Gesicht war männlichen Geschlechts, menschlich, nicht neurovorisch. Seine Züge waren zerfurcht und zerklüftet wie eine Kraterlandschaft.

»Willkommen im Chimec-Hospital«, grüßte das Gesicht. Sein Eigentümer neigte sich über Francis wie ein Wintermantel, schützend und abgetragen. »Ich bin Tixo Mool und für Ihren Gesundheitszustand verantwortlich.«

»Chimec?« stöhnte Francis. »Ich dachte, ich wäre *tot*!« Irgend jemand hatte Sprengstoffball mit seinem Kopf gespielt. »Nein, es riecht anders. Der Tod müßte nach Formaldehyd riechen. Und ich dürfte keinen Hunger haben. Ich aber bin hungrig.«

»Das will ich auch hoffen. Sie waren zwei Tage bewußtlos.«

Francis hustete und drehte sich auf die Seite, frisches Leinen strich lautlos über seine Haut. Er starrte durch ein offenes Fenster in labyrinthische Gärten. Eine muntere Brise wehte über blumengesäumte Pfade hinweg, umwirbelte Marmorbänke, auf denen Rekonvaleszenten saßen. Hier und dort flatterten strahlend weiße Armschlingen wie Kapitulationsflaggen.

»Luther hat sein Gehirn verloren, nicht wahr?« fragte Francis. »Die Neurovoren haben es ihm weggenommen.«

Mool biß sich auf die Lippen und murmelte vor sich hin. Er reichte Francis einen Becher, der mit einer heißen, stark riechenden Flüssigkeit gefüllt war. »Trinken Sie das?«

»Ist das eine Suppe?«

»Cuiclo-Tee. Trinken Sie den Becher leer – bis auf einen Tropfen, der nicht größer ist als eine Träne.«

»*Wie*viel?«

»Wir lassen immer etwas übrig, das soviel wert ist wie eine Träne.« Mools Stimme nahm einen deklamatorischen Ton an, als würde er aus einem Buch zitieren. »Man darf niemals die Tränen der Eltern vergessen, die der Krieg beraubt hat.«

Vertrauensvoll ergriff Francis den Becher und trank. Der Tee schmeckte säuerlich und nach Kalk und grauenhaft.

»Man muß sich daran gewöhnen«, meinte Mool, um Francis' Grimasse zu beantworten.

»Ich hoffe, daß ich mich niemals daran gewöhnen werde.«

»Sie trinken ihn nicht zum Vergnügen, sondern um Ihre Schmerzen zu lindern.«

»Burnes Gehirn wurde nicht gefressen«, sagte Francis ausdruckslos, als würde er ganz alltägliche Worte aussprechen.

»Nein.«

»Wo ist er?«

»Irgendwo in den südlichen Dschungeln, um eine – wie soll ich es nennen? – Mission der Barmherzigkeit zu erfüllen. Er spürt diesen männlichen Neurovoren auf, der über die Mauer gekommen ist, und er wird ihn – töten.« Bei dem Wort »töten« überschlug sich Mools Stimme.

»Aber der Neurovore hat einen großen Vorsprung, nicht wahr?«

»Ja, bedauerlicherweise. Sie werden Ihren Freund erst in mindestens drei Opochen wiedersehen.«

»Opochen?« Francis nippte an seinem Tee.

»Unser Kalender ist makellos. Ein Tag hat fünfundzwanzig Stunden, fünfundzwanzig Tage bilden eine Opoche, fünfundzwanzig Opochen ein Jahr. Aber die Läufer werden uns regelmäßig sagen, wo er sich gerade befindet.«

»Oh«, sagte Francis mit scharfer Stimme. Das Blut hatte den Tee mittlerweile in sein Gehirn hinaufgepumpt. Zum Teufel, warum hatten sie Burne dahinaus geschickt? »Die Läufer?«

»Ja. Das kommt Ihnen primitiv vor, nicht wahr? Nun, Quetzalia besitzt keine Massenkommunikation. Aber lassen Sie nicht zu, daß unsere scheinbare Rückständigkeit einen Schatten auf die Amputation dieses Nachmittags wirft. Es wird nicht weh tun.«

»Eine Amputation?«

»Auf der Erde haben wir es als Operation bezeichnet. Aber der Ausdruck Amputation ist besser. Wir werden den Stein in Ihrem Kopf amputieren.«

»Aber der Speer ist doch herausgefallen!«

»Ein Splitter ist zurückgeblieben und steckt direkt oberhalb Ihres Lachzentrums. So merkwürdig es auch klingt, Sie könnten die Fähigkeit verlieren zu lachen.«

Francis zuckte mit den Schultern. »So, wie es in meinem Leben aussieht, werde ich sie nie mehr brauchen.« Er wußte von seinem Biologiestudium her, daß es ein Lachzentrum gab. Es war von einem Erdenchirurgen namens Richard Hassler in einem Jahr namens A. D. 1955 entdeckt worden.   »Die Amputation ist notwendig. Das Lachzentrum sitzt im Thalamus.«

Francis strich mit den Fingern über die Seite seines Kopfes, vom Kiefer nach oben, um das Ohr herum, überquerte einen Verband, der die Wunde auf der Stirn bedeckte, und berührte dann glatte Haut, so straff gespannt wie ein Trommelfell, woraus er schloß, daß er kahlgeschoren war.

»Sie werden doch nicht durch das Loch in meiner Stirn in das Gehirn eindringen?«

»Stellen Sie sich vor, Sie wären ein eingeschlossener Minenarbeiter. Man muß den alten Schacht nicht unbedingt öffnen, um ihn zu erreichen. Es ist meist viel besser, einen neuen Schacht zu graben.«

»Bedenken Sie, daß es diesmal die Mine ist, die noch lebt, und daß der Minenarbeiter aus Stein ist.« Francis richtete sich ein wenig auf, als wolle er versuchen, die Brustwarzen in einem Marathon-Kino-Epos zu sehen. »Burne hat ein lebendes Insektenexemplar in seinem Rucksack – einen *Cortexclavus areteus*. Er muß gefüttert werden.«

»Alle Kuriositäten, die Dr. Newman nach Quetzalia gebracht hat, die nicht-technologischen Kuriositäten, wurden in der Bibliothek von Iztac deponiert. Ich glaube, er hatte einen getrockneten Fisch und eine Gesteinsprobe. Ihr Käfer müßte jetzt auch dort sein. Ich werde dafür sorgen, daß seinen Bedürfnissen Rechnung getragen wird.«

Francis begriff nicht, was das Wort »nicht-technologisch« in dieser Antwort zu suchen hatte, aber er war unendlich erleichtert, als er erfuhr, daß Ollie offenbar gerettet worden war.

Mool frönte wieder einmal seiner Gewohnheit, nicht gestellte Fragen zu beantworten. »Ein Glück, daß Sie hierher gebracht wurden – nicht zu einem von Nazras Bürokraten. Nazra regiert außerhalb von Aca, aber er hat eine Bande von Speichelleckern – einen ganzen *Sumpf* von Speichelleckern – amüsiert Sie das? – hier in Tepec.« Mool kicherte. »Ich habe gefragt, ob Sie das amüsiert.«

»Ich lache in letzter Zeit nicht mehr«, entgegnete Francis. »Ist dieser Stein in meinem Gehirn?«

»Nazras Bürokraten lachen auch nicht. Gestern stürmten sie herein und drangen in mich wie Bohrmaschinen. ›Die Blutung hat aufgehört‹, sagten sie. ›Warten Sie noch, bevor Sie die Amputation vornehmen. Finden Sie erst heraus, welche Absichten er hegt.‹ Zwei Stunden später läßt Nazra uns mitteilen, Ihre Ankunft sei eine *religiöse* Angelegenheit. Also verschwinden die Bürokraten, und die gottverdammten Geistlichen treten an ihre Stelle und wollen ebenfalls wissen, welche Absichten Sie zu uns geführt haben. Schließlich taucht die Hohepriesterin höchstselbst auf und sagt: ›Ich schaffe Ihnen alle vom Hals, aber retten Sie das Leben dieses Mannes, dies ist der *moralische* Weg.‹«

Mool trat ans offene Fenster und pumpte seine Lungen mit frischer Morgenluft voll. »Jetzt habe ich genug über Sie geredet. Ich will Ihnen nun von mir erzählen. Ich bin dreiundsechzig Jahre alt und so freundlich wie ein Wanderprediger. Ich habe einen Sohn, der . . .«

Ohne es wirklich zu wollen, ließ Francis die Worte des Arztes zu sinnlosen Vokabeln verschwimmen. Er starrte an die gegenüberliegende Wand, auf ein großes, kompromißlos avantgardistisches Ölgemälde. Als sich sein Bewußtsein wieder auf Mool konzentrierte, hörte er ihn sagen: »Wenn Sie mich als zu autoritär empfinden, regen Sie sich nicht auf, denn für Ihre praktische Behandlung ist unsere beste Klinikärztin zuständig, Dr. Tez Yon, die sowohl bescheiden als auch kompetent ist und die ich um ihre strahlende Jugend beneide.«

Inzwischen hatte Mool das Fenster verlassen und zog an einer Lederschnur, die neben dem Gemälde hing. Das Bild drehte sich um eine Achse, entpuppte sich als Tür. »Noch etwas – ich muß mich leider nach Ihren Maschinen erkundigen.«

»Nach meinen – was?«

»Haben Sie irgendwelche technologischen Geräte nach Quetzalia gebracht?«

»Ich hatte ein Luminon am Hals hängen – und einen Elektrostift und eine Kelvin-Hülse im Rucksack, lauter solche Dinge . . .«

»Das muß alles im Tolca-Tempel verbrannt werden – wie es unsere Gesetze verlangen.«

Trotz seiner betäubten Sinne stieg ein plötzliches Unbehagen in Francis auf. Was waren das für Leute? Romantiker, die vielleicht glaubten, daß Maschinen gottlose Rationalität erzeugten? Das waren schreckliche Neuigkeiten – wenn sie tatsächlich der Wahrheit entsprachen. Sie werden uns nicht helfen, zur *Darwin* zurückzugelangen . . .

»Haben Sie alle Maschinen aus Quetzalia verbannt?«

»Das Wort ist *verboten*«, antwortete Mool. »In Quetzalia sind Maschinen verboten.«

»Hat sich Burne da wirklich breitschlagen lassen?«

»Seine Armbanduhr, sein Luminon und sein Fermentgewehr sind nur noch Asche und geschmolzene Klumpen.«

»Sogar sein Gewehr?«

»Dr. Newman ist Archäologe. Er weiß, daß die Taktik, sich ›breitschlagen zu lassen‹, wie Sie es ausdrücken, eine verläßliche Methode ist, das Vertrauen der Einheimischen zu gewinnen. Werden Sie sich ebenfalls unseren Wünschen fügen?«

»Aber wie kann Burne den Neurovoren töten! Sie haben ihn entwaffnet!«

Mool seufzte. »Er sagte, wenn ein Neurovore kein Fermentgewehr braucht, würde auch er keines brauchen.«

»Schmelzen Sie das Luminon und die Kelvin-Hülle und alles andere, aber in meiner Jackentasche steckt eine Metallkassette, die eine Insulinflasche und zwei Spritzen enthält.«

»Wir wissen über die Diabetes Bescheid, Dr. Lostwax.«

»Meine Gesundheit wird davon nicht beeinträchtigt. Auf der Nerde gibt's jetzt Plastikbauchspeicheldrüsen.«

»In *Quetzalia* kann man diese Krankheit *heilen*, und ich gebrauche dieses Wort keineswegs leichtfertig. Bevor Sie mit der Heilkur beginnen, können Sie Ihre Spritzen benutzen, aber Sie dürfen sie niemandem zeigen.« Mool überschritt die Schwelle.

»Noch etwas!« rief Francis ihm nach. »Die Kelvin-Hülle wird nicht zerschmelzen! Sie besteht aus Crysanium.«

»Dann werden wir sie in Noctus auflösen.«

»In was?«

»Noctus strömt durch den Fluß.«

»Durch den Fluß an der Mauer?«

»Ja. Er ist aus Haß gemacht.«

»Aber was *ist* Noctus? Woraus besteht das?«

»Aus Haß«, antwortete Mool mit einem dünnen Lächeln, dann schloß er abrupt die Tür hinter sich.

Der Cuiclo-Tee befreite Francis nicht nur von den Schmerzen, er machte ihn auch angenehm schläfrig, und als die beiden jugendlichen Krankenpfleger den Raum betraten, mußten sie ihn mehrmals schütteln, bevor er die Augen aufschlug. Mit vereinten Kräften hoben sie Francis hoch, legten ihn auf einen fahrbaren Tisch und schoben ihn durch einen Korridor mit gläsernen Wänden, der vom bleichen Nachmittagssonnenlicht überflutet war.

Erstaunlich eindrucksvolle Fresken glitten vorüber, und kein einziges beugte sich dem phantasielosen, neutralen Stil, den die Nerdenbewohner als obligat betrachteten, wenn sie ihre Institute schmückten. Hier waren Legenden dargestellt, die von haarsträubenden Kämpfen mit Monstern berichteten, von Sintfluten, phantastisch gestalteten Geistern, Giftmorden, sexuellen Ausschweifungen, die stimulierend genug wirkten, um sogar Eunuchen zu entzücken.

Und da gab es Augenblicke von so überzeugender komischer Wahrheit, daß Francis unwillkürlich kicherte.

Wenn der Korridor einer kleinen Kunstgalerie ähnelte, so glich der Operationssaal einem riesigen Trichter. Die Krankenpfleger rollten Francis auf eine große runde Fläche. In ihrer Mitte erhob sich ein gepolsterter Tisch, auf den er nun mit aller Sorgfalt transferiert wurde. Daneben stand ein Wagen, der von chirurgischen Instrumenten strotzte. Auf den kreisförmigen Bänken ringsum, die sich wie in einer Arena nach oben zogen, saß etwa ein Dutzend Studenten. Sie beugten sich erwartungsvoll vor, und ihre glatte, erstaunliche Jugendlichkeit gab Francis das Gefühl, einer aussterbenden Rasse anzugehören. Von ganz oben drang Sonnenlicht durch eine Glasdecke und fiel in die Mündung des Trichters herab.

Am Rande der runden Fläche brannten, in Abständen von jeweils sechzig Grad, flackernde Bodenlampen-Kerzen, deren Dochte mit parfümiertem Öl getränkt waren. Zwischen den Lampen hingen große, kompromißlos avantgardistische Ölgemälde. Ein Bild drehte sich nach vorn, und eine zierliche Frau kam herein, begleitet von zwei Männern. Der eine war ein Riese, der andere ein Gnom. Die Krankenpfleger begriffen, worum es jetzt ging, und zogen sich zurück.

Tez Yon betrat den Operationssaal mit heftigem Widerstreben, voller Haß gegen die Aufgabe, die sie nun erfüllen mußte. Wenn ich Erfolg habe, überlegte sie, so wird Mool den Ruhmesglanz seinem »famosen chirurgischen Team« zuerkennen, womit er selbst gemeint ist. Aber wenn der Nerdenbewohner auf diesem Tisch stirbt, wird man mir die ganze Last der Verantwortung aufbürden. Alle werden verstört umherirren und große Kullertränen vergießen – Krokodilstränen –, weil niemand *will*, daß er am Leben bleibt.

Der Anblick des hilflosen Patienten beendete ihren Anfall von Selbstmitleid. Sie bemerkte, daß ihre Assistenz-Schwestern bereits damit begonnen hatten, die Hirnschale mit Kusk-Farbe zu markieren, den Schädel mit dem Lokalnarkotikum namens Lethe-Brei zu bestreichen und seine Arme mit den Ranken der Kardio-Rebe zu umwinden, jener wunderbaren Pflanze, deren Farbveränderungen vor gefährlichen Blutdruckschwankungen warnten. Sie erreichte den Tisch, ergriff ihr Skalpell und hob es in die Höhe wie einen Speer. Während sie zu ihrem Auditorium sprach, wies sie mit dem Instrument in die Richtung von Francis' Gehirn.

»Wie Sie alle erfahren haben, kommt Dr. Lostwax von Iztac Vier, dem ursprünglichen Ziel der *Eden Zwei* und unserer *Eden Drei*. Er nennt seinen Planeten Nerde und ist Entomologe. In unseren Augen ist er kein extraterrestrisches Geschöpf, sondern ein Mensch, kein Nerdenbewohner, sondern ein Quetzalianer, und man hat mir mitgeteilt, daß es nach Gouverneur Nazras und Vaxcala Coatls Willen auch so bleiben soll. Ich weiß, es ist unglaublich, daß ein Gouverneur und eine Hohepriesterin in irgendeinem Punkt übereinstimmen. Aber vorerst jedenfalls müssen wir die Identität dieses Mannes geheimhalten . . .« Gelächter drang von den Rängen herunter. »Wenn Sie irgendwelche Fragen haben . . .«

Eine Hand erhob sich schüchtern. »Darf ich den Patienten etwas fragen?« Die Hand gehörte zu einem jungen Mann mit traurigen Augen.

Als Tez näher trat, sah Francis ein Gesicht, das man, seinem Volumen nach, als niedlich bezeichnen konnte. Aber der Ausdruck »niedlich« paßte nicht zu den vollen Lippen, den genialen Augen und dem üppigen terrakottafarbenen Haar. Mool hatte erwähnt, daß Tez kompetent und sehr jung sei. Aber er hatte vergessen, darauf hinzuweisen, daß sich Francis auf den ersten Blick in sie verlieben könnte.

»Würden Sie eine Frage beantworten?« erkundigte sich Tez.

»Ja«, erwiderte Francis und schwelgte in ihrer heiseren Stimme. In diesem Moment wäre er auf alle ihre Wünsche eingegangen – wenn sie nicht gerade verlangt hätte, er solle Selbstmord begehen.

»Praktizieren Sie die Sakramente von Zolmec?« wollte der Mann mit den traurigen Augen wissen.

»Die Mehrzahl meiner Mitbürger ist nicht religiös«, antwortete Francis.

»Wer hindert Sie daran, einander weh zu tun?«

Francis zuckte gleichmütig mit den Schultern. »Die Nerdenbewohner tun einander ständig weh.«

»Das dachte ich mir«, stellte der Mann mit einer Selbstgefälligkeit fest, über die sich Francis aus irgendeinem Grund nicht im geringsten ärgerte. Tez ging um den Tisch herum und blickte in alle Richtungen, wie eine Schauspielerin, die feststellen will, ob ihr Publikum vollzählig erschienen ist. Dann blieb sie direkt hinter Francis' kahlem Schädel stehen. Das Publikum schwieg.

»Da es keine weiteren Fragen gibt, werden wir zu bohren anfangen.«

Der Gnom wühlte in den Instrumenten, fand eine kleine Flöte und trat an das Ende des Tisches. Von Francis' Füßen eingerahmt, krümmte er die Finger und begann leise zu blasen. Die Melodie klang unheimlich. Inzwischen beugten sich, unsichtbar und unspürbar, Tez und der Riese über Francis' Kopf, um ihr Werk zu beginnen.

»Stört es Sie, daß wir keine Mundtücher tragen?« fragte Tez. »Die Mikroorganismen von Luta sind keine Krankheitserreger.«

»Das haben unsere Sensorensonden auch schon festgestellt. Sagen Sie mal – wird diese Musik mir zuliebe gespielt?«

»*Mir* zuliebe. Gefällt sie Ihnen?«

»Ich würde alles dafür geben, wenn ich so spielen könnte.« Das war eine dumme Bemerkung, aber allein schon der Gedanke, daß er mit dieser Quetzalianerin sprach, war ihm unendlich kostbar.

»Und ich würde die Warzen auf meinem rechten Arm dafür geben.« Tez' gedämpfte Stimme drang nicht bis zur Galerie hinauf. »Mein Flötist ist nach dem quetzalianischen Standard keineswegs ein Meister seines Fachs.«

»Die Nerdenmenschen spielen eine andere Musik.«

»Ich würde Ihre Nerdenmusik gern einmal hören.«

»Wenn Burne und ich in unser Schiff zurückkommen, leihe ich Ihnen unseren Musikrecorder aus.«

»Schön und gut, aber solche Maschinen sind hier verboten. Übrigens, wir haben jetzt Ihre Schädeldecke durchschnitten, Doktor – die Haut, die Muskeln, die Beinhaut, die Kopfschwarte – alles. Ich kann Ihr Gehirn sehen.«

Seltsam, dachte Francis, ich fürchte mich überhaupt nicht. »Ist da viel Blut?«

»Genug, um eine Ratte zu ertränken. Aber mein Assistent gießt genau die richtige Menge Gerinnungsmittel darauf und durchschneidet die richtigen Blutgefäße. Machen Sie sich keine Sorgen – wir wissen schon, was wir tun.«

»Ich vertraue Ihnen ganz instinktiv.«

Plötzlich ertönte ein lautes, knirschendes Geräusch.

»Was ist das?« Francis' Vertrauen begann merklich zu schwinden.

»Metall, das sich an Knochen reibt.«

»Es klingt schrecklich.«

»Sie sind hier in der Craniatomie, Dr. Lostwax, und wir sind keine vertrottelten Anfänger. Zuerst muß man mal Löcher bohren, nicht wahr? Dann verbinden wir die Löcher mittels einer Säge. Das gleicht so ungefähr der Methode, mit der mein Vater Felsblöcke aus den östlichen Steinbrüchen heraushaut.«

»Unterhalten wir uns lieber über etwas anderes. Warum sind Maschinen verboten?«

»Tolca, unser Gott des Friedens, ist dagegen.«

»Ich verstehe«, erwiderte er mit einem deutlichen Mangel an Begeisterung. Francis war in seinem Atheismus immer ökumenisch gewesen. Und er war gewillt, an diesen Tolca-Typ ebensowenig zu glauben wie an Jahve, Jesus, Buddha, Vischnu oder an einen der anderen Namen, die sein Vater mit dem »Zwang, das Offensichtliche zu verkennen« gleichzusetzen pflegte.

»Sie müssen verstehen«, fuhr Tez fort, die seinen Widerstand spürte, »daß die Götter von Zolmec keine schleierhaften Versprechungen von sich geben, die auf der Erde, wie uns die Historiker mitteilen, so überaus beliebt waren.« Das Knirschen verstummte. »Sie weigern sich nicht, vor uns zu erscheinen. Sie sind hier, unter uns, in so greifbarer Form, daß man mit den Zehen dagegenstoßen kann. Dieses Messer . . .«

Sie ließ ihr Skalpell vor den Augen des Patienten baumeln. An der Obsidianklinge glitzerte frisches Francis-Lostwax-Blut. Der Griff war mit zierlich eingravierten Vögeln und Fischen verziert. »Dieses Messer ist kein Messer, sondern die Kraft und Schönheit des Intellekts. Wissenschaftler und Künstler haben es gemeinsam geschaffen, damit es kunstvoll in menschliches Gewebe eindringen und exquisite Wahrheiten über den Geist bloßlegen kann. Der springende Punkt besteht darin, daß die quetzalianischen Götter gar keine Gottheiten sind, sondern all die unschätzbaren Kräfte, die wir in uns selbst finden. Was sonst wäre anbetungswürdig?«

»Ich weiß nicht, wovon Sie reden«, hauchte Francis tonlos.

»Ihre Hirnschale ist geöffnet.«

»Ich habe Angst.«

»Sie haben heute morgen Cuiclo getrunken. Wenn Sie jetzt

schläfrig werden, kämpfen Sie nicht dagegen an. Lassen Sie sich einfach ins Nichts fallen – und träumen Sie.«

»Ich wünschte, dieser *Planet* wäre ein Traum.«

»Haben Sie schon einmal ein lebendes menschliches Gehirn gesehen, Dr. Lostwax, pulsierend, voll korallenrotem Blut?«

Francis dachte einen Augenblick lang nach. Kappies Gehirn war getötet worden, als man es bloßgelegt hatte. »Nein.«

»Dr. Zoco sagt, das Studium des menschlichen Gehirns anhand grauer, in Säure gelegter Exemplare sei genauso, als würde man sich mit Hilfe von Leichen über menschliche Wesen informieren.«

»Versprechen Sie mir bitte, alles so zu lassen, wie Sie's vorgefunden haben?«

Tez lachte laut auf, dann dachte sie schweigend nach. Unser Nerdenmensch scheint recht vernünftig zu sein. Und doch war sein Freund imstande, einen Mord zu begehen. Vielleicht läßt sich die menschliche Rasse doch nicht so einfach in Monster und Quetzalianer unterteilen.

Nun wandte sie sich wieder zur Galerie, wie eine Schauspielerin. »Sie sehen hier eine modifiziert radikale Schädeldeckeninzision, eine transcephalische Knochentür, und vor uns liegt der große Gott Cortex. Nun besteht zunächst die Gefahr eines Bruchs, wenn wir die Dura Mater öffnen. Die zweite Gefahr würde natürlich in einem funktionellen Ausfall liegen. Um die erste Gefahr zu umgehen, wird eine Standard-Nummer-Zwei Sterindorn zwischen die Halbkugeln gestoßen vier Millimeter – unter – dem Corpus Callusum . . . Um – der – zweiten – Gefahr – zu – begegnen – wird – es – notwendig . . .«

Die heisere Stimme drang immer leiser in Francis' Ohren, verhallte, erstarb schließlich ganz. Bevor er einschlief, kam ihm noch zu Bewußtsein, daß es unmöglich sein würde, die hinreißende Frau, die gerade Wunder in seinem Gehirn vollbrachte, jemals wieder zu vergessen.

 Immer wieder begegnet man einem Tier, welches nicht weiß, was es ist.

Solche Arten sind ganz anders als die Katze, die eine Expertin darin ist, eine Katze zu sein, oder der Kabeljau, der maßgeblich am Wesen des Kabeljaus partizipiert, oder sogar der unscheinbare Erdenwurm, der auf irgendeiner Ebene außerhalb unserer Wahrnehmungsfähigkeit versteht, was von ihm erwartet wird. Auf dem Planeten Luta wohnten Katzen, Kabeljaus und Erdenwürmer, Nachkommen der *Eden Drei*, aber auch das einheimische Tier namens Chitzal, eine säugetierartige Fellkugel auf Reptilienbeinen mit zwei gewöhnlichen Augen sowie einem dritten, das ihm die Evolution in einem frivolen Augenblick mittels eines Stengels auf den Kopf gepflanzt hatte wie einen Lolly, der alles ringsum sehen konnte.

Der Chitzal wußte nicht, wer er war. Aber erstaunlicherweise diente er einem Zweck.

Francis saß im Garten vor seinem Krankenzimmer und starrte auf den nächsten Baum und beobachtete mit wachsendem Ärger ein Chitzalmännchen. Das Tier hing an seinen Klauen, mit dem Kopf nach unten, und musterte Francis mit seinem Lolly. Es atmete, blinzelte und tat sonst nichts Beunruhigendes. Wenn es sich nur auf irgendeine Weise *verhalten* würde, dachte Francis, dann könnte ich meinem Beruf treu bleiben und mir Notizen machen. Wenn es bloß etwas anderes täte, als einfach so dazuhängen wie ein Wespennest.

Fünf Tage waren nach seiner Operation vergangen, fünf Nachmittage, die er im Garten verbracht hatte, und er war wie betäubt vor Langeweile. Soviel ich weiß, grübelte er weiter, wimmelte es auf Luta von unentdeckten Insekten, vielleicht sogar von Gorgathonabkömmlingen, die im Inneren von Meteoriten hierher gekommen sind und sich bis zum heutigen Tag die unheimliche Fähigkeit bewahrt haben, beim Ableben eines nahen Verwandten Tränen zu vergießen. Und ich sitze hier herum, völlig unbeweglich – es sei denn, der Kopf fällt mir noch vom Hals.

Der einzige lichtvolle Augenblick an jedem Nachmittag ereignete sich, wenn Tez Yon ihren Rundgang machte. Sie überwachte seine Genesung mit einer Hingabe, die merklich über normales Pflichtbewußtsein hinausging. Sie brachte ihm sogar Geschenke mit. Fühlt sie sich zu mir hingezogen, weil ich von einem anderen Planeten komme, überlegte Francis, oder gibt es dafür eine verheißungsvollere Erklärung?

Welche Art von Interesse er auch in ihr erregt hatte – Tez vermutete, daß es weniger dem Individuum Lostwax galt, als vielmehr mit einer Art anthropologischer Neugier gleichzusetzen war. Sind Raumfahrer gute Liebhaber? Sie war skeptisch. Nicht daß sie die Meinung vertrat, Romantik und Paarung seien unwichtig. Aber bisher hatte sie keiner ihrer Freunde so völlig in Anspruch genommen wie ein faszinierend halbwahrer Artikel im »Chimec-Hospital-Journal«. Die Tepecaner hielten sich an den Zeitgeist und redeten so offenherzig über ihr Privatleben, daß einem nichts mehr erotisch vorkam. Sie hatte gehört, daß solche Affären in Aca ein subtileres Flair hatten, daß es dort etwas gab, das telepathischer Orgasmus genannt wurde. Das war allerdings zweifelhaft. Trotzdem – den einzigen Nerdenmenschen in der Stadt zu lieben wäre ein neuartiges Erlebnis, das vielleicht von längerer Dauer zu sein wünschenswert sein könnte.

Gestern hatte Tez ihm ein Sortiment von strategischen Patience-Spielen geschenkt, die sich in zwei entnervende Kategorien einteilen ließen. Da gab es Spiele, die ihm zu einfach und albern vorkamen, und andere, die ihm auf groteske Weise rätselhaft blieben. Vorgestern hatte sie ihm einen Korb voller Opos mitgebracht, runder Gartenfrüchte mit Schuppenhaut und saftigem Fleisch. Und am Tag davor hatte sie ihm eine handschriftliche Kopie des nationalen Epos überreicht. Francis las, wie sich die menschliche Rasse aus Würmern entwickelt hatte, die im Schmutz eines verseuchten Planeten umhergekrochen waren. In den Raumarchen hatten die Würmer eine Metamorphose durchgemacht und das Puppenstadium erreicht, dann hatten sie sich zu Schmetterlingen entwickelt, die im Land Utopia schwelgten. Francis war es zwar nicht gewöhnt, sich an der Poesie zu delektieren, dennoch genoß er jedes Wort in diesem Epos.

Und noch einen Tag davor hatte Tez ihn in seinem Zimmer geweckt. »Versprechen Sie mir, daß Sie nicht hüsteln werden, dann werde ich ihnen zwei erfreuliche Neuigkeiten mitteilen.«

»Ich werde nicht hüsteln.«

»Das würde nämlich den intercranialen Druck verstärken. Soll ich zuerst von Ihrer Amputation sprechen oder von Ihrem Käfer?«

»Von meinem Käfer.«

»Mool hat mich in die Bibliothek von Iztac geschickt, und alle

82

Leute haben übereinstimmend erklärt, daß Ihr Freund Newman ihn auf die Neurovorenjagd mitgenommen hat. Niemand weiß, warum.«

Aber Francis wußte es schon – oder zumindest glaubte er es zu wissen. »Der gute alte Burne dachte wohl, ich sei zu krank, um für Ollie zu sorgen.« Dann fügte er in Gedanken hinzu: Außerdem hat er befürchtet, diese komischen Quetzalianer könnten den Käfer wegwerfen. »Und jetzt erzählen Sie mir von meiner Amputation.«

»Der Splitter ist draußen. Ihr Thalamus ist gerettet.«

»Dann brauche ich also das Lachen nicht aufzugeben?«

»Nein«, erwiderte Tez. »Aber Sie müssen für eine Weile Ihre Freiheit aufgeben – für fünf Tage.« Sie strich sanft über seine Fußsohlen und deutete zum offenen Fenster. »Unsere Gärten haben therapeutische Kräfte.«

»Sie sind ein Genie.«

»Nur ein Genielehrling. Der große Gott Mool trägt hier den ganzen Ruhm davon.«

»Ich mag ihn auch nicht.«

»Mool wurde von Mutterkraut aufgezogen. Aber es sind nicht seine Manieren, die mich stören. Es paßt mir nicht, wie er meinen Vater behandelt.«

»Ich könnte mir vorstellen, daß er alle Leute schlecht behandelt.«

»Ich spreche von einer *medizinischen* Behandlung.« Tez berichtete von Teot Yons Unfall, von ihrem Streit mit Mool über die Coyowurzeltherapie.

Francis bemühte sich, das Richtige zu sagen. »Leider liegt die Botanik nicht auf meiner Linie.«

»Auf Mools Linie auch nicht. Aber Sie hören wenigstens zu.«

Nun mußte das Thema gewechselt werden. »Wie hat mein Gehirn ausgesehen – tief drinnen? Ich muß gestehen, ich bin mir irgendwie vergewaltigt vorgekommen.«

Tez strahlte. »Ich denke, die klinische Neurologie ist zwar intim, aber nicht fleischlich. Ein Gehirn sieht wie das andere aus.«

»Haben Sie diese Cortex-Stimulation versucht. Sie wissen ja – dabei drückt man auf die wunden Punkte, damit ich meine Vergangenheit noch mal erlebe und darüber rede.«

»Aber *natürlich*«, scherzte Tez. »Ich kenne jetzt Ihre tiefsten Geheimnisse. Ich weiß von den Büchern, die Sie nicht in die Bibliothek zurückgebracht haben, und von der Klempnerin mit dem spaßigen Knie. Übrigens, der Manschettenknopf, den Sie vor sechs Jahren verloren haben, liegt auf dem Waschtisch.«

»Darf ich aufstehn?« fragte Francis.

»Ganz langsam.«

Als er seitwärts aus dem Bett glitt, merkte Francis, daß ihn irgend jemand in quetzalianische Roben gehüllt hatte. Er ging auf das Gemälde zu, das als Tür fungierte. Vor seinen Augen verschmolzen viele Millionen Pinselstriche zu aufregenden Ornamenten.

»Wie nett von Ihnen, mein Zimmer mit einer so treffenden Darstellung meiner jüngsten Erlebnisse zu schmücken!«

Mit diesen jüngsten Erlebnissen meinte er die Geschehnisse der letzten acht Tage, die ihm unwahrscheinlicher vorkamen als alles, was ihm bis dahin widerfahren war. Vor einem Jahr um diese Zeit hatte seine Hauptsorge der Frage gegolten, ob er ins Bordell weiter unten an der Straße gehen oder fünfundvierzig Dancs für einen Neudruck von ›Das geistige Wesen der Bohnenlaus‹ ausgeben sollte. Das war natürlich kindischer Kram im Vergleich zu jenen Augenblicken, als er beobachtet hatte, wie zwei Freunde gefressen worden waren, als man ihm den Schädel aufgesägt und als er sich in eine Frau von einem anderen Planeten verliebt hatte. Es verwirrte ihn, daß er immer noch geistig normal war, und es verwirrte ihn noch mehr, daß er die Bereitschaft zu weiteren Abenteuern verspürte.

Tez zog einen Spiegel aus ihrer Robe und hielt ihn vor Francis hin. Er sah, daß sein Kopf direkt oberhalb der ursprünglichen Wunde zusammengeklebt war wie zwei Teile eines epischen Films. Die Verbindungsstelle, ein gelber Kleisterstreifen, umgab seinen Schädel wie ein Hutband. Er strich darüber.

»Vorsicht!« ermahnte sie ihn.

»Sind da keine Stiche?«

»Murm ist besser. Ihre Inzision wird nicht im konventionellen Sinn verheilen. Sie wird sich verfestigen wie Paraffin.«

»Murm . . .« Francis sang das Wort.

»Das ist die wundersame Magenschleimhaut eines sonst nutzlosen Tieres namens Chitzal. Es nährt ihren Kopf wie Blut, befeuchtet Ihre Dura Mater und muß nur einmal im Jahr erneuert werden.«

»Sie meinen – der Kleister dringt bis unter die Knochen?«

Tez nickte. »Machen Sie sich keine Sorgen, Ihre Schädeldecke und die Dura sind permanent voneinander getrennt. Wenn Ihre Liebste Sie zu fest an den Haaren zieht, wird vielleicht Ihr Gehirn bloßgelegt, aber sie wird keine Arterien durchtrennen.«

Francis schnappte nach Luft. Ist das Wissenschaft? fragte er sich. Was machen die denn hier, wenn sie zaubern?

»Sie haben angedeutet, daß mein Haar wieder wachsen wird.«

»Dichter denn je, und genau dann, wenn Sie es satt haben, beim Rasieren diese häßliche Narbe sehen zu müssen.«

Tez zog an der Türschnur, dann hielt sie inne, drehte sich um, und es gelang ihrem Lächeln nicht, ihr Erröten zu überspielen. »Ich weiß, dieses Erlebnis war ungeheuerlich für Sie, Francis Lostwax, aber Sie werden für Ihre Chitzal-Narbe eine Verwendung finden, von der Sie niemals zu träumen gewagt haben.«

Und dann war sie verschwunden, noch bevor er sie nach dem Sinn dieser Prophezeiung fragen konnte.

An diesem Nachmittag des Tolcatags – nach dem »makellosen Kalender«, wie ihn Mool bezeichnet hatte – brachte Tez weder Spiegel, Epen, Opos noch Spiele mit, sondern statt dessen einen kräftigen Mann, den Francis kannte. Es war Zamanta, dessen Kinder Burne vor dem sicheren Tod durch die Krallen der Neurovoren gerettet hatte. Zamantas Frau, zierlich im Körperbau, aber selbstbewußt in ihrer Haltung, mit wilden Augen und chaotischem gelbem Haar, stand lächelnd an seiner Seite.

»Wir wollen uns bedanken«, sagte Zamanta. »Momictla und ich.«

»Da müßten Sie zu Burne gehen«, wehrte Francis bescheiden ab.

»Auch ich weiß zu schätzen, was er getan hat«, erklärte Zamanta. »Nur das Resultat.«

»Nun ja, ich bin auch nicht gewalttätig veranlagt, aber wenn ich die Möglichkeit dazu hätte, würde ich diesen Barbaren die Eingeweide aus den Leibern reißen. Sie haben zwei meiner . . .« Er wollte sagen »Kollegen«, fühlte jedoch eine plötzliche Leere in seinem Innern. ». . . zwei meiner besten Freunde abgeschlachtet.«

»Sie halten mich für einen Feigling, nicht wahr?« fragte Zamanta.

Francis entgegnete darauf nichts und starrte zum Chimec-Hospital hinüber, einem großen, pyramidenförmigen Terrassenbau. An der Spitze funkelte ein Tempel aus massivem Gold im Sonnenlicht.

Momictla berührte Tez' Arm. »Er ist geheilt, nicht wahr?«

Tez nickte. »Wir werden ihn morgen entlassen.«

»Oh, es geht mir gut«, warf Francis phlegmatisch ein.

Ringsum gingen postoperative Patienten aufeinander zu, um sich zu unterhalten, miteinander zu spielen oder sich gegenseitig zu bemitleiden. Zweifellos würden sie sich alle sofort um Francis scharen, wenn ihnen irgend jemand verriete, daß er der berühmte Besuch aus dem Weltall war.

»Wenn wir Ihnen irgendeinen Gefallen tun können«, sagte Momictla. »Sie brauchen uns nur zu fragen.«

»Ich werde daran denken.« Seine Stimme war immer noch tonlos. In seiner Nähe versuchte ein munteres kleines Mäddchen mit einer Bandage über einem Auge, dem Chitzal das Leben schwerzumachen. Sie jagte ihn einen Baum hinab, über eine Brücke, um eine Bank herum. Der Chitzal bewegte sich wie ein zerbrochenes automatisches Spielzeug.

»Es ist uns zu Ohren gekommen, daß Sie ein seltenes, schönes Insekt in unser Land gebracht haben«, erklärte Zamanta.

Plötzlich bemerkte Francis, daß er lächelte, sogar strahlte, sowohl äußerlich als auch von innen heraus. Ob Zamanta nun ein Feigling war oder nicht, er wußte jedenfalls, wie man die Sympathien anderer gewann. »Es handelt sich um einen *Cortexclavus areteus*«, erläuterte Francis. »Die Larvenform ist wahrscheinlich . . .«

Was er nun entdeckte, genügte vollauf, um seine Gedanken von Ollie abzulenken. Das einäugige Mädchen befand sich auf einem Kollisionskurs mit einem Schachspiel im vorgeschrittenen Stadium. Der Chitzal stieß gegen den Tisch, das Mädchen warf ihn um. Eingekreiste Könige, ausgeschiedene Bauern und ein Dutzend anderer Taktiker wirbelten wie aufgescheuchte Tauben in die Luft, während das Mädchen unverletzt ins Gras fiel.

Ein muskulöser Teenagerjunge mit einem Verband um die Stirn hatte mit den weißen Figuren gespielt, eine dicke Frau in mittleren Jahren, die einen Arm in der Schlinge trug, mit den schwarzen. Das Entsetzen auf beiden Gesichtern verwandelte sich in eine ausdruckslose Heiterkeit, die keine eindeutige Interpretation zuließ. Die Frau ging bereits auf das Mädchen zu, das im Gras lag. Der Junge hatte sich erhoben.

Francis erbebte. Das Verbrechen im Klassenzimmer flutete mit kalter Klarheit in seine Erinnerung zurück.

»Was ist denn los?« fragte Momictla.

»Sie werden das Kind töten«, stieß er heiser hervor und sprang von seiner Bank auf.

Doch die Frau sagte: »Hoffentlich hast du dir nicht weh getan, meine Freundin.«

»Ich habe euer Spiel ruiniert«, erwiderte das Mädchen – zerknirscht, aber ohne übertriebenes Schuldbewußtsein. Die gesunde

Hand der Frau umfaßte die ausgestreckte des Mädchens und zog es auf die Beine.

»Das ist nicht weiter schlimm«, meinte der Junge, der nun ebenfalls herangekommen war. »Ich hätte ohnehin verloren.«

»Sonst bin ich nicht so ungeschickt. Das liegt an dieser dummen Augenbinde.«

Der Junge zupfte ein Blatt aus dem Haar des Mädchens. »Du hast eben Spaß gemacht.«

»Ich habe mich noch nie für die Nimzo-Inder-Verteidigung begeistert.« Die Frau zwinkerte ihrem Partner zu. »Obwohl ich dich in siebzehn Zügen mattgesetzt hätte.«

»Ich helfe euch, die Figuren wieder aufzustellen.« Das Mädchen hob die schwarze Königin auf, und die drei begannen freundschaftlich alle Figuren einzusammeln.

Dies war das Ende der Episode. Vorhang. Kein Blut, keine Prügel, nicht einmal eine erhobene Stimme. »Haben Sie wirklich geglaubt, sie würden das Kind töten?« fragte Tez.

»Bevor meine Freunde und ich herausfanden, daß Quetzalia eine Zugbrücke hat, haben wir einen Tunnel unter Ihrer Mauer hindurchgegraben. Wir landeten in einem Transpervirumraum.«

Tez' Muskeln spannten sich kaum merklich an. Francis berichtete, er habe einen Mord mit angesehen, dessen Motiv kaum gewichtiger gewesen war als ein ruiniertes Schachspiel.

»Hier sind alle so freundlich – sogar pazifistisch.« Unwillkürlich warf er Zamanta einen unsicheren Blick zu. »Und trotzdem habe ich diesen Mord beobachtet.« Im Hintergrund erklärten die Frau und der Junge dem Mädchen, welch gute Dienste ein Bauer dem König auf Feld vier leiste. Der Chitzal war auf seinen Baum zurückgekehrt. »Oder es war nur ein Traum.«

Tez, Zamanta und Momictla wechselten angstvolle Blicke.

»Jetzt muß ich meine anderen Patienten wissen lassen, daß ich immer noch Knochen zersäge«, sagte Tez. Sie wandte sich ab, und der schimmernde Tempel von Chimec färbte ihr Gesicht bronzebraun. »Leben Sie wohl, Francis Lostwax, und lassen Sie wieder mal von sich hören.«

»Ich werde mich melden, wenn Sie sich auch melden.« Es gefiel ihm, über dieses Thema zu reden. »Aber was ist mit meinem Traum?«

»Ich glaube – ich glaube, es war wirklich nur ein Traum.«

Als Francis am nächsten Morgen erwachte, war sein Bett von fünf übergewichtigen Männern umgeben, die sich als Priester des Tempels von Iztac bezeichneten und das zweifellos auch waren. Der kräftigste und fetteste nannte seinen Namen, Mouzon Thu. Mouzon war häßlich und mit Warzen übersät, und seine musikalische Stimme paßte keineswegs zu seinem Äußeren. »Bitte, ziehen Sie sich an, Doktor«, sang er. »Vaxcala Coatl erwartet Sie.«

»Ich glaube, es wäre eine lausige interplanetare Diplomatie, eine Hohepriesterin warten zu lassen«, erwiderte Francis.

Sie eskortierten ihn durch ansteigende Korridore in die strahlende Luft hinaus, die wuchtigen Außenstufen des Hospitals hinab. Ein Wagen wartete am Fuß der Treppe, mit einem schnaubenden, scharrenden Lipoca. Ein Priester, ein dunkelhäutiger Jüngling, übernahm die Zügel, die anderen setzten sich mit ihrer Beute, dem kostbaren Nerdenmenschen, in das Fahrzeug, das über eine breite, staublose Plaza davonratterte. Die Plaza verengte sich zu einem Damm, der zwischen Lagunen mit Trinkwasser hindurchführte.

»Da sind wir«, verkündete Mouzon.

»Die Bibliothek von Iztac, der Sonnengöttin«, fügte ein Priester hinzu, dessen Gesicht hauptsächlich aus Bart bestand.

Ausgestreckte Finger lenkten Francis' Blick auf eine große abgestumpfte Pyramide, dem Zwillingsbau des Chimec-Hospitals. Die Riesen mit den Steilwänden, Meisterwerke aus kunstvoll gehauenen Steinen, standen einander gegenüber, durch den fünf Kilometer langen Damm verbunden. Kleinere Pyramiden und niedere Steinhäuser warfen dazwischen ihre Spiegelbilder auf glänzende Gewässer.

»Sie können ihren Tempel auf der Spitze sehen«, fuhr der bärtige Priester fort.

»Hier herrscht offenbar kein Mangel an Göttern«, meinte Francis.

»Wir haben deren drei«, erwiderte Mouzon frostig. »Iztac, die Sonnengöttin, Chimec, den Gott des menschlichen Gehirns, und Tolca, den Gott des Friedens.«

Francis berührte seine Chitzal-Narbe. »Der Tempel von Iztac – der Tempel von Chimec – und wo ist der Tempel von Tolca?«

Mouzon lächelte arrogant. »Der Tempel von Tolca umschließt uns.«

Im Inneren des Gebäudes trennte sich die Gruppe. Drei Priester warteten in einem freundlichen, sonnenhellen Vorzimmer, während

Mouzon, Francis und der dunkelhäutige Fahrer durch einen Korridor in das zentrale Tempelschiff schritten, das einem Riesenbauch voller Echos glich. Francis kam sich vor wie ein verschluckter aretianischer Fisch. Die Frau, die am anderen Ende des Raumes saß, wirkte ebenfalls verschluckt, doch war sie offenbar schon vor so langer Zeit verschluckt worden, daß sie sich dieser Umgebung angepaßt hatte und dennoch gedieh.

Vaxcala Coatl gedieh inmitten von Weihrauch und tropfendem Talg. Sie saß auf einem sinnlichen roten Diwan. Die vollgeräumten Regale hinter ihr enthielten mechanischen Krimskrams und schön gebundene heilige Schriften. Francis entdeckte ein Teleskop, ein Mikroskop und einen Lötkolben. Er überflog die Buchtitel – manche waren ihm vertraut, die meisten nicht. *Rig Veda, Die Evangelien, Die Ilias, Das göttliche Gespinst, Janet Vijs vollständige Werke, Biophotonik, Grundlehrbuch der elektrischen Installation* . . .

Vaxcala war groß und dürr, hatte einen Schwanenhals und unergründliche Augen. Ihr schmales Gesicht, mit einer Nase, die so dünn war, daß man damit Briefe hätte öffnen können, erinnerte an einen bemalten Totenschädel. Ihre langen, kraftvollen Finger waren ständig in Bewegung wie die Beine eines auf dem Rücken liegenden Käfers. Es war unmöglich, ihr Alter annähernd zu schätzen. Irgendwo zwischen vierzig und vierzigtausend . . .

»Endlich begegnen wir uns«, grüßte Vaxcala mit einer Stimme, die wie antikes Porzellan klirrte.

»Wir?«

»Die Nerde und Quetzalia.« Sie wies auf einen Plüschhaufen aus Lipoca-Wolle, und Francis ließ sich darauf niedersinken. »Wann sind unsere gemeinsamen Ahnen zum letztenmal miteinander über den Planeten Erde gewandert?«

»Vor vielen Jahrhunderten – nach *jedem* Kalender. Wie ich von Dr. Mool erfahren habe, ist der *Ihre* perfekt.«

»Ja . . . Natürlich ist alles, womit Mool sich befaßt, perfekt, oder er würde sich nicht damit befassen. Wenn er sich in die Nase zwickt, fallen wertvolle Münzen heraus. Möchten Sie Tee?«

»Auf Ihrem Planeten wird der gräßlichste Tee der ganzen Galaxis gebraut«, meinte Francis gutgelaunt. Er mochte diese Vaxcala.

»Oh, Sie haben dieses Drogenzeug getrunken, mit dem sie im Hospital hausieren gehen. Vermutlich hat man Sie mit heiligen

Kräutern vollgestopft.«

Francis betastete seine Narbe und nickte.

»Mouzon – würde es Ihnen etwas ausmachen?« Ob es Mouzon nun etwas ausmachte oder nicht – er entfernte seinen massigen Körper aus dem Tempelschiff.

»Hoffentlich ist Ihnen bewußt, daß durch Ihre Ankunft gewisse Probleme entstanden sind«, sagte Vaxcala. »Um ehrlich zu sein – niemand weiß, was wir mit Ihnen machen sollen, und der Gouverneur schon gar nicht. Die ganze Bürde dieser Affäre liegt nun auf meinen schmalen Schultern.«

»Helfen Sie uns, zur *Darwin* zurückzugelangen, und wir verschwinden von Ihrem Planeten.« Francis schnippte mit den Fingern. »Einfach so . . .«

Ein übler Geruch schien in Vaxcalas Nase zu steigen. »Sie schlagen also einen Krieg vor?«

»Wenn wir eine ausreichend große Armee aufbieten, würden nur die Neurovoren sterben.«

»Sie verstehen das nicht. Die Neurovoren sind trotz ihrer Verworfenheit menschliche Wesen.«

»Sie haben recht, Vaxcala. Ich verstehe das nicht.«

»Nachdem ich eine schrecklich lange Konferenz mit der Zolmec-Geistlichkeit abgehalten hatte, beschloß ich, Ihnen etwas von unserer Rasse zu erzählen, Dr. Lostwax. Etwas, das Sie ohnehin durch Beobachtung erfahren oder von schwatzhaften Zungen gehört hätten.«

»Oder von Burne Newman?«

Vaxcalas dünner Mund verwandelte sich in einen symmetrischen Halbmond. »Also haben Sie es schon erraten?«

»Es hat etwas damit zutun, warum Burne den Neurovoren töten mußte und warum dieser Zamanta seine Kinder nicht verteidigen konnte.«

»Ich bin *immer* noch dagegen, daß wir ihm alles sagen«, warf der dunkelhäutige Priester brummig ein.

»Halten Sie den Mund«, wies Vaxcala ihn so liebenswürdig zurecht, wie nur ein Mensch diese Worte aussprechen kann. »Die schlichte Wahrheit, Francis, besteht in der Tatsache, daß Quetzalia ein gewaltloses Land ist. Seit dem Mauerbau wurde hier kein einziger tödlicher Schlag ausgeteilt.«

Der Priester war offenbar gewillt, das Beste aus seiner Niederlage zu machen. »Prügelstrafen sind nur Phantasie«, flötete er,

»Meuchelmord ist eine Legende, Kidnapping ein Mythos, Folterqual ein entschwundener Alptraum.«

In diesem Augenblick eilte Mouzon mit einem Teetablett herein und setzte die Litanei fort. »Diebe sind unbekannt, Krieger namenlos, Frauenschänder unvorstellbar.«

»Wir haben keine Gefängnisse, keine gerichtlichen Strafen, keine Waffen, und wir kennen keine Rache«, fügte der dunkelhäutige Priester hinzu.

Francis schenkte sich Tee ein und nahm einen Schluck. Das dunkle Getränk belebte seinen Geist so schnell wie alles, was auf der Nerde als Kaffee bezeichnet wurde. »Unterdrücken Sie nur Ihre Aggressionen –, oder sind Sie wirklich unfähig, welche zu empfinden?«

»Nach zweihundert Jahren Zolmec ist *unfähig* der richtige Ausdruck«, entgegnete Vaxcala. »Ob Sie es nun wissen oder nicht – Sie und Ihr Freund sind als wandelnde Bomben nach Quetzalia gekommen, deren Explosion bisher nicht stattgefunden hat. Und der Neurovore, der hier immer noch frei herumläuft, ist noch etwas viel Schlimmeres.«

Helle Verzweiflung stieg in Francis auf, und seine Hoffnung auf einen *Cortexclavus*-Triumph daheim auf der Nerde begann zu schwinden. Wenn doch nur Burne hier wäre . . . Burne würde ihnen diesen Unsinn ausreden. »Es fällt mir schwer zu glauben, daß eine Religion so effektvoll sein kann.«

»Bis jetzt war Zolmec in der Tat effektvoll. Es gibt da natürlich gewisse Schwierigkeiten. Stabilität erzeugt Langeweile. Wir haben eine radikale Partei, die Antistasisten, die einige Veränderungen vornehmen möchten, und ich freue mich keineswegs auf den Tag, an dem sie das tun werden. Aber das Ärgste ist unsere mitleiderregende Verwundbarkeit.«

Francis setzte ein wissendes Lächeln auf.

Vaxcala drehte die Teekanne an der Ausgußröhre herum, ergriff den Henkel und schenkte sich ein. »Wir haben uns schuldig gemacht – durch den Glauben, unsere Mauer, unser Burggraben und die Unsichtbarkeit unseres Planeten würde uns für immer schützen.«

»Ich versichere Ihnen, daß Burne und ich keine andere Absicht hegen, als möglichst schnell von hier wegzukommen. Unsere Ankunft war ein Mißgeschick.«

»Ja, aber sobald Sie wieder auf der Nerde sind, werden Sie allen

Leuten von uns erzählen. Wie lange wird es dauern, bis das nächste Raumschiff kommt – und dann das übernächste? Auch Quetzalia hat verführerische Bodenschätze, und wie Sie wissen, kann unsere Hauptstadt so leicht erobert werden wie ein unbewaffneter Kindergarten.«

»Sie müssen uns eben Vertrauen entgegenbringen.«

»Das stimmt«, sagte Vaxcala ohne Begeisterung.

»Wenn Sie die Neurovoren nicht für uns töten wollen, dann helfen Sie uns wenigstens, Treibstoff aufzutreiben. Wissen Sie, was Polluzit ist?«

»Ein seltenes Mineral. Ein hochwertiger Stoff, der etwa sechsunddreißig Prozent Cäsiumoxyd enthält. Sie brauchen das Cäsium, nicht wahr? Fliegt Ihr Schiff mit Ionentreibkraft?«

Nun meldete sich Mouzon zu Wort. »Der Süddschungel strotzt nur so von Granitpegmatiten, und dort könnte man Polluzit aufstöbern. Wir könnten es auch in den Ripsaw Mountains versuchen.«

»Sie sind in der Wissenschaft offenbar ebenso bewandert wie in der Religion«, bewunderte Francis.

»Weshalb denken Sie, daß Zolmec irgend etwas mit Glauben zu tun hat?« fragte Vaxcala. Sie erhob sich, ging zu dem Teleskop, gab ihm einen Schubs, und es rollte in ihre Arme. »Das ist nur zur Reparatur hier. Oben haben wir ein astronomisches Observatorium.«

Francis war beeindruckt. Auf der Nerde war die Astronomie stets jener Wissenschaftszweig gewesen, den die Religion als schlimmsten Feind betrachtet hatte. Aber es wäre ein Fehler, Vaxcala einen Sieg zu vergönnen. »Das sieht aber wie eine Maschine aus. Haben Sie keine Angst, daß Sie sich infizieren könnten?«

»Die Geistlichkeit darf *alles* berühren.« Sie legte den schweren Zylinder auf das Regal zurück. »Wir werden eine Polluzitexpedition organisieren, sobald Sie den Befehl dazu geben.«

Francis konnte ebensowenig Befehle geben wie Milch. »Danke. Aber wir sollten lieber warten, bis Burne zurückkommt.« Er kräuselte die Lippen und trank seinen Tee.

»Bis dahin werden wir Ihren Aufenthalt in Quetzalia so gestalten, als wären Sie mit einer Reisegesellschaft hierhergekommen. Wir werden Ihnen ein Lipoca zur Verfügung stellen, ein ausreichendes Vermögen und ein Privathaus – Olo, das Seminarzentrum.«

»Eine perfekte Privatsphäre können wir Ihnen allerdings nicht garantieren.« Mouzon zog einen Kalender hervor. »In der nächsten Woche findet eine Botanikerkonferenz statt.«

Vaxcala runzelte die Stirn. »Unglücklicherweise. Da werden Sie bis tief in die Nacht hinein Fachsimpeleien mit anhören müssen. Ich werde die Leute bitten, Ihnen nicht auf die Nerven zu gehen.«

Francis strich sich über die embryonalen Locken. »Kann ich kommen und gehen, wann ich will?«

»Ja, aber versuchen Sie wie ein Einheimischer auszusehen. Die Quetzalianer haben Vorurteile gegen Nicht-Quetzalianer. Das dürfen Sie ihnen nicht übelnehmen. Burne Newman hat getötet. Vielleicht töten Sie auch.«

»Nein.«

»Eine Beschränkung müssen wir Ihnen leider auferlegen. Sie dürfen keine Zolmec-Kultfeier besuchen. Halten Sie sich vom Tolca-Tempel fern. Die Anwesenheit eines Ungläubigen könnte großen Schaden anrichten.«

»Und wenn ich neugierig werde?«

»Das sind Sie doch schon.«

»Sie können mich nicht zurückhalten.«

»Das stimmt«, bestätigte Vaxcala mit einem entwaffnenden Lächeln. Francis zuckte ausdrucksvoll mit den Schultern. »Auf der Nerde bin ich nie in die Kirche gegangen. Also habe ich jetzt keinen Grund, damit anzufangen.«

Olo, das Seminarzentrum, war eine nüchterne Villa mit sparsamer Stuckverzierung, von Weinreben umrankt. Die Außenmauern waren so sorgsam geweißt worden, daß sie wie Silber schimmerten. Fröhliche Funken, Kinder der Sonnengöttin, grüßten Francis, wann immer er nach Hause kam.

Drei Dutzend Räume säumten einen großen Hof mit Gipspflaster, der von Blumenbeeten unterteilt wurde. Die Schwimmhalle, die an Francis' Schlafzimmer grenzte, veranlaßte ihn zu der Überlegung, daß sein Korkenzieherkäfer vielleicht gern schwimmen und seine Nase dabei als Propeller benutzen würde. Bei ihrer Wiedervereinigung würde er diese Hypothese testen.

Es ist nicht schwierig zu lernen, wie man auf einem Lipoca reitet, wenn man gewillt ist, einen gewissen Zeitraum am Boden zu verbringen. Als Entomologe war Francis dazu bereit. An dem Tag, als er das Biest endlich unter Kontrolle hatte, ritt er ins Zentrum von Tepec und streifte inkognito umher, so wie es Vaxcala gewünscht hatte.

Das architektonische Genie der Quetzalianer war allgegenwärtig. Brunnen, von steinernen Aquädukten gespeist, sprudelten überall, wo Nerdenmenschen Videophonmasten eingepflanzt hatten. Terrassen mit üppigen landwirtschaftlichen Anlagen zogen sich zu künstlichen Seen hinab. Makellos geformte Dämme und schmale Bewässerungskanäle veranstalteten ein Wettrennen bis zum Horizont. Grüne Parks und gelbe Gärten bildeten ein leuchtendes Schachbrett, wenn man sie von der Iztac-Bibliothek aus betrachtete.

»Bibliothek« war ein unzutreffender Ausdruck. Die gewaltige Pyramide enthielt Museen, Hörsäle, Klassenzimmer, Labors, Läden und Restaurants. Und natürlich Bücher – nicht nur die gesamte Kollektion aus der *Eden Drei*, sondern Tausende von quetzalianischen Originalmanuskripten, handgeschrieben, von Theaterstücken bis zu Monographien, von epischen Gedichten bis zu Kochbüchern, nicht nach Themenkreisen geordnet, sondern nach dem geschätzten Grad des Wahrheitsgehalts, so daß ein Roman von psychologischem Wert neben einer Abhandlung über Topologie stand, einen halbstündigen Fußmarsch von einem tendenziösen Werk über die sofortige und uneingeschränkte Enträtselung aller Lebensmysterien entfernt.

Tepec war großartig, von allen Bibliotheksfenstern aus betrachtet – ordentlich, zweckmäßig, riesig. Francis bevorzugte die Aussicht nach Osten, nicht nur, weil sie die grünen Untergänge des göttlichen Sterns einschloß, der dem Gebäude seinen Namen gegeben hatte, sondern auch das Chimec-Hospital. Er hypnotisierte sich selbst mit diesem Ausblick, und er sehnte sich danach, seine Verlegenheit zu überwinden und Dr. Tez Yon zu besuchen.

Er ging täglich zur Bibliothek, und er bemerkte jedesmal, wie groß der Einfluß von Zolmec auf die Durchschnittsbürger war. Die Kinder tobten wild umher und spielten, aber sie traten sich nicht gegen die Schienbeine, spuckten sich nicht an, bissen sich nicht. Die Eltern durchlitten normale Qualen, umschmeichelten ihre Sprößlinge, machten viel Aufhebens um die Kleinen, schlugen sie aber nie. Athleten steuerten auf selbstgewählte Ziele zu, doch es lag ihnen fern, ihre Gegner zu erniedrigen. Sogar bei Mannschaftsspielen wie Becherball und Flipflop beobachtete Francis keinerlei Neigung zu der »Haut sie nieder«-Mentalität, wie sie von den äquivalenten Nerdenspielen hervorgerufen wurde.

Und trotzdem war jener Mord geschehen, war ein kleiner Junge in einem Glasraum niedergemetzelt worden. Diese Erinnerung suchte Francis mit grausamer Hartnäckigkeit heim.

Eine Woche nachdem er ins Seminarzentrum gezogen war, ritt Francis über den Westrand von Tepec hinaus bis zu der hohen, ungetünchten Mauer. Er folgte ihr stundenlang, versuchte sich einzureden, daß er nach Insekten fahnde. Doch bald wußte er, was er suchte. Es stand bildhaft vor seinem geistigen Auge, saß surrealistisch neben der Mauer im Sand wie eine große Videophonzelle.

Erst als Iztac tief über dem Horizont stand und auf der Spitze ihres Tempels balancierte, gestand sich Francis seine Niederlage ein. Er war erschöpft und sattelmüde und bereit zu glauben, daß nicht nur der Mord, sondern sogar der Glasraum nur eine gespenstische Ausgeburt seiner Phantasie gewesen war, entstanden aus seiner Trauer um Kappie McKack. Und dann geschah etwas.

Der Heimweg führte Francis durch eine Vorortsiedlung namens Motec. Lokaler Stolz ballte sich rings um einen Park – ein schönes Gelände voller zwiebelförmiger Bäume und Hügel mit flachen Gipfeln. Auf einem besonderen Hügel hatten sich Künstler versammelt, experimentierten mit Farbstoffen, übten Pirouetten, schrieben Verse, schufen wunderbare Gebilde aus Garn, Häuten und biegsamen Holzstäben.

Und ein ganz besonderer Künstler hatte einen üppigen weißen Bart, der sich zu einer perfekten Spitze verjüngte.

Francis unterdrückte einen Schrei. Vorsichtig näherte er sich dem alten Kindermörder. »Hallo!«

Der Mörder neigte den Kopf und lächelte liebenswürdig. »Guten Abend.«

»Ein hübsches Werk. Ich glaube, meine Augen haben sich darin verliebt.«

»In das da?« Der alte Mann zupfte an dem Gespinst wie auf einer Laute. »Es funktioniert nicht, aber ich weiß Ihr Lob zu schätzen. Normalerweise höre ich keine Kommentare – seltener, als Sie glauben. Die Leute sind so schüchtern.«

»Oder neidisch?«

»Sie sind nicht aus dieser Gegend, was? Ich kenne alle, die in den Park kommen.«

»Nein, ich bin nicht von hier.« Francis hätte beinahe gekichert.

»Wenn Sie sich verirrt haben, könnte ich eine künstlerische Landkarte für Sie zeichnen.«

Das hätte ich mir denken können, überlegte Francis. Nach außenhin ist er eifrig bestrebt, den Leuten zu gefallen – und in seinem Inneren lebt wilde Mordlust. »Die Kunst ist ein Segen, nicht wahr?«

Ich brauche Beweise. »Ich meine, ohne die Kunst wären wir alle Athleten und sonstwas.« Plötzlich wußte er, wie er vorgehen mußte. »Aber ich habe Ihr Werk nicht gepriesen, weil ich freundlich sein wollte. Ich möchte es kaufen.«

Der Bildner strahlte wie ein nagelneues Luminon. »Wunderbar! Können Sie acht Cortas bezahlen?«

»Ich möchte es kaufen, damit ich es nach Hause mitnehmen und vernichten kann. Ich möchte darauf einschlagen, bis nichts mehr davon übrig ist – nur noch Sägemehl. Das würde Sie doch wahnsinnig machen, nicht wahr?«

»Wahrscheinlich«, entgegnete der Alte, offensichtlich mehr verwirrt als ärgerlich.

»Sie werden in mein Haus kommen und mich verprügeln wollen.«

Das Gesicht des Bildners verzog sich zu einem falschen Lächeln. »Sind Sie aus Aca? Dort muß eine neue Art von Humor aufgekommen sein, die noch nicht bis hierher vorgedrungen ist.«

»Und dann werde ich Sie in die Rippen treten, bis Sie tot sind.«

Der alte Mann schmollte. »Ich habe noch nie in meinem Leben einem Menschen weh getan.«

Gibt es denn gar nichts, was seiner Erinnerung auf die Sprünge hilft, fragte sich Francis verwundert. Hat er den Mord verdrängt? »Sie sind ein Lügner! Ich habe Sie gesehen!«

»Ich lüge nicht«, lautete die entschiedene Antwort.

»Sie sind ein verlogener Bastard, und Ihre Frau ist eine Hure, und dieses häßliche Gebilde sieht aus, als hätte es ein *Neurovore* gemacht!«

»Sind Sie krank?« Irritierendes Mitleid klang aus der Stimme des Bildners.

In plötzlicher Wut beugte sich Francis vor und riß einen kleinen Stützpfeiler aus seiner Verankerung, so daß das Gebilde in sich zusammenfiel. Er schwang seine Füße von den Flanken des Lipoca weg – bereit, ihm in die Nieren zu treten, sobald ihn der Bildner angreifen würde.

Aber der Bildner stand nur da.

Francis schluckte, und sein wild pochendes Herz erschütterte seinen ganzen Brustkorb. »Vielleicht bin ich wirklich krank«, murmelte er, und der alte Mann nickte. Widerstrebend lenkte Francis sein Lipoca in die Dämmerung.

Der Bildner hatte ihn entnervt, viel mehr, als wenn er ihn mit einer Axt attackiert hätte. Allem Anschein nach war der Mann genauso gutmütig und moralisch, wie man es als Quetzalianer sein sollte. Und doch hatte sich sein Zorn einmal so mächtig entladen, daß die Gleitflächen des Magnumautos zu Hafermehl zerfallen waren.

Francis wußte, daß seine Gefühle launisch und nicht von Dauer waren. Aber in diesem Augenblick entschied er, daß es ihm nichts ausmachen würde, wenn er seine Heimat nie wiedersah – wenn er nur diese beiden Fakten miteinander in Einklang bringen könnte.

»Hallo, Dr. Lostwax! Wollen Sie picknicken?«

Francis sah von seinem Frühstück auf, einem klumpigen Gemisch aus ganzen Körnern, frischen Opos und Milch. Zufällig ergänzten die Lipocas ihre Pferdetugenden mit den besten Eigenschaften der Kühe. »Tez! Was für eine wunderbare Überraschung!« Langsam tropfte Sirup von seinen Worten.

Die Tür umrahmte sie. »Ich habe mir einen Ferientag verordnet«, erklärte sie, die Zunge attraktiv in einen Mundwinkel gespitzt. Sie sah schön und frisch aus wie ein Morgensonnenstrahl.

»Ein Picknick ist genau das, was ich mir wünsche, Dr. Yon.« Diese blaue Robe war vollendet schön. Bisher hatte er sie immer nur in tristem klinischem Grau erblickt.

»Ein fahrbares Festmahl . . .« Sie zeigte in den Hof von Olo. Mixtla war vor einen Wagen gespannt, der von Picknickgenüssen überquoll – von Käse, Brot, Fleisch, Obst, Wein.

»Möchten Sie frühstücken?«

Lächelnd kam Tez auf ihn zu. »Nicht allzuviel. Ich fürchte, dieser Brei ist ziemlich nahrhaft.«

Francis rumorte in der Küche herum. »Ich kann keine zweite Schüssel finden!« verkündete er mit einem Anflug von Panik.

»Haben Sie einen zweiten *Löffel*?«

»Ja.«

Und so aßen sie Brei aus derselben Schüssel. Es war ein wunderbares, beinahe schon obszönes Gefühl.

Tez erklärte, sie hätte sich diesen Tag freigenommen, um den offenkundigen Sieg der Coyo-Wurzel über die Lähmung ihres Vaters zu feiern. Vor zwei Tagen war Teot Yon ohne fremde Hilfe von seinem Zimmer in den Garten und wieder zurück gehumpelt.

»Und die Nebenwirkungen?« fragte Francis.

»Es ist noch zu früh, um da irgendwelche Diagnosen zu stellen. Aber Mool sagt, ich soll mir keine Sorgen machen.«

Ein Schweigen entstand und machte Francis nervös. Auf der Nerde waren solche stummen Pausen nicht erlaubt. Tez aß zufrieden von dem Brei. Winzige weiße Tröpfchen rannen aus ihren Mundwinkeln, und sie sah aus wie ein Milchvampir. Schließlich fragte sie: »Wie ist Vaxcal? Ich bin ihr noch nie begegnet.«

»Eine intellektuelle Hexe«, antwortete Francis.

»Ist das was Nettes?«

»Oh, ich fand sie recht sympathisch. Sie erzählte mir von Ihrer Gewaltlosigkeit.«

»Das alles ist wahr.« Tez balancierte ihren Stuhl auf einem Hinterbein, drehte sich vom Frühstückstisch weg, so daß sie ins Nebenzimmer schauen konnte, einen Salon mit Wandteppichen, der einiger Möbel bedurft hätte. »Ich war noch nie im Olo«, erklärte sie.

»Mir kommt es auch seltsam vor.« Es war dumm, daß er das gesagt hatte.

»Es sieht riesig und faszinierend aus.«

»Es hat zu viele Räume.«

Tez schwang sich zur Tür und studierte Iztac. »Wir müssen auf der Straße der Sehnsucht nach Aca fahren. Mein Bruder hat eine Debatte in der Vij-Arena.«

»Worüber?«

Das weiß ich nicht, aber nachdem Sie seinen Argumenten gelauscht haben, werden Sie hungrig sein und einen blendenden Appetit bei unserem Picknick entwickeln.«

Als sie sich in den Wagen setzten, überlegte Francis, daß er Tez zu einer Besichtigungstour durch das Olo hätte einladen sollen, und er erbleichte.

Die Straße der Sehnsucht hatte die Struktur eines faulen Zahns. »Früher war das die zweitschlechteste Straße von Quetzalia«, erklärte Tez, während sie dahinholperten. »Bis sie repariert wurde. Jetzt ist es die schlechteste Straße von Quetzalia.«

Die Landschaft, die an Francis vorüberzog, war von anderer Art. Bäume von hunderterlei Gestalten und Farben wuchsen in einem Pflanzenkönigreich. Wolken glitten wie majestätische Luftschiffe über den Himmel. Üppige Hügel prangten mit wogendem Gras und Vogelnestern.

»Nun, Francis Lostwax, was halten Sie von unserer kleinen Zivilisation?«

»Für Utopia – nicht schlecht.«

»*Damit* können wir nicht aufwarten. Der Winter ist schrecklich. Die Regierung hat Schulden bei den Kaufleuten. Die ganze Wirtschaft ist nur noch ein Papierhaufen, der von ein paar lausigen Thermalsteinen gestützt wird. Im letzten Jahr ging die ganze Ernte zum Teufel.«

»Ist eine Hungersnot ausgebrochen?«

»Nein. Der Zwergenfluß hat dem Bevölkerungswachstum Einhalt geboten.«

»Verhindert er den Eisprung?«

»Nein, die überwältigende Mehrzahl der Quetzalianer, die diese Pflanze essen, hat niemals Eisprünge. Aber der Zwergenfuß dezimiert die Spermenzahl.«

Francis wurde rot und starrte auf die albernen nierenförmigen Ohren des Lipoca. Tez kam ihm zu Hilfe, indem sie das Thema wechselte. »Ich muß allerdings zugeben, daß diese Hügel ein bißchen was von Utopia an sich haben. Gibt es auf der Nerde auch so herrliche Berge?«

»Ja«, entgegnete Francis düster. »Aber die stehen alle auf dem Meeresgrund.«

Eine quetzalianische Debatte glich auf verblüffende Weise einer minderwertigen Zirkusvorstellung, die von einer verrufenen philosophischen Fakultät finanziert wird. Da gab es keine Rednerpulte. Solche kultivierten Dinge hatten hier nichts verloren. Die Opponenten standen in einer Arena inmitten von Kreisen, die aneinandergrenzten, und darin liefen sie aufgeregt hin und her.

Nachdem Tez den Namen ihres Bruders genannt hatte, ergatterte sie zwei beneidenswerte Plätze in der Nähe des blauen Kreises. Francis sank in ein drehbares Lipoca-Wollkissen. Hinter ihm trugen Stützpfeiler aus Granit die Galerie mit weiteren Zuschauerreihen. Die Janet-Vij-Gedenk-Arena hatte ein ungeheures Fassungsvermögen.

Die Mauern der Arena waren im Norden und Süden von massiven Eisentoren durchbrochen. Francis überlegte laut, ob sich vielleicht eines davon öffnen und einen hungrigen Löwen auf den Verlierer loslassen würde.

»Sie haben es erraten«, erwiderte Tez hintergründig lächelnd. »Aber wir benutzen Hasen – damit es länger dauert.«

Zumindest haben sie einen gewissen Sinn für Humor, was diesen pazifistischen Quark angeht, dachte Francis. Wenigstens treiben sie es nicht zu weit.

Auf dem Schild über dem Nordtor stand: HUACA YON VERSUS QUILO LOIR!

Huaca hatte aristokratische Gummigliedmaßen, kristallklare Augen und einen dünnen Bart, der von einem Ohr bis zum anderen reichte. Er ging nicht in den blauen Kreis, er wogte herein wie Protoplasma.

Als Quilo auf den roten Ring zustrebte, fühlte sich Francis auf unangenehme Weise an seine Exgattin Luli erinnert. Quilo war hübsch, vital und vermutlich ein Champion im Argumentieren. Ihre jungen Gesichtszüge, wenn auch auf weniger konventionelle Weise schön als Lulis, bewirkten immerhin, daß man zweimal hinschaute. Sie hatte ein Mondgesicht und sinnliche feuchte Augen.

»Sie ist Antistasistin«, wisperte Tez und beugte sich so nah zu Francis herüber, daß er ganz traurig wurde, als sie sich wieder zurücklehnte. »Eine Radikale.«

»Wenn sie gewinnt – wird dann die Regierung gestürzt?«

»Niemand *gewinnt*, Francis.«

Soweit er es feststellen konnte, ging es bei der Debatte um die angebliche Kluft zwischen Kreativität und Vernunft. Ist Kunst hauptsächlich emotional, irrational, ungeeignet, in Worte gefaßt zu werden? Ist der Intellekt in erster Linie kaltblütig, logisch, wortreich?

Ja, sagte Quilo Loir.

Nein, widersprach Huaca Yon.

Quilo trat mit schwingenden Hüften vor. Sie versprach, über die neurologische Beweiskraft zu reden. Francis war beeindruckt. Wenn man die Menge für sich gewinnen will, muß man über die neurologische Beweiskraft reden.

Ihre neurologische Beweiskraft entpuppte sich als alter Hut, der von der rechten Großhirnhälfte handelt, wo bildlich und musikalisch gedacht wurde, und von der linken, wo man verbal dachte. Wenn man die Hälften entlang des Corpus Callosum teilte (das alte Gehirn-Splitting-Experiment), trennte man zwei verschiedene Arten der Intelligenz, die künstlerische und die verstandesmäßige.

Die Menge tobte.

Huaca schleimte in Aktion. Er sprudelte Worte hervor, so wie der Morg von Kritonia Wasser – in einem Schwall, unerbittlich. Zunächst wirkte seine Argumentation rettungslos weitschweifig, aber wenn man genau zuhörte, erkannte man, daß der halbgeformte Beweis, den er drei Folgerungen vom Hauptpunkt entfernt hatte stranden lassen, schließlich doch gerettet und zur Reife hochgepäppelt wurde, durch eine *reductio ad absurdum*, die er am Rückweg von der Tangente auflas. Huaca behauptete, die menschlichen Gehirne enthielten viele Arten von Intelligenz, nicht nur zwei, und daß Quilo jene Art von Kästchenmentalität vertrat, vor der Zolmec warnte.

Die Menge sprang jubelnd auf.

Francis fand, daß Quilos Reaktion geradezu unheimlich war. Sie akzeptierte Huacas überlegene Position mit bezaubernder Liebenswürdigkeit, als würde ihr das gar nichts ausmachen, ja mit einer Freude, die in Francis' Augen an Begeisterung grenzte. Sie ging in ihrem Kreis auf und ab, lächelte strahlend, nickte kichernd und gab Kommentare ab wie: »Ein guter Standpunkt!« oder »Da haben Sie mich aber wirklich reingelegt!«

Die Pause hatte eben erst begonnen, als das Südtor gegen die Wand krachte und ein paar Mörtelbrocken löste. Ein junger Mann, schweißgebadet, atemlos, taumelte in das Zentrum der Arena.

Tez kniff Francis in den Arm. »Ein Kurier.«

»Gute Neuigkeiten!« verkündete der Kurier. »Der Tribut an den Gehirnfresser hat sich heute auf einen einzigen beschränkt – auf einen Farmer in Oaxa.« Er fügte noch hinzu, daß Burne und der Moloch nur mehr durch zwanzig Kilometer voneinander getrennt waren.

Dankbares Gemurmel wogte durch die Menge. Francis verspürte abwechselnd Erleichterung und Schuldgefühle. Es war gut zu wissen, daß sein Freund noch immer in Sicherheit war, und es tat auch gut, sich vorzustellen, daß die Quetzalianer, sollte Burne seine Mission erfolgreich beenden, in ihrer Dankbarkeit vielleicht bereit wären, ihre Skrupel zu vergessen, und den Nerdenmännern bei der Rückeroberung der *Darwin* beistehen würden. Und doch . . .

Er beugte sich zu Tez hinüber und bemühte sich, dabei die raffinierte Methode zu imitieren, mit der sie sich vorhin zu ihm geneigt hatte. »Natürlich, wenn wir nicht aufgetaucht wären«, wisperte er, »hätte Sie jetzt keinen Neurovoren am Hals.«

»Ich bin froh, daß Sie das zugeben«, erwiderte sie mit klarer

Stimme und lehnte sich im Lipoca-Wagen zurück, wo sie die Pause verbrachten. Sie hatten der Versuchung, mit dem Picknick schon jetzt zu beginnen, nicht widerstehen können. Francis aß einen Opo.

»Sie kennen Burne«, sagte Tez. »Wird er diese Pest ausrotten?«

»Ich glaube, daß Burne Newman alles kann, wenn er will.«

»Huaca Yon versus Quilo Loir« tobte noch eine weitere Stunde lang, und die heiße, träge Sonne bewirkte, daß Francis erst das Interesse und dann die Besinnung verlor. Alle zehn Minuten erschreckte er sich selbst, indem er erwachte, immer gerade rechtzeitig, um miterleben zu können, wie Huacas Schachspringergeist einen geschickten Zickzackschritt nach vorn machte.

»Wenn da eine schwarze Katze wäre, würde ich sie *rosa* färben, und dann würdet ihr sehen, daß es nur eine andere Art von Katze ist!«

Darauf entgegnete Quilo: »Ich behaupte immer noch, daß *Das göttliche Gespinst* eine *ipso facto* fehlerhafte Welt schafft, in der es kein episches Gedicht namens *Das göttliche Gespinst* gibt!«

Irgendwann ging die Show zu Ende, als Huaca einen nach quetzalianischen Moralmaßstäben gewagten Witz über einen Erdensträfling erzählte, der so viele brillante Gefängnisausbrüche absolvierte, daß man ihn schließlich ehrte, indem man stets dieselbe Nummer für ihn reservierte. Die Diskussionsredner verbeugten sich lächelnd und nahmen stehend Ovationen entgegen.

»Sehr reizvoll«, überschrie Francis den Lärm, mit einem Gähnen, das ehrlicher war als seine Worte.

Tez ignorierte ihn und schleuderte ein »Bravo!« in die Arena hinab.

Die vertraute Stimme bewog Huaca, sich durch die Schar seiner Bewunderer zu drängen. Seine geschwächten Augen wanderten über die Menge, die sich zu zerstreuen begann, hefteten sich erfreut auf Tez. »Schwester! Wie bezaubernd!« Er bahnte sich einen Weg durch die Arena. »Wer ist dein Freund?«

»Das wirst du nie erraten.«

»Guten Tag«, sagte Francis förmlich.

»Kommen Sie aus den Bergen?« fragte Huaca. »Für einen Landstreicher sehen Sie recht gebildet aus.«

»Ich komme von weiter her«, entgegnete Francis ausweichend.

»Was ist weiter weg als die Berge?«

Tez mischte sich ein. »Frag mich doch nach Vater, Huaca.«

»Das wollte ich gerade tun.«

»Er ist immer noch am Leben, dank deiner makellosen unausgesetzten Abwesenheit von seinem Krankenbett.«

»Ich war beschäftigt. Es braucht seine Zeit, wenn man sich auf so eine Debatte vorbereitet.«

»Das Sterben braucht auch seine Zeit.«

»Sein Zustand ist keineswegs so ernst, Tez. Gestern habe ich mit Mool gesprochen. Vater kann wieder gehen.«

»Er ist ein *einziges Mal* gegangen. Und die Nebenwirkungen sind noch nicht aufgetreten.«

»Halt mich auf dem laufenden«, sagte Huaca lakonisch.

»Vielleicht möchtest du schon jetzt einen Termin für das Begräbnis festmachen, damit es später keine Streitereien gibt.«

»Wir wollen doch fair bleiben, Tez.«

»Es wäre fair, wenn du Vater endlich einmal besuchen würdest.«

Huaca rammte sich den Daumen mehrmals ins Brustbein. »Ich verspreche es, verspreche es, verspreche es. Auf Wiedersehen, Schwester!« Er wandte sich ab, um zu seinem Fanklub zurückzukehren, blickte aber noch einmal über die Schulter. »Und Ihnen sage ich lebwohl, Raumfahrer!« flüsterte er mit erheblicher Lautstärke. »Ich meine – was sollen Sie denn sonst sein?«

»Ich dachte, Sie wären optimistischer, was Ihren Vater betrifft«, sagte Francis, als die Janet-Vij-Gedenk-Arena zu einer dunklen Masse am Horizont zusammenschrumpfte.

»Ich bin optimistisch. Aber ich muß dafür sorgen, daß mein Bruder wenigstens mit den Zehen auf dem Boden bleibt. Ich muß ihn *humanisieren*.« Tez behauptete, Huaca würde eine Welt herbeisehnen, in der jedermann als körperloses Gehirn durch den Äther schwebte wie ein Papierdrachen, wobei die Wirbelsäule als Schnur herabbaumelte und mit den anderen Gehirnen telepathisch debattierte. »Aber statt dessen wurde er in Quetzalia geboren, wo die Leute Verwandte und *Verpflichtungen* haben.«

»Er ist ein guter Diskussionsredner.«

»Oh, Huaca ist zweifellos ein Genie. Aber wenn man ihn um einen Liebesdienst bittet, um einen ganz simplen kleinen Gefallen, leidet er sozusagen an Verstopfung. Er hat sich niemals in seinem bisherigen Leben einen trivialen Moment gestattet.«

»Ich habe immer bedauert, daß ich keinen Bruder habe. Vielleicht sollte ich das nicht tun.«

»Einen Bruder zu haben – das war für mich immer genauso, wie

Schamhaare zu haben. Man hat sie – aber wozu sind sie gut, zum Teufel?«

Dann schwiegen sie, und Francis wand sich wieder einmal vor Verlegenheit. Die Straße wurde besser, ging in eine Asphaltbahn über, während sich das Grasland ringsum in eine öde Steppe mit Sandstreifen verwandelte. Endlich fiel ihm ein, was er sagen könnte. »Sind wir in der Nähe eines Meeres?«

Tez spielte eine Art Fadengeduldspiel mit den Zügeln. »Ja. Aca lebt hauptsächlich von Fischen. Ich habe ein Strandpicknick geplant.«

Nun gab es nur noch Sand, dann kam ein Sumpf, dann der Ozean, ein endloser glasiger Streifen, der in unerwartetem Orangegelb schimmerte. Francis blickte mit zusammengekniffenen Augen nach Norden, studierte die fernen Silhouetten, wo sich der Sumpf und das Meer vereinten. Eine Pyramidenreihe, trübe und verschwommen im Licht der tiefstehenden Sonne, kündete von einer großen Stadt.

»Übrigens«, plauderte Tez fröhlich. »Warum beschließen wir nicht, irgendwann heute nachmittag miteinander zu schlafen?«

Eine Fermentkugel hätte Francis' Magen nicht empfindlicher desorganisieren können. Er brach in ein albernes, stotterndes Gelächter aus.

»Ich finde, wir sollten das schon jetzt klären«, fuhr Tez fort. »Dadurch ersparen wir uns eine ganze Menge nervöses Geplänkel.«

»Gut . . .« Francis schluckte. Eins mußte man diesen Quetzalianern lassen – sie verstanden sich großartig darauf, zur Sache zu kommen. »Aber . . .« Er stürzte sich blindlings in das bewußte Wort. »Wenn es zu einer Schwangerschaft kommt?«

»Ich habe auch Zwergenfuß in unseren Picknickkorb gepackt.«

»Aber – wenn ich davon unfruchtbar werde . . .«

»Francis, wenn wir Ihnen eine abnehmbare Gehirnschale verpassen können, sind wir auch imstande, Ihren Samenvorrat wieder aufzustocken.«

Mit sinfonischem Lärm drangen orangegelbe Wellen in ihr Gespräch ein. Es war ein wunderbar häßlicher Ozean. Tez steuerte den Wagen nach Süden, wo mehrere Felsblöcke den Strand unterteilten. Bald fanden sie ein Plätzchen, das von einigen Felsen geschützt war, und Tez band den Lipoca an einem Stück Treibholz fest, das wie ein Eistaucher aussah. Sie aßen Käse, Obst und ein empfängnisverhütendes Sandwich, und sie teilten sich eine ganze

Flasche Wein. Kein einziges Mal während dieses Picknicks beklagte Francis den absurden Lebensstil von Luta oder die Ungewißheit seines Schicksals. Er war glücklich. Mehrere Kilometer von der Küste entfernt glitt ein Fischerboot über das orangefarbene Sorbet.

Sie unterhielten sich träge über die quetzalianische Fischindustrie, und dann zog Tez ihre Kleider aus.

Francis war schockiert, wenn er manche Leute ohne ihre Brille sah. Eine verschwundene Perücke brachte ihn aus der Fassung. Nacktheit überwältigte ihn geradezu.

Er brauchte Tez' Hilfe, um seine Robe abzulegen.

Francis fragte sich, ob er auf Tez ebenso disharmonisch wirkte wie sie auf ihn. Ihr Körper paßte nicht zu ihrem Gesicht – jedenfalls jetzt noch nicht. Vielleicht würde er später dazu passen. Er hatte dieselben Eigenschaften – Unausweichlichkeit, Überzeugungskraft, Formvollendung, als wäre er von einem Bildhauer geschaffen worden. Er hatte kleine, aber auffallende Brüste, einen konkaven Nabel, einen flachen Magen.

Tez fand Francis' Nacktheit nicht besonders interessant. Sie hatte sich das alles ganz genauso vorgestellt, wie es in Wirklichkeit war. In Quetzalia wirkte nacktes Fleisch an sich nicht auf automatische Weise erotisch. Nur durch Berührung wurden Penisse durchblutet und frigide Emotionen aufgetaut.

Und Tez berührte ihn.

Sex war nicht gerade Francis' stärkste Seite, aber er tat sein Bestes. Tez kopulierte energisch und geradlinig. Der quetzalianische Pazifismus und die menschliche Passivität waren offenbar zwei verschiedene Dinge.

Iztac verabschiedete sich und erleuchtete die See. Francis entfachte ein Feuer aus Treibholz, und das war so romantisch, daß es schon wieder lächerlich wirkte. Die berauschenden Ereignisse des Tages taten nun ihre prosaische Wirkung, und er legte sich hin, um ein Schläfchen zu halten.

Tez verfütterte die Essensreste an Mixtla. Dann legte sie sich zu Francis ans Feuer. Wie zwei neugeborene Hündchen schmiegten sie sich aneinander und schlummerten ein.

Sterne funkelten bereits am Himmel, als Francis erwachte. Die Schläferin an seiner Seite entzückte ihn. Er berührte den Magen, der sich auf und ab bewegte, die atmenden wogenden Brüste, das üppige Haar.

Er berührte etwas Wächsernes, Fremdes.

Langsam strich er die Locken aus Tez' Stirn. Das Etwas, das er befühlt hatte, wurde nun sichtbar, vom Sternenschein beleuchtet. Ein gelbes Band umgab Tez' Kopf. Eine Chitzal-Narbe.

Sollte er sie danach fragen? Nein, es könnte ihr weh tun, über eine Unvollkommenheit zu sprechen. Und doch konnte er es nicht vergessen, konnte das Bedürfnis nicht verdrängen, eine Muschelschale in den Murm zu bohren, die Hirnschale abzunehmen und seine Geliebte in einer Nacktheit zu sehen, die über das Fleischliche hinausging.

Tez erschauerte, schlug lächelnd die Augen auf. »Hallo«, sagte sie heiser.

Francis kniete über ihr wie ein Zauberer, der eine Levitation vornahm. »Wie sagt man auf deinem Planeten einem Menschen, daß man ihn liebt?«

»Das ist sehr kompliziert. Man sagt: Ich liebe dich. Und dann wartet man ab, was passieren wird.«

»Ich liebe dich, Dr. Tez Yon.« Ihre geschickte Chirurgenhand erhob sich aus dem Irgendwo des Nichts. Fingerspitzen rannen wie Regentropfen über Francis' Gesicht. »Und *du*? Liebst du *mich*?«

Das Ja, das ihr über die Lippen kam, verwirrte Tez selbst nicht weniger als Francis. Plötzlich wußte sie, daß dieser Nerdenmann in seiner arglosen Wichtigtuerei, in seiner selbstlosen Unsicherheit genau der Partner war, den sie sich gewünscht hatte. Er repräsentierte nicht das endgültige Ende einer Suche, sondern vielmehr den Beweis, daß es sich immer lohnt, auf die Suche zu gehen, weil man oft ganz unerwartet auf die schönen Dinge des Lebens stößt.

Francis stieß einen Jubelschrei aus. Tez setzte sich auf, lehnte sich an ihn. Er leckte über ihre Nasenspitze, und sie wickelte eine seiner Locken um den Finger.

»Schauen wir uns mal die Konstellationen an«, schlug Tez vor. Sie erzählte Francis, wie Janets Drachen, Lamux' Teekanne, der Zerbrochene Spiegel und die Königin der Jahreszeiten am Himmel entstanden waren, zeichnete ihre Konturen mit dem Zeigefinger nach. Francis genoß dieses Spiel. Es war das phantasievollste, das er je mit offenen Augen gespielt hatte.

»Und jetzt müssen wir unsere eigene Konstellation erfinden.«

»Warum?«

»Das tun alle Liebenden auf Quetzalia. Und du willst doch ein quetzalianischer Liebender sein, nicht wahr?«

»Also gut, ich sehe es ein. Neben Janets Drachen beugte sich eine

Frau über ein Triangel.«

»Das ist kein Triangel, sondern ein wunderbares Spielzeug. Ein Segelboot.«

»Und die Frau ist das Leben aller Spielsachen. Sie gibt ihnen Realität.«

»Wir wollen sie die Spielzeugkönigin nennen«, sagte Tez. »Unsere Konstellation.«

Bevor sie sich wieder liebten, begaben sie sich auf eine letzte Suche. Worte waren überflüssig. Sie wußten intuitiv, wonach sie suchten.

»Das ist er«, sagte Francis.

»Wo?«

»Zwischen UWCM-2 und dem Zerbrochenen Spiegel.«

»Ja. Ich sehe ihn.«

Der Stern war klein und leuchtete nur schwach, ein überflüssiger Punkt inmitten zahlloser überflüssiger Punkte. Aber in diesem besonderen Augenblick war es sehr wichtig gewesen, ihn zu finden. Er war ihr geteiltes Erbe, ihr gemeinsamer Samen, aus dem sie geboren waren, ihr Band, das sie über die Lichtjahre hinweg vereinte.

Sie erinnerten sich, daß der Stern Sol hieß.

Teil zwei

Der Agnostiker

 Das Raubtier blieb auf der Lichtung stehen und erwartete den Sternenschein. Dies war die bleigraue Stunde, die Zeit zwischen dem Scheiden der Sonne und dem Beginn der Nacht. Es war die Stunde, in der das Raubtier sein Fleisch ausruhen ließ, um seine Kräfte zu sammeln und an die Beute zu denken, die ihm nahe war.

Es gab noch andere Raubtiere im Dschungel, aber keines wie dieses. Dieses Raubtier jagte seine eigene Art. Es tötete innerhalb seiner Spezies.

Ein umgestürzter Baumstamm, gefurcht und bemoost, sprang Burne Newman ins Auge, wurde in seiner Phantasie zu einem Sessel. Als er versuchte, ihn als solchen zu benutzen, brach er prompt zusammen. Die Insekten bewohnten den Baumstamm nicht mehr, aber vor ihrem Auszug hatten sie ihn mit Schächten durchzogen und ihre Äcker darin bestellt, bis er aus mehr Luft denn aus Holz bestanden hatte.

Burne machte sich nicht die Mühe aufzustehen, verlagerte sein Hinterteil nur von dem Splitterhaufen auf ein Farnbüschel. Jede einzelne Sehne seines Körpers peinigte ihn mit Schmerzen. Die Jagd war überaus anstrengend gewesen, Ekel erregend, eine sinnlose Abart jenes Spiels, bei dem man Punkte durch Linien verbinden mußte. Das Wesen, das er jagte, rannte im Zickzack dahin, hinterließ seine Spuren, hirnlose Leichen, an den Eckpunkten. Jede Wildhüterhütte, jedes Eremitenbaumhaus, jedes Feuermooshauerhäuschen, wo der Neurovore anhielt, wurde zum Schauplatz eines unabwendbaren Mordes. Bis jetzt waren es dreizehn Opfer – Tote, durch Zickzacklinien verbunden ...

Luta war nicht der erste Planet, wo man Burne beauftragt hatte, zum Wohle anderer zu töten. Nach der High School hatte er seinen Dienst bei der Nerdenpolizei absolviert und war bei einem Streik in der Donaldson-Crysaniummine in Aktion getreten. Die Minenarbeiter, allezeit emotionsgeladene Romantiker, erwarteten von ihrem rationalistischen Arbeitgeber, John Donaldson, gewisse Vergünstigungen nach ihrer Pensionierung. Mr. Donaldson ging nach Hause und rief nach einigen Rechenexempeln die Polizei. Das war billiger.

Die Streikenden, mit Enthusiasmus gewappnet, attackierten die Polizisten, die sich mit Fermentgewehren gewappnet hatten. Der Enthusiasmus konnte mit Märtyrern aufwarten, die Gewehre mit Löchern. Eine mutige junge Frau bekam ihr Loch von Burne – in jener Sekunde, bevor sie ihm das Gesicht mit einer Hacke zerhauen hätte.

Es machte Burne nichts aus, mutige junge Frauen in Notwehr zu töten oder sein Leben in heftigen Kämpfen zu riskieren, aber es störte ihn gewaltig, auf der falschen Seite zu stehen. Am nächsten Tag trat er aus der Rationalistenpartei aus und bat seinen Kapitän um einen Schreibtischjob. Den Rest seiner Polizeidienstzeit verbrachte er damit, dunkle Machenschaften in Aktenordnern abzuheften.

Bei seiner gegenwärtigen Aufgabe wußte Burne, daß er auf der richtigen Seite stand. Die Zolmec-Priester hatten ihm gestanden, daß sich ihre Rasse der Gewaltlosigkeit verschrieben hatte, und wenn er auch nicht glaubte, daß der quetzalianische Pazifismus total war, sah er sich dazu gezwungen, zuzugeben, daß der Vater auf der großen Mauer eine Zurückhaltung bewiesen hatte, die ans Übernatürliche grenzte.

Außerdem war es ihm während seiner Debatten mit den Dschungelbewohnern nicht gelungen, Heuchler zu entlarven. »Was würden Sie tun, wenn Sie morgen heimkämen – und jemand Ihre Schwester vergewaltigen würde?« erinnerte er sich eine Feuermooshauerin gefragt zu haben, eine Frau mit hohen Backenknochen, die wie Nofretete Jones, der Kino-Epen-Star, aussah. Es war eine Frage, die man allen jungen Nerdenmännern stellte, die sich aus Gewissensgründen weigerten, in den Polizeidienst zu treten. Die Einberufungsoffiziere hegten keine Bewunderung für solche Ansprüche. Die jungen Leute sollten *glücklich* sein, ihrem Planeten dienen zu dürfen, und die jungen Leute, die das nicht wollten, *ver-*

dienten es, ihrem Planeten zu dienen.

»Ich würde ihm sagen, daß er aufhören soll, meine Schwester zu vergewaltigen«, erwiderte das Nofretete-Jones-Double.

»Das ist alles?«

»Das ist alles – da ohnehin niemand auf die Idee käme, meine Schwester zu vergewaltigen. Sie sind hier in Quetzalia, Mr. Burne.«

»Und wenn hier jeder so dächte wie Sie? Würden Sie da nicht von Ihren Feinden überrannt werden?«

»Hier denkt *jeder* so wie ich. Und deshalb haben wir keine Feinde.«

Bevor er sich niederlegte, beauftragte Burne sein Unterbewußtsein, ihn drei Stunden später zu wecken. Er fühlte die Nähe des Gehirnfressers, konnte praktisch seinen giftigen Atem riechen. Es war viel besser, Schlaf zu verlieren als Zeit. Wenn er seinen Weg noch während der Nacht fortsetzte, würde er seine Beute im Morgengrauen fassen.

Er hatte Glück. Der nächtliche Himmel leuchtete klar und wolkenlos, erlaubte es der Milchstraße, ihr Licht herabzugießen und die Bäume zu versilbern. Seit vierzig Tagen spendeten ihm diese Sterne das einzige Licht, seit sich der Dschungel zu einem undurchdringlichen Gewirr verdichtet hatte, seit er gezwungen gewesen war, den Lipoca, einen Teil seines Proviants und seine Ausrüstungsgegenstände, inklusive einer Öllaterne, zurückzulassen. Jetzt war sein Rucksack nur noch mit ausgewählten lebensnotwendigen Dingen gefüllt – mit Nahrungsmitteln, Streichhölzern und einer Methode, Neurovoren zu töten.

Als er planmäßig erwacht war, schulterte er seinen Rucksack und betrat den Dschungel mit dem unbehaglichen Gefühl, daß sich nun das Ende der Jagd näherte. Er hatte noch keine zwanzig Meter zurückgelegt, als ein Lichtpunkt im fernen Dunkel hüpfte, entweder ein gigantischer Verwandter des mythischen Glühwürmchens oder ein Mensch mit einer Laterne. »Wer sind Sie?« schrie Burne.

Das schweigende Wesen näherte sich. Es war ein Mensch mit einer Laterne.

»Ein Kurier«, antwortete eine heisere Stimme. Im Licht der Flamme, die von Glas umhüllt war, sah die junge Frau ätherisch und geisterhaft aus – ein Irrlicht. Ihr hübsches Gesicht und die biegsamen Glieder weckten in Burne eine nostalgische Sehnsucht nach der Nerdenholovision. Diese provokative Schönheit hatte er schon tausendmal in Nahaufnahme gesehen, während sie ihm geraten hatte, das richtige Deodorant zu verwenden, das geeignete Magnumauto zu kaufen und einen Idioten aus sich zu machen.

Burne trat in den Laternenschein und tat kund, daß er der berühmte Besucher aus dem All war. »Ticoma Tepan«, stellte sie sich vor. Er erwartete, daß Ticoma ihn wie alle anderen Kuriere, die er getroffen hatte, nach Neuigkeiten fragen und dann nach Aca oder Tepec weiterrasen würde. Aber er erfuhr, daß sie die Absicht hegte, während der nächsten acht, neun Stunden bei ihm zu bleiben – wie lange es auch immer dauern mochte, bis er den Gehirnfresser schnappte.

»Es wird nicht leicht sein, mit mir Schritt zu halten«, warnte er sie. »Und der Neurovore bleibt nicht auf den ausgetretenen Wegen.«

»Ich werde mit Ihnen Schritt halten«, erwiderte Ticoma schlicht.

Ob sie sich seinem Tempo anpassen konnte oder nicht, war bald keine Frage mehr. Wenige Minuten später rannte sie voran, und ihre Laterne wurde Burnes Führerin.

Ticoma war in Oaxa aufgewachsen, der nördlichsten Dschungelstadt, wo sich die Kinder ein hübsches kleines Vermögen verdienen konnten, indem sie Chitzals fingen und an die Krankenhäuser verkauften, wo der Murm verarbeitet wurde. Sie hatten jeden Baumstumpf und jeden Pfad im Dschungel kennengelernt. Sie verstand die Stimmungen des Urwalds, sah seine Verwandlungen voraus, betrauerte seine Verluste, befruchtete seinen Boden mit ihrem Urin.

Nun kehrten ihre Talente zurück, und sie entdeckte die Zehenspuren des Neurovoren mit denselben unbeirrbar scharfen Augen, die sie einst benutzt hatte, um die linkischen Fellkugeln aufzustöbern. Burne bebte vor Bewunderung, und um Mitternacht wollte er mit ihr schlafen.

Eine Kakophonie schrillte aus dem Dunkel. Irgendwo vor Ticoma stimmte ein Orchester aus fremden Kreaturen, die alle verschiedenen Welten entstammten, seine Instrumente. »Was ist das?« rief Burne.

»Der Geist des Großen Bayou. Laufen Sie nicht davon!«

Hartnäckig wie ein Schatten folgte er Ticoma, während sie wie eine Seiltänzerin über herabgefallene Äste balancierte und anmutig von Baumstümpfen auf Felsen und von Wurzeln auf Baumstümpfe sprang. Ringsum hockten glatte Bäume auf ihren bloßgelegten Wurzeln wie Zähne auf einem eiternden Gaumen. Überall hing ätzendes Moos herab und veranlaßte Burne, unschmeichelhafte Vergleiche mit dem Bauch einer säugenden Hündin anzustellen. Und wenn man alles miteinander mischte, bekam man einen heimtückischen Brei aus Wasser, Schlamm, Schlick und Sand, wo zahllose Baumstämme umherschwammen, beklebt mit zwitschernden Reptilien, deren schöne Augen, mit Leuchtbakterien gefüllt, die Wanderer wie eine Galaxis aus Doppelsternen umschwirrten.

Im Morgengrauen lag der Sumpf glücklicherweise hinter ihnen. Besser noch – die Neurovorenspur folgte einer glatten, von Menschenhand geschaffenen Straße. Verglichen mit der vergangenen Nacht, während der sie sich durch wilde Reben und Schleim gekämpft hatten, erschien ihnen die Weiterreise mühelos. Burne nutzte den Vorteil seiner Neubelebung und befahl zu laufen.

Als er seinen Scout einholte, glitt ein kleiner Teich, so glasklar wie ein Spiegel, in sein Blickfeld, und Ticoma schlug vor, eine Ruhepause einzulegen. Dankbar sanken sie zu Boden, erfrischten ihre schmutzigen Gesichter mit kühlem Wasser. Ticoma sah lächelnd zu Iztac auf und sagte spielerisch: »Jetzt brauchen wir deinen kleinen Bruder nicht mehr.« Sie hob die Öllaterne hoch, öffnete die Glaskugel, blies hinein. Graue Rauchfinger kräuselten sich vom Docht empor. Burne folgte Ticoma, als sie sich erhob und der ehrfurchtgebietenden aufsteigenden Verwandten der Laterne entgegeneilte.

Die letzte Zickzacklinie des Neurovoren führte vom starren Zeigefinger seines letzten Opfers, eines Eremiten mit großen Händen, wulstigen Lippen und – seit kurzem – einem ausgenommenen Kopf, von der Straße weg, wie die blutigen Fußspuren anzeigten, in einen großen Obstgarten, eine Quelle jener exquisiten einheimischen Frucht, der Opo. Als Ticoma die Leiche sah, übergab sie sich beinahe. Burne zog sie weiter, aus dem Grasboden des Obstgartens. Unter dem ersten Baum blieben sie stehen, pflückten zwei Früchte und saugten daran, bis das süße Opo-Blut in ihre Kehlen hinabrann.

Zu beiden Seiten zogen sich gerade Alleen dahin, geformt von Opo-Bäumen, die stumm und still dastanden, während die Opos die Rationalität der Anlage mutwillig zerstörten, indem sie zu x-beliebigen Zeitpunkten und an willkürlich gewählten Stellen herunterplumpsten. Burne schaute eine Allee hinab, ging weiter, schaute wieder eine Allee hinab, ging weiter, schaute, ging ...

Die Schrecksekunde war total, eindringlich, markerschütternd.

Am Ende einer Allee stand ein sabbernder Störfaktor in der friedlichen, nur vom Aufprall herabfallender Opos durchbrochenen Stille, mit blitzenden Augen und verrotztem Bart. Er öffnete den Mund, und alle Abfälle der Hölle verbreiteten ihren Gestank auf einmal.

War es ein visueller Reiz, ein Geräusch oder ein Geruch, der dem Neurovoren von der Ankunft eines Feindes erzählt hatte? Wie auch immer, er stürmte los, griff an, die linke Pfote um ein Werkzeug gekrallt, das dazu bestimmt war, Menschenschädel aufzustemmen. Burne, der auf Lapus riesige Knochenkröten aufgespürt und getötet, der auf Verne mit gewaltigen Blasenkäfern gerungen und gerangelt hatte, war nie zuvor mit einem solchen Wild konfrontiert worden, mit einem solchen gejagten Wesen, das sich in sinnlosem Zorn als Jäger versuchte. Der Versuch würde mißglücken.

Blitzschnell nahm Burne seinen Rucksack ab, warf ihn ins Gras, stieß Proviant und Streichhölzer beiseite, zog seine Waffe heraus. Kampfbereit, nur von einem unmerklich leichten Zittern befallen, stellte er sich neben seine quetzalianische Verbündete, die sich wegen ihrer Erbmasse nicht verteidigen konnte und aus irgendeinem seltsamen Grund dennoch nicht in Panik geriet.

»Ich habe noch nie zuvor einen gesehen«, sagte Ticoma grimmig und setzte ihre Laterne auf den Boden.

Der Gehirnfresser blieb einen Meter vor der geheimnisvollen Waffe stehen. Burnes Finger umspannten den Deckel des Glasstahlkäfigs, zogen ihn zurück. Der Gehirnfresser reckte den Kopf vor, Haß sprühte aus seinen Augen, die Lippen teilten sich, um zerbrochene Zinnen zu entblößen.

Burne streckte den Käfig dem Neurovoren entgegen und gab dem befreiten Gefangenen einen Stoß. In einem bogenförmigen Sprung, erfunden von seinen längst ausgestorbenen *Coleoptera*-Ahnen, hob sich der Korkenzieherkäfer in die Luft. Er landete dort, wohin Burne gezielt hatte, auf dem runden, behaarten Bauch des Neurovoren. Mit rotierendem Rüssel begann er sich so zu benehmen, wie sich ein Korkenzieherkäfer zu benehmen hat. Er bohrte.

Die Schreie der Angst, des beginnenden Schmerzes waren so schrill, daß sie Löcher in die Luft zu reißen schienen. Was dann geschah, war noch grausiger, und als es vollendet war, strömten die Eingeweide des Neurovoren durch ein Loch mit einem Durchmesser von drei Zentimetern heraus. Das Monstrum lag im Gras, zerfließend und gurgelnd und sterbend, und dann zerfloß es nur noch und war still und tot.

»Gott des Gehirns!« Ticomas Gesicht war schweißgebadet.

Sie starrten auf die blutige Masse, erleichtert und angewidert, weder von Zeitgefühl noch von Gedanken belastet.

Schließlich sagte Burne: »Helfen Sie mir, den verdammten Käfer wieder einzufangen, sonst kriegt Lostwax einen Anfall.«

Sie knieten nieder, wälzten die Leiche herum, mit zusammengebissenen Zähnen und angehaltenem Atem, als würden sie in Exkrementen wühlen. Das Insekt kämpfte sich gerade auf der anderen Körperseite wieder heraus. Burne stellte den Käfig auf den Boden und ratterte damit, bis der *Cortexclavus* hineinstolperte und gefangen war. Dann erhob er sich, verstaute den Käfig tief unten im Rucksack, um dem Mörder den lähmenden Anblick seines Opfers zu ersparen – wenn es auch unmöglich war, auf die Reaktionen der betäubten Sinne einzuwirken.

Ticoma erhob sich ebenfalls, aber sie ließ den abgeschlachteten Neurovoren nicht aus den Augen. »Es wird schwierig sein, um diesen Toten zu trauern.«

»Gehen Sie nicht!« stieß Burne hervor, als hätte sie gesagt, daß sie das tun wolle.

»Es wäre mein innigster Wunsch, hierzubleiben und eine Kerze für Sie zu entzünden, Mr. Newman, aber je früher ich diese gute Nachricht nach Tepec bringen kann . . .«

»Was haben Sie mit ›trauern‹ gemeint?«

Sie strich mit einer Hand durch die Luft über die Leiche.

»Wir müssen den Tod dieses Menschen zur Kenntnis nehmen«, antwortete sie mit bebender Stimme.

»Sie scherzen.« Er blickte ihr in die Augen – in wunderbare Kristalle, von Tränen milchig getrübt. Tränen! Unglaublich! Und trotzdem war sie jetzt nicht weniger hübsch als zuvor.

Er berührte sanft ihre Wange. »Kommen Sie.« Doch sie blieb weinend neben der Leiche stehen. »Kommen Sie zu mir, Kurier – schenken Sie mir Kühlung.« Er streichelte ihren Arm, immer wieder, und sorgte dafür, daß seine Finger dabei im Stoff ihres Gewands hängenblieben, bis es schließlich von ihren Schultern glitt.

Eine undeutliche Angst stieg in Ticoma auf. »Sie erwarten, daß ich mit Ihnen schlafe, nicht wahr? Ich habe vor drei Wochen *geheiratet*, Dr. Newman.«

»Das verdiene ich«, sagte Burne und trat nach dem Toten. »Aber ich stelle mir vor, daß das Gehirn Ihres Mannes im Kaumagen dieses Haufens sitzt, daß es sich verwandelt – in . . .« Nein, dachte er, diese Annäherungsmethode ist falsch. Ich will sie nicht verschrekken.

»Ich kann Sie nicht daran hindern. Macht es Ihnen Spaß, kleinen Kindern Bonbons wegzunehmen?«

»Kleinen Kindern«, wiederholte Burne dumpf. »Es ist mein Stil, auf diesen oder jenen Dingen zu bestehen.« Er verlagerte seine Leidenschaft auf die andere Schulter, und als er sie entkleidete, glitt ihre Robe wie ein Opos-Blatt auf den Boden des Obstgartens.

Ticoma startete keinen Gegenangriff. Burne lächelte. Eine Brise überzog ihre vollen Brüste und runden Schenkel mit einer erregenden Gänsehaut. Wie weit kann man diese Leute treiben? So weit, wie es mir Spaß macht? Seine Neugier brannte ebenso heiß wie sein erigierter Penis.

»Dr. Newman – das ist absurd«, stammelte sie. »In ein paar Tagen werden Sie ein Held sein. Die Frauen werden vor Ihren Genitalien auf die Knie fallen.«

»Ich weiß. Aber *Sie* sind *jetzt* hier.« Ticomas Hilflosigkeit, ihre angeborene Unfähigkeit, sich loszureißen, und die sichere Befriedigung seiner Wünsche, die diese Szene prophezeite, erregten in Burne abwechselnd Mitleid und Lust. Wobei die Lust überwiegt, dachte er vergnüglich und zog seine Robe aus.

»Dann muß es also sein?«

»Fürchten Sie sich nicht«, sagte Burne.

»Wenn unvermeidliche Dinge geschehen, entsteht keine Furcht.« Ihre Stimme war tonlos.

»Ausgezeichnet«, erwiderte Burne, dann fügte er hinzu: »Auf der Nerde haben wir *Gefühle.*«

»Gott des Gehirns!« fuhr Ticoma ihn an. »Glauben Sie, weil die Gewalttätigkeit bei uns ausgerottet ist, gäbe es keine anderen Emotionen mehr? Glauben Sie, ich würde keinen Ekel empfinden?«

»Ich glaube, dazu wird es nicht kommen.«

»Sie eitler Parasit! Ich werde Ihnen keinen Widerstand leisten, aber interpretieren Sie das nicht falsch. Dies ist nur eine Pseudo-Bereitschaft, um die eigenen Schmerzen zu lindern.«

Er umarmte ihre neutrale Nacktheit, ließ sie ins Gras gleiten. Ich muß meine Saat ganz sanft in sie pflanzen, dachte er, wie ein Stadtbewohner, der seinen Dachgarten bepflanzt. Doch diese Sanftheit konnte seine Lust nicht verringern, auch ihren Namen nicht ändern.

Danach hatten sie sich nichts zu sagen. Warum sollte ich mich schämen, überlegte Burne, während die schlaffe Passivität von Ticoma abfiel und sie sich geschmeidig erhob. Ich habe ihr keinen Schmerz zugefügt. Eine beleidigende, fast demütigende Arroganz lag in der Art, wie sie sich nicht einmal die Mühe machte, sich wieder zu bekleiden. Sie hob ihre Robe auf, warf sie über ihre Schulter, nahm ihre Laterne, schritt nackt über das Gras.

Am Rand des Obstgartens blieb sie stehen und sagte mit vibrierenden Zähnen, ohne ihrem Peiniger einen Blick zu gönnen: »Es gibt keine Rache in Quetzalia. Aber wir *haben* den Tempel von Tolca.« Sie ging weiter, und der Dschungel trug sie davon, eine insolente Eva, die sich weigerte, ihr Exil zu beklagen.

In finsterer Stimmung kleidete er sich an, schulterte seinen Rucksack und folgte Ticomas Spuren im Gras. Er kochte vor Selbsthaß. Zunächst beschloß er, sich zu hassen, weil er nichts empfand, keine Gewissensbisse, nachdem er den Neurovoren ermordet hatte, der nach quetzalianischen Kriterien ein menschliches Wesen war. Und dann beschloß er, sich zu hassen, weil er es zuließ, daß ihn so katastrophale Selbstvorwürfe quälten – nach dieser dummen, harmlosen Entladung seines Samens.

Und dann erkannte er, daß er sich haßte, weil er Ticoma vergewaltigt hatte.

Nachdem er eine Stunde lang durch den Urwald gewandert war, verflogen seine Depressionen – nicht weil er nun eine bessere Meinung von sich hatte, sondern weil der unerwartete Anblick von Granitpegmatiten alle anderen Ereignisse aus seinen Gedanken verdrängte. Polluzit, dachte er und fiel auf die Knie. Die Kristalle waren isometrisch, kubisch, farblos, enthielten muschelige Brüche.

Er packte einen Pegmatit, wog ihn in der Handfläche. Und dann legte er ein feierliches Gelübde ab. Irgendwie, auf irgendeine Weise würde er dieses Gestein zur *Darwin* transportieren. Er würde die Quetzalianer zwingen, ihren verweichlichten Lebensstil aufzugeben und gegen die Neurovoren zu kämpfen. Und nach diesem Gelöbnis hob Burne den Treibstoff an die Lippen und küßte ihn.

Was konnte sich ein Mensch noch mehr wünschen? Francis Lostwax häufte ausgezeichnetes Essen auf seinen Teller, hatte ein teures Dach über dem Kopf, und nun war auch noch die Liebe in sein Leben getreten, entschädigte ihn für alles, was er gelitten hatte. Tez' Entschluß, ins Olo zu ziehen, war schnell gefaßt worden und unabänderlich – trotz romantischer Affären, deren eine Ixan Tolu hieß. Dieser Ixan Tolu nahm die Freuden, die Tez ihm schenkte, sehr ernst und gab Äußerungen von sich wie zum Beispiel: »Wenn es eine gewaltlose Möglichkeit gäbe, würde ich mich töten.« Doch Tez lehnte es ab, sich schuldig zu fühlen. Sie wußte, was sie faszinierte. Ixan Tolu war eitel und gewöhnlich, während Francis Lostwax bescheiden war und von einem anderen Planeten stammte.

Quetzalia stillte sogar Francis' wissenschaftlichen Durst. Diesen allerneusten Segen hatte er einem Mann zu verdanken, den er haßte, einem Mann namens Loloc Haz, der zusammen mit Tez die Marionettenaufführung veranstaltete. Loloc, ein Junggeselle, ließ deutlich erkennen, daß er sich als Rivalen betrachtete. Er war widerwärtig hübsch, und das scheinbar mit Absicht, um Francis zu ärgern. Und das Problem wurde keineswegs durch die Tatsache verringert, daß Tez und Loloc gemeinsam an einer Sexkomödie arbeiteten, »Der Planet der austauschbaren Genitalien«.

Aber während die Tage dahingingen und die Puppenspieler weiterhin auf keusche Distanz achteten, erkannte Francis, daß er seinen Rivalen außerordentlich sympathisch fand. Aufgrund seiner Hobbys hätte man das nicht erraten können, aber Loloc war durch und durch intellektuell und ein Schwergewicht in der biologischen Abteilung der Iztac-Bibliothek. Zwischen den Bühnenproben sprach er mit Francis über Insekten. Luta hatte nur wenige einheimische Tierchen, die alle restlos erforscht und ziemlich langweilig waren, aber es gab genügend provokantere Erdenarten, die den Trip in der *Eden Drei* überlebt und sich stetig fortgepflanzt hatten. Es war beglückend, wieder einmal über die parthenogenetische Progenese zu diskutieren, über Prothoraxdrüsen, über Gestalten und Formen.

Loloc forderte Francis auf, einen entomologischen Kurs abzuhalten, und die erste Vorlesung war so erfolgreich, daß der Bibliotheksleiter den Nerdenmenschen veranlaßte, an einem Mammutprojekt mitzuarbeiten – der Herausgabe einer naturhistorischen Enzyklopädie, deren Autoren von der Regierung fürstlich entlohnt wurden. Francis' Beitrag bestand aus vier Artikeln – nicht weil er noch mehr Cortas haben wollte, sondern weil da endlich eine Welt war, die sich für seine Ideen interessierte. Er schrieb über die *Siteroptes graminum*-Reproduktion, über die ökologischen Strategien der Gallmücke, über den *Cortexclavus areteus* und das geistige Wesen der Bohnenläuse.

Und das alles wurde durch die Heilung von Francis' Diabetes gekrönt. An dem Wochenende, wo die Botanikerkonferenz stattfand, las und döste er in seinem Schlafzimmer, dem einzigen Ort, wo es unwahrscheinlich war, daß er mit einer weiteren Vorlesung über Arteriosklerose oder einem Privatgespräch über Leukämie konfrontiert wurde. Diese Zauberer schwelgten in der Pathologie, und das Erfreulichste, worüber bei dieser Konferenz diskutiert wurde, waren Magengeschwüre.

Tez kam herein und schob einen kahlköpfigen Mann zu Francis' Bett. »Das ist Dr. Murari«, erklärte sie. Wie alle anderen in diesem Zimmer hatte er eine Chitzal-Narbe rings um den Kopf, aber Francis fand keine Zeit, sich über diesen Zufall zu wundern. Der Doktor stellte eine Flasche mit grünen Pillen auf die Matratze.

»Jede Stunde eine«, sagte er strahlend, »bis das Fläschchen leer ist.«

»Und wofür?«

»Für Ihre Bauchspeicheldrüse.«

»Für die aus Plastik?«

»Für die richtige.«

Francis nahm das Fläschchen und rasselte mit den Pillen. Sie waren eiförmig wie Gallertbienen.

»Diese Pillen werden ihre Wirkung tun.« In Muraris Stimme lag keine Moolsche Arroganz, nur nüchterner Professionalismus.

Die Pillen wirkten. Fünfundzwanzig Stunden später hielt Francis' Blut jedem exzessiven Zuckertest stand, der den Wissenschaftlern bekannt war. Der Gedanke, daß er nun auf seine Injektionsnadeln verzichten konnte, löste ein Glücksgefühl in ihm aus, das tagelang anhielt. Tez meinte, er müsse Vaxcala erlauben, diese teuflischen Werkzeuge im Tempel von Tolca zu verbrennen, aber Francis entgegnete, diese Geste würde einen Rückfall hervorrufen, stellte das Insulinkästchen in eine Schublade neben seine Socken und vergaß es.

Genau vierzig Tage nachdem die *Darwin* auf Luta gelandet war, erkannte Francis, daß er nie mehr von hier weggehen wollte. Er saß im Hofgarten, trank Kräuterwein, wartete auf Tez' Heimkehr und sagte sich: Welche Unterschiede zwischen diesem Planeten und dem Königreich des Himmels auch immer bestehen mögen – sie sind zu gering, um eine Rolle zu spielen.

Zwei Tage später begann er Roggenbrot zu vermissen. Im Königreich des Himmels gab es kein Roggenbrot.

Und am nächsten Tag sehnte er sich nach obszönen historischen Marathon-Spektakeln. Er bekam feuchte Augen, wenn er an Mutter Mochas Milchshakes dachte. Und bald würde es soweit sein, daß er einen Mord beging, nur um das Galileo-Institut mit seinem glänzenden Plastikgras wiederzusehen, wo alles so ordentlich war, und sein gemütliches kleines Büro, wo alles genau an der Stelle war, wo er es haben wollte, wo die vielen Bücher, die ihn geformt hatten, der Welt den Rücken kehrten.

Die natürlichen Schönheiten der Nerde waren längst verschüttet, aber die Zivilisation, die auf ihren Gräbern wuchs, besaß ihre eigene Romantik. Francis wollte wieder einmal mit Jack August in der Kurzen Kerze sitzen, seiner Lieblingsbar, und das Elend der Welt im Bier ertränken, während sich Jazz-Klänge durch den Zigarettenrauch schlängelten, zwischen schreienden Banalitäten. Und er wollte zu einer Halloween-Party gehen und sich fürchten.

Tez behandelte Francis' Heimweh, indem sie logische Bemerkungen über die Tugenden Quetzalias von sich gab, aber der Krankheit ansonsten ihren Lauf ließ. Allein schon ihre Anwesenheit bewirkte eine deutliche Besserung.

Wenn er Zettel mit Tez' Handschrift herumliegen sah, empfand er eine intensive Freude. Wenn er beobachtete, wie sie einen Flauschmantel zuknöpfte oder eine alberne Wollmütze in ihre Stirn zog, bevor sie in die Spätsommerluft hinausging, lernte er ein Gefühl uneingeschränkter Zufriedenheit kennen. Die Dinge, die sie berührte, wurden zu Talismanen. Ihre Marionetten waren verzaubert, ebenso wie ihre Kämme und ihr Stundenglas oder ein Buch, welches sie sich auch immer aus der Iztac-Bibliothek geholt hatte.

Die Worte flossen mit perfekter Leichtigkeit zwischen ihnen hin und her, vor allem wenn sie über die Wissenschaft sprachen. Sie diskutierten über die Astrophysik des Malnovianischen Gürtels, über die Ökologie des Planeten Kritonia, über die medizinischen Traditionen von Quetzalia. Wie Francis nun erfuhr, waren die Behandlungsmethoden auf der Nerde hauptsächlich allopathisch, konfrontierten die Krankheiten mit ihren natürlichen Feinden, während das Chimec-Hospital Homöopathie praktizierte und giftige Pflanzen verabreichte, die Symptome in gesunden Leuten produzierten und Gesundheit in Leuten, in denen bereits Symptome aufgetaucht waren. Dabei kam es auf möglichst kleine Dosierung an.

Im Galileo-Institut hätte man eine solche klinische Foschungsarbeit zugunsten der Labors verachtet. Man züchtete Keime, studierte sie und experimentierte mit ihnen in völliger Isolation – das war wunderbar, aber sobald sie einen Menschen infizierten, verlor man jedes Interesse an ihnen. Nach Francis' Meinung war es gut und richtig, sich diesem unpraktischen Wissen zu verschreiben, diesen Theorien, die keine andere Verantwortung hatten, als wahr zu sein. An guten Tagen führten die neuen Ideen den menschlichen Geist zu jenem großen Verständnis, das als Stolz und Freude aller Wissenschaften fungierte. Solche Ideen schenkten einem viel mehr als die Antworten Gottes. Sie geleiteten den Menschen in Gottes privates Arbeitszimmer und zeigten einem Seinen Notizblock.

Tez pflichtete ihm bei. Seit ihrer Schulzeit war sie der Verführung reiner Forschungsarbeit erlegen. Ihr Bericht über die Zucht der Chactol-Augen raubte Francis den Atem. »Diese Experimente müssen wiederholt werden«, erklärte er, wenn sich auch herausstellte, daß er nicht der Richtige für diesen Job war. Es gelang ihm nicht einmal, eine einzige Generation ans Licht der Welt zu holen, die am nächsten Morgen noch lebte.

Nachdem sein Heimweh kuriert war, konnte Francis das Land Quetzalia endlich so sehen, wie es wirklich war, weder als Gefängnis noch als Shangri-La, sondern als unvollkommene Erde, von andersartigen Lämmern geerbt. Tez genoß es, ihm den Planeten zu zeigen. Sie besuchten zusammen ein Restaurant, das sich auf Tentakel-Gerichte spezialisiert hatte, eine Galerie, die pornographische Polstermöbel ausstellte, eine Hochschule, wo sexbesessene Jugendliche ihre Jungfräulichkeit unter kontrollierten Bedingungen verlieren konnten, und ein Theater, in dem Episoden eines unendlichen Stücks namens »Stellvertretend« aufgeführt wurden.

»Stellvertretend« erwies sich als eher schlichte Kost. Francis und Tez wurden kapriziöse Stammgäste in diesem Theater und sahen »Stellvertretend Siebzehn, Stellvertretend Zwanzig und Stellvertretend Sechsundzwanzig«. Alle Episoden handelten von den heroischen Versuchen einer quetzalianischen Familie, eine Fußbrücke zwischen Luta und dem nächsten Asteroiden zu bauen, ein Projekt, das offenbar von jeder Folgegeneration fortgesetzt wurde, so daß sich der Zuschauer nach etwa zwanzig Episoden wie eine unsterbliche Präsenz zu fühlen begann, unaufhörlich wiedergeboren, während sich die Story durch Geburten und Todesfälle, Leben und Lieben, Kriege und Friedenszeiten, dunkle Epochen und helle Tage vorankämpfte. Francis verbrachte die erste Hälfte von »Stellvertretend Sechsundzwanzig«, indem er lauthals die Meinung kundtat, diese Leute würden ihre gottverdammte Brücke niemals bauen, und danach schlief er ein.

Die Marionettenaufführungen gefielen ihm besser. Als »Der Planet der austauschbaren Genitalien« in einem winzigen Kabarett unter einem verborgenen Korridor in der Iztac-Bibliothek Premiere feierte, war Francis' einzige lauthals verkündete Meinung ein schallendes Gelächter. Danach führte er Tez in das Restaurant, das sich auf Tentakel spezialisiert hatte. Ein Geiger spielte auf, und sie bestellten Kuttelfisch.

Während Francis mit einem Tentakel spielte, fragte er, warum der quetzalianische Pazifismus nicht verhindere, daß Tiere geschlachtet würden.

»Darauf weiß ich keine gute Antwort.« Und Tez fügte hinzu, daß Huacas nächstes Debattenthema »Die Quetzalianer sollten Vegetarier werden« lautete.

»Auf welche Seite wird er sich stellen?«

»Darüber ist er sich noch nicht im klaren. Er versucht gerade herauszufinden, ob Pflanzen irgendwas fühlen.«

»Käfer fühlen schon was. Da bin ich mir ganz sicher.«

Tez antwortete nicht und warf ihm statt dessen eine Kußhand zu. Es war seine süße Albernheit, die sie in erster Linie liebte. Die Quetzalianer wurden dazu erzogen, nur das Allerschlimmste von den Abkömmlingen der *Eden Zwei* anzunehmen: Sie waren gefühllose Barbaren und kannten kein Zolmec. Aber da saß ihr dieses aufregende lebende Paradoxon gegenüber.

Tez hatte Paradoxa schon immer geliebt. Das entsprach ihrer wissenschaftlichen Neigung.

Während das Liebespaar seine Ausflüge unternahm, war ein Aspekt von Quetzalia – der Tempel von Tolca – bemerkenswert unsichtbar geblieben. Und als die Opoche zu Ende ging, als die nächste anbrach, als Tez zum Zolmec-Gottesdienst ging und mit rosigem Gesicht zurückkehrte, erkannte Francis, daß er von jenem Phänomen befallen war, das sein Vater als »Erektion des Neugierorgans« bezeichnet hatte. Viermal bat er Tez, die nächsten Riten besuchen zu dürfen, aber sie zog es vor, sich an Vaxcalas Gebote zu halten.

Die Wortgefechte glichen einander.

»Ich möchte mit dir gehen«, nörgelte Francis.

»Die Nerdenatheisten dürfen den Tempel von Tolca nicht betreten.«

»Und wenn ich trotzdem hingehe?«

»Ich kann dich nicht zurückhalten«, erwiderte Tez und hielt ihn mit der Unverletzlichkeit ihrer Haltung zurück.

»Es ist keineswegs so, daß ich *nicht* an Tolca glaube, Tez. Oder an Chimec. Oder an diese andere . . .«

»Iztac.«

»Der Gedanke, pazifistische Götter zu verehren, entzückt mich sogar. Als kleiner Junge sagte ich mir immer: Ein Mord ist schrecklich, egal, wer ihn begeht, egal, wer das Opfer ist. Wenn ich jemals Regeln aufgestellt hätte, dann würde niemand, der getötet hat, nicht einmal Götter oder Heilige oder Generäle bewundert werden. Du siehst, ich hatte also schon quetzalianische Ideen, lange bevor ich hier landete. Du solltest mich zumindest als Agnostiker bezeichnen.«

»Sehr schön«, entgegnete Tez kühl. »Aber Nerdenagnostiker dürfen den Tempel auch nicht betreten.«

Weiter führten diese Gespräche nicht, und Francis' Erektion blieb unerlöst.

Die quetzalianischen Blumen setzten Francis immer wieder in Erstaunen. Sie mußten sich mit einer verwirrenden Vielfalt von Nöten herumschlagen, von exotischem Mehltau über Temperaturstürze bis zu indifferenter Wartung, und sie leuchteten dennoch unaufhörlich mit ihren hellen Blütenblättern und strotzten von Vitalität. Francis widmete sich im Olo-Garten gerade einer indifferenten Pflege mittels einer Gießkanne, als eine berittene Botin auftauchte. Ein robustes Kind, noch keine zwölf Jahre alt, und ihre Behendigkeit ängstigte Francis. »Wo ist Dr. Tez Yon?« verlangte sie zu wissen und glitt geschmeidig von ihrem Lipoca. »Das ist vom Chimec-Hospital.« Sie schwenkte einen mit Wachs versiegelten Brief.

»Ich will es ihr geben«, erwiderte Francis und fing das Schreiben ein. Tez war im Haus und nahm Transplantationen an ihren Marionetten vor.

Die Botin stieg wieder auf, in einem einzigen geschickten Sprung. Bevor sie aus dem Hof ritt, wandte sie sich um und musterte Francis mit Augen, die plötzlich eine überraschende Zärtlichkeit ausstrahlten. Und als sie sprach, war der dünkelhafte scharfe Ton aus ihrer Stimme gewichen. »Ich glaube, es ist eine traurige Nachricht.«

Francis betrat Tez' Bastelstube, wo sie gerade versuchte, einen Narrenkopf auf einem halslosen Körper zu befestigen. Sie erbrach das Wachssiegel, las die Nachricht und senkte den Kopf. Francis ergriff das Blatt und las: »Tez, Teot Yon liegt im Koma. Mool.«

Sie liefen zu ihren Lipocas, sattelten sie, stiegen auf und galoppierten davon. Die Hacyonstraße führte geradewegs in die Innenstadt. Als sie die große Plaza erreichten, begegneten sie einer Versammlung, die so aussah, als wolle die gesamte Bevölkerung von Tepec den Iztac-Tempel stürmen. Das Liebespaar trieb seine Lipocas mitten hinein in den Mob, bahnte sich einen Weg. Wie betäubt vor Sorge konnten Francis und Tez diesen Tumult nicht ganz begreifen, doch die ekstatischen Gesichter und die Stimmen, die »Der Gehirnfresser ist tot!« und »Newman ist beim Gouverneur!« schrien, verrieten ihnen, daß Burne wohlbehalten und siegreich zurückgekehrt war. Als sie die Tiere vor den Stufen des Hospitals zügelten, blickte Francis zum Damm hinab und sah, daß der Iztac-Tempel von Bürgern wimmelte, von der ersten Terrasse bis hinauf zur Spitze. Vermutlich steckte Vaxcala im Zentrum des ganzen Trubels, und aus diesem Ameisenhaufen, aus dieser sprudelnden Lebensmasse stiegen so glückliche Hymnen auf, daß Francis sich ganz elend zu fühlen begann. Er stieg ab.

Alle, die gehen konnten, hatten das Hospital verlassen. Tez und Francis eilten durch Fresko-Korridore, vorbei an Räumen, die verlassen waren, abgesehen von den Gelähmten und Sterbenden, bis sie schließlich in einem fahlen Zimmer standen, das nach nichts roch.

Mool stand da. Demütigung und das Bewußtsein seiner Niederlage zeichneten sich in ungewohnter Weise auf seinem Gesicht ab.

»Vielleicht ist es nur vorübergehend«, begann er mit brüchiger Stimme. »Aber jetzt ist es genauso, wie Sie es gesagt haben. Soviel ich mich erinnere, lauteten Ihre Worte: ›Wenn man an einem Tier einen Pflanzentest vornimmt, erfährt man nur, wie das Tier darauf reagiert hat. Daraus kann man keine Schlüsse auf die Reaktion eines Menschen ziehen.‹«

»Haben Sie meinen Bruder benachrichtigt?« war Tez' einzige Entgegnung. Mool schaffte es, mit überraschend wenig Aufwand ja zu sagen.

Tez hatte Francis alles über Teot Yom erzählt. Er wußte Bescheid über die unerschöpflichen Kräfte dieses Mannes, über einen privaten Scherz, der von einer Tante und einer Angelrute handelte, über die sehnigen Muskeln, die Granit zum Gehorsam zwangen.

Nichts von diesem Wissen hätte man angesichts der kaum atmenden Gestalt erahnen können, der er sich nun gegenübersah. Teots Mund war ein eingesunkener Schlitz, die starren Augen hatten sich weit geöffnet, die Haut erinnerte an feuchte Äpfel. Francis hatte sich oft ausgemalt, wie er diesen Mann kennenlernen, seine energische Steinhauerhand schütteln und sagen würde: »Ich möchte Ihnen danken, weil Sie Ihr Vorhaben in jener Nacht, als Sie Tez zeugen wollten, verwirklicht haben.« Und nun verflogen diese herzerwärmenden Phantasiebilder wie schlecht gezielte Becherbälle.

»Ich hatte keinen Grund zu glauben, daß das Gegenmittel versagen würde«, fuhr Mool zu lamentieren fort. »Ich hatte sogar vor, selbst Coyo zu trinken, aber ...«

»Ich glaube Ihnen«, antwortete Tez mechanisch und berührte ihn am Ellbogen. »Ich verzeihe Ihnen.« Die beiden Ärzte hielten ihre Stellung, brachten ihr gegenseitiges Mitgefühl durch Blickkontakt zum Ausdruck. Mool spürte Tez' große Angst und bemitleidete sie. Tez spürte Mools großes Schuldbewußtsein und bemitleidete ihn ihrerseits.

Als sich der ältere Arzt zur Tür wandte, beschloß er, Francis' Anwesenheit zur Kenntnis zu nehmen. »Hallo, Lostwax. Wie ich sehe, ist Ihr Haar wieder nachgewachsen.«

»Gehen Sie zum Teufel«, entgegnete Francis.

»Wie Sie wünschen. Aber ich denke nicht, daß ich ihren Vater *vernachlässigt* habe. Ich gehe jetzt zum Fest, aber wenn Sie mich bitten hierzubleiben, werde ich das tun.«

»Verschwinden Sie«, zischte Francis leise.

Sie saßen eine Stunde lang bei dem bewußtlosen Mann.

Tez erzählte Teot, sie wüßte, daß er sie hören könne, obwohl sie das nicht wußte, und daß sie ihn liebte, was sie genau wußte. Sie versuchte noch mehr zu sagen, doch das verhinderte ihre Verzweiflung. Francis hielt sie in den Armen, und ihr Schluchzen war so regelmäßig wie Herzschläge. Ein heller Jubelschrei erhob sich vom Iztac-Tempel.

Als sie ins Tageslicht zurückkehrten und die von Jaguars flankierten Stufen hinabstiegen, merkte Francis, daß er wütend war. »Ich kann mir nicht vorstellen, daß Mool etwas daraus gelernt hat.«

Tez war nicht in der Stimmung für Gespräche. »Was erwartest du von mir? Daß ich ihn erwürge?«

»Das alles ist mir schon einmal passiert. Eine Krankenschwester hat meinen Sohn getötet, und ich habe *genau* das getan – ich bin ihr an die Gurgel gesprungen. Es gibt gewisse Augenblicke, in denen man einfach aggressiv sein *muß*.«

Tez schwang sich in Mixtlas Sattel. »Ich weiß nichts von diesen Augenblicken.«

Der Abend kam – aber kein Appetit. Tez und Francis betraten den Salon mit den Gobelins, verloren sich zwischen Wein und gewobenen Drachen. »Seltsam«, sagte sie, »daß Huaca nicht gekommen ist, regt mich viel mehr auf als der Tod, den mein Vater erleiden wird.«

»Vielleicht ist er gekommen, nachdem wir gegangen sind.«

»Nein«, widersprach sie entschieden. »Eines Tages wird dieser Mann erstaunt feststellen, daß außerhalb seines summenden Kopfes eine ganze Welt vorbeimarschiert.«

Francis drückte auf seine Chitzal-Narbe. »Ist dein Vater nicht mehr zu retten?«

»Ich habe so etwas schon erlebt. Eine unbekannte Pflanze geriet außer Kontrolle, man gießt Ksyta darauf, aber es ist sinnlos. Das Gehirn verschließt sich – eine Synapse folgt der anderen . . .« Sie gurgelte mit ihrem Wein. »Das müßten glückliche Zeiten sein, Francis – nachdem dein Freund gesiegt hat. Die Menschen sind eine launische Spezies. Meine ganze Rasse ist gerettet – aber ich weine, weil . . . Welcher Chitzal betrauert den Tod seines Vaters.«

»Ja«, sagte Francis mit ruhiger Stimme. Es fiel ihm nichts anderes ein, als ihrer Verwirrung zuzustimmen. »Wir Menschen sind launisch.«

So betrüblich eine Familientragödie auch war, sie konnte keinen Quetzalianer davon abhalten, einen Zolmec-Gottesdienst zu besuchen. Am nächsten Abend schlang Tez das Essen in sich hinein, dann stürmte sie im Haus umher, auf der Suche nach ihrer Mütze und dem Umhang. Dann verabschiedete sie sich von Francis, der gerade im Hallenbad auf dem Rücken schwamm. »Ich gehe jetzt.«

»Ich habe einen besseren Plan. Komm herein, und wir spielen

Marinebiologie.«

»Nein, heute abend ist es *ganz besonders* wichtig, daß ich gehe.«

»Warum?«

»Mools Arroganz hat gestern ihren Gipfel erreicht, und ich muß ihn in der Kirche sehen.«

»Damit du ihm offiziell verzeihen kannst?«

»Hör auf, mich zu quälen.«

»Ich wollte dich nur aufheitern.«

»Zolmec wird mich aufheitern.«

»Wie kannst du einem solchen Schurken vergeben?«

»Mool ist kein Schurke«, erwiderte Tez brüsk und rannte zu den Ställen hinaus. Francis hörte, wie sie Mixtla in den Hof führte. Das Wasser fühlte sich kalt an, kalt wie die Luft und die Liebe seines Lebens.

Er stieg aus dem Becken, zog sich hastig an, packte die nächstbeste Öllaterne und erreichte den Hof gerade noch rechtzeitig, um Tez und Mixtla einen Torbogen passieren zu sehen, über dem aus Holz geschnitzte Buchstaben aufragten. Wenn jemand draußen auf der Straße vorbeiging, las er OLO-SEMINARZENTRUM. Von der Stelle aus betrachtet, wo Francis stand, lautete die Inschrift: MURTNEZRANIMES-OLO, in der Juxsprache irgendeiner vergessenen Rasse.

Verdammt soll ihr zweites Leben sein, dachte Francis, als er seinen Lipoca brutal aus dem Schlaf riß, durch den Hof zerrte und in die Nacht ritt. Verdammt ...

Die Nacht war voller Laternensterne. In seiner weißen Robe verschmolz Francis so mühelos mit den Pilgern wie eine Sumpfblattlaus mit der Baumrinde. Sie ritten die Halcyonstraße hinauf, über den Stadtrand hinaus, in die Wälder, und ihre Zahl wuchs und wuchs. Als die Mauer in Sicht kam, erstreckte sich ein Strom aus Laternenlichtern endlos in beide Richtungen, ein strahlender Zwilling des düsteren Burggrabens auf der anderen Seite.

Ein heftiger Wind kam auf, erfaßte die Roben, blähte sie wie Segel, so daß sich die Prozession in eine massive Regatta verwandelte, die auf die Mauer zusteuerte. Der Wind heulte im Fortissimo und fand bald einen Rivalen in einem Zolmec-Lied, unheimlich wie all die unheimliche Musik der Galaxis, unheimlich wie das Zwitschern des Nerdengorgathons, aber tiefer, majestätischer, unheimlicher wie die Threnodien der einsamen Morgs von Kritonia, dieser traurigen, edlen Meeresungeheuer, aber *conbrio*.

SAAHHRREEEMMMM sangen die Pilger in eingeübtem Unisono, ließen den Planeten erzittern. Da waren auch Worte, zunächst schwer zu begreifen, auf göttliche Ohren eingestimmt. Francis bewegte die Lippen und tat so, als würde er mitsingen.

Mit diesem Lied will Tolcas Herz ich preisen
Und Iztacs Augen,
Chimecs Gedankenkraft.
Es ist so falsch, das Fleisch von andern aufzureißen,
Und gute Seelen verachten
Der Gehirnfresser Herrschaft.

Und so ging es immer weiter.

Als die Hymne beendet war, stiegen die Kirchgänger ab, banden ihre Lipocas an Büschen und Wurzeln fest. Francis ließ sich von der Menge treiben, bis er nur noch fünf Meter von den dunklen Grundfesten der Mauer entfernt war, wo im Laternenlicht eine weibliche Gestalt die Stufen hinaufstieg. Dann stand sie auf der Mauer, wandte sich der Gemeinde zu, und die Konstellationen wölbten sich über ihrem Kopf wie eine Kapuze.

»Friede!« rief Vaxcala mit lauter Stimme. Goldene Ketten klirrten um ihren Schwanenhals.

»Friede!« antwortete die Gemeinde. Dicht vor Francis beugte sich eine hagere Frau zu ihrem feisten Sohn hinab. »Heute abend haben wir Glück. Vaxcala ist heute zu unserer Kirchengemeinde gekommen, um den Gottesdienst mit uns zu zelebrieren.«

»Wer?«

»Die Hohepriesterin persönlich«, antwortete die Frau entzückt. Dem Jungen war das egal. Francis ließ den Blick über den Mauerrand wandern und sah, daß alle hundert Meter ein Priester oder eine Priesterin stand, so wie Vaxcala, hoch aufgerichtet, gebieterisch, und jede Gestalt war der Brennpunkt von achthundert frommen Augen.

»Geht mit mir auf die Reise durch Zeit und Raum«, begann Vaxcala. »Begleitet mich in den Schoß unserer Ururgroßmutter, der

Eden Drei. Kommt mit mir ins Treibhaus auf der Ebene Neun, steigt auf einen Baum und seht zu, wie die Prophetisten mit den Gehirnfressern kämpfen in einer wilden Schlacht. Neben euch sitzt ein kleines Mädchen.«

»Janet Vij!« brüllte die Gemeinde.

Francis fragte sich, was ein Prophetist wohl sein konnte.

»Plötzlich schweigen die Geschütze. Und Janet Vij, zehn Jahre alt, erhebt die kleine Hand und spricht.«

Vaxcala verwandelte sich in Janet Vij, die ihre kleine Hand hob und sprach. »Gehirnfresser und Prophetisten!« zirpte sie. »Hört auf mich! Begrabt euren Haß! Vermacht diese Schlacht der Geschichte als jene einzigartige, wo jeder Soldat inmitten der Barbarei plötzlich innehält und ›Nein!‹ sagt!«

Vaxcala fuhr in ihrem gewohnten Tonfall fort: »Jünger, welche Antwort sollten die Soldaten geben?«

»Ich weigere mich weiterzukämpfen!« sang die Gemeinde.

»Aber die Soldaten weigerten sich nicht zu kämpfen!«

»Weil sie Zolmec nicht haben!«

»Die Gehirnfresser zielen auf Janet Vijs erhobene Hand.«

»Die Gehirnfresser schießen sie weg!«

»Wer hat Zolmec?« fragte Vaxcala.

»Wir!«

»Wer seid ihr?«

»Quetzalianer!«

»Wo ist Quetzalia?«

»Sag es uns!«

»Prügelstrafen sind nur Phantasie!« schrie Vaxcala.

»Meuchelmord ist eine Legende!« feuerte die Gemeinde zurück.

»Kidnapping ein Mythos!«

»Folterqual ein entschwundener Alptraum!«

»Diebe sind unbekannt!«

»Krieger namenlos!«

»Frauenschänder unvorstellbar!«

»Wir haben keine Gefängnisse!«

»Keine gerichtlichen Strafen!«

»Keine Waffen!«

»Wir kennen keine Rache!« Nun tanzte Vaxcala, warf sich hin und her, in geübter Exstase, und kreischte verzückt: »Gepriesen sei Iztac! Gepriesen sei Tolca!«

Und die Menge brüllte zurück: »Gepriesen sei Tolca! Gepriesen sei Iztac!«

»Seid ihr bereit, Jünger?« Sie hörte zu tanzen auf. »Seid ihr bereit, eure Sünden, eure biophotonischen Sünden in den Fluß zu werfen, der aus Haß gemacht ist?«

»Ja!« antworteten vierhundert Stimmen.

»Seid ihr bereit, eure Instinkte zu zähmen und eure Zähne zu beschwichtigen? Seid ihr bereit, dem schwarzen, summenden Graben, der eure Träume zukleistert, Chimec zu zeigen, den Gott des Gehirns?«

»Ja!«

Bis jetzt hatte Francis geglaubt, daß diese Nacht Wirklichkeit war. Aber sein Glaube verließ ihn in dem Augenblick, als Vaxcala begann, ihre Schädeldecke abzunehmen.

Doch dieses geschah tatsächlich. Die Hohepriesterin griff nach oben, strich glänzende Haarkringel zurück, preßte feste Finger und starke Handflächen an die Schläfen. Dann glitten ihre Hände hinauf, als wollten sie einen Helm entfernen. Die Chitzal-Narbe wurde sichtbar, trennte zwei Halbkugeln.

Langsam, in Synchronbewegung, folgten alle Gläubigen ihrem Beispiel, und vierhundert Gehirne lagen nackt unter den Sternen.

»Auf zum Tempel!« mahnte Vaxcala.

Die Gehirnschalen in den Händen, drängte die Menge nach vorn. Und während Francis sich mitreißen ließ, tauchten alte Worte aus seiner Erinnerung auf. »Der Tolca-Tempel ist rings um uns.« Nun wußte er, was Mouzon Thu gemeint hatte. Der Tempel war die Mauer!

In ihrem Entzücken nahmen die Pilger keine Notiz von dem Mann, der immer noch seine Gehirnschale auf dem Kopf trug und sich unbefugt in ihre Mitte geschlichen hatte, nicht einmal, als er die hundert Steinstufen hinaufstieg. Minuten später ging Francis, wo er noch nie gegangen war. Die Straße auf dem Mauerrand war von geschnitzten Falltüren durchsetzt, durch die Vaxcalas Herde nach unten kletterte. Ich habe mich schon zu vieler Frevel schuldig gemacht, um jetzt noch Einhalt zu tun, dachte er. Und so umfaßte er seine Laterne noch fester und folgte den frommen Scharen nach unten.

Die erste Ebene des Tempels war ein Netzwerk aus Korridoren, die sich umeinander wanden und wieder zurückführten wie die Gänge einer Gruft, die sich kreuzten. Ohne den Beistand des Sternenlichts wurde Francis' Laterne plötzlich machtlos, und er mußte sich vorantasten. Er spürte, daß sich Gestalten rings um ihn bewegten – Quetzalianer, die geheime Ziele ansteuerten, und er nahm etwas noch Merkwürdigeres wahr. Geräusche. Keine menschlichen Laute, obwohl da zahllose hastige Schritte tappten, ein papierdünnes Wispern hing in der Luft, aber er nahm auch ein Dröhnen und Schwirren und Summen wahr. Wenn Haie schnurren könnten, dachte er, dann müßte es sich so anhören wie im Tempel von Tolca.

Der Boden stieg nun an. Francis folgte gewundenen Tunnels, wurde immer wieder von leeren Wänden aufgehalten, wandte sich stets in die Richtungen, die ihm seine Instinkte wiesen, bis er schließlich lockeres Erdreich unter den Füßen spürte.

Ein schwaches Licht schimmerte vor ihm, etwa zehn Meter entfernt, umgab einen Mann, der zur Seite blickte. Die Kleider des Mannes und seine Haltung schienen nicht zu einem Zolmec-Gottesdienst zu passen, aber Francis nahm immer noch an, daß es sich um einen Quetzalianer handelte. Doch bei näherer Betrachtung erkannte er, daß der Fremde kein Quetzalianer war. Er war nicht einmal ein Fremder.

Burne war zurückgekehrt! Als Francis zu seinem Freund laufen wollte, stieß er gegen etwas Hartes, Gläsernes, das sein Kinn aufschürfte und ihn zu Boden warf. Die Laterne entglitt seiner Hand, prallte gegen die Mauer, fest genug, so daß die Kugel zerbrach, das Öl ausfloß und der Korridor noch dunkler wurde.

Unmöglich, einen Freund zu begrüßen, Burne ... Francis blieb eine Minute lang liegen, die Nase im Erdreich vergraben, dann drehte er sich auf den Rücken, starrte blinzelnd auf die unsichtbare Wand und das phosphoreszierende Bild, das sich dahinter befand.

Burne stand hinter Glas – um es genauer auszudrücken, hinter Transpervium, dieser verzerrenden Substanz, die Francis so gut kannte. Kein Wunder, daß Burne den Freund nicht sehen, daß er die Schreie nicht hören konnte. »Du Bastard, ich bin's!« Und es überraschte Francis auch nicht, daß Burne seine Nähe nicht einmal intuitiv spürte, denn der Archäologe konzentrierte verständlicherweise all seine Sinne auf die atemberaubende splitternackte Quetzalianerin, die soeben zu seinen Füßen aufgetaucht war.

Burne gehorchte seiner Leidenschaft, indem er seine Hose und das Hemd auszog. Er warf sich auf die Frau, die eine Gänsehaut bekam.

Francis kauerte im Dunkel und spielte Voyeur. So etwas passierte vermutlich zum erstenmal in der Kirchengeschichte.

Seltsam – das Gesicht der Frau war leer. Ganz offensichtlich genoß sie diesen Augenblick nicht, aber sie empfand auch keinen Abscheu. Ihre Gedanken schienen woanders zu weilen, vermutlich in Burnes Rucksack, auf den sie nun ein Auge richtete, einen Arm danach ausstreckte. Eine suchende Hand wühlte darin herum, bis sie gefunden hatte, was sie suchte – einen Glasmetallkäfig.

Francis sprang auf, entzückt wie ein kleiner Junge, der seinen verlorenen Spaniel im Tierasyl wiederfindet. Er lachte vor Freude, als er sah, daß der *Cortexclavus* in Sicherheit war, doch dann wartete er voller Entsetzen ab, welchen Zweck der Käfer erfüllen sollte.

Die Frau zog den Käfig über Gras und nackte Haut, ließ ihn auf Burnes Hinterteil stehen. Sie öffnete ihn, griff nach dem stummen, hungrigen Bewohner. Während seine Beine durch die Luft ruderten und seine Antennen sich auf und ab bewegten und der Rüssel bereits rotierte, wurde der Korkenzieherkäfer von festen Fingern geleitet und dann auf einem köstlichen Fleischpudding freigelassen.

Ein Schrei durchschnitt die Stille, schrill und spitz, laut genug, um die Toten zu erschrecken, die er geweckt haben mußte. Es muß ein anderes Gefühl sein, erstochen zu werden, als, durchbohrt zu werden, dachte Francis. Es muß anders sein, wenn das Fleisch aus einem herausgeschraubt wird wie Holz aus einem Brett. Das Blut schoß wie eine Fontäne.

Er erhob sich, hoffte irgendwie, den Freund noch zu retten, hämmerte gegen das unnachgiebige Glas. Er wandte sich nach links, dann nach rechts, und da sah er, daß die Wand nicht den ganzen Korridor versperrte, sondern sich noch vor dessen Wand um neunzig Grad bog. Das Transpervium bildete keine Barriere, sondern eine Struktur, ein ...

Und plötzlich wußte er, wo er war. Vor drei Opochen hatten sich Francis und seine Freunde durch Erdreich und Schlamm gegraben und waren auf der anderen Seite einer solchen Wand aufgetaucht – auf der blinden Seite, in einem leeren Raum – in einem Raum, so hohl, daß das Machskop des Magnumautos getäuscht worden war und behauptet hatte, sie würden da oben ins Freie gelangen ...

Er raste nach links, zwängte sich zwischen dem Transpervium und der Steinwand hindurch. Mit donnerndem Herzen, das Gesicht zu dem kalten Fenster gewandt, die Augen auf den Sterbenden gerichtet, hörte er, wie das Summen des Tempels lauter wurde. Das Transpervium drehte sich, und als Francis um die nächste Ecke bog, drehte es sich erneut – und dann wurde ihm alles klar . . .

Zunächst entdeckte er eine surrende Maschine – hier, in diesen heiligen Korridoren, in dieser verborgenen Kapelle herrschte das Verbotene, ein Obelisk der Technologie, so groß wie ein Magnumauto, wenn es sich auf den hinteren Gleitflächen aufrichtete. Francis hatte eine solche Maschine schon einmal gesehen – keine wirkliche, sondern ein Bild davon, in einem Nerdenbuch, betitelt »Das Morgen von Gestern«. Der Obelisk war ein altmodischer Holovisionsprojektor.

Die Raumarchen *Eden Zwei* und *Eden Drei* waren bis zu den Schandeckeln mit diesen Dingern vollgestopft gewesen. Sie boten Schutz vor der Langeweile, vor den Neurosen, die jeden befallen, wenn er weiß, welches Schicksal ihn erwartet – in einer großen Blechkiste, die durch das Nichts flog, heranzureifen und zu sterben.

Zum Glück waren die Bilder, die sie produzierten, nur Phantasie, längst nicht so aktuell wie »Stellvertretend« oder »Der Planet der austauschbaren Genitalien«. Die Transpervium-Struktur, in die sich das Magnumauto hineingebohrt hatte, war gar kein Raum, sondern ein dreidimensionaler Bildschirm – ein Holovisionsschirm. Burne war also gar nicht abgeschlachtet worden! Der Holovisionsschirm enthielt Bilder, schrecklich reale, schrecklich dimensionale Bilder – aber es waren eben nur Bilder. Erleichterung und Dankbarkeit schossen aus Francis' Seele wie Sperma.

Aus einem blauen Kegel an der Spitze des Projektors drang ein dichter, kontinuierlicher Lichtstrahl. Und dieser Strahl beinhaltete offenbar nicht Burnes Ermordung, sondern den Gedanken an Burnes Ermordung, einen Gedanken, der säuberlich auf eine Billion biophotonischer Partikel verteilt war, auf winzige Lebensstückchen, die unsichtbar dahinrasten, bis sie in den Holovisionsschirm eingedrungen waren, um sich in einer lebhaften Bilderflut erneut zu vereinen.

Aber wo hatte der Gedanke seinen Ursprung? Da war kein Film zu sehen, kein Band – nichts, womit der Holojektor gefüttert wurde.

Francis wandte sich von dem Bildschirm ab, der nun einen Mann zeigte, der sich in einer Blutlache wälzte, während eine grinsende Frau über ihm stand und sich nackt auszog. Er folgte dem Lichtstrahl bis zu seiner Quelle, blickte hinab auf blinkende Lichter – und da entdeckte er eine Gestalt, die in den Schatten am Sockel des Holojektors kauerte. Es war die atemberaubend schöne Frau –

Burnes Opfer und seine Mörderin.

Ticoma saß auf einem dicken roten Kissen und verfolgte das Geschehen auf dem Holovisionsschirm mit fanatischen Augen, als würde sich das Bild in nichts auflösen, wenn ihre Konzentration nachließ. Es war offensichtlich, daß die Phantasien von ihr ausgelöst wurden. Sie entstanden in Ticomas nacktem Gehirn, kletterten durch die Elektrode nach oben, die aus der Kommissur des Großhirns ragte wie ein Thermometer, wanderten dann über Drähte, von Gummi umgeben, in den Projektor. Schließlich materialisierten sich die dunklen Bilder im Holovisionsschirm, wo sie auf das Auge der Träumerin trafen und neue, noch bösere Bilder weckten. Ein perfekter Kreis . . .

Francis beschloß, sie in Ruhe zu lassen. Auf Zehenspitzen schlich er weiter, erreichte die andere Seite der Maschine und schlüpfte durch eine dreieckige Tür.

Jetzt stand er in der Ecke eines architektonischen Wunders, eines Raumes, groß genug, um Morgs darin zu züchten, von einem dreiteiligen Gewölbe überdacht, das offenbar bis zum oberen Rand der Mauer hinaufreichte. Der Saal war leer bis auf die mürrischen Idole, die Fackeln trugen und an allen Wänden des zehneckigen Raumes Wache hielten, war gestaltlos bis auf die drei eckigen Türen in allen zehn Ecken. Francis fragte sich, wie viele solcher Hallen der Tempel wohl enthielt. Ein paar tausend – wenn die Mauer von den Ripsaw Mountains bis zu den Süddschungeln reichte.

Neugierig lief er an den Wänden des Dekagons entlang, und bei jeder Tür verriet ihm ein verstohlener Blick, daß dahinter eine Kapelle mit einem Holojektor und einem Holovisionsschirm lag. Er ging noch einmal im Saal herum – diesmal langsamer –, vorbei an Szenen des Grauens, des Entsetzens, an Voyeuren, die sich an ihren geheimsten bösen Gedanken erfreuten, und jedesmal blieb er stehen und sah zu.

In einem Holovisionsschirm peitschte ein Mann seinen Sohn aus, der absichtlich einen Aschenbecher zerbrochen hatte. In der angrenzenden Kapelle tobte ein Familienstreit, in dem es um sexuelle Untreue ging und der seinen Höhepunkt erreichte, als die Frau ihren Mann in einen Brunnen warf. Das nächste Drama handelte von einem Hund, der sich darauf spezialisiert hatte, Blumengärten umzugraben. Plötzlich stieß er auf eine Landmine, und einzelne Hundeteile flogen durch die Luft.

Die Phantasien wurden immer grausamer, als Francis weiterging. In der fünften Kapelle stießen zwei rasende Lipoca-Wagen auf einer Steinbrücke zusammen. Beide Fahrer waren gleichermaßen an dem Unfall schuld, aber nichts konnte den älteren, einen Mann mit angenehmen Gesichtszügen, davon abbringen, seiner Kontrahentin – einem pickeligen Teenagermädchen – die ganze Schuld in die Schuhe zu schieben und es dann auf eine Weise zu bestrafen, die unvereinbar mit dem Grad des Verbrechens war. Er vergewaltigte sie zu Tode und warf dann die Leiche über das Brückengeländer in den Bach.

In der sechsten Kapelle erbebte ein kleiner Junge vor Eifersucht, während ein neugeborenes Baby mit elterlicher Liebe überhäuft wurde. Als alle zu Bett gegangen waren, lief der Junge ins Babyzimmer, kidnappte seine Schwester und verscharrte sie bei lebendigem Leib in einem unmarkierten Grab hinter dem Räucherschuppen.

In der siebenten Kapelle sah Francis die Lipoca-Wagen wieder zusammenkrachen, aber diesmal schrieb der Teenager das Drehbuch. Das Mädchen verzauberte den Lipoca mit heiser gemurmelten Sprüchen, und das sanfte Tier verwandelte sich in einen schnaubenden reißenden Karnivoren, riß sich aus seinem Geschirr los, stürzte sich auf den Mann mit dem freundlichen Gesicht. Der sprang von seinem Wagen, überquerte die Brücke, erreichte die Straße, kam aber nur zehn Meter weit, bis er von den langen gezackten Stoßzähnen zerfleischt wurde, die auf magische Weise aus den Nüstern des Lipoca gewachsen waren.

Die achte Kapelle war leer.

Das vorletzte Drama spielte sich in einem Grundschulklassenzimmer ab. Als Francis ankam, hatte die Lehrerin Kinder, die ständig schwatzten, nicht mit ihr redeten, sich nicht an ihre Anweisungen hielten oder ihre Anweisungen auf die falsche Art befolgten, anscheinend unfähig waren, sich auszudrücken, sich zu weitschweifig ausdrückten und in den Nasen bohrten. Sie heiterte sich auf, indem sie einen Laternenölkanister öffnete, seinen Inhalt freizügig verschüttete, ein Streichholz entzündete und ihre Schützlinge in Brand steckte.

Francis betrat die letzte Kapelle. Irgendwie wußte er, was ihm der Zufall nun bringen würde. Er traf kurz vor dem Höhepunkt ein. Mool erklärte Tez, wie elend er sich fühle, weil er ihren Vater umgebracht habe, und versprach, so etwas nie mehr zu tun.

Tez' Gelächter sprang aus dem Holovisionsschirm. »Ja, aber es gibt nur eine einzige Garantie dafür, daß Sie es nie wieder tun werden. Kommen Sie mit mir!«

Der Schauplatz wechselte, und der trichterförmige Operationssaal erschien, in dem sich Tez und Francis zum erstenmal gesehen hatten. Auf dem Tisch lag ein narkotisiertes Mädchen, das an Bauchfellentzündung litt. Ein kahlköpfiger Chirurg mit einem schönen Obsidianskalpel wollte sie gerade von ihrem Blinddarm befreien. Tez trat ein, Mool im Schlepptau, sah das Skalpell, riß es dem Arzt aus der Hand. In einem mitleiderregenden Fluchtversuch stolperte Mool über seine eigenen in Panik geratenen Füße. Er schlug auf den Boden auf und rührte sich nicht mehr. Tez kniete neben ihm nieder.

Die Operation, die nun vorgenommen wurde, war unorthodox und grausig, die schlimmste Operation am offenen Herzen, die sich Tez je geleistet hatte, aber danach stand sie zufrieden lächelnd auf. Sie hatte soeben einen sehr befriedigenden Mord begangen.

Die Szene verschwamm, die Gestalten bildeten ein groteskes Tableau. Da war die Chirurgin, das Messer in der Hand, die Lippen zu einem bösen Lächeln verzogen. Da war der niedergemetzelte Patient, in dessen Brust eine ekelerregende purpurrote Höhle klaffte. Und da war das Herz, schön und kerngesund, das mitten auf dem Boden lag wie ein Hundefraß. Francis war nicht überrascht, als sich das Bild verdunkelte und dann in tiefer Schwärze zerschmolz. Er hatte einmal gesehen, wie sich der Mord an einem unschuldigen Jungen in das gleiche gallertartige Schwarz verwandelt hatte. Endlich kannte er jetzt die Quelle des Flusses. Die Quetzalianer ließen ihre giftigen Träume in den Boden hinabfließen, in den Burggraben, so daß sie auf immer aus ihrem Leben verschwanden. Und während die Phantasie-Tez ihr gräßliches Werk vollbrachte, saß die wirkliche Tez ganz still da, ohne daß sich ein Muskel in der steinernen Starre ihres Gesichts regte. Sie merkte es nicht, als Francis über einen Rand des Holovisionsschirms stolperte und sich dann dahinter quetschte. Sie bemerkte nicht einmal, als er sie für einen Augenblick voller Ekel musterte.

Heuchler! dachte er, als er den Korridor hinablief. »Heuchler!« flüsterte er, als er um Ecken bog und an großen düsteren Felsen vorbeistürmte, als ihn seine trommelnden Beine immer höher und höher hinauftrugen. »Heuchler!« schrie er, als er den Grat der Mauer erreichte, an den Rand trat und sich übergab, in den Fluß, der aus Haß gemacht war.

»Heuchler?« wiederholte Tez. »Nein, das ist das falsche Wort.«

»Du bist böse«, warf ihr Francis vor.

Sie schien ihn nicht zu hören. »Du hast einen Frevel in unserem Tempel begangen, und dadurch hast du eine Verpflichtung übernommen.«

»Eine Verpflichtung?«

»Du mußt versuchen zu verstehen, warum Zolmec keine Heuchelei ist.«

»Was ist Zolmec denn sonst?« Die Frage klang feindselig.

Wenigstens spricht er mit mir, dachte Tez. Das ist schon ein Fortschritt – verglichen mit den letzten beiden Tagen.

Nach dem Kirchgang war sie nach Hause gekommen, hatte Francis im Gobelinsalon angetroffen. Er hatte neben dunklen Drachen gesessen, unter dunklen Gedanken gelitten. Vier Weinflaschen, zwei davon leer, bildeten einen Zaun zwischen den Liebenden.

»Heute abend habe ich eure Schwarze Messe in der Mauer besucht«, sagte er mit unsicherer Stimme. »Widerlich . . .«

Sarkasmus war das einzige Gegenmittel, das sie finden konnte. »Widerlich? Genauso widerlich wie ein Mann, der zwei Flaschen Wein in sich hineinschüttet?«

Worauf Francis eine ungeöffnete Flasche packte, sich anders besann, die zweite nahm und sich für die nächsten zweiunddreißig Stunden in seinem Arbeitszimmer einsperrte, um zu schmollen. Er schlief auf dem Boden. Am nächsten Morgen betrat er das sonnige Frühstückszimmer, beschloß, seinen Stolz ein wenig herunterzuschrauben und zu fragen, ob noch Eier da seien. Dies löste ein langes Gespräch über Eier aus, was keiner von beiden wünschte, gefolgt von einem noch längeren Gespräch über Religion, das beide wünschten. Es fand in *ihrem* Gerichtshof statt.

»Heuchelei, Francis, widerspricht dem Glauben, den man zu vertreten behauptet. Was du im Tempel gesehen hast, waren Phantasien und keine Taten. Schlimmstenfalls kann man meinem Volk den Vorwurf machen, daß seine Träume seinem Glauben widersprechen.«

Er wußte nicht, wo er beginnen sollte. Hätte er zehn Münder besessen, er hätte zehn verschiedene Dinge gleichzeitig gesagt. So entschied er sich für die Antwort: »Aber was ihr träumt, ist so schrecklich.«

»Die dunkle Hälfte des menschlichen Erbes zu leugnen, so zu tun, als besäßen wir überhaupt keine unaussprechlichen Impulse – *das* wäre Heuchelei.« Sie setzte das Teewasser auf. »Du hast recht – die quetzalianischen Phantasiegebilde sind schrecklich. Warum auch nicht? Gedanken haben keine messerscharfen Kanten. Sie schweben über der Welt dahin, ohne sie zu verändern.«

»Aber es muß doch *geistige* Auswirkungen haben, solche Dinge zu denken. Das muß ungesund sein – vor allem für Kinder.«

»Sicher, das ist eine plausible Hypothese. Vielleicht hast du irgendwann einmal Lust, meinen Bruder in der Vij-Arena zu verdreschen. Aber wenn du dir um die *Gesundheit* Sorgen machst, dann bedenke bitte, daß die Menschheit schon lange, bevor der Tolca-Tempel gebaut wurde, krank war. Zolmec ist eine starke Medizin, aber manchmal muß sich der Gesundheitszustand erst drastisch verschlechtern, damit er sich bessern kann, also wollen wir nicht um den heißen Brei herumreden. Zerbrechen wir uns nicht den Kopf über häßliche Falten oder Dinnerpartys oder über das, was die Nachbarn denken.«

Dieser Gedankengang überraschte Francis, und dessen Logik faszinierte ihn. »Eine andere Form der Homöopathie . . .«

»Sollen wir der Krankheit einen Namen geben? Manche Leute sind Epileptiker, manche sind Hämophile – aber alle von uns sind Karnivoren. Fühl doch mal nach deinen Eckzähnen. Die sind viel zu groß – eine evolutionäre Erinnerung. Früher haben wir diese Kampfzähne wahrscheinlich auf die gleiche Weise benutzt wie die Jaguars. Heute sind wir das große Paradoxon der Natur, das Raubtier mit den albernen kleinen Zähnchen.« Schnell und präzise sprudelten die Worte aus ihr hervor, als habe sich diese Rede schon seit Opochen in ihr aufgestaut.

»Wir haben unsere Waffen eingebüßt, aber nicht den Drang, sie zu benutzen. Und so stellten wir gefälschte Waffen her – Speere und Gewehre. Aber Zolmec bekämpft das Feuer mit dem Feuer, die Technologie mit der Technologie.« Sie nahm den Teekessel vom Feuermoosherd und ließ ein Kräutersäckchen in das trübe Wasser gleiten.

Francis berührte seine Eckzähne. »Aber eine Welt ohne Leidenschaft, Tez – ihr steuert auf die totale Sterilität zu!«

»Glaubst du, daß es hier bei uns keine Leidenschaften gibt? Wir haben unsere Künste, wir lieben – und wir hassen auch.«

»Trotzdem – euer Fassaden-Make-up müßte sich ändern.«

»Also wirklich! Nach hundert Gottesdiensten hat der Durchschnitts-Quetzalianer ein ganz spezielles Make-up. Er ist friedlich, verletzlich, unfähig, einem anderen Schaden zuzufügen. Man könnte glauben, daß ein solcher Mensch die Riten nur selten besucht, nicht jede Opoche. Aber wenn man den Gottesdienst ein- oder zweimal versäumt – warum nicht gleich zwanzig- oder fünfzigmal? Und was ist man danach? Ein Erdenmensch? Ein Neurovore? Dies ist der Grund, warum wir Zolmec so reizvoll wie möglich gestalten müssen.«

»Und deshalb habt ihr die Technologie aus dem Alltagsleben verbannt.«

Sie griff nach dem Teekessel, goß einen bernsteinfarbenen Strahl in ihre Tasse. »Genau. Verbotene Dinge werden nicht vergessen, nicht abgestreift. Sie nisten sich in den Wohnungen der Phantasie ein. Sie erregen Ehrfurcht, und die Leute sehnen sich danach.«

»Aber die Holojektoren müssen natürlich von Zeit zu Zeit repariert werden, und deshalb braucht ihr die Geistlichkeit.«

»Mit Lötkolben für die Bischofsstäbe.«

Francis nahm sein Messer und verwundete eine Melone. »Und was passiert, wenn ein Quetzalianer in dieser oder jener Opoche keine feindseligen Gedanken hegt?«

»Das passiert nie. Schau dir doch dein eigenes Leben an! Irgend etwas geschieht immer. Zum Beispiel ärgere ich dich in diesem Augenblick. Und die wildesten Träume entspringen dem Ärger. Das Kurieramt schickt dir einen Brief mit der Nachricht, man würde ein großes Paket bei dir abliefern und du müßtest daheim bleiben, um eine Quittung zu unterschreiben. Du verschwendest also einen sonnigen Nachmittag, und niemand kommt. Einmal habe ich dem Leiter des Kurieramts den Daumen abgebissen.«

»Igitt!«

»Und gegessen.«

Francis versank in einem langen Schweigen. Schließlich schluckte er ein Stück Melone und fragte: »Wirst du nicht zu spät zur Arbeit kommen?«

»Ich komme gern zu spät, wenn ich dir das alles begreiflich machen kann.« Sie umfaßte ihre Teetasse, ließ sich in einen Lipoca-Wollsessel fallen. »Ich müßte dir die ganze Geschichte erzählen – angefangen mit allem, was vor der Mauer und Zolmec und den anderen Dingen geschehen ist.«

»Ich *will* es begreifen«, erwiderte Francis im herzlichsten Ton, den sie an diesem Tag bis jetzt zu hören bekommen hatte. »Erzähl.«

Er fand ein Ei, briet es, legte es auf seinen Teller, vergaß dann aber, es zu essen.

Die Geschichte, die Tez erzählte, begann mit einer Frage: »Wenn gewisse Individuen niemals geboren worden wären – wäre die Welt dann anders?« Ganz sicher wäre die *Eden Drei*, die Welt von Tez' Ahnen, anders gewesen, wäre der Prophet nie geboren worden.

Er wurde in eine Zivilisation hineingeboren, die jener an Bord der Schwesterarche glich, also einem Faksimile der Erde. In der *Eden Drei* gab es Friseursalons und Kegelbahnen, Kioske und Plastikparks, getrocknete Feigen und Zuckerwatte. Es war eine schöne, geordnete Welt – und sie war gerecht. Innerhalb von drei Generationen hielt man sich an das Toleranzgebot. Der Relativismus war das einzige Credo dieser Stadt. In der vierten Generation erblickte der Prophet das Licht der Welt, predigte fanatisch von der Gottheit des menschlichen Gehirns, und niemand wußte, was man mit ihm machen sollte.

Dem Mythus zufolge, gebar ihn seine Mutter, eine Brennstoffversorgerin, die Reaktoren speiste, in einem Maschinenraum, und mehrere Dekaden nach seinem Tod begannen Pilger den erloschenen Atomschmelzofen zu besuchen, den man traditionsgemäß als seine Wiege bezeichnete. Als Junge lernte er von seinen Eltern die unverzichtbare Kunst, die Maschinerie der Arche zu speisen. Als heranwachsender Junge hatte er Visionen. Nach seinem dreizehnten Geburtstag glaubte er über genügend politisches Wissen zu verfügen, um seine Visionen zur Staatsreligion der *Eden Drei* zu erheben.

Wie die meisten Visionäre sah der Prophet die ferne Zukunft glasklar, die näherliegende dagegen durch Milchglasscheiben und die unmittelbare Zukunft durch eine dunkle Brille, die in Teer getaucht worden war. In der fernen Zukunft sah er eine Neue Erde, die von Aufruhr beherrscht wurde, eine Neue Erde, wo Selbstsucht das Wichtigste war, woran die Menschen glaubten, und wo Tausende sinnlos unter Waffen und Hunger litten. Und er sah, daß die *Eden Drei*-Kolonie, um einem ähnlichen Schicksal zu entgehen, ihre Aggressionen ebenso auslöschen mußte wie die Trilobiten. Was er nicht sehen konnte, waren die Dekaden direkt nach seinem Tod, da seine Ideen jenseits allen Wiedererkennens von einem signifikanten Prozentsatz seiner Jünger, dem widerwärtigen Kult der Gehirnfresser, entstellt wurden. Vielleicht war es ein Glück, daß er dieses Grauen nicht miterleben mußte. Er hätte in tiefer Verzweiflung kapituliert und der Welt niemals jenen Weg gewiesen, der allein zum Frieden führte.

Der Prophet lehrte, daß jedes menschliche Gehirn ein Wunder ist, eine heilige Maschine, deren Kräfte über sein eigenes Begreifen hinausgehen. Man benutzt heiliges Wasser nicht, um Menschen zu ertränken, und den heiligen Gral nicht, um sie damit zu erschlagen, und was heilige Organe betrifft, so dürfen sie nur gute Werke vollbringen.

Er hatte sich nie die Mühe gemacht, seine Ideen in die Praxis umzusetzen, bevor er starb. Seinen Schülern erklärte er die Theorie, daß die bösen Neigungen des Gehirns periodisch gedämpft werden könnten durch Orgien uneingeschränkten, aber harmlosen Frevels. Ein Holojektor, mit Drähten versehen, die eine neurologische Energiezufuhr aufnehmen und mit einem Spezialbildschirm aus Transpervium verbunden würden, könnte jenen Phantasien eine so greifbare Existenz verleihen, daß sie außerhalb des Körpers zum Leben erwachten – kraftvoll, pulsierend, imstande davonzufluten.

Da er die Verletzlichkeit der neuen Maschinen voraussah, forderte der Prophet, die *Eden Drei* dürfe nicht auf dem fruchtbarsten Planeten landen, auf dem Glanzstück aller eroberten Planeten, dem vierten. Dorthin würde das Schwesterschiff fliegen. Statt dessen müßten sie in den Asteroidengürtel eintauchen und eine »kleine blinde Kugel suchen, von der die Sonne aufgesogen wird«. Und sie müßten »um die Kugel kreisen, bis sie sehen würden, daß sich die Wolkendecke teilt. Dies ist Luta – die neue Heimat.«

Der Prophet starb, und man unternahm hundert Versuche, seinen Plan zu verwirklichen. Der Hauptnenner seiner Träume war ein Fehlschlag. Niemand wußte, wie man einen Holojektor, der normalerweise nur Licht ausstrahlte, veranlassen konnte, im Einklang mit biochemischen Prozessen zu funktionieren. Und da die Elektroden nicht eingepflanzt, sondern nur an die Köpfe geklebt wurden – die Gehirnchirugie war immer noch ein radikales Ressort –, blieben die geistigen Ströme zu schwach und undifferenziert, um lebhafte, wegwerfbare oder auch nur unterhaltsame Bilder zu produzieren.

Doch die Prophetisten gaben es nicht auf. Sie betrachteten ihren Sieg nur als eine Frage der Zeit, des größeren Glücks.

Das Geschehen nahm eine besonders schlimme Wende, als sich die Gehirnfresser erhoben. Ihr Auftauchen war wahrscheinlich nicht zu vermeiden. Der Prophet war schon seit fünfzig Jahren tot, und in dieser Zeit waren seine Lehren von fünfzig geringeren Geistern interpretiert und mißdeutet worden. Die Gehirnfresser repräsentierten natürlich ein Extrem, eine Minderheit, die von der unendlichen Klaustrophobie des Archenlebens in den Wahnsinn getrieben wurde. »Menschliche Gehirne sind also göttlich?« argumentierten diese Verrückten. »Dann werden wir zu Göttern, wenn wir sie essen.«

An dem Tag, als die *Eden Drei* in das UW-Canis-Majoris-System eindrang, brach der Bürgerkrieg aus. Wilde Schlachten tobten in Maschinenräumen und Treibhäusern. Janet Vijs zehnjährige Hand wurde zerschossen. Prophetisten ermordeten Gehirnfresser, und Gehirnfresser ermordeten Prophetisten, während sich die Augen der Wissenschaft vor Anstrengung röteten, als sie nach einer Technologie der Mildtätigkeit suchte.

Und da kam ein dunkler Himmelskörper, zu klein für einen Planeten, zu groß für einen Asteroiden, und als die Prophetisten eine Lücke in der Wolkendecke erblickten, wußten sie, daß dies Luta war. Die *Eden Drei* landete auf sengend heißem Sand. Das Leben im gelobten Land sollte offenbar kein Picknick werden, und die Feindseligkeiten flammten heftiger auf denn je.

Immer noch in der Mehrzahl, trieben die Prophetisten ihre Gegner zu einer großen Oase im Osten. Dann starteten die Gehirnfresser plötzlich einen Gegenangriff und brachten Tez' Ahnen eine vernichtende Niederlage bei, in der sogenannten Schlacht der Singenden Felsen. Während ihres langen Rückzugs, der sie immer wieder auf Irrwege führte, gelangten die Prophetisten zur Arche und holten alles heraus, was sie zum Überleben brauchen würden – Holojektoren, Transpervium, Maschinen, Rumpfplatten, auch die Tiere.

Schließlich erreichten sie einen Fluß. Die Prophetisten konnten sich die Gehirnfresser lange genug vom Leibe halten, um einen primitiven Verteidigungswall aus Holz zu errichten. Hinter dieser Mauer wuchs eine große Zivilisation heran. Während die Gehirnfresser immer verrückter wurden und ihre Degeneration von einer grausamen, barbarischen Wüste beschleunigt wurde, praktizierten die Prophetisten Ökologie. Sie bewässerten und bebauten das Land, entrangen dem Sand grüne Pflanzen. Sie fanden einen Steinbruch, gründeten eine Stadt. Sie nannten sich Quetzalianer, nach Quetzalcoatl, dem guten, kultivierten Gott der Tolteken, einem Erdenvolk.

Wie man manchen Geschichtsbüchern entnehmen kann, schenkten die Tolteken der Erde eine ihrer wenigen gewaltfreien Gesellschaftsformen. Aber in anderen Geschichtsbüchern wird behauptet, die Tolteken seien ebenso schlecht gewesen wie alle anderen Völker auch. Die Quetzalianer beschlossen, sich an den Gedanken der Gewaltfreiheit zu halten.

Weitere Namen wurden gefunden – Cuz, Aca, Iztac, Tolca, Zolmec.

Zolmec war möglich geworden! Zuerst erreichte es der Fortschritt der chirurgischen Technik, daß die menschliche Großhirnrinde ebenso zugänglich wurde wie der menschliche Zehennagel. Dann beschloß Janet Vij, inzwischen von ihrer Wunde geheilt und zur Frau herangereift, jede nur denkbare Synthese von Holovisionstechnik und Maschinen zu erproben. Sie stellte fest, daß das menschliche Wissen dieser Aufgabe nicht gewachsen war, und erfand ihre eigene Wissenschaft, die Biophotonik.

Janet wurde Zolmecs erste Hohepriesterin. Sie befahl, die Holzwand niederzureißen und an ihrer Stelle den großen Tolca-Tempel zu bauen. Sie befahl, den Fluß zu entwässern, so daß sein Bett mit Noctus gefüllt werden konnte. Die Arbeit dauerte jahrelang, doch dann war die Welt endlich bereit, ihren Zyklus von, wie Tez es nannte, »jährlicher Ernte, opochaler Sakramente und täglicher Seligkeit« zu beginnen.

Das Wort »Seligkeit« schien greifbar im Raum zu hängen und darauf zu warten, von Francis' Protest verscheucht zu werden. Doch der Protest blieb aus. Er erhob sich vom Frühstückstisch, ging zum Fenster. Der Herbst kühlte die Luft. Francis hauchte auf das Glimmerglas, beobachtete zufrieden, wie sich die Kreise öffneten und schlossen wie Münder. Er hob einen Finger, zeichnete eine Karikatur auf die Kondensation. »Natürlich bin ich beeindruckt«, begann er, als er dieses Spiels müde war. »Es wäre unehrlich, wenn ich behauptete, dein Erbe würde mich nicht zutiefst bewegen und mit Ehrfurcht erfüllen. Du hast mir bewiesen, daß ihr alle ein Potential der Gewaltfreiheit besitzt, und – wie du es an jenem Tag im Operationssaal gesagt hast – was sonst wäre anbetungswürdig?«

Tez lächelte strahlend. »Du hast es verstanden.«

Er seufzte. »Trotzdem – und ich fürchte, dies ist ein beträchtliches ›Trotzdem‹ – irgend etwas stört mich ganz schrecklich.«

Tez verschränkte die Arme vor der Brust und erhob das Kinn. Du müßtest schon sehr gute, stichhaltige Einwände erheben, drückte diese Körperhaltung unmißverständlich aus.

»Tez, ich bin stets bereit, künstliche Lösungen biologischer Probleme zu akzeptieren. Ich habe mir keine weiteren Gedanken gemacht, als mir damals die Plastikbauchspeicheldrüse eingesetzt wurde. Aber künstliche Lösungen sind keine *wünschenswerten* Lösungen. Welcher Nierenpatient würde es nicht vorziehen, sein Dialysensystem auf den Müll zu werfen? Niemand will auf diese Art abhängig sein. Solche Maschinerien versagen zu oft zum falschen Zeitpunkt. Die Natur ist vielleicht nicht gütig, aber verläßlich.«

»Mein lieber Nerdenmann, viele Wissenschaftler deines Formats sind überzeugt, daß sich in jeder Minute, irgendwo in unserem Universum, eine fortgeschrittene Zivilisation auf eine radioaktive primitive Masse reduziert. Wenn soviel auf dem Spiel steht, vertraue ich mich lieber den Maschinen an. *Du* kannst dich ja der Natur verschreiben.«

»Das Problem liegt, glaube ich, darin, daß Zolmec . . .« Er suchte mühsam nach Worten. »Ich würde sagen, Zolmec pfuscht in der Psyche herum, bringt die richtige Ordnung der Dinge durcheinander. Diese Religion mischt sich nicht in menschliche, sondern in seelische Angelegenheiten ein.«

»Aber es ist so ermüdend, darauf zu warten, daß der *Himmel* sich darum kümmert. Wenn ich an die unschuldigen Prophetisten denke, die in den Gärten der *Eden Drei* zu Kannibalen wurden, wenn ich an den Planeten Erde denke, wo kein Tag verstrich, ohne daß ein Mord begangen wurde, wenn ich an all diese Grausamkeiten denke – an Menschen, die andere Menschen an Fleischhaken aufhingen –, dann kommen mir deine großartigen Ideen von Natur versus Künstlichkeit wie primitivistischer Unsinn vor. Kannst du mir in die Augen schauen und behaupten, du möchtest lieber natürlich sein als am Leben bleiben?«

»Die Geschichte besteht nicht *nur* aus Kämpfen, Tez. Und die dummen Primitivisten kommen ganz gut zurecht.«

»Aber was ›ist‹ denn überhaupt künstlich? Die Menschen bauen Maschinen, die Biber bauen Dämme. Sind Biberdämme unnatürlich? Verzeih mir, wenn ich dich mit meiner Logik verwirre.« Zufrieden nippte sie an ihrem Tee.

»Sehr schlau, Tez – aber die Tatsache bleibt bestehen, daß ihr an diese Technologie gefesselt seid. Sie ist für euch alle zur Sucht geworden.«

»Es ist keine verwerfliche Sucht, wenn man nach Tugend strebt, lieber Nerdenmensch.«

»Zolmec läßt Säfte abfließen, die . . .«

»Zolmec läßt den *Bodensatz* abfließen.«

»Das ist pervers.«

»Es ist ein Akt des Mitleids.«

»Diese Methode spielt sich als eine Art Gottheit auf.«

»Aber sie funktioniert.«

Francis kehrte an den Frühstückstisch zurück. Sein vergessenes Ei, mit der Sonnenseite nach oben und kalt wie der Mond, starrte von seinem Teller zu ihm auf. »Seltsam – in dieser ganzen letzten Opoche habe ich mir gesagt, vielleicht kann ich nie mehr mit meinem *Cortexclavus* zur Nerde zurückkehren, und das würde mir nicht sonderlich viel ausmachen. Jetzt bin ich mir nicht mehr so sicher. Quetzalia jagt mir Angst ein.«

Tez trank ihre Tasse leer, nicht ohne eine Träne hineintropfen zu lassen, wandte sich zur Tür. »Unsere Rassen waren für lange Zeit getrennt. Vielleicht ist die Kluft zu groß . . .« Sie öffnete die Tür, beobachtete ein Herbstblatt, das über den Hof krabbelte wie ein Käfer. »Ich werde heute abend spät nach Hause kommen. Falls du nicht weißt, wie du dir die Zeit vertreiben sollst, schlage ich dir vor, über den Krieg und Zolmec zu meditieren.«

»Sage mir noch eins«, bat Francis. »Hast du es jemals – auch mit dir gemacht?«

»Was?« Sie ging langsam zu den Ställen hinüber.

»Du weißt schon . . . Hast du auch von mir geträumt?«

»Nein. Bis vor kurzem hast du nichts getan, was mich verletzt hätte.«

Während der nächsten zehn Tage regnete es. Es regnete unaufhörlich in Strömen, und mit den Wassermassen senkten sich Reizbarkeit und Unzufriedenheit herab. Francis und Tez bemühten sich, in ihrem Haus ein Klima aufrechtzuerhalten, das irgendwo zwischen Feindseligkeit und Nonchalance schwankte, und manchmal schwang es sich bis zur Höflichkeit empor. Einmal sogar liebten sie sich.

Tez' Puppen entwickelten sich zu Hauptkommunikationsmedien zwischen den beiden. Shag, eine schüchterne Seeschlange mit hängender Zunge und einem Horn, war Francis' Sprachrohr. Tez benutzte Mr. Nose, einen Clown. Die vier teilten das Bett miteinander. Bei geringfügigen Kümmernissen funktionierte dieses Spiel ganz gut. Kritik war leichter zu ertragen, wenn sie von einer piepsenden Stimme vorgebracht wurde, die aus dem Mund einer kleinen, niedlichen Figur zu kommen schien. Francis stimmte mit Mr. Nose darin überein, daß er das Schwimmbecken zu selten saubermachte. Und Tez gestand Shag zu, daß es eine schlechte Gewohnheit sei, überall im Haus halbleere Saftgläser herumstehen zu lassen. Aber wenn es um Zolmec ging, halfen keine Piepsstimmen und keine niedlichen Figuren. Shag erklärte, die Quetzalianer würden ihre Seelen ausbluten lassen, und Tez weigerte sich zu antworten. Am ehesten konnten sie sich noch einigen, als Shag die Zolmec-Phantasien als »widerliche Träume« bezeichnete und Mr. Nose entgegnete, daß sie den »Heiligjektoren« entstammten.

Außerhalb des Schlafzimmers regierte das Schweigen. Abends blieb Tez in der Bibliothek und schrieb ein neues Stück, betitelt »Lachende Materie«, über einen Planeten, auf dem ein paar Wissenschaftler ein Humor-Gen isolierten, das sich blitzschnell vermehrte und alle Leute in Komödianten verwandelte. Bald tauchten an den unpassendsten Stellen Witze auf, zum Beispiel auf Straßenschildern und Theaterkarten.

Mittlerweile ging Francis im Hof spazieren, probte laut für eine Vorlesung über Milben, studierte den tropfnassen, von Fackeln erleuchteten Garten; Regentropfen fielen in die Pfützen, bildeten Zielscheiben, verwandelten sich in Bullaugen.

Jeder Liebende sah im anderen einen Zorn, der sowohl gerechtfertigt als auch zu nachsichtig mit sich selbst war. Francis wußte, daß Tez verletzt war und sich ärgerte, weil er den Quetzalianern nachspioniert hatte. Aber hatte sie ihn nicht dazu herausgefordert, indem sie ihm so lange verschwiegen hatte, wie Zolmec funktionierte? Tez wußte, daß sich Francis betrogen fühlte – aber war sein Abscheu kein Beweis dafür, daß es richtig gewesen war, ihn zu schützen. Wie alle guten Freunde litten sie darunter, als ihre Beziehung die emotionale Unschuld verlor, die Keuschheit des guten Willens, und jetzt, da ihnen dies alles abhanden gekommen war, da kränkende Bemerkungen ausgetauscht wurden und Narben hinterließen, freute sich keiner von beiden auf die Zukunft.

Eine der Lebenswürzen von Quetzalia war das Hoheitsrecht der Geistlichkeit, x-beliebige Tage zu Feiertagen zu erklären. Am elften Tag des Schlechtwetters entschied Vaxcala, nun hätten sie es alle verdient, daheimzubleiben und dem angenehmen Trommeln der Regentropfen gegen die Fensterscheiben zu lauschen. In ganz Quetzalia zündeten Arbeitnehmer, die ihre Jobs haßten, und Arbeitgeber, die ihre Arbeiter haßten, Kerzen für die Hohepriesterin an, während die Eltern, die nun ihre Kinder am Hals hatten, Vaxcala möglichst viele Warzen wünschten.

Das Chimec-Hospital vollbrachte natürlich weiterhin sein heilsames Werk, aber alles, was nicht unbedingt nötig war, wurde abgesagt, zum Beispiel die Nachmittagsversammlung aller Mitarbeiter. Tez kam schon vor dem Lunch ins Olo, wo sich Francis gerade an einem Langschriftexemplar eines neuen Enzyklopädieartikels über den Polymorphismus der Heuschrecken die Finger wundschnitt, und es fiel ihr nicht schwer, ihn zu einer Suppe und einer Schachpartie in der Säulenhalle zu überreden.

Eine Stunde später bedrängte ein lästiger Springer Francis' schwarzen Läufer und den benachbarten Turm. Er starrte in den Garten, als sei der Regen hoffnungsfroher als das Bemühen, den Turm zu retten. Und da bot sich ihm ein unerwarteter Anblick.

Ein Reiter näherte sich durch den Regen, ein verschwommener feuchter Fleck, aber Francis erkannte ihn dennoch sofort. Diesmal war sein Freund, Iztac sei Dank, aus Fleisch und Blut und keine rachsüchtige Projektion.

»Burne!«

»Lostwax!« Burne zügelte seinen Lipoca und stieg ab, während sich Francis über das Geländer der Säulenhalle schwang. Die Nerdenmänner stürmten einander entgegen, trafen sich inmitten von Blumen, schüttelten sich die Hände, tauschten jene Wie-schöndaß-du-wieder-da-bist-ich-habe-mir-Sorgen-gemacht-Banalitäten aus, bei denen die Bedeutung eher in der warmherzigen Stimme liegt. Burne wühlte in seiner Satteltasche, zog den Glasmetallkäfig heraus. »Da ist noch jemand, der sich auf ein Wiedersehen mit dir freut.«

Francis bedankte sich überschwenglich und schob Ollie Cortexclavus unter seine Robe. Hochbeglückt über diese unerwartete doppelte Wiedervereinigung, führte er seine beiden Freunde aus dem strömenden Regen in die Säulenhalle. »Tez, das ist Burne.«

Sie reichte ihm die Hand. »Der Retter von Quetzalia«, sagte sie mit unmerklichem Sarkasmus.

Burne lächelte liebenswürdig durch seinen Bart hindurch.

»Dr. Mool hat mir berichtet, daß Francis in Sünde lebt, aber nachdem ich Sie gesehen habe, möchte ich dieses Leben als höchst *stilvoll* bezeichnen.« Als sein Blick auf das Schachbrett fiel, zeigte er Francis, wohin er den bedrohten Turm stellen mußte. »Ich war bereits im Hospital und habe die großartige Neuigkeit gehört, daß es dir wieder gutgeht.«

Francis strich seine Locken auseinander. »Schau, ich habe eine Narbe.« Er erklärte, sein Wohlbefinden sei nicht allein auf die erfolgreiche Amputation zurückzuführen – wie die neurovorische Speeresspitze sei auch seine Diabetes entschwunden. Nun würden die Bienen keinen Gefallen mehr an seinem Urin finden.

Bevor sie hineingingen, plazierte er den Turm auf das Feld, das Burne ihm vorgeschlagen hatte.

Burne erschien zum Dinner, in trockener Robe und bester Laune. Sie verzichteten auf den gewohnten Tisch, saßen vor dem Feuer, brieten Fleischstücke und rösteten frisch geernteten Mais. Eine Weinflasche kam zum Vorschein. Draußen ließ der Regen nach.

Burne erwähnte, Vaxcala habe ihm ein Luxusapartment in der City angeboten, worauf Francis ihn dazu überredete, ins Olo zu ziehen. »Davon könnten wir beide profitieren und uns gegenseitig Gesellschaft leisten, bis . . .« Er war versucht zu sagen: ». . . bis wir diesen verrückten Planeten verlassen.« Aber Tez war ja anwesend. ». . . eh – bis wir Pläne gemacht haben. Du weißt ja, was die *Darwin* betrifft. Hast du über dieses Problem nachgedacht?«

»Vielleicht«, erwiderte der Archäologe, und die anderen wußten, daß mehr hinter dieser Antwort steckte. »Willst du hören, wie ich den Drachen getötet habe?«

Ausführlich und phantasievoll ausgeschmückt schilderte er die achtzig Tage zwischen seinem hastigen Aufbruch und seiner sumpfgetränkten Rückkehr. Im Bayou des Großen Geistes hatte er ein Mammut angetroffen und dessen Eckzähne bei einem Pokerspiel gewonnen. Auch der Drachenkampf wurde mit erfundenen Zutaten verbrämt, denn der Käfer verwundete den Neurovoren nur und zwang Burne zu einem tödlichen Handgemenge am Rand eines Treibsandmeeres, und nur durch einen verzweifelten Seitensprung in allerletzter Sekunde wurde die »Er-oder-ich-Situation zu meinen Gunsten gerettet«.

Ticomas Vergewaltigung verschwieg er verschämt.

Diese Lügenmärchen wurden Burne restlos verziehen, da seine Zuhörer von Anfang an wußten, daß er sie auf den Arm nahm. Tez lachte herzlich, und das erinnerte Francis wieder einmal daran, wie sehr er sie liebte. Sie wurde nur einmal von Angst erfaßt – als der Gehirnfresser auf dem Schauplatz des Berichts erschien, und auf seinen gewaltsamen Tod reagierte sie mit Mitleid und Entsetzen. Auf dem Höhepunkt des letzten Dramas, in dem Burne eine zertrümmerte Raumkapsel mit dem Heiligen Gral fand, hörte es zu regnen auf.

Tez entschuldigte sich und erklärte, daß Überraschungsferientage stets nur ein geteiltes Vergnügen böten, da die Pflicht trotzdem wartet. »Die Quetzalianer haben Ihnen ihr Leben zu verdanken, Burne«, sagte sie. »Wir werden immer in Ihrer Schuld stehen. Ich hoffe nur, daß es niemals umgekehrt sein wird.«

»Was hat sie denn bloß damit gemeint?« fragte Burne, als Tez ins Schlafzimmer vorausgegangen war.

»Daß wir nicht erwarten können, die Quetzalianer würden uns helfen, die *Darwin* zurückzuerobern.«

Burne nahm einen Schluck Wein. »Liebst du sie?«

»Daß ich sie gefunden habe – das ist das Beste, was mir jemals widerfahren ist.«

»Noch besser als der *Cortexclavus*? Ist das wirklich Francis Lostwax, mit dem ich hier sitze und Wein trinke?«

»Du hast Tez nicht in ihrer besten Verfassung erlebt. Ihr Vater wird vielleicht sterben –, und es ist etwas zwischen uns getreten.«

»Etwas?«

»Eigentlich nichts. Das fünfzig Millionen Kilometer lange Nichts, das zwischen der Nerde und Luta liegt. Es ist albern, über planetare Fernen hinweg zu lieben, Burne.« In diesem Augenblick konnte Francis der Versuchung nicht widerstehen, seinen Freund mit hellseherischen Fähigkeiten zu verwirren. »Da wir gerade von Liebe sprechen – was ist denn aus dieser hübschen Frau geworden, die du vergewaltigt hast?«

Burne würgte. »Sie hat sich nicht *gewehrt*!« Er spuckte einen Schluck Wein auf den Teppich. »Woher weißt du das, zum Teufel?«

Langsam und detailliert erzählte Francis, wie er sich in den Tolca-Tempel geschlichen und beobachtet hatte, daß aggressive Bedürfnisse durch Träume gestillt wurden. Er wiederholte die Geschichte von Zolmec, vom Propheten und den Gehirnfressern und Janet Vij, dem Genie, das seine eigene Privatwissenschaft erfunden hatte.

Burne hatte zu viele Planeten besucht und zu viele Wunder erlebt, war zu oft erschreckt worden, um auch nur ein einziges Wort anzuzweifeln. Als Francis seinen Bericht beendet hatte, meinte sein Freund nur. »Ziemlich clever, findest du nicht?«

»Jedenfalls ist Quetzalia *einzigartig*. »Jede Religion verkündet, der Krieg sei böse, aber irgendwie spielt sie dann doch mit, wenn es dazu kommt. Natürlich hat es auch die Tolteken gegeben.«

»Und die Quäker.«

»Aber sie hatten keine systematische Methode, Dampf abzulassen. Sie hatten keine *Maschinen*.« Spöttisch stieß er das Wort hervor. »Nur Ideale.«

Burne füllte sein Weinglas von neuem. »Und was hältst du von alledem, Lostwax? Haben die Quetzalianer ihre Menschlichkeit geopfert – ihrer absoluten häuslichen Ruhe zuliebe?«

»Eine gute Frage. Ich möchte wissen, wie sie wohl ohne Zolmec wären.«

»Vielleicht könnten wir das herausfinden.« Burne zog einen großen Pegmatiten aus seiner Robe und überreichte ihn Francis wie ein Zauberer, der eine soeben materialisierte Taube präsentiert. »Unsere Rückflugkarte. Im Süddschungel wimmelt es von Polluzit-Erz.«

»Burne, du bist ein Gott!«

»Aber da gibt's ein Problem. Wie sollen wir das Zeug durchs Neurovorenland transportieren? Wir würden eine kleine Armee brauchen.«

»Da bist du auf den falschen Planeten gekommen.«

»Sehr wahr – aber nehmen wir einmal an, ein paar hundert von diesen Heiden werden vom Tolca-Tempel ferngehalten. Zum Teufel, nach vier oder fünf Opochen müßten sie doch richtig blutrünstig sein.«

»Und wie können wir sie dazu überreden, nicht in den Tempel zu gehen?«

»Wie kann der Töpfer seinen Ton dazu überreden, eine Vase zu werden? Er zieht und zerrt und knetet daran, bis der Ton es begriffen hat.«

Eine würgende Angst stieg in Francis auf. »Burne, du *weißt*, daß ich von hier verschwinden und den Poelsig-Preis gewinnen will. Und was die Neurovoren angeht – die verdienen das Allerschlimmste.« Er beugte sich zum Feuer vor, starrte in die zuckenden Flammenspitzen. »Aber was du da vorschlägst, ist *häßlich*. Zolmec ist schon zweihundert Jahre alt, und in diesem Zeitraum hat niemand einen Gottesdienst versäumt. Wir können mit einer solchen Tradition nicht herumexperimentieren. Es könnte die komplette quetzalianische Gesellschaft zerstören.«

»Du redest wie die arme Kappie. Aber gibt es denn eine Alternative?«

Francis packte einen Schürhaken und duellierte sich mit dem Feuer. Er hatte nur selten kühne Ideen, aber nun spürte er, wie eine solche in seinem Kopf wuchs. »Verzeih, wenn ich in undisziplinierten Spekulationen schwelge. Wir haben beide Kybernetik studiert. So wie ich es sehe, sind die Quetzalianer empfindsame Computer, die des Wissens um das Böse müde geworden sind, und so haben sie sich entprogrammiert. Aber wie jeder Schuljunge weiß, kann man solche Prozesse auch umkehren.«

Die Theorie, die Francis seinem Freund erklärte, ging von der Möglichkeit aus, das System mit winzigen Partikeln von Gewalt und Frevel zu füttern, in einer ausreichenden Menge, um einen Mann zu einem Soldaten, aber nicht zu einem Amokläufer zu machen, zu einem Nerdenmenschen, aber nicht zu einem Gehirnfresser. »Wir brauchen nur eine *vorübergehende* Veränderung. Ja, das ist es. Ein Quetzalianer kann in einer knappen Opoche zur Oase und wieder zurück reiten. Er müßte keinen einzigen Gottesdienst versäumen.«

Burne, der Kühnheit liebte, wo immer er sie finden konnte, war entzückt von dieser Idee. »Aber die Theorie allein wird uns nichts nützen. Wir müssen die chemische Zusammensetzung von Noctus kennenlernen. Wir müssen biophotonische Experten werden.« Er schlug ein Nachmittagsrendezvous in der Iztac-Bibliothek vor, für den nächsten Tag.

»Warum warten wir bis zum Nachmittag?«

Burne blies sich auf und verkündete in einem Tonfall, der theatralischen Pomp mit authentischem Stolz kombinierte, die Geistlichkeit würde seine Tapferkeit morgen vormittag mit jenem aufwendigsten, fröhlichsten aller Spektakel ehren, mit einer Parade – falls das Wetter es erlauben sollte.

Es stellte sich heraus, daß die Parade so aufwendig war wie ein einfacher Knoten und so fröhlich wie eine Leichenschau. Sie diente nicht dem Zweck, Burnes Triumph zu feiern, sondern, die Gewalttat zu beklagen, die er in Quetzalia begangen hatte. Das letzte Mal war so ein Ritual vor zehn Opochen abgehalten worden, am zweihundertfünfundzwanzigsten Jahrestag eines wichtigen Prophetensieges. Auf einem der Festzugwagen hatte man die Schlachteninterpretation eines Bildhauers gesehen, Neurovorenleichen, die in der Sonne verwesten, von Würmern zerfressen, wie Mahnmale an die Holzwand genagelt, die dem Tolca-Tempel vorausgegangen war.

Den Kindern, die sich die jetzige Parade ansahen, fiel es schwer, wach zu bleiben. Priester und Priesterinnen in schwarzen Roben trotteten in langweiligem Gleichschritt den langen Damm hinab, die Gesichter hinter Masken verborgen, steinerne Götter und Weihrauchgefäße in den Händen balancierend. Vaxcala hatte Burne auf einen symbolischen Platz gesetzt, in die Nische einer niedrigen Mauer, deren Friesverzierung Neurovoren bei diversen schauerlichen Beschäftigungen darstellte. Jeder Kleriker, der an ihm vorüberging, versicherte ihn seiner Dankbarkeit und seines Mitgefühls – »Sie haben Quetzalia gerettet, und es tut uns leid, daß Sie töten mußten.« Und Burne mußte sich sehr beherrschen, um nicht eine seiner üblichen launigen Bemerkungen zu machen, zum Beispiel: »Was ich in meinem Gesicht habe, sieht zwar wie ein Bart aus, aber in Wirklichkeit ist das Schamhaar.« Oder: »Glauben Sie nicht auch, daß der Durchschnittsmensch den Geruch seiner eigenen Furze viel inniger liebt, als das allgemein vermutet wird?«

Als die kummervolle Parade endlich beendet war, ging Burne in die Iztac-Bibliothek, wo Francis an der Nordfront saß und in einer ledergebundenen Ausgabe von Janet Vijs *Biophotonik* las. Gelehrte strömten die von Jaguaren gesäumte Treppe hinauf und hinab. Niemand merkte etwas von der Nerdenintrige, die im hellen Sonnenschein nahe dem Eingang zum Reptilienmuseum gesponnen wurde.

Francis berichtete, daß die *Biophotonik* unglücklicherweise nicht viel mehr war als ein Reparaturhandbuch und keineswegs die lehrreiche wissenschaftliche Abhandlung, die er erwartet hatte. Zweifellos war dieses Werk für den Klerus, der die heiligen Maschinen warten mußte, unverzichtbar, aber was die Phantasien betraf, machte Vij nur flüchtige, eher widerwillige Angaben. Die chemische Zusammensetzung von Noctus blieb ein Geheimnis.

Aber es gab auch gute Neuigkeiten. Francis hatte Loloc Haz, den hübschen Marionettenbiologen, dem er seine entomologische Dozentur verdankte, angelogen, daß sich die Balken bogen. Er hatte ihm eingeredet, Vaxcala würde wünschen, daß ihre Nerdengäste alles über die Biophotonik erführen, damit sich diese wunderbare Technologie in der ganzen Galaxis ausbreiten könne. Daraufhin nahm Loloc eine Krähenfeder von seinem Schreibtisch und verfaßte einen Brief, der seinen Besitzer zu einem Einblick in Janet Vijs unveröffentlichte Notizen berechtigte. Er überreichte Francis den Brief mit einem Widerstreben, das schmerzlich zu beobachten war. »Was immer Sie auch lernen, Francis – reden Sie in Quetzalia nicht darüber. Wenn Zolmec seinen Glanz einbüßt, verliert es auch seine Jünger.«

Das Schreiben war an eine gewisse Loi Zeclan adressiert, die Francis und Burne in einem Bibliothekstrakt aufspürten, der launischerweise Vogelflügel genannt wurde. Loi entpuppte sich als schrullige alte Frau mit einem hüpfenden Gang und Grübchen im faltigen Gesicht.

»Vielleicht haben Sie schon von uns gehört«, sagte Francis. »Dr. Newman und Dr. Lostwax . . .«

Sie dachte nach, dann zwinkerte sie lächelnd. »Die Herren aus dem Weltall? Ihre Artikel sind superb, Dr. Lostwax, die absoluten Höhepunkte unserer Enzyklopädie.« Loi wußte auch, daß Burne der Mann war, der töten konnte, aber sie wußte ihm trotzdem etwas Nettes zu sagen. »Was für eine unschätzbare Ehre es doch ist, daß ich unseren Erlöser kennenlernen darf!«

Ihre Reaktion auf Lolocs Brief verdeutlichte, daß sie nicht zu jenen Menschen gehörte, die freimütig über Religion diskutieren können. Zolmecs Mystik war in ihrer wirren Gedankenwelt zu einem Tabu geworden, fast im gleichen Maße wie Geschlechtsverkehr und Exkremente. »Aber diese Notizen sieht sich doch niemand mehr an. Die Leute reden nur noch von *Maschinen.*« Man sah ihr an, daß sie es vorgezogen hätte, »Scheiße« zu sagen.

»Es ist uns bewußt, daß Loloc uns großes Vertrauen schenkt«, erwiderte Francis.

Loi Zeclan hob einen Zeigefinger und legte ihn auf das Grübchen in ihrem Kinn. »Folgen Sie mir.«

Sie trippelte aus dem Vogelflügel, und Francis und Burne versanken in jene Art von indifferentem Somnambulismus, der viele Leute befällt, wenn sie durch fremde Korridore geführt werden. Die Reise endete vor einer Tür mit der Aufschrift UNGEBUNDENE SCHRIFTEN. Loi öffnete sie, weigerte sich aber, den Raum zusammen mit gottlosen Menschen zu betreten. »Unter Nummer zwölf finden Sie alles, was Dr. Vij jemals geschrieben hat.«

Das Zimmer war groß genug für einen Marmortisch, zwei Wissenschaftler aus dem All und zwanzig große, mit Nummern beschriftete Kisten. Francis nahm die Nummer zwölf vom Regal. Sie hatte ein beträchtliches Gewicht. Er stellte sie auf den Tisch, griff hinein und zog lose, staubige Blätter heraus, mit spinnenartiger Handschrift bedeckt. Burne nahm ihm die Hälfte aus der Hand. »Das ist *mein* nächtliches Pensum.«

Um Mitternacht kämpften sie sich immer noch durch Vijs Notizen. Die Dame sparte nicht mit brillanter Komplexität und selbstgefälliger Humorlosigkeit, und das Ende ihrer Forschung schien in immer weitere Fernen zu rücken.

Schließlich, kurz vor dem Morgengrauen, begann Francis unkontrolliert zu grinsen. Er schob eine Seite unter Burnes Nase. Und darauf stand in simpler biologischer Ausdrucksweise, in schlichten chemischen und begreiflichen physikalischen Erklärungen, in rudimentären, informativen theoretischen Abhandlungen und in klarem Englisch eine ausführliche Enträtselung der Flüssigkeit namens Noctus.

»Mehrere Kritiker meines Werks, vor allem Karnstein, haben die extreme Verletzlichkeit beklagt, die durch eine geplante Katharsis entstehen würde. ›Es ist ein in sich geschlossenes System‹, schreibt Karnstein (persönliche Korrespondenz). ›Ein feindlicher Außenseiter könnte uns massakrieren.‹

Deshalb fühle ich mich verpflichtet, die Frage zu bedenken: Was wird geschehen, wenn unsere Nation invasiert wird?

Zu Verwendungszwecken schlage ich vor, verdünnte Noctus in den Blutkreislauf freiwilliger Quetzalianer zu injizieren. Tierversuche könnten eruieren, ob die Salzlösung injiziert oder geschluckt werden soll, ob die Injektion intravenös, intramuskulär oder subkutan sein müßte. Natürlich habe ich keine genauen Daten, aber meine Berechnungen haben ergeben, daß bei einer intramuskulären Injektion von einer zwanzigprozentigen Lösung, bei einer Dosis von einem cm³ pro zehn Kilogramm des Körpergewichts, ein Organismus entstehen wird, der für sechs Tage imstande ist, bescheidene Aggressionen zu empfinden, die allerdings provoziert werden müßten. Danach wird die Droge entweder von Bakteriophagen verschlungen oder durch normale Enzymen-, Drüsen- und Duktusprozesse neutralisiert.

Wenn sechs Tage nicht ausreichen, einen Eindringling zu besiegen, sollte es sogar möglich sein, eine Armee aufrechtzuerhalten, mittels sorgfältig geplanter Wiederholungsimpfungen. Die erste müßte nach sechs Tagen vorgenommen werden, die zweite nach zwölf, die dritte nach vierundzwanzig und so weiter. Die Riten sollten keinesfalls abgesagt werden, da ein solcher Präzedenzfall die ganze Ernte jener mühsamen, blutigen Jahre vernichten könnte.«

In Gedanken prosteten Francis und Burne Dr. Janet Vij zu. Hundertsiebzig Jahre nach ihrem Tod hatte sie ihnen den Heimweg gewiesen.

Burnes Augen verengten sich, und er kniff sich in die Wangen, um anzuzeigen, daß es nun an der Zeit war, zur Praxis überzugehen. »Wir brauchen Forschungsobjekte, Tiere – und Menschen.«

»In Quetzalia gibt es Hasen und Chitzals, was immer wir brauchen. Und Menschen? Zanamanta ist uns zwei Gefallen schuldig – einen für jedes Kind.«

»Und wir brauchen literweise Noctus.«

»Auf dem Markt können wir Töpfe kaufen. Gebrannter Ton müßte dieser Flüssigkeit standhalten, zumindest für eine Minute, lange genug, so daß wir eine Salzwasserlösung vorbereiten können.«

»Und Vij empfiehlt, das Zeug zu injizieren.«

»Ich habe noch zwei Fünf-cm³-Spritzen im Olo. Tez wollte, daß ich sie verbrenne.«

Burne rieb sich die Hände. »Lostwax, das wird ein Mordsspaß. Ich brauche endlich wieder ein Abenteuer. Diesen Neurovoren umzubringen – das war hauptsächlich harte Arbeit, aber jetzt habe ich einen ganzen gottverdammten *Krieg*, mit dem ich spielen kann.«

Als Francis mit Burne die Bibliothek verließ, die Noctus-Formel in der Tasche, spürte er, wie die Freude über den nächtlichen Erfolg von Unbehagen verdrängt wurde. Im gedämpften Licht der Morgendämmerung sah Tepec wie eine heilige Stadt aus. Dies war eine großartige Zivilisation! Welches Recht hatte er, ein obskurer Entomologe mit einer Bohnenlaustheorie, diesen Leuten zu sagen, sie müßten ihren Lebensstil ändern? Erwartete er von diesen Pazifisten wirklich, daß sie kämpfen und sterben würden, nur damit er mit seinem Freund nach Hause fliegen konnte? Er faßte seine Zweifel in Worte.

Aber wie er es vorausgesehen hatte, ließ sich Burne nicht beirren. »Verdammt, diese Schlappschwänze werden von diesem Krieg nur profitieren. Glaubst du, daß es ihnen Spaß macht, in der Nachbarschaft von Neurovoren zu leben? Wir bieten ihnen nichts Geringeres als die Freiheit an.«

»Eins mußt du mir versprechen, Burne. Biete ihnen die Freiheit an – zwing sie ihnen nicht auf. Ich möchte nicht, daß irgend jemand gegen seinen Willen eine Injektion bekommt.«

»Du hast mein Wort.« Burnes Antwort klang so aufrichtig, daß Francis sich besser fühlte. Sie stiegen weiter die Stufen hinab, und die Sonne schenkte der Stadt die ersten Farben dieses Tages.

»Francis, was in Iztacs Namen geht hier vor?« Tez bezog sich auf die Tiere, die seit fünf Tagen im Olo eintrafen, gesund, mit klaren Augen und putzmunter, und die das Haus entweder wahnsinnig, komatös oder tot wieder verließen.

»Das würdest du gar nicht wissen wollen.« Als Francis den Flur hinabging, Tez auf den Fersen, zog er einen primitiven Bronzeschlüssel aus der Tasche. Burne, der Romantiker, hatte das Labor im Keller einrichten wollen, im Stil des »Verrückten Doktors«. Doch dieser Plan war durch die Entdeckung vereitelt worden, daß das Olo gar keinen Keller besaß. Deshalb hatten sie sich mit dem Zweitbesten zufriedengegeben und den größten Raum der Villa, die Bibliothek, umfunktioniert. Die Tür hatte, wie alle quetzalianischen Türen, kein Schloß, und so hatte Burne eines gebastelt. Nun steckte Francis den Schlüssel hinein, drehte ihn herum, hörte die hausgemachten Zylinder klicken. Dann glitt er schnell durch die Tür, als wolle er verhindern, daß ihm ein junges Hündchen nachläuft.

»Diese Geheimnistuerei ist richtig kindisch!« rief Tez ihm nach und beschämte ihn damit so, daß er die Tür halb offen ließ.

»Es handelt sich hier um ein religiöses Nerdenritual. Quetzalianische Atheisten haben keinen Zutritt.«

»Ihr macht da drin irgendwas, das euch zu eurem Schiff zurückführen soll.«

»Ja«, gestand er.

»Hoffentlich klappen eure Experimente«, meinte sie mit der Zuversicht eines Physikers, der überlegt, ob er ein Ouija-Brett konsultieren soll.

»Unsere Experimente klappen ausgezeichnet.«

Doch die Experimente klappten überhaupt nicht. Noctus erwies sich als raffinierte, unberechenbare Substanz. Nicht daß Janet Vij in irgendwelchen Belangen unrecht gehabt hätte. Die Droge mußte tatsächlich injiziert werden, da sie von den Magensäften ihrer Wirkung beraubt wurde, und die Injektion mußte intramuskulär vorgenommen werden. Aber während Vijs empfohlene Dosis – eine Zwanzig-Prozent-Lösung, ein Kubikzentimeter pro zehn Kilogramm Körpergewicht – vielleicht aus mathematischer Sicht vernünftig war, ließ das neu geschaffene Volk von Chitzal-fressenden Chitzals erkennen, daß sie dem gewünschten Zweck nicht dienen konnte.

Die Wissenschaftler verringerten die Dosis auf ein cm^3 pro zwanzig Kilogramm, und die Chitzals hörten auf, sich wie Kannibalen zu benehmen. Sie kratzten einander die Augen aus, auch die auf den Stielen.

Die Lösung wurde auf fünfzehn Prozent reduziert, und die Chitzals verloren das Interesse an den Augen ihrer Artgenossen und stürzten sich statt dessen auf die Jugularvenen.

Trotz allem strahlte Francis vor Optimismus. Das heutige Experiment würde das konservativste sein – eine zehnprozentige Lösung, ein cm^3 pro fünfundzwanzig Kilogramm.

»*Bitte*, sag es mir!« stöhnte Tez.

»Also gut. Wenn wir Erfolg haben, würdest du es ohnehin erfahren.« Er trat in die halb geschlossene Tür. »Wir experimentieren mit dem Burggraben.« Er erklärte, daß Janet Vij in ihren Notizen dargelegt habe, eine verdünnte Noctus-Injektion könne einen Quetzalianer vorübergehend befähigen, gewalttätig zu werden. »Auf diese Weise wollen Burne und ich eine kleine Armee von Freiwilligen aufstellen und den Planeten von den Gehirnfressern befreien.«

Tez' Reaktion erfolgte sofort und war eindeutig. »Das ist das

Dümmste, was ich je gehört habe. Du mußt den Verstand verloren haben.«

»Mein Verstand sitzt immer noch dort, wo er sein soll.« Er wandte sich dem Labor zu, aber Tez streckte eine Hand aus und hielt ihn am Arm fest, mit einer Bewegung, die man nach quetzalianischen Maßstäben fast als gewalttätig bezeichnen konnte.

»Du darfst das nicht tun!« Ihre Stimme klang messerscharf. »Verstehst du? *Tu es nicht*!«

»Warum nicht? Für die Wissenschaft gibt es keine verbotenen Straßen.«

»Wenn der Grund nicht klar zu erkennen ist, dann bemitleide ich dich und deine ganze Rasse.«

Er hörte, daß Burne in einem Noctus-Behälter rührte. »Bitte, entschuldige mich jetzt.«

»Ich habe noch mehr zu sagen. Wenn du es wagst, diesen Plan durchzuführen, werde ich für immer aus deinem Leben verschwinden. Noch mehr – ich werde gegen dich kämpfen. Hörst du? Es ist seltsam, daß eine Quetzalianerin ein solches Wort benutzt – aber ich werde gegen dich *kämpfen*, mit allen Waffen, die ich mir nur ausdenken kann.«

»Ich muß jetzt an die Arbeit gehen«, war alles, was Francis dazu sagte. Tez rannte davon, und er fragte sich, ob sie es ernst meinte. Begriff sie denn nicht, daß er ein Recht darauf hatte, seine Freunde zu rächen und sein Schiff zurückzugewinnen?

Burne saß inmitten einer Kollektion von Noctus-Töpfen. Sie hatten die Bücher aus den Bibliotheksregalen entfernt, und nun standen Käfige mit nervösen Tieren darauf. Die Luft stank. Schweine winselten, Affen schimpften, Vögel quäkten, Hasen und Chitzals hockten wie betäubt da.

Auf dem Tisch befanden sich sechs Käfige, je zwei waren aufeinandergestellt, und jeder enthielt zwei Chitzals. »Ich habe ihnen vor fünf Minuten Injektionen gegeben«, sagte Burne und strich über die obersten drei Käfige.

Noctus erreichte das Gehirn eines Chitzals normalerweise in zehn Minuten.

Es sah gut aus. Die Experimental-Chitzals zeigten wie ihre Kontrollgruppenvettern nicht die geringsten Anzeichen von Wahnsinn, schwebten auch nicht in Todesgefahr. Aber als Burne die Käfige gegeneinanderschlug, um jedes Tier glauben zu machen, daß es von seinem Wohnungsgefährten angegriffen wurde, brachen schreckliche Kämpfe aus. Dies war das Gleichgewicht zwischen zivilisierter Haltung und Aggression, das sie gesucht hatten. Ein Kubikzentimeter pro fünfundzwanzig Kilogramm, eine zehnprozentige Lösung – magische Zahlen!

Sechs Tage später betrat Francis das Schlafzimmer und sah, daß Mr. Nose, Shag, die Seeschlange und Tez' Kleider verschwunden waren. Auf dem Kopfkissen lag ein Zettel. In knappen Worten hatte Tez ihm geschrieben, daß sie ihn verlassen würde. Die beiden letzten Sätze waren besonders bitter. »Es gibt einen Unterschied zwischen Wissenschaft und Arroganz. Tut mir leid, daß ich es bin, die dir das mitteilen muß.«

Francis traten Tränen in den Augen, er versuchte erfolglos, sie mit einem Stöhnen zu unterdrücken. Verdammt, Tez, dachte er, Quetzalia ist nicht meine Heimat. Er zerriß den Zettel in winzige Fetzen, verstreute sie wie Konfetti.

Als Burne ins Schlafzimmer stürmte, lag Francis reglos auf dem Bett, starrte auf eine Ritze in der Decke, die so aussah wie eine der Konstellationen, die Tez ihm gezeigt hatte – wie Janets Drachen.

»Sie ist ausgezogen.« Francis' Stimme war tonlos.

»Bist du überrascht?«

»Ein bißchen.«

»Ich wollte dir von einem hübschen kleinen Resultat erzählen. Vielleicht wird dich das aufheitern.«

»Ich weiß gar nicht, ob ich wirklich deprimiert bin.« Er meinte es beinahe ernst. »Irgendwann *mußte* es ja zu Ende gehen.«

»Ich habe den ganzen Vormittag lang Käfige gegeneinandergeschlagen, und dabei ist nicht einmal ein harmloser Familienstreit ausgebrochen. Es ist genauso, wie Vij es prophezeit hat. Nach sechs Tagen – puff! sind die Aggressionen verschwunden. Lostwax, Kumpel, ich glaube, wir haben das Naturgesetz genauso hingekriegt, wie wir es haben wollten.«

»Und was jetzt?«

»Wir obduzieren die Chitzals, suchen nach Gehirn- und Leberschäden, Krebsgeschwüren, Mißbildungen ... Drei unserer Versuchstiere sind trächtig, nicht wahr?«

»Ja. Und wenn alle Tests negativ ausfallen ...?«

»Dann versuchen wir, Resultate zu bekommen, die *niemand* anfechten kann. Wir injizieren das Zeug anderen Chitzals, zehnmal, zwanzigmal. Wir probieren es an Schweinen, Mäusen, Affen, Hasen aus – an diesem ganzen verdammten Zoo.«

»Und wenn die Tierversuche fehlschlagen?«
»Dann müssen wir unsere Niederlage eingestehen.«
»Und wenn sie Erfolg haben?«
»Dann injizieren wir unseren Stoff den Menschen.«

 Gouverneur Nazra plazierte sein fleischiges Hinterteil auf ein Lipoca-Wollkissen und starrte auf die Männer hinab. So, dachte er, das sind also die berühmten Gäste aus dem All, die uns von den Neurovoren befreien wollen. Nun, wir werden sehen. Nazra, ein großer Wackelpudding, hatte im Kontrast zu seinem weichen Bauch einen harten Schädel. Man würde schon sehr gewichtige Argumente vorbringen müssen, um ihn zu überzeugen, daß es eine gute Idee war, eine Armee aufzustellen.

Nur einer der beiden Nerdenmenschen, die in der Vij-Gedenk-Arena standen, erwiderte Nazras Blick – Francis. Der Entomologe stand im roten Kreis und wand sich verlegen. Überall wollte er sein, nur nicht hier – in den ätzenden Sümpfen von Arete, auf den öden Monden von Kritonia, überall, nur nicht hier. Unser Gouverneur sieht intelligent aus, dachte er. Nicht leicht zufriedenzustellen – aber auch nicht feindselig . . . Wenn Burne die richtigen Karten ausspielt, wird sich Aca auf unsere Seite schlagen, und dann wird unser Krieg ausbrechen.

Natürlich war sich Francis nicht sicher, ob er wirklich wollte, daß dieser Krieg ausbrach. Könnte er wirklich ein Schwert ergreifen und Neurovoren niedermetzeln? Nein – nicht einmal, wenn er sich eine Noctus-Dosis injizierte. Aber ohne den Krieg würden sie niemals zu ihrem Schiff gelangen, und ohne das Schiff konnten sie nicht nach Hause fliegen. Er würde keinen *Cortexclavus*-Triumph feiern, keinen Poelsig-Preis bekommen und für immer auf diesem verrückten Planeten bleiben müssen.

Nazras Ankunft veranlaßte den Rest der Machtstruktur von Aca – die Adjutanten, die Kabinettsmitglieder, die Gesetzgeber, die professionellen Speichellecker –, den Mund zu halten und ihre Plätze aufzusuchen. Auch Cuz war vertreten, in der Person eines Antistasisten namens Minnix Cies. Francis nahm an, daß Cies der hagere

Mann mit dem geraden Rücken war, der in der ersten Reihe saß, ohne einen einzigen Freund, während sich die anderen Politiker in deutlichem Abstand um ihn verteilt hatten, wie Eisensplitter um einen Magneten.

Die übrigen Einladungen waren an die großen Institutionen von Tepec ergangen – an die Bibliothek, das Hospital, die Kirche. Vaxcala hatte als erste geantwortet und Burnes Schlachtplan mit einer Bemerkung von drei Worten zurückgeschickt – »Das ist Wahnsinn!« Loloc Haz hatte ärgerlich geschrieben, es täte ihm leid, daß Vijs Aufzeichnungen in dieser Weise mißbraucht würden und daß er Francis jemals Zugang dazu verschafft hatte. Er würde zum Konzo kommen, aber mit der Absicht, so viele unfreundliche Fragen wie nur möglich zu stellen. Das Chimec-Hospital hatte Mool entsandt, der in uncharakteristischem Schweigen hinter verschränkten Armen saß.

»Sie alle haben die Vorschläge zu dieser Kampagne gelesen«, begann Burne. »Wahrscheinlich haben einige von Ihnen etwas dazu zu sagen.« Eine glatte Untertreibung, wie Francis den vielen nickenden Köpfen und dem lauten Gemurmel entnahm. Die Menge verstummte, als Loloc aufstand.

»Ich werde Ihren schlauen Verstand nicht beleidigen, Newman, indem ich Sie frage, warum Sie für die Durchführung Ihres Plans genau fünfundzwanzig Tage brauchen und nicht sechsundzwanzig oder siebenundzwanzig. Offenbar sind Sie klug genug, um den heiligen Zyklus von Zolmec nicht zu durchbrechen. Aber ist es möglich, einen solchen Zeitplan einzuhalten? Kann Ihre hypothetische Armee von tausend Mann in fünfundzwanzig Tagen die Neurovorenfestung erreichen, vernichten und nach Quetzalia zurückkehren?«

»Es wäre unwissenschaftlich, wenn ich behaupten würde, ich sei mir in dieser Hinsicht völlig sicher«, erwiderte Burne voller Demut. »Wer kann schon die Zukunft beweisen? Aber lassen Sie mich trotzdem einige noch eindrucksvollere Sicherheitsfaktoren erklären.« Er hielt einen Holzstab in der Hand, genauso groß wie er selbst, und klopfte damit jedesmal auf den Boden, wenn er einen Satz mit einem Ausrufungszeichen beenden wollte. »Bevor wir gezwungen waren, unser Magnumauto in Ihrem Tolca-Tempel zurückzulassen, hat uns sein Entfernungsmesser verraten, daß neunhundert Kilometer zwischen der Neurovorenoase und Quetzalia liegen. Ich glaube, Sie sind mit mir der Meinung, daß ein Lipoca, sogar ein langsamer, untrainierter Lipoca, der eigentlich in die Gummizementfabrik gehört, neunhundert Kilometer in acht Tagen zurücklegen kann. Unser Plan sieht hierfür *elf* Tage vor! Wir müssen es mit höchstens dreihundert Gegnern aufnehmen. In der Oase wurden wir von weniger als hundertfünfzig angegriffen. Deshalb rechne ich damit, daß die Schlacht nur einen Tag dauern wird. Trotzdem sind *drei* Tage dafür vorgesehen! Danach brechen Dr. Lostwax und ich zu unserem Schiff auf, das wir nach einem Tagesritt erreichen werden, und die Armee kehrt nach Quetzalia zurück – eine weitere Elf-Tage-Reise, die in Wirklichkeit nur acht Tage dauern wird. Kurz gesagt, wir haben fünfundzwanzig Tage Zeit, um eine Expedition durchzuführen, die nur siebzehn Tage in Anspruch nehmen wird!«

Beifällige Rufe erklangen in den Politikerreihen. Loloc stand noch immer. »Ich sage nichts gegen Ihre Rechenexempel, Newman, aber ich protestiere gegen Ihre Behauptung, Sie könnten die Wilden in einer einzigen Schlacht schlagen. Sie gehen also davon aus, daß sie auf einen Ort konzentriert sind. Aber nehmen wir doch einmal an, die kleine Gruppe, die Sie an der Zugbrücke attackiert hat, streift immer noch durch die Wüste. Vielleicht versuchen sie Ihnen in einem Hinterhalt aufzulauern. Angenommen, ein Neurovore entkommt Ihrer Armee. Die Wüste kann nicht uns gehören, solange auch nur eine einzige Kreatur am Leben ist, die zum Töten fähig ist. Und wenn es noch eine zweite Oase gibt? Oder eine dritte?«

»Ich will ehrlich sein«, erwiderte Burne. »Meine Interessen sind nicht selbstlos. Dr. Lostwax und ich wollen die *Darwin* zurückhaben. Aber ich hoffe, Sie glauben mir, wenn ich betone, daß mir diese Zivilisation sehr am Herzen liegt und daß mein Wissen um Luta für immer ein Geheimnis bleiben wird, wenn ich in meine Heimat zurückgekehrt bin. Nichts würde mir größeren Kummer bereiten, als ein weiteres Nerdenschiff hier landen zu sehen. Ich schulde Ihnen mein Leben. Sie hätten damals die Brücke nicht herablassen müssen, aber Sie haben es getan. Ich versuchte Ihnen diesen Heroismus zu vergelten, indem ich den Gehirnfresser-Renegaten tötete. Aber lassen Sie mich noch weiter gehen. Lassen Sie mich den ganzen Neurovorenwurm aus dem quetzalianischen Apfel entfernen!«

»Das war eine sehr hübsche Rede«, meinte Loloc, »aber wenn sie auch nur eine einzige Antwort auf irgendeine meiner Fragen enthalten hat, so habe ich sie nicht gehört.«

Burne verließ den blauen Ring und ging auf Loloc zu. Seine Ausrufungszeichen schlugen nun noch öfter auf den Boden. »Meinen tausend Soldaten kann man nicht mit einem Hinterhalt beikommen, Dr. Haz, nicht in der offenen Wüste! Ich hoffe sogar, daß man uns in einem Hinterhalt auflauert! Jeder Neurovore, den wir unterwegs treffen, ist einer weniger, um den wir uns später kümmern müssen. Und was die Hauptschlacht betrifft – es stimmt, daß wir vielleicht nicht alle töten werden. Aber wir werden ihnen eine Niederlage beibringen, von der sie sich niemals erholen werden! Wenn wir nur die *Hälfte* der Frauen eliminieren, muß die ganze Rasse aussterben. Ja, es könnte eine zweite Oase geben, sogar eine dritte, was ich allerdings bezweifle. Aber wenn Quetzalia einmal eine Armee aufstellen kann, wird es das auch ein zweitesmal schaffen. Dr. Lostwax und ich werden Ihnen eine Spritze überlassen.«

»Ihre Schamlosigkeit ist für uns alle ein negatives Beispiel.« Als sich Loloc setzte, schien er Minnix Cies auf der anderen Seite der Arena ein Stichwort zu geben.

»Ich möchte für Dr. Newman sprechen«, begann Minnix. Er trug die flammenden Augen und grimmigen Lippen eines Mannes zur Schau, der für Selbstzweifel ebensowenig Verwendung hatte wie für die Billigung anderer Leute. »Für mich ist er ein zivilisierter Mensch. In der Vergangenheit hat dieses Land seine Kinder gelehrt, daß nur Quetzalianer zivilisiert sind. Ja, er kann töten. Aber er kann auch getötet *werden*. Seine Neurovorenjagd war mehr als riskant. Ich glaube, Dr. Newman gleicht den Falken, die unsere Ahnen in der *Eden Drei* mitgebracht haben. Er hat Krallen, aber er setzt sie nicht willkürlich ein.«

»Solange alles nach seinem Willen geht«, warf Loloc ein, ohne aufzustehen.

»Da habe ich mehr Vertrauen zu ihm. Dr. Newman war nicht *gezwungen*, diese Versammlung einzuberufen. Er hätte ganz einfach tausend Mann zusammentrommeln, in die Wüste schleppen und ihnen Injektionen geben können, bevor die Neurovoren angegriffen hätten. Da sie in der Minderzahl sind, *müssen* sie diesen Kampf verlieren, und Dr. Newman kann zu seinem Schiff reiten.«

»Bringen Sie ihn nicht auf falsche Gedanken!« warnte Loloc.

»Ich kann nur betonen, daß die Antistasisten in diesem Kriegsplan jene Kühnheit sehen, die sich Quetzalia aneignen muß, wenn es der Stagnation und dem Verfall entgehen will.«

Nun war Mool an der Reihe. Er schien nicht nur aufzustehen, sondern emporzusteigen, faltete die Hände vor der Brust und wandte sich an den wolkenlosen Himmel. »Viele von Ihnen wissen, daß ich ein Mann bin, der sehr genau auf jedes einzelne Wort achtet, der jedes Wort zerpflückt, in seine Bestandteile zerlegt. Der Antistasist, der soeben gesprochen hat, betrachtet den totalen Sieg als Quetzalias Schicksal. Das stelle ich in Frage. In seinem Vorschlag erklärt Dr. Newman, daß er eine zehnprozentige Lösung verwenden müsse, eine Dosis von einem cm^3 pro fünfundzwanzig Kilogramm Körpergewicht. Jenseits dieses Limits würde die Droge jeden, der sie injiziert bekommt, in ein tollwütiges Wiesel verwandeln. Als Wissenschaftler kann ich Dr. Newmans Vorsicht meinen Beifall nicht versagen. Aber als Vater, dessen Sohn vielleicht bei diesem bizarren Abenteuer sein Leben verlieren wird, muß ich mir die größten Sorgen machen.« Mools Blick glitt vom Himmel in die Arena hinab. »Dr. Newman, Sie haben bewiesen – zumindest zu meiner Zufriedenheit, und zwar mittels kontrollierter Studien, die das Zeug dazu haben, als Klassiker in die Annalen der Pharmakologie einzugehen – Sie haben bewiesen, daß verdünnte Noctus einen pazifistischen Organismus zu einer Obszönität namens Schlacht verleiten kann. Und zwar insofern, als sich jener Organismus verteidigen wird, wenn man ihn angreift.«

»Das haben Sie sehr gut ausgedrückt«, lobte Burne.

»Nun meine Frage . . . Ich bezeichne dies als Frage, aber, wie es in solchen Situationen üblich ist, stelle ich nicht so sehr eine Frage – vielmehr soll dies als Kombination von Fakten, Meinungen und Herausforderungen gelten. Ich frage also – wenn unsere Feinde Neurovoren sind, genügt da eine bloße Verteidigungshaltung, auch wenn sie mit numerischer Überlegenheit gekoppelt ist? Sie haben es hier mit einer der kräftigsten, bösartigsten Tierarten der Galaxis zu tun – nicht mit Quetzalianern.« Mool blickte in die Runde, um sich zu vergewissern, daß man seine Ausführungen mit einem wohlwollenden Lächeln quittierte.

»Sind Sie fertig?« fragte Burne und kehrte in den blauen Ring zurück.

»Ich bin niemals fertig. Aber Sie dürfen sprechen.«

»Hinter meiner Strategie steckt mehr als nur eine zahlenmäßige Überlegenheit, Dr. Mool. Meine Soldaten sind auch beweglicher als der Feind. Sie werden als Kavalleristen kämpfen – und unsere Feinde als bloßfüßige Infanteristen. Außerdem sind meine Soldaten intelligenter als der Gegner. Die meisten Quetzalianer sind so gebildet, daß sie sich auf der Nerde mit Philosophiedoktoren und Medizinern messen könnten. Unser Feind hingegen besitzt eine Bildung, die man auf der Nerde mit der Zivilisationspotenz sabbernder Nasenbohrer gleichsetzen würde. Und letztlich werden meine Soldaten über die bessere Ausrüstung verfügen. Die Neurovoren können sich nur im Nahkampf behaupten, aber Quetzalianer können aus der Ferne töten.« Mit einer plötzlichen Bewegung, wie ein Schachspieler, der seine Gegner mit einem Zug schachmatt setzt, fügte er hinzu: »Bedenken Sie das!«

Sosehr es Francis auch widerstrebte, die Aufmerksamkeit auf sich zu ziehen, wußte er doch, daß er jetzt in Burnes Kreis treten mußte. Als er dort angekommen war, zog er ein Seil aus Lipoca-Häuten zwischen den Falten seiner Robe hervor. Inzwischen rammte Burne seinen Stock in den Sand, bog das andere Ende nach unten, nahm Francis die Schnur aus der Hand und befestigte sie an beiden Enden des Stabes.

Und so stellte Burne Newman in den Mauern von Quetzalia etwas her, was kein Bürger je zuvor gesehen hatte – eine Waffe.

Francis wühlte im Innern seiner Robe und brachte einen kleinen Holzpflock zum Vorschein. An einem Ende war er mit Federn versehen, am anderen mit einer tödlichen Steinspitze. Francis zog sich in den Schatten am Nordtor zurück. Burne legte den Holzpflock an den Bogen, spannte das Seil, und der Pfeil schoß davon, verwirrend schnell und geradlinig. Am Scheitelpunkt seiner Flugbahn schwang er sich anmutig nach unten und verließ das Blickfeld aller Zuschauer, abgesehen von den Astrologen.

Mool setzte sich. »Sie haben mich überzeugt«, sagte er seufzend.

Während sich der Vormittag dahinschleppte, entwickelten sich kleine Zwiegespräche im Publikum, und die Füße scharrten immer lauter. Diese Geräusche fielen erst auf, als sie verstummten. Gouverneur Nazra hatte einen Finger erhoben.

»Ihr alle fragt euch nun, was ich von alledem halte«, begann er mit einer Erdbebenstimme. »Ich werde es euch sagen. Ich bin beeindruckt. Natürlich wollen wir vom Neurovorenfluch befreit werden. Doch es gibt da eine Frage, die noch nicht gestellt wurde.« Er verlagerte seinen fetten Körper nach vorn und wandte sich an Burne. »Wieso glauben Sie, daß sich Ihre Methode, die Sie an Tieren erprobt haben, auch bei Menschen anwenden läßt?«

»Ich glaube es nicht nur, Gouverneur Nazra, ich weiß es.« Burne zeigte zum Nordtor, und Francis reagierte sofort auf sein Stichwort, packte den Türring und riß daran. Das Tor schwang auf, in gut geölten Angeln, gab den Blick auf Zamanta und Momictla frei, die mit Schwertern und Schilden gerüstet waren

Burne ging auf das Ehepaar zu, nahm der Frau die Waffen aus den Händen und hielt sie hoch. »Erlauben Sie mir, die Macht meiner Wissenschaft zu beweisen. Vor Ihnen stehen zwei gewöhnliche Bürger. Vor sieben Tagen benutzte ich eine von Dr. Lostwax' Spritzen und injizierte Zamanta drei cm^3, die richtige Dosis für einen Menschen. Übrigens habe ich es nicht gegen seinen Willen getan.«

»Das ist wahr«, verkündete Zamanta mit lauter Stimme.

»Bis zum gestrigen Tag war er imstande, im Falle eines Angriffs Aggressionen zu entwickeln. Nun ist die Wirkung der Droge verflogen.« Burne wirbelte herum und attackierte Zamanta, der zur Seite trat, aber nicht weit genug, um Burnes Stoß auszuweichen. Das Schwert stieß klirrend gegen den Schild.

»Und jetzt gestatten Sie mir, Sie in Erstaunen zu versetzen«, fuhr Burne fort.

Francis verließ den Schatten, seinen Insulinkasten an sich gepreßt, und kehrte in den blauen Ring zurück. Er öffnete den Kasten. Zwei Fünf-cm^3-Spritzen ruhten auf Samt wie ein Pistolenpaar, mit einer schwarzen Substanz gefüllt. Burne legte Schwert und Schild auf den Boden, nahm eine der Spritzen und ging auf Momictla zu. Angstvoll starrte sie auf die Nadel. In einem heiseren Flüstern, das sowohl beschwichtigend als auch drohend wirkte, sprach Burne auf sie ein. »Vertrauen Sie mir – ich habe Ihre Kinder gerettet.«

Momictla versteifte sich. Burne schob ihren Ärmel zurück, die Nadel stach in ihre Haut. Er zog den Kolben zurück, kein Blut war zu sehen. In der Gewißheit, daß er keine Vene getroffen hatte, pumpte er ihr drei Kubikzentimeter in den Arm. Sie wimmerte nicht, rührte sich nicht – auch dann nicht, als ein grüner Rand rings um den Einstich entstand.

»Es dauert zehn Minuten, bis die Droge zu wirken beginnt«, erklärte Burne.

Man vertrieb sich die Zeit mit Fragen. Ein Politiker wollte von Zamanta wissen, ob er irgendwelche Nebenwirkungen, böse oder andersgeartete, bemerkt habe. Das verneinte Zamanta und versicherte, er würde sich sogar gestärkt fühlen. Noctus hätte sein Leben wahrscheinlich um »gute vier Stunden verlängert«. Die Menge brach in Gelächter aus. Momictla berichtete, sie würde leichte Kopfschmerzen und ein schwaches Übelkeitsgefühl verspüren, setzte aber hastig hinzu, diese Symptome würden immer auftreten, wenn sie sich so vielen Menschen gegenübersähe.

»Verteidigen Sie sich!« instruierte Burne seine Versuchsperson und hob seine Waffen vom Boden auf. Momictla nahm ihrem Mann Schwert und Schild ab. Burne stieß zu, traf Momictlas zitterndes Schwert. Sie umfaßte den Griff fester und erwiderte den Angriff. Das ganze Publikum schoß von den Bänken hoch wie ein Vulkanausbruch. Die Leute wären nicht erstaunter gewesen, wenn sich die Frau in eine Kröte verwandelt hätte.

Momictla hatte sich nie zuvor duelliert, aber sie war reaktionsschnell und hatte rasch begriffen, worauf es ankam. Sie kannte die visuellen, die kinästhetischen Aspekte der Gewalt, die sie so oft im Tolca-Tempel gesehen hatte. Erst als sie die Arena viermal umkreist hatten, wobei das Klirren der Schwerter immer schriller erklungen und die Intervalle zwischen den einzelnen Zusammenstößen immer kürzer geworden waren, ertappte Burne seine Gegnerin in einem unkonzentrierten Augenblick und schlug ihr das Schwert aus der Hand. Doch dann gab sie sich noch immer nicht geschlagen, hielt den Schild mit beiden Händen vor ihren Körper, um weitere Attacken zu parieren.

Doch Burne hatte alles erreicht, was er wollte. Er stieß die Schwertspitze in den Sand und warf beide Arme hoch, als habe er soeben ein akrobatisches Kunststück vollbracht. Die Politiker wußten nicht, ob sie jubeln, nach Luft schnappen oder sich übergeben sollten. Sie schauten Nazra an.

Der Gouverneur erhob sich. »Zweihundert Jahre lang waren wir hinter Steinmauern eingeschlossen – gefangen auf unserem eigenen Planeten.« Seine Stimme schwoll zu einer neuen Schockwelle an. »Nun haben wir die Chance, unsere Freiheit zu erkämpfen, und dazu brauchen wir nur vorübergehend und auf recht triviale Weise mit den alten Traditionen zu brechen. *Aber irgend etwas in meinem Inneren warnt mich – und deshalb zögere ich, diese Chance zu ergreifen.*«

Er ist gegen uns, dachte Francis deprimiert, und dann hatte er das merkwürdige Gefühl, daß es ihn genauso demprimieren würde, wenn es Burne gelungen wäre, Nazra zu überzeugen.

»Und doch«, fuhr der Gouverneur fort, »Wir können nicht in der Vergangenheit leben. Wir müssen unseren Nachkommen einen ganzen Planeten vererben, nicht nur einen grünen Splitter, eingeklemmt zwischen dem Kannibalenland und dem Meer. Ich glaube, ich spreche für die überwältigende Mehrheit, wenn ich sage, daß ich diesen Plan gut finde.«

In der ganzen Arena nickten zahlreiche Köpfe, ein »Ja!« drang aus allen Kehlen. Er *hat* uns also unsere Argumente abgekauft, dachte Francis und veränderte die Motive für seine Depression.

Nun wandte sich Nazra an Burne. »Hoffentlich verstehen Sie, daß es mir mein Glaube niemals gestatten würde, diesen Krieg offiziell zu billigen. Zolmec stellt sich nach wie vor gegen alle Formen der Gewalt. Aber ich werde meine Kirche veranlassen, ganz offiziell einen neutralen Standpunkt einzunehmen. Und mit parlamentarischer Unterstützung, die ich sicher bekommen werde, kann ich den Klerus vermutlich dazu bringen, gewisse Zugeständnisse hinsichtlich der Maschinerie und des Krieges zu machen und Absolutionen zu erteilen. Ihre Soldaten verdienen es, von der hypodermatischen Technologie zu profitieren, ohne ein schlechtes Gewissen haben zu müssen. Aber vorher muß noch etwas geschehen.«

»Was?« fragte Burne.

»Ich möchte, daß Sie diese Frau in sieben Tagen zu mir bringen. Ich möchte mit eigenen Augen sehen, daß sie zum Pazifismus zurückgekehrt ist. Wenn sie dann immer noch ein Nerdenmensch ist, werde ich Vaxcala Coatl ersuchen, Ihre Armee als böse und frevlerisch zu verdammen.«

Burne strahlte. »Eine kluge und vernünftige Bedingung, Gouverneur!«

Die Heimat lag näher denn je. Und doch wußte Francis irgendwie, obwohl die ganze Bürokratie von Aca stillschweigend dahinterstand, daß dieser Krieg nicht so sauber war, wie es die jüngsten Ansprachen glauben machen wollten. Der Regierungsrat war offenbar nicht seiner Meinung. Man nickte, murmelte vor sich hin oder brachte auf andere Weise zum Ausdruck, daß nun nichts mehr in dieser Angelegenheit gesagt werden mußte.

Doch dann erhob sich eine zierliche Frauengestalt, das Gesicht von einer Kapuze überschattet. »Warten Sie!« rief sie mit heiserer Stimme, schlug die Kapuze zurück, und Francis starrte in schmerzhaft vertraute Züge. Doch sein Schock ließ nach, ging in Neugier über und dann in sexuelles Verlangen.

»Ich wurde nicht eingeladen«, begann Tez. »Vielleicht habe ich nicht das Recht zu sprechen.«

»Das stimmt, du gerissenes kleines Luder«, sagte Burne stirnrunzelnd. »Wer sind Sie?« fragte Nazra.

»Das werde ich Ihnen sagen«, mischte sich Mool erbost ein. »Sie heißt Tez Yon und arbeitet als Ärztin in meiner Klinik. Dr. Yon, *ich* vertrete hier das Chimec-Hospital, und ich schlage vor, daß Sie jetzt wieder an Ihre Arbeit gehen.«

»Ich glaube, sie hat uns im Namen einer Minorität einiges zu sagen«, meinte Nazra, »und ich möchte es hören.«

Tez wartete, bis Totenstille in der Arena herrschte, mußte nicht lange warten und begann: »Ich habe hier gesessen und das alles miterlebt, und ich muß gestehen, daß ich verwirrter bin, als ich es mit Worten ausdrücken kann. Ich dachte immer, daß Zolmec irgend etwas *repräsentiert*. Sicher, Gewaltlosigkeit ist eine gute Sache. Sie erhält die Leute am Leben. Sie erspart uns die finanzielle Belastung von Türschlössern und Gerichtshöfen. Aber davon abgesehen ist sie auch *richtig*.« Sie trat in den Gang zwischen den Sitzreihen, stieg in die Arena herab und wandte sich dann dem Regierungsrat zu. »Sind Sie wirklich bereit, die edelste Tradition in der menschlichen Geschichte aufzugeben, nur weil zwei Karnivoren aus dem Weltall Sie dazu auffordern? Sind Sie bereit, unseren Glauben zu verraten, nur weil diese beiden Schwindler sagen, daß Sie das tun sollen? ›Diener sind unbekannt‹, behauptet Zolmec, ›Krieger namenlos!‹ Haben Sie das *vergessen*?«

Nazra beobachtete Tez' Gesicht mit schmerzlichen Augen. »Es war sehr tapfer von Ihnen hierherzukommen, Dr. Yon«, erwiderte er, dann wandte er sich mit dröhnender Stimme an die Menge. »Wir sollten in den nächsten Tagen alle bedenken, daß diese Frau vielleicht die Wahrheit gesprochen hat!«

»Verzeihen Sie, Gouverneur«, warf Burne ein, »aber diese Frau hat den blanken Unsinn geredet. Vor einer Opoche haben Lostwax und Dr. Yon aufgehört, einander zu lieben, und deshalb ist sie immer noch ziemlich durcheinander.«

Francis stürmte aus den Schatten hervor. »Nein, das ist nicht fair! Sie hat aus einer tiefen moralischen Überzeugung heraus gesprochen!« Seine Stimme, viel lauter, als er es erwartet hatte, erreichte auch die obersten Sitzreihen.

Tez wirbelte zu ihm herum, schenkte ihm ein dankbares Lächeln. Dann wandte sie sich an Burne. »Ich bezweifle nicht, daß es Ihnen gelingen wird, diesen kriminellen kleinen Krieg zu entfachen. Aber ich werde ihn nicht billigen, mein Bruder auch nicht – und auch sonst niemand, den ich beeinflussen, umgarnen, überzeugen oder verführen kann.«

»Zolmec«, sagte Nazra, »hat uns immer gelehrt, daß die wichtigsten Worte lauten: ›Ich könnte mich irren.‹ Eine Welt ohne Neurovoren erscheint mir wie ein schöner Traum – ein Traum, der Quetzalia mehr Brotlaibe als Steine einbringen würde. Aber ich könnte mich irren.«

Tez lief zum nächsten Tor, und als sie in den dunklen Tunnel eingetaucht war, rief sie mit einer durchdringenden Stimme, die bis in die Arena zu hören war: »Und ich habe *immer* noch nicht aufgehört, den Nerdenmann zu lieben.«

Die Worte prallten von Granit ab und erstarben. Francis dachte: Und ich habe gleichfalls nicht aufgehört, die Quetzalianerin zu lieben.

Burne bewaffnete Momictla sieben Tage später mit einem Schwert und brachte sie in Gouverneur Nazras Privatbüro. Gleichgültig, wie viele Hiebe und Stiche er ihr auch versetzte – sie weigerte sich zurückzuschlagen. Danach entschuldigte sich Burne. Momictla gab ihm das Schwert zurück, und dabei hielt sie es mit spitzen Fingern am Griff wie den Schwanz einer toten Ratte. »In der Kirche werde ich Sie damit enthaupten«, sagte sie.

»Das würde ich gern in meinen Träumen sehen, Momictla«, erwiderte Burne.

Momictlas rasche Erholung von ihren kämpferischen, fremden Tugenden beeindruckte Nazra so sehr, daß er sich bereit erklärte, seinen Palast in eine Kaserne umzufunktionieren. Burne entgegnete, daß Paläste sich nicht dazu eignen würden, Soldaten abzuhärten. Statt dessen würde er ein Feldlager im Hinterhof aufschlagen. Nazras Hinterhof bestand aus zehn Morgen Grasland, flach und grün wie ein Billardtisch.

Kuriere verbreiteten die Nachricht, daß im Gouverneurspalast das größte Abenteuer dieses Zeitalters vorbereitet wurde, und jedes Bevölkerungszentrum, angefangen vom mächtigen Tepec bis zum unscheinbaren Oaxa, entsandte Freiwillige. Francis ließ sich gern dazu überreden, aus dem Olo zu ziehen und die Leute zu rekrutieren.

Er saß hinter einem Marmortisch in der Haupthalle des Palastes und warb pro Tag hundert Soldaten an.

»Name?« Er sah nur selten von den Formularen auf.

»Minnix Cies.«

»Adresse?«

»Das Cies-Familien-Cottage, südlich von Cuz an der Harmoniestraße.«

»Sprechen Sie mir bitte nach: Ich werde der Ersten Armee von Aca meine ganze Kraft . . .«

»Das ist doch dumm«, sagte Minnix. Seine Vorgänger hatten ähnliche Ansichten kundgetan.

»Meinen Willen . . .«

»Natürlich tu’ ich das . . .«

»Und meinen immerwährenden Gehorsam weihen . . .«

»Das klingt aber ziemlich neurovianisch.«

Francis strich ein Quadrat auf dem Formular durch, womit angezeigt wurde, daß Minnix seinen Treueeid geleistet hatte. »Jetzt müssen wir Ihre Muskeln testen.« Als Francis ihm den Langbogen reichte, erkannte er den Antistasisten, der sich in der Vij-Arena für den Krieg eingesetzt hatte. »Oh, Sie sind es! Unser Champion!«

»Kühne Ideen verdienen es, daß man sich dafür einsetzt. Ich bin froh, daß Sie die Langeweile unseres Lebens durchbrochen haben.«

»Machen Sie sich keine Mühe mit diesem Bogen, Soldat. Wir stehen tief in Ihrer Schuld.«

Aber Minnix versuchte es trotzdem und bog die Stange bis zum maximalen Grad zusammen. Francis erklärte ihm, die neuen Rekruten müßten sich im Zelt des Brigadegenerals hinter dem Palast melden, worauf Minnix unsicher salutierte.

Burne saß im Brigadegeneralszelt, sprach in markigen Worten von dem neuen Tag, der nun über Luta heraufdämmere, und erklärte, im Lauf der Geschichte hätten sich stets alle Männer um die Chance bemüht, fürs Vaterland sterben zu dürfen. Die meisten Rekruten, auch die Antistasisten, erwiderten darauf, dieser idiotische Patriotismus würde ihnen nichts sagen. Sie seien gekommen, um in einer einzigen Schlacht zu kämpfen, und danach wollten sie wieder religiös werden. Burne sagte immer wieder: »Ich glaube nicht, daß Sie einen guten Soldaten abgeben werden«, worauf er mit entnervender Regelmäßigkeit die Antwort hörte, daß *er* niemals ein guter

Pazifist sein würde. Aber er wagte nicht, seine Reihen zu dezimieren, indem er diese aufmüpfigen Burschen nach Hause schickte, und so befahl er ihnen, Latrinen zu graben.

Nur noch eine Stunde – und die Erste Armee von Aca würde aus tausend Mann bestehen. Die Formulare verschwammen bereits vor Francis' Augen, als er wieder einmal den Bleistift zückte. »Name?«

»Tez Yon.«

Automatisch begann er zu schreiben. »Adresse?« Dann las er, was er geschrieben hatte. »Tez!«

»Ich will mit dir reden«, sagte sie müde.

Eine mühsam verdrängte Bitterkeit stieg in ihm auf. »Reden? Warum bleibst du nicht deiner Gewohnheit treu und legst mir einen Zettel aufs Bett? Mein Schlafzimmer ist oben!« Tez sah ihn nur an. »Willst du zur Ersten Armee gehen?« Er meinte es halb ernst. Der verrückte Gedanke, daß sie ihre Skrupel überwunden haben könnte, war schon in dem Moment gekommen, als er sie erkannt hatte. Es gehörte zu Francis' Schwächen, die Absurdität solcher Thesen zu ignorieren und alle folgenden Worte und Taten seinen verrückten Einbildungen anzupassen.

»Ich werde nicht zu eurer Armee gehen«, entgegnete Tez würdevoll. »Nicht einmal, wenn du einen Dornenbusch in meinen Bauch pflanzt.«

»Natürlich, du bist in solchen Dingen Jungfrau. Du hast niemals daran gedacht, Mool das Herz aus der Brust zu schneiden. Du hast nur *gedacht*, du hättest es gedacht.«

»Ich bin nicht gekommen, um mit dir zu streiten, Francis.«

Er rekrutierte rasch die restlichen Freiwilligen, ließ den Treueeid und den Muskeltest aus. Die Erste Armee hatte tausend Soldaten. »Komm, gehen wir spazieren.«

Der Garten des Gouverneurs war kahl und windig und ließ den nahen Winter ahnen. Der Schnee würde erst in zwei Opochen vom Himmel fallen, aber die Farben waren bereits alle in den Süden gewandert. Überall sprudelten Springbrunnen in aufgebrachter Heiterkeit.

»Ich denke manchmal an deinen Vater«, sagte Francis.

»Er leidet nicht.«

»Das ist gut. Ich denke auch an deinen Bruder.«

»Der leidet auch nicht. Er ist nur unleidlich.«

»Und ich denke an dich.«

»Eigentlich sollte ich dir danken, weil du mich in der Arena gegen Burne verteidigt hast. Es muß dir sehr schwer gefallen sein, dich gegen einen Freund zu stellen.«

»Das ist schon – öfter vorgekommen.«

»Dann gibt es noch Hoffnung. Deine Intuition sagt dir, daß dieser Krieg falsch ist.«

»Ich dachte, du wolltest nicht streiten.« Francis deutete mit dem Daumen zum Feldlager hinüber. »Willst du die Soldaten dazu überreden, wieder nach Hause zu gehen? Ich bewundere deine Entschlossenheit.«

»Ich werde es geradeheraus sagen – ich bin schwanger.«

»Was?«

»Ich trage, um eine abgeschmackte Phrase zu benutzen, dein Kind unter dem Herzen.«

»Ist es wirklich meins?«

»Und meins.«

Eine heiße Freude stieg in Francis auf. »Großartig! Der Zwergenfuß wirkt also nicht immer.«

»Zumindest nicht bei Nerdenmännern.«

»Offenbar war es mein Schicksal, noch einmal Vater zu werden. Es ist, als würde *Barry* zu mir zurückkehren.«

»Vergiß aber nicht, daß er diesmal eine andere Mutter hat.«

»Das ist das Allerbeste an der ganzen Sache.« Er zog sie an sich, erwartete halb und halb, zurückgestoßen zu werden, aber ihre Lippen trafen sich in einem innigen, versöhnenden Kuß.

»Ich habe dich vermißt«, flüsterte sie.

»Als du aus der Wohnung ausgezogen warst, versuchte ich so zu tun, als würde es mir nichts ausmachen. Aber ich hab's nicht geschafft.« Er ging zum nächsten Brunnen, hielt die Hand darüber, und der eisige Wasserstrahl traf seine Handfläche. »Dieses Baby wird keine Diabetes kriegen. Wir nehmen die Pillen mit, wenn wir abreisen.«

»Abreisen?«

»Zur Nerde.« Er hatte völlig gedankenlos gesprochen, und plötzlich wurde ihm bewußt, was er gesagt hatte. *Wir!* Ja, er hatte es so gemeint.

»Du willst, daß ich mit dir zur Nerde fliege?«

Er erwartete nicht, daß sie an dieser Idee ganz automatisch Gefallen finden würde, und er las in ihren entsetzten Augen, daß seine Skepsis berechtigt war. »Ich möchte, daß er, sie – unser Kind als

Nerdenmensch aufwächst.«

»Und das ist nur möglich, wenn auch die Mutter ein Nerdenmensch wird?«

»Wenn alles gutgeht, werden wir in knapp vierzig Tagen die *Darwin* starten. Das Baby *darf* nicht hier geboren werden, wenn die
Nerde seine Heimat sein soll. Oh, auch auf meinem Planeten gibt es
humane Leute, du wirst es schon sehen. Dort wächst niemand ohne
Berg-und-Tal-bahn auf.« Er lächelte wie Mr. Nose. »Dieses Kind
wird sehr glücklich sein.«

»*Ich* bin nie mit einer Berg-und-Tal-bahn gefahren, und ich war
auch glücklich.«

»Aber es ist *wichtig* für mich.« Er hüpfte buchstäblich auf und ab.
Tez warf nur einen kurzen Blick auf ihn und spürte, daß ihr Widerstand schmolz. Gott der Gehirne, ich liebe ihn *wirklich*. Aber –
von hier weggehen? Keine Marionettentheater mehr? Keine Legen-
denabende? Sie brach das Schweigen, indem sie versprach, ernsthaft
zu überlegen, ob sie auf die Nerde gehen wolle. »Aber nur unter
zwei Bedingungen.«

»Ja?«

»Erstens können wir nicht aufbrechen, solange mein Vater noch
am Leben ist.« Francis protestierte und erklärte, Burne würde sofort
starten wollen, sobald er die *Darwin* wieder zwischen den Fingern
hätte. »Wenn mein Vater dann noch lebt, mußt du ohne mich abreisen«, erwiderte Tez. »Die zweite Bedingung lautet, daß du diesen
unsinnigen Krieg nicht unterstützen darfst. Ich verlange nicht von
dir, daß du die Leute zum Desertieren ermutigst, aber ich erwarte,
daß du Aca verläßt. Sag Burne, daß du nicht mitkommen würdest,
wenn die Armee losmarschiert. Du hast einmal gesagt, du seist entzückt von unseren pazifistischen Gottheiten und könntest nicht verstehen, daß man Mörder – zum Beispiel Generäle und Jeanne d'Arc
– bewundert. Nun kannst du mir beweisen, daß du zu deinen Überzeugungen stehst.«

»Burne wird denken, daß ich kein Rückgrat habe.«

Sie preßte die Lippen zusammen. Francis zog seine Hand vom
Brunnen zurück und beobachtete, wie Wasserperlen von seinen Fingerspitzen tropften. »Außerdem müssen Kappie und Luther gerächt
werden.«

»Man wird sie rächen, und es spielt überhaupt keine Rolle, ob du
dabei bist oder nicht. Versteh doch – wenn ich in einen anderen
Kulturkreis übersiedle, dann möchte ich, daß meine Freunde das

billigen. Sie sollen wissen, daß Burne Newman zwar kein Nerdenmusterknabe ist, aber daß es auf diesem Planeten auch andere Menschen, wie zum Beispiel einen Francis Lostwax gibt, deren Moralbegriffe den unseren nahekommen.«

Er stieß einen Seufzer zwischen den Zähnen hervor. »Unser Fötus ist schon – wie alt? Eine Opoche? Er war bereits ein Fisch – und eine Amphibie. Zwei Billionen Jahre Evolution. Es wird Zeit, daß auch *ich* erwachsen werde.« Er erklärte, daß er drei oder vier Tage brauchen werde, um alles zu regeln, seine Sachen zu packen und genügend Mut aufzubringen, daß er Burne seine Entscheidung mitteilen könne. Danach würde er zu ihr ins Olo kommen.

»Ich weiß dein Opfer zu schätzen«, erwiderte Tez mit unbeabsichtigter Ironie.

»*Du* bist es, die ein Opfer daraus macht.«

»Kann die Nerde eine erfahrene Neurochirurgin brauchen?«

»Sie kann auch eine erfahrene Puppenspielerin brauchen. Oh, es wird großartig werden, Tez. Du kannst unseren Ärzten Homöopathie beibringen, und sie werden dich mit Robotergliedmaßen und Dialysesystemen vertraut machen. Im Frühling lassen wir Papierdrachen fliegen, und im Herbst schneiden wir Gesichter in Kürbisköpfe, und vielleicht, wenn du sehr, sehr brav bist, zeige ich dir, wie man ein Magnumauto steuert.«

Als sich Francis endlich dazu aufgerafft hatte, seinem Freund mitzuteilen, daß er nicht nur die Armee verlassen wolllte, sondern außerdem auch noch seine schwangere Geliebte auf die Nerde mitzunehmen gedachte, ging Burne, wie es vorauszusehen gewesen war, in die Luft. »Lostwax, was tust du mir an? Wie kann ich von den Quetzalianern erwarten, daß sie für *dein* Schiff kämpfen, wenn *du* dich davor drückst?« Sie standen auf einem Balkon des Palastes und blickten zum Exerzierfeld hinunter. Burne wies stolz auf seine Armee. Die Offiziere sahen hilflos zu, wie die Soldaten in manierierten Schrittfolgen umhertanzten, die sich nur schlecht mit irgendwelchen Definitionen von Marschrhythmen vereinbaren ließen.

»Ich habe mit Minnix Cies gesprochen«, sagte Francis. »Er erklärte mir, er würde für die Freiheit von Quetzalia kämpfen, nicht für die *Darwin*, und er hat Verständnis für meine Lage.«

»Ich wünschte, ich hätte das auch.«

Francis' Argumente alternierten zwischen der Darlegung seines leidenschaftlichen Wunsches, ein Nerdenkind großzuziehen, und dem Bekenntnis seines persönlichen Glaubens, daß Massenmord stets böse sei, auch wenn man ihn mit Euphemismen wie Krieg und Schicksal bemäntele. »Ich weiß, daß ich dir das Leben schwermache. Nun wirst du die *Darwin* hierherfliegen und uns abholen müssen . . . Aber ich kann nicht anders.«

Burne machte »hm« und erwiderte, er müsse Francis' Überlegungen wohl oder übel respektieren. »Auch wenn sie falsch sind.«

»Vergiß nicht, daß ich es war, der herausgefunden hat, wie man diese Leute reprogrammieren kann. Ich *habe* bereits meinen Beitrag zu deinem Krieg geleistet, Burne. Ein Freiwilliger mehr kann die Schlacht auch nicht gewinnen – und ein Honigkuchenpferd wie ich schon gar nicht.« Burnes Laune besserte sich plötzlich. »Der Krieg ist bereits gewonnen – trotz der Possen meiner sogenannten Soldaten.«

»Sie marschieren ziemlich komisch«, meinte Francis, als er beobachtete, wie ein paar Leute über ihre eigenen Beine stolperten.

»Sie verstehen nicht, daß konzertierte Aktionen notwendig sind. Aber jeder einzelne ist ein verdammt guter Solist.«

Burne wiederholte ein Gespräch, das er vor kurzem mit einem seiner etwas vertrauenswürdigeren Leutnants geführt hatte. »Der Mann sagte: ›General, ich habe noch nie an einer Schlacht teilgenommen, aber nach allem, was ich gelesen habe, ist das ein rein individualistischer Vorgang. Man greift den Feind in einem Tempo an, das man persönlich für richtig hält. Man schwingt das Schwert aus eigener Initiative und nur dann, wann man will, und man sucht sich selber den Neurovoren aus, den man töten will, und wenn er einen Speer losschleudert, wartet man nicht auf einen Befehl, sondern duckt sich einfach. Ich glaube, Sie verstehen, warauf ich hinauswill, Sir. Diese Anpassung, die Sie da propagieren – daß wir Livree tragen und im Gleichschritt marschieren sollen –, ist doch sinnlos. Sie sollten Intuition und Kreativität mit uns trainieren.‹«

»Und was hast du geantwortet?« fragte Francis.

»Ich habe ihm gesagt, daß er ein Unruhestifter sei.«

»Hm . . . Ich überlege gerade, ob ich ihm nicht recht geben soll.«

»Unglücklicherweise wird deine Skepsis von sieben Achtel dieser Armee geteilt.« Burne begann zu jammern und zu schimpfen. Vor zwei Tagen hatte er Uniformen verteilt, und jeder einzelne hatte entweder Nähte aufgetrennt und neu zusammengestichelt, neue Taschen aufgenäht, Federn drangeklebt oder andere Verzierungen angebracht, bis die Erste Armee von Aca mit einer Mannigfaltigkeit aufwarten konnte, die man außerhalb eines Zoos nur selten fand. Jeder militärische Brauch, der seit Troja Geltung hatte, wurde mit Protesten oder spöttischen Bemerkungen bedacht. Wenn Burne zum Beispiel sagte: »Wir brauchen Signalhörner«, entgegnete ein Freiwilliger: »Wozu? Wir können Sie doch ohnehin hören.«

»Wir brauchen Banner.«

»Wozu? Wir können Sie ja sehen.«

»Wir müssen Regimenter bilden. Aus den Regimentern werden Bataillone formiert, aus den Bataillonen Kompanien, aus den Kompanien Abteilungen und aus den Abteilungen Schwadronen. Das ist es, was wir hier brauchen – Organisation!«

»Wozu? Wir wissen doch, wer wir sind.«

Je länger Francis seinem Freund zuhörte, desto größer wurde seine Verwirrung. »Ich verstehe das nicht. Eine Armee ist ein Riesendurcheinander – und trotzdem rechnest du mit einem Sieg.«

»Natürlich. Diese Soldaten können genau das, was Soldaten können müssen – mit Waffen umgehen.«

»Hast du sie im Duell beobachtet?«

»Natürlich nicht. Quetzalianer würden niemals die Klingen kreuzen – aus keinem Grund. Aber ich bilde sie als Langbogenschützen aus, und damit packen wir die Neurovoren. Natürlich nehmen wir auch andere Waffen in die Wüste mit, aber dieser Krieg wird aus der Ferne gewonnen, das verspreche ich dir.«

»Können sie denn schon Bogenschießen?«

»Allmählich kommen sie in Übung.« Burne berichtete, daß sich jeder Freiwillige einen Bogen gebastelt und schon so oft ins Schwarze getroffen habe, daß der Rest der Zielscheibe praktisch überflüssig war.

»Offensichtlich betrachten sie das Bogenschießen nicht als Aggression.«

»Nein, sondern als Spiel. Außerdem können sie reiten. Wenn ein Quetzalianer auf einem galoppierenden Lipoca sitzt, kann er aus fünfzig Metern Entfernung in die Titten einer Pikdame schießen. Zum Teufel, das ist die beste leichtbewaffnete Kavallerie im Solarsystem!«

»Da siehst du's! Alles wird wunderbar klappen. Ich würde euch nur im Weg herumstehen.«

»Eigentlich müßte ich wütend auf dich sein –, aber wer bin ich schon, daß ich es wagen könnte, zwischen dich und die Liebe deines Lebens zu treten?«

Francis fröstelte in der kühlen Herbstluft und verkündete, daß er nun den nächstbesten Herd aufsuchen würde. »Aber eine Frage habe ich noch. Warum bist du nur Brigadegeneral? Warum nicht Vier-Sterne-General?«

»Weil ich mir noch einen Rang freihalten muß, damit ich mich befördern kann, wenn wir den Krieg gewonnen haben.«

Francis schüttelte seinem Freund die Hand und schlug mit einem breiten Grinsen die Richtung zu Nazras Küche ein. Der gute alte Burne . . .

Die nächsten zwanzig Tage waren die schönsten, die Francis jemals auf Luta oder irgendeinem anderen Planeten erlebt hatte. Ein- oder zweimal – manchmal sogar dreimal am Nachmittag bekam er Besuch von irgendeinem Tepecaner, der dem Nerdenmann dafür danken wollte, daß er sich moralischer verhielt als die Antistasisten von Quetzalia. In der heiligen Stadt braute sich eine leidenschaftslose Antikriegsbewegung zusammen, und Francis war ihr Aushängeschild geworden. Für seine Nachmittagsgäste repräsentierte er ein großes Potential der Humanität – die Möglichkeit, daß der Pazifismus eine ebenso natürliche menschliche Eigenschaft war wie die Aggressionsbereitschaft.

Das Phantasieren wurde zur Hauptbeschäftigung seines Denkens. Wenn er seine Lieblingsplätze aufsuchte – den Garten des Olo, die sauberen Straßen von Tepec –, begleiteten ihn mentale Bilder wie wohlwollende Geister. Er sah sich selbst als Professor im Galileo-Institut, und in seinem Büro wimmelte es von Preisen und mehreren Korkenzieherkäfergenerationen. Er sah Tez an seiner Seite, und sie verblüffte alle Nerdenärzte mit ihren unheimlichen Kenntnissen in der Volksheilkunst. Und er sah einen kleinen Jungen – manchmal war es auch ein Mädchen –, der seinen Vater bat, mit ihm in den Zirkus zu gehen. Natürlich gingen sie und amüsierten sich königlich.

Natürlich hing die Verwirklichung all dieser Träume von einem quetzalianischen Sieg ab. Jeden Morgen wurde er von Zweifeln gequält und mußte sich immer wieder vergegenwärtigen, daß Burne Newman alles konnte, was er wollte.

Tez' Tage waren von einer Aufregung erfüllt, die manchmal beängstigend war, aber meistens Spaß machte. Sie war kein Mensch, der über einmal getroffene Entscheidungen nachgrübelte, nicht einmal über Entscheidungen, die man rückgängig machen konnte, und sie wußte, daß man nachdenkliche Momente mit hektischer Betriebsamkeit überbrücken konnte. Sie sammelte ihre Instrumente im Chimec-Hospital ein, verkaufte den Plunder, der sich im Laufe ihres Lebens angesammelt hatte, packte ihre Marionetten in Feldkisten – und all diese Tätigkeiten bestärkten sie in ihrer Überzeugung, daß sie auswandern würde, auswandern *mußte*, daß dies ein beneidenswertes Abenteuer war und keineswegs ein Grund, Trübsal zu blasen.

Die Stunden, die Tez und Francis gemeinsam verbrachten, bewiesen ihnen immer wieder, daß sie eine ideale Partnerschaft eingegangen waren. Mit Hilfe geistiger Disziplin und einer Pflanze namens Mutterkraut entging Tez den vertrackten Übelkeitsanfällen und dem sexuellen Desinteresse, das in vielen frühen Schwangerschaften zu beobachten ist. Wenn sie nicht im Bett Vergnügen fanden, schlenderten die Liebenden durch die Stadt oder ritten aufs Land hinaus, und sie schrieben zusammen ein Puppenspiel mit dem Titel »Der Schwangerschaftswalzer«.

Nicht weit vom Olo wurde ein Nationalpark angelegt, und am Eröffnungstag mieteten Tez und Francis ein Kanu und erforschten einen düsteren künstlichen Sumpf namens Hexenmoor. Ringsum wimmelte es von zischenden aus dem Bayou des Großen Geistes importierten Reptilien, die ihr Bestes taten, um alle Besucher zu amüsieren.

Es geschah an diesem Tag, daß eine vage Angst in Francis aufstieg. Er saß da, sah seine schöne Verlobte an, ihren sinnlichen Mund, den runden befruchteten Bauch – ein Anblick, der normalerweise nur erfreuliche Gefühle weckte –, und da überfiel ihn plötzlich die Erinnerung an jene Worte, die Burne einmal gesagt hatte, wie ein heißes Fieber. »Haben die Quetzalianer ihre Menschlichkeit geopfert – ihrer absoluten häuslichen Ruhe zuliebe?«

Hatten die Quetzalianer ihre Menschlichkeit geopfert?

Tez' Menschlichkeit war über alle Zweifel erhaben. Das *wußte* er. Und er beschloß, diesen Gedanken zu verdrängen.

Doch er kam immer wieder zurück wie ein Vogel im Frühling.

Brigadegeneral Burne Newman stapfte durch das kalte Licht der Abenddämmerung zu seinem Zelt, eine Öllaterne in der Hand, mit schwingendem Arm und schaukelnder Flamme. Er schlug die Zeltklappe zurück, und da bot sich ihm ein Anblick, den er am allerwenigsten erwartet hätte – ein menschliches Gesicht. Es gehörte ausgerechnet Lostwax.

»Was ist passiert? Hast du dich wieder mal mit deiner Liebsten gestritten? Soll ich ihren Flug stornieren?« Burne stellte die Laterne auf einen Tisch, der mit Pfeilen, Noctus-Töpfen, selbstgebastelten Kompassen und Francis' Insulinkasten bedeckt war.

»Ich muß mit dir reden.«

»Mein Zeitplan ist ziemlich ausgefüllt.«

»Beantworte mir nur eine einzige Frage – was glaubst du, wie es Tez auf der Nerde ergehen wird?«

Burne ließ sich auf das Feldbett fallen und zupfte an seinem Bart. »Du meinst, was wohl passieren wird, wenn eine Pazifistin an einen Ort verpflanzt wird, wo die Gewalt als etablierte Geschäftsmethode gilt? Darüber würde ich mir an deiner Stelle keine Sorgen machen.«

Aber Francis hielt Beispiele parat. Wenn man zum Beispiel sein funktionsunfähiges Magnumauto in eine Nerdenreparaturwerkstätte bringt und jedes zweite Mal mit einem Magnumauto von dannen zieht, das nicht repariert wurde, an dem nur ein bißchen rumgebastelt wurde – oder mit einem Magnumauto, das nicht nur repariert, sondern völlig überholt wurde, so daß man für Reparaturen zahlen muß, die man gar nicht verlangt hat ... In solchen Situationen muß man seinem Zorn Luft machen, mit erhobenem Zeigefinger oder mit der Faust. Und dann gibt es natürlich unverhohlene Gewaltakte, selten, aber immerhin ... Wenn ein Rowdy versucht, einem die Brieftasche zu entreißen, oder wenn man in einer dunklen Gasse einem Sexualverbrecher begegnet, muß man beinhart sein, denn dann geht's ums Überleben.

Bevor Francis noch einen weiteren potentiellen Fall schildern konnte, zuckte Burne mit den Schultern und sagte: »Soweit ich meinen Planeten in Erinnerung habe, kann man dort alt und grau werden, ohne eine einzige Vergewaltigung oder übermäßig viele ungerechtfertigte Reparaturrechnungen verkraften zu müssen. Was stört dich denn nun *wirklich*?«

Und da brach es aus Francis hervor, und er gestand ihm alles. Die wahre Wurzel seiner Angst war die Frage, die Burne an jenem Abend gestellt hatte, als sie auf die Idee gekommen waren, einen Krieg zu inszenieren. »Haben die Quetzalianer ihre Menschlichkeit geopfert – ihrer absoluten häuslichen Ruhe zuliebe?« Trotz ihrer Schönheit und Intelligenz, ihrer Fähigkeit, Kinder zu gebären und Liebe zu schenken, war Tez für Francis kein ganzer Mensch.

Burne sagte nichts, das die Zweifel seines Freundes zerstreut hätte. Er blieb bei seiner These, daß die totale Ruhe das gerade Gegenteil der Menschlichkeit sei. »An deiner Stelle würde ich mir überlegen, ob es nicht eine Möglichkeit gibt, sie ein bißchen zu beunruhigen. Und das würde ich wahrscheinlich herausfinden wollen, bevor ich sie auf die Nerde mitnehme.«

Das Gespräch wandte sich nun harmloseren Themen zu – der Nerdenpolitik, der erstaunlichen Unfähigkeit der Galileo-Institutsverwaltung und der Frage, ob Albert Thorne wirklich drauf und dran war, seine erste Zeitenreise anzutreten.

Burne erhob sich und ging zur Zeltklappe. »Wie gesagt, ich habe eine Menge zu tun. Heute abend schmieden wir unsere Schwerter, und in vier Tagen reiten wir über die Zugbrücke.«

»Ich werde euch nachwinken.«

»Komm gegen Mittag – am Tolcatag. Ich werde dich in letzter Minute doch noch umstimmen, und du wirst uns begleiten.«

»Fangen wir nicht noch einmal damit an.«

Und dann sagte Burne etwas, das keiner von beiden erwartet hätte. »Wenn ich getötet werde – das würde dir doch was ausmachen, oder?«

Francis verbarg seine Überraschung. »Großer Gott der Gehirne, natürlich! Du bist doch mein Freund.« Versuchte Burne tatsächlich, Tränen zu unterdrücken?

»Ich bin ein eisenharter alter Knochen, Lostwax. Aber glaub nur ja nicht, daß ich die Gewalt liebe, Lostwax! Ich trete jederzeit für Barmherzigkeit – und Anständigkeit ein.« Seine Stimme, die so sonderbare Worte sprach, schien zu brechen. »Ein menschliches Gewissen – das gibt's eben nicht nur in Quetzalia, oder?«

»Ich verstehe dich sehr gut.« Francis wühlte unbehaglich in den Gegenständen herum, die sich auf dem Tisch häuften, und nahm seinen Insulinkasten. Burne hatte noch nie zuvor sein Seelenleben so entblößt. Francis war ganz durcheinander.

Als Burne das Zelt verlassen wollte, hielt Francis ihm aus einem plötzlichen Impuls heraus den Insulinkasten unter die Nase.

»Ich habe so eine dumme Angst . . . Wenn du draußen in der Wüste bist, habe ich vielleicht einen Rückfall. Könnte ich eine Spritze behalten?«

»Ich hätte gern einen Ersatz . . .«

»Ich bin so so nervös, Burne. Und außerdem . . .« Francis zwang sich zu husten. »Du würdest es doch vorziehen, nur *Nerdenmenschen* zur Nerde zurückzubringen, nicht wahr?«

Ein wissendes Lächeln teilte Burnes Bart. »Laß mir wenigstens den Crysaniumkasten hier.«

Nachdem Burne gegangen war, nahm Francis eine Spritze aus dem Kasten und wickelte sie in ein grünes Tuch. Er schob das Päckchen unter die Schärpe seiner Robe, und nach einem kurzen Gewissenskonflikt beschloß er, die Insulinflasche im Kasten zu lassen. Es war sowohl Burne als auch ihm selbst klar, daß die Angst vor einem Diabetes-Rückfall keineswegs der wahre Grund war, warum er die Spritze haben wollte, also warum sollte er Theater spielen?

Als Francis aus dem Zelt trat, wurde er von heftiger Aktivität empfangen. Stahlkessel, so groß wie Pauken, waren im ganzen Lager verteilt, und ihr Inhalt wurde von Feuermoos geschmolzen und erglühte im Dunkel. Nichts schien real zu sein. Die Welt ging unter, die Sonne war explodiert, und diese schwelenden Eimer dienten nur dazu, die Trümmer aufzufangen . . .

Francis ging in die hintere Säulenhalle des Palastes, band sein Lipoca los und stieg auf.

Funken stachen wie gleißende Nadeln in die Luft, als das Metall aus seinem Erz gerissen und dann zu einer Legierung von Crysaniumhärte und Nyoplenflexibilität geschmolzen wurde. Bevor die dickflüssige Konsistenz verlorenging, wurde die Legierung ausgegossen, gehämmert und geformt, erneut gehämmert und geformt – bis es die Gestalt und Festigkeit eines Schwertes angenommen hatte.

Trotz der Flammen und des Lärms hatte Francis seinen Freund bald erblickt. Burne saß in der Mitte des Camps auf einem Lipoca und glich einer Reiterstatue. Er hatte das Tier vor ein Eisenfaß auf Rädern gespannt, das mit irgend etwas Silbrig-Schwarzem gefüllt war. Der General sprach zu seinen Truppen. »Soldaten! In dreizehn Tagen werdet ihr gegen einen tödlichen Feind kämpfen. Seid ihr bereit, euer Leben für Quetzalias Freiheit notfalls zu opfern?«

»Ja!« rief mindestens die Hälfte der Armee einstimmig. Offenbar war es Burne doch noch gelungen, den Leuten einen gewissen militärischen Patriotismus einzuimpfen.

»In dreizehn Tagen werdet ihr diesen Planeten erobert haben – für euch und eure Nachkommen. Seid ihr bereit, Grenzen zu öffnen und Städte zu bauen?«

»Ja!« schrie die Armee, und nur wenige blieben stumm.

»Und jetzt hört mir zu. In dieser letzten Opoche habt ihr die Notwendigkeit gemeinsamer Aktionen angezweifelt. Aber heute sind wir alle eins, denn wir alle haben Schwerter geschmiedet, und jetzt ist es an der Zeit, sie abzulöschen.«

Burne stieg ab und nahm aus den Händen einer schwitzenden Frau einen Transperviumzylinder entgegen, auf dem ein weißglühender Metallbarren lag – zwanzigmal geformt und gehämmert und zugespitzt. Er hob den Zylinder hoch, so daß alle die helle Glut sehen konnten, dann ging er zu dem Eisenfaß. »Nun soll der Fluß des Hasses seine geheimen Kräfte auf diese Kristalle gießen, so daß wir unsere Feinde in der Wüste genauso niedermetzeln können wie im Tolca-Tempel.« Mit energischen Bewegungen neigte er den Zylinder, und der Metallbarren tauchte in das Faß, mit der Spitze voran. Zischender Dampf wallte auf, und die Moleküle wurden gefesselt. Burne zog das Schwert aus der silbrig-schwarzen Flüssigkeit.

Er stieg wieder auf, lenkte seinen Lipoca langsam durch das Lager, und jeder Soldat trat vor, als das Faß an ihm vorüberfuhr.

Francis wartete nicht, bis sein Freund ihn bemerkte. Er galoppierte davon, noch bevor die ersten zehn abgelöscht waren. Als er zum Olo zurückritt, kam ihm zu Bewußtsein, daß er seit dem Tag, als Burne die Experimentalproben aus dem Burggraben geholt hatte, nicht mehr mit einer so großen Menge Noctus konfrontiert worden war. Das Zeug war gar nicht so schrecklich. Er erinnerte sich, daß er mit Luther sogar über die Heiligkeit dieser Substanz gesprochen hatte.

Keine Spruchbänder, keine flatternden Wimpel – nichts geschah, um die Erste Armee zu ehren, als sie durch Quetzalia ritt. Tausend Lipocas trugen ebenso viele Soldaten mitsamt ihren Tornistern, die mit allem möglichen vollgestopft waren, angefangen von gefrorenen Bohnen und Schlafsäcken bis zu Pegmatiten und Noctus-Ampullen. Die Soldaten erreichten die Mauer und streiften umher, warteten darauf, daß die Zugbrücke heruntergelassen wurde. Und während die Hufe der Lipocas im Sand scharrten, blühte die Sünde.

Feindliche Blicke regneten von oben herab. So stark war die Abneigung der Quetzalianer gegen diese Expedition und so gering die Bewunderung, daß die lächelnden Sympathisanten auf der Mauer, knapp drei Dutzend Freunde und Verwandte der Freiwilligen, den Kriegsgegnern zahlenmäßig weit unterlegen waren.

Halsbänder, mit Wolfsköpfen geschmückt, kennzeichneten die Anhänger der Protestbewegung. Vor mehreren Jahrhunderten hatten die Ethologen auf der Erde herausgefunden, daß ein geschlagener Wolf seine Niederlage zugibt, indem er seinen Hals bloßlegt, worauf der siegreiche Wolf niemals – oder so gut wie niemals – dem Unterlegenen an die Gurgel fährt. Die Wölfe waren eine der wenigen Zolmec-Konzessionen an den Symbolismus.

Francis, der weder ein Halsband noch ein sympathisierendes Lächeln zur Schau trug, stand unbehaglich zwischen den Bürgern, befingerte seine Chitzal-Narbe und trat von einem Fuß auf den anderen. »Ihr hättet nicht kommen sollen«, sagte er zu Tez. »Die Armee kann eure albernen Wölfe gar nicht sehen.«

»Das ist mir egal – solange sie meinen albernen Verlobten sehen kann. Sie sollen wissen, daß du nicht in den Krieg ziehst.«

»Das wissen sie ohnehin schon. Glaubst du, daß meine Anwesenheit ein paar Soldaten in letzter Minute zur Desertion inspirieren wird?«

»Zumindest werden ihnen in letzter Minute Zweifel kommen, und das genügt mir schon.«

Burne galoppierte aus dem Gewirr von Soldaten und Tieren zur Mauer. Sein Lipoca war vor einen Munitionswagen gespannt, und seine Brust stellte die annähernde Imitation einer Nerdenpolizeiakademie-Uniform zur Schau, mit blauer Schärpe und orangegelben Epauletten. »Guten Morgen, Lostwax!« rief er zu der erhöhten Straße hinauf.

Francis winkte ihm möglichst unauffällig.

»Ich bin John Philip Sousa!«, fuhr Burne beharrlich fort, »der große Erdentroubadour, der die Filmmusik für den Ersten Weltkrieg geschrieben hat!«

Als es Francis versäumte zu lachen – als er es versäumte, überhaupt etwas zu tun, versuchte Burne ein Gespräch mit Tez in Gang zu bringen. »Was haben Sie denn da am Hals, Mädchen?« Sie schnitt eine Grimasse und marschierte davon. Er schrie ihr nach: »Da wir bald Schiffskameraden sein werden, sollten wir lieber höflich zueinander sein!« Tez verschränkte die Arme vor der Brust und starrte Iztac an. Burne wandte sich wieder an Francis: »Warum so mürrisch, Erdenmann? *Du* ziehst ja nicht in den Kampf.«

»Ich habe nun mal ein mürrisches Wesen.«

»Wie schön für dich, Lostwax! Spotte, runzle die Stirn, fühl dich miserabel – was es auch sein mag, es ist wunderbar, denn du wirst morgen noch am Leben sein.«

Endlich sagte Francis: »Bring mir ein Souvenir mit.«

Burne faßte nach dem Griff des Schwertes und zog es weit genug aus der Scheide, daß sich die Sonne darin spiegelte. »Ich werde dir ein hübsches, schimmerndes Raumschiff mitbringen.«

»Viel Glück! Und laß dich nicht fressen – oder sonstwas.«

Burne ließ das Schwert los, und es glitt in die Scheide zurück. Er schwang seinen Lipoca herum und ritt zum Tor, wo eine mißgelaunte Zivilistin zweifelnd zur Winde aufblickte. Als Burne ihr zunickte, begann sie das Seil abzuspulen.

Es war das zweite Mal, daß Francis und Burne das Fallgitter himmelwärts steigen sahen, während sich die massive Brücke knarrend auf das andere Ufer hinabsenkte. Die Erinnerung jagte ihnen Schauer über den Rücken. Einen Kilometer von hier entfernt schrubbte der Fluß Luthers Gebeine.

Burne ritt auf die Planken, sobald sie zum Stillstand gekommen waren. »Nieder mit allen Gehirnfressern!« brüllte er und hoffte, seine Soldaten würden den Schrei wiederholen. Statt dessen trabten sie stumm ins feindliche Territorium. Die winkenden Arme der Sympathisanten erhoben sich von der Mauer, die Kriegsgegner begannen zu buhen.

Als Francis die Sprache wiederfand, war der letzte Zivilist nach Hause aufgebrochen, und die Erste Armee war schon weit in die Wüste vorgedrungen. »Jetzt können wir ja gehen.«

»Dabei wird nichts Gutes herauskommen«, meinte Tez. »Wenn sie die Schlacht verlieren, werden die Neurovoren alle abschlachten. Und wenn sie siegen, wird Zolmec für immer ein Makel anhaften –, und ich werde ein Nerdenmensch.«

Plötzlich sah Francis seine Chance gekommen, ein unaussprechliches Thema anzuschneiden. »Ich weiß, daß es dir widerstrebt, von hier wegzugehen. Und du hast mehr Gründe, die Nerde zu fürchten, als du ahnst. Du wirst vielleicht nicht in diese Welt passen.«

»Nicht passen?«

Er schluckte hörbar. Wie sollte er ihr das nur klarmachen? Aber er mußte es tun – *mußte* es versuchen. »Ich meine – findest du nicht auch, daß unsere Zukunftspläne vielleicht ein bißchen wirklichkeitsfremd sind? Es ist durchaus zweifelhaft, ob du in meiner Heimat glücklich sein wirst. Die Nerdenbewohner sind ganz anders als die Quetzalianer.«

Lächelnd massierte sie das Baby in ihrem Bauch. »Glaubst du, daß ich einen Grashüpfer gebären werde?«

»Angenommen, eine Nerdenfrau kauft einen Musikrecorder, und der funktioniert nicht, wenn sie nach Hause kommt. Sie bringt ihn zurück, aber sie kriegt ihr Geld nicht wieder, weil der Verkäufer behauptet, *sie* hätte ihn zerbrochen. In diesem Augenblick fängt die Kundin zu schreien an und stößt wilde Drohungen aus. Aber was könntest *du* tun?«

»Ich könnte die Reparatur bezahlen.«

»Eine kostspielige Reaktion.«

»Kann man diese Recorder nicht reparieren?«

»Es könnte auch was anderes sein. Zum Beispiel ein Elektrostift.«

»Ach, Unsinn, Francis, man braucht nicht Attila der Hunnenkönig zu sein, wenn man einen lausigen *Bleistift* umtauschen will!«

»Und wenn jemand versucht, dich zu *vergewaltigen*?« platzte Francis heraus. »Du wärst hilflos. Burne hat das bewiesen – mit einem eurer weiblichen Kuriere.«

»Burne ist ein Neurovore.«

»Was würdest du *tun*?«

Sie überlegte eine Weile und antwortete dann: »Ich glaube, ich würde versuchen zu überleben, so gut es geht – genauso, wie ich versuchen würde, eine Überschwemmung oder einen Sturz in die Tiefe zu überleben.«

»Manche Frauen *sterben*, wenn sie vergewaltigt werden.«

»Manche Leute sterben auch bei Überschwemmungen.«

»Tez, ich habe eine Idee. Du hättest die Möglichkeit, aggressiv genug zu werden, um alle Probleme auf der Nerde zu meistern.«

Sie steckte einen Finger in ihr Halsband, um den Druck auf die Jugularvene zu mildern. »Hoffentlich nicht!«

»Ich weiß, wovon ich rede. Drei cm³ befähigen einen Menschen, sich zu verteidigen. Du hast Zamanta und Momictla beobachtet. Es hat ihnen nicht weh getan – kein bißchen.«

»Willst du mich mit Noctus vergiften?«

»Plus einer Wiederholungsimpfung nach sechs Tagen, einer weiteren nach vierundzwanzig . . . Das steht alles in Janet Vijs Notizen.«

»Francis, ich bin *schwanger.*«

»Noctus ruft keine Mißgeburten hervor. Das haben unsere Tierversuche erwiesen. Die Droge kommt nicht einmal in die Nähe der Placenta.«

»Ihr Vivisektionisten denkt wirklich an alles.« Sie stieß mit der Ferse gegen die Steinstraße und ging zur Treppe. »Ich will nichts davon wissen.« Er folgte ihr, zog das grüne Päckchen aus seiner Robe. »Du darfst keine überstürzte Entscheidung treffen.« Als er die Spritzte auswickelte, explodierte ein Iztac-Strahl auf dem kalten, unsterblichen Metall der Nadel.

»Gott der Gehirne! Genügt es denn nicht, daß ich meinen Planeten aufgebe? Muß ich auch noch meine *Persönlichkeit* aufgeben?«

»Deine Persönlichkeit? Die Injektionen würden dir nur zugute kommen. Dadurch würdest du . . .«

»Was?«

»Menschlicher.«

Tez' Augen verengten sich zu kleinen Perlen aus geschmolzenem Stahl, ihre Mundwinkel zogen sich nach unten, als wären sie von Fischhaken erfaßt worden. »Ich will versuchen, so zu tun, als hättest du das niemals gesagt, Francis Bastard Lostwax.« Sie warf den Kopf zurück, um ihr Wolfsemblem zu zeigen. »*Wölfe* sind aggressiv – und Vögel auch – und eure verdammten Küchenschaben. Die Menschen sind nur deshalb einzigartig, weil sie diese Fähigkeit ständig auf sinnlose Weise einsetzen. Die Nerdenbewohner schmeicheln sich, wenn sie ihre Grausamkeit menschlich nennen. Sie sollten ihre *Zurückhaltung* tierisch nennen!«

»Ich will dir nur helfen, in einer rauhen Welt zu überleben. Denk ein paar Tage darüber nach, und dann . . .«

Sie zeigte mit einem bebenden Finger auf die Spritze. »Tu deinen Penis weg, Francis. Ich habe schon darüber nachgedacht . . .« Plötzlich lachte sie. »Hör mal, dieses Gespräch ist richtig komisch. Auf der Erde kann ich meine Riten nicht praktizieren. Allein schon *das* wird mir helfen, mich eurem Lebensstil anzupassen, wie immer er auch aussehen mag. Ich kann dir nicht versprechen, unser Kind zu schlagen oder die Nachbarn zu foltern, aber ich glaube, ich werde dir ähnlich werden.«

»Du stellst nur Vermutungen an. Der Burggraben ist direkter.«

»Warum, glaubst du wohl, verlangt Zolmec von uns, daß wir keinen einzigen Gottesdienst versäumen. Wenn ich den Tolca-Tempel nicht mehr betrete, werde ich so verdammt *menschlich* sein, wie du es haben willst.«

Erst als Francis die blinde Frau auf der Abschiedsparty getroffen und getestet hatte, begann er zu bezweifeln, daß die Zolmec-Abstinenz ausreichen würde, um Tez von ihrem Pazifismus zu befreien.

Die blinde Umia sah aus, als sei sie mindestens fünfzig, war dünn wie ein Elektrostift und während der ersten Hälfte des Abends die Hauptattraktion. Sie saß auf dem Boden, mitten im größten Salon des Olos, und erfand für jeden, der zuhören wollte, wundersame Phantasiegeschichten, mit schwarzem Humor gewürzt. Sie erklärte, diese Geschichten würden dazu dienen, den Geist zu entwirren. Eine handelte von einem schurkischen, aber scheinbar gesunden Mann, der sich am Ende als Krüppel entpuppte, und eine andere von einem toten Ferkel, daß sich ein Haus aus Ektoplasma baute.

Die Party war Huacas Idee gewesen. Jetzt, da er von Tez um fünfzig Millionen Kilometer getrennt werden sollte, fand er, daß er etwas Gutes für sie tun müsse. Seine Güte erstreckte sich jedoch nicht so weit, daß er sein Haus für die Party zur Verfügung stellte. Statt dessen forderte er alle Freunde und Verwandte auf, seine Schwester im Olo zu überraschen.

Nachdem sie ihre mädchenhafte Tendenz, Partys mit vorübergehenden Krankheiten zu assoziieren, überwunden hatte, wurde sie immer fröhlicher, je mehr Gäste eintrafen. Huacas Initiative machte ihr bewußt, daß er trotz seiner chronischen Reserviertheit und seines Hanges, sich in seinem Schneckenhaus zu verkriechen, ein liebenswerter Bruder war. Francis hatte sie noch nie innerhalb einer einzigen Stunde so oft lachen sehen.

Mitternacht kam und ging vorüber, und die Gästeschar rings um Umia begann sich in andere Teile der Villa zu zerstreuen. Eine geschlagene halbe Stunde lang reichten Tez' Freunde Francis herum wie einen Sprengball und verlangten, daß er ein paar banale Geheimnisse hinsichtlich seiner Kultur enthülle. Halten die Nerdenbewohner ein Mittagsschläfchen? Halten sie Haustiere? Er wartete bereits darauf, daß man ihn gleich fragen würde, ob er niesen könne.

Von allen Quetzalianern, die an der Party teilnahmen, konnte nur Umia sein Interesse wecken. Schließlich kehrte er in den großen Salon zurück und bahnte sich einen Weg zu der Schüssel mit Krokant, die auf ihren Knien stand. Ein kleines Publikum hörte sich ihre bis jetzt harmloseste Geschichte von einem Wissenschaftler an, der eines Tages herausfand, daß die biblische Legende von Gott, der die erste Frau aus Adams Rippe geschaffen hatte, buchstäblich wahr sei. Mit Hilfe alchimistischer Künste verwandelte dieses Genie seine Gattin in eine Rippe zurück, doch dann wurde sie von einem Hund im Hinterhof vergraben.

Gott der Gehirne, dachte Francis. Da sitzt eine Quelle so reicher Phantasie, und diese Leute interessieren sich viel mehr dafür, wie oft ich mein Toilettenpapier zusammenfalte.

Sie Story hatte ein rätselhaftes Ende, das Francis an eine Allegorie erinnerte. Niemand war im Salon geblieben, um sich das Ende anzuhören, und Francis hatte Umia endlich für sich allein.

Er erfuhr, daß sie nicht immer blind gewesen war. Vor sechs Jahren hatte sie nach einem neuen Narkotikum gesucht, und während eines fehlgeschlagenen Experiments hatte eine Explosion ihre Sehkraft zerstört, in einer Weise, daß sogar die quetzalianischen Pflanzen machtlos waren. Francis bekundete sein Mitgefühl, dann sagte er, was er auf dem Herzen hatte. »Ich bin neugierig, Umia. Kann ein blinder Mensch die Zolmec-Riten praktizieren?«

»Das wäre unsinnig«, antwortete sie. »Ohne Bilder kann man den kybernetischen Looping nicht aufrechterhalten. In den letzten sechs Jahren habe ich keinen einzigen Tropfen in den Fluß des Hasses gegossen.«

»Haben Sie keine Angst, daß Sie zur Mörderin werden könnten?«

»Eigentlich nicht.« Umias Mundwinkel zuckten belustigt.

»Aber sind Sie denn nicht aggressiver, wenn Sie kein Ventil für Ihre inneren Bedürfnisse haben?«

»Zolmec verhilft uns nicht nur zur Sanftmut«, erwiderte sie in einem Ton, der ihm klarmachen sollte, daß das alles grundsätzliche Dinge waren. »Diese Religion lehrt uns auch, daß Sanftmut *richtig* ist.«

»Aber Sie müßten doch eher zur Gewalttätigkeit neigen als alle anderen Leute auf dieser Party.« Dann fügte er lächelnd hinzu: »Außer mir.«

Sie zuckte mit den Schultern. »Vielleicht.«

Francis schob sich eine Handvoll Krokant in den Mund, schob mit einem Finger nach und begann zu kauen.

Das Gespräch wandte sich nun anderen Themen zu – Burnes geschmacklosem Krieg (Umia fand ihn völlig überflüssig), den elterlichen Freuden und Leiden (Umia hatte vier Töchter) und natürlich den Korkenzieherkäfern (Umia mimte Faszination).

Francis' Blick fiel auf einen merkwürdigen Anhänger, der an einer Pflanzenfaserkette um Umias Hals hing, einen gläsernen Clownskopf. Er fragte, was das sei und zu bedeuten habe.

»Ich lag gerade in der Klinik und kam mir wie Lipoca-Mist vor, als mir meine jüngste Tochter ein Geschenk brachte. Sie hatte es nicht gekauft, sondern selbst gemacht. Und die kleine Izta hatte es sogar selbst entworfen. Sehen Sie sich den Clown genau an! Er hat drei Wangen – das perfekte quetzalianische Symbol. Wenn wir jemandem zwei Wangen hingehalten haben und er bereits darauf geschlagen hat, haben wir noch eine dritte, die wir ihm zuwenden können.«

Aber für Francis war der Clown kein Symbol, sondern ein Mittel zum Zweck – ein Mittel, um zu messen, wie tief Umias religiöse Gefühle gingen, ein Mittel, um festzustellen, ob er in den Prozeß von Tez' Nerdenanpassung eingreifen mußte.

Nachdem er sich vergewissert hatte, daß der Clown tatsächlich drei Wangen hatte, stahl er ihn, zerriß die Schnur, legte den Glaskopf auf den Teppich.

»Was haben Sie getan?« fragte Umia, als sie das vertraute Gewicht nicht mehr an ihrem Hals spürte.

Francis griff in die Krokantschüssel, nahm vier Stück heraus, legte sie auf die Handfläche. Dann hielt er die Hand dicht an Umias Ohr, ballte sie zur Faust.

»KRACK!«

Umia interpretierte das Geräusch genauso, wie Francis es gehofft hatte. »Gott des Friedens!«

»Ihre Götter werden Ihnen nicht helfen, Chactol-Auge! Ich zermalme Ihren kostbaren Tand zu winzigen Splittern.« Er war sehr zufrieden mit sich, weil er sich an die Chactols erinnert hatte, jene blinden Luta-Fische, und weil es ihm gelungen war, ganz spontan ein passendes Epitheton zu finden. »Los! Spucken Sie mir ins Gesicht! Kratzen Sie mir die Augen aus! Ich bin hier – direkt vor Ihnen! Verlieren Sie die Beherrschung! Tun Sie was!«

Aber Umia saß nur stumm da, mit vorgewölbter, zitternder Unterlippe. Ihr Gesichtsausdruck glich beinahe der tiefen Verzweiflung in Zamantas Miene, als die Neurovoren seine Kinder auf der Mauer angegriffen hatten. Tränen rannen durch die Falten in

Umias Wangen.

»Was für eine grausame Rasse müssen die Nerdenbewohner sein«, keuchte sie.

»Vielleicht – aber *ihr* seid überhaupt keine Rasse. Ihr habt eure Mitgliedschaft in der menschlichen Spezies verspielt.«

»Sie tun mir leid.«

»Leid?« fragte der betrogene Nerdenmensch.

»Leid.«

Der Test war beendet. Francis nahm Umias schlaffe Hand, legte den Clownskopf hinein. »Ich gebe es auf. Sie haben gewonnen. Das Ding ist unversehrt.«

»Nicht einmal ein Sprung!« Sie betastete ihren Schatz mit behutsamen Fingerspitzen. Verwirrung mischte sich mit Entzücken, dann wurde ihr Gesicht ausdruckslos.

»Verzeihen Sie, daß ich Ihnen Kummer bereitet habe, Umia. Es war nur ein Scherz. Auf der Nerde haben wir eine etwas sonderbare Vorstellung von Humor. Ich vergesse immer wieder, daß ich nicht zu Hause bin.«

»Zu Hause ist man dort, wo man sich zu Hause *fühlt*, Francis Lostwax«, sagte Umia eisig.

Die Party begann sich aufzulösen, ein Gast nach dem anderen verließ das Haus. Die Abschiedsworte reichten vom konventionellen »Es ist schon spät« bis zu Umias »Ich muß meine tote Katze füttern«. Alle umarmten die Gastgeber, wünschten ihnen alles Gute zur bevorstehenden Hochzeit und zur Geburt ihres Kindes. Auf ihren blasphemischen Flug zur Nerde, sicher eines der größten Ereignisse in Tez' Leben, spielte man mit »gute Reise« an, aber niemand erwähnte die Technologie namens Raumfahrt. Die meisten Quetzalianer betrachteten Raketenschiffe immer noch so, wie ein Christ vielleicht ein Krocket-Spiel ansehen mag, bei dem die Schläger aus dem Holz des Heiligen Kreuzes angefertigt wurden.

Umia, einen Stock in der Hand, den Clown um den Hals, war die letzte, die sich verabschiedete.

»Tut mir leid, daß ich mir diesen Scherz erlaubt habe«, entschuldigte sich Francis und meinte es aufrichtig. Dann log er: »Ich dachte, Sie würden darüber lachen.«

»Ein bizarrer Mensch«, flüsterte Umia der Gastgeberin zu. Sie wünschten sich eine gute Nacht, und die blinde Frau tappte in den Garten hinaus.

»Wie findet sie denn nach Hause?« fragte Francis.

Tez wandte sich taumelnd von der Tür ab und schenkte ihm ein betrunkenes Lächeln. »Sie hat eine weitsichtige Schildkröte in der Tasche.« Francis seufzte und stapfte in den großen Salon zurück.

Das Olo war nach der lebhaften Party von drückender Stille belastet. Nachdem Tez minutenlang wie ein unvertäutes Boot durch die Villa geschwankt war, fand sie das Schlafzimmer und brach zusammen. Sie kroch unter die Decke und rief: »Wenn du willst, können wir uns jetzt lieben!«

»Ich will nicht«, erwiderte Francis und trat in die Tür.

»Was ist denn los?«

Er berichtete, daß Umia den Aggressionstest nicht bestanden hatte.

Tez schnitt eine Grimasse.

»Umia war sechs Jahre lang nicht beim Gottesdienst«, fuhr er fort. »Trotzdem hat sie mir nicht einmal einen Schubs gegeben. Wenn die Abstinenz *sie* nicht verändert hat, dann wird sie *dich* auch nicht verändern.«

»Große Sonnengöttin! Fang nicht schon wieder damit an, Francis!«

»Hast du die ganze Zeit über den Fall Umia Bescheid gewußt?«

»Das spielt doch keine Rolle.«

»Verdammt, Tez, du hast mich belogen. Du wußtest, daß man Zolmec nur mit einer Injektion beikommen kann.«

»Ich belüge weder dich noch sonst jemanden, Francis.«

»Aber du gibst doch zu, daß das beunruhigend ist?«

»Ich möchte dich warnen, Nerdenmann – wegen einer anderen Sache. Wenn du noch einmal andeuten solltest, daß die Quetzalianer nicht menschlich sind, verstecke ich meinen schwangeren Körper an irgendeinem Ort, wo du ihn niemals finden wirst. Hast du mich verstanden? Das wäre das Ende deiner Vaterschaft.«

»O ja«, erwiderte Francis höhnisch.

»Ich will jetzt schlafen.«

»Dann schlaf.« Er sah die Schlafzimmerlampen erlöschen. Bald begann Tez zu schnarchen. Er kehrte in den großen Salon zurück, trat gegen den schlummernden Kamin. Irgendwo draußen jammerte ein Tier. Er starrte auf die Holzscheite, versuchte sie mit seinen Augen zu entzünden. Traurige, böse Gedanken schwirrten durch seinen Kopf. Warum ist sie so stur? Ich muß sichergehen, daß sie ein Mensch ist, *bevor* ich sie mit nach Hause nehme. Ich liebe sie zu sehr, um noch länger zögern zu können.

Eine Laterne stand auf dem Kaminsims. Francis steckte ein brennendes Streichholz hinein. Der Docht flammte auf, die Glaskugel erglühte zum Leben.

Das Schloß des Labors in der Bibliothek hatte zu funktionieren aufgehört, irgendwann zwischen der Entdeckung, daß Noctus keine Mißbildungen hervorrief, und dem erfolgreichen Versuch, der quetzalianischen Regierung die Kriegsidee zu verkaufen. Francis öffnete die Tür, trat ein, hob die Laterne hoch.

Überall lagen Staubhäufchen wie frischgefallener Schnee. Francis hielt den Atem an, damit er nicht husten mußte. Der suchende Flammenschein wanderte über gestapelte Notizblätter, eine Geisterstadt aus leeren Käfigen, und heftete sich schließlich auf eine Ecke am anderen Ende des Zimmers. Francis holte eine Steingutflasche, die unbenutzte Deziliter jener Lösung enthielt, die sie Zamanta eingeimpft hatten.

Die Flasche in der Hand, verließ er das Labor und ging in die Küche, wo die Spritze auf einem Fensterbrett lag, glitzernd im Sternenlicht, auf das grüne Tuch gebettet. Der Herd war mit Holz vollgestopft, und es bereitete ihm keine Mühe, ein Feuer zu entfachen und Wasser zu erhitzen. Auch wenn Lutas Keime tatsächlich so wirkungslos waren, wie es behauptet wurde – es erschien ihm trotzdem ratsam, eine Injektionsnadel zu sterilisieren.

Finsternis beherrschte das Schlafzimmer. Francis trat lautlos ein, mit flauem Magen. Er stellte die Flasche auf den Nachttisch und begann an dem Stöpsel zu drehen, der fest darin steckte, von erstarrten Alpträumen gefesselt. Nach zwei anstrengenden Minuten war Noctus befreit. Die Spritze begann zu trinken.

Francis öffnete das Fenster, schoß den Frevel der Gewalt in die Nacht hinaus, bis der Zylinder die richtige Dosis für einen erwachsenen Menschen enthielt, keinen Tropfen mehr. Auf leisen Sohlen näherte er sich dem Bett, zog ein gestärktes Leintuch von Tez' Schenkeln. Sie bewegte sich, wachte aber nicht auf.

Sie hat ihre Menschlichkeit geopfert – ist Zolmecs Sklavin . . . Die Droge wird die Placenta nicht erreichen . . . Ihre Menschlichkeit geopfert . . . Zolmecs Sklavin . . . Wird die Placenta nicht erreichen . . . Ihre Menschlichkeit geopfert . . . Zolmecs Sklavin . . . Wird die Placenta nicht erreichen . . . Ihre Menschlichkeit geopfert . . .

Eines Tages wird sie mir dafür danken, dachte Francis, als er die haardünne Crysaniumnadel in ihr warmes Fleisch stach. Langsam zog er den Kolben zurück. »Kein Blut – gut . . .« Die Nadel hatte keine Vene getroffen. Er rang nach Atem, bewegte den Daumen und injizierte seiner Liebsten drei Kubikzentimeter Haß.

 Es war Nacht, er war erschöpft, und trotzdem hatte Minnix Cies stichhaltige Gründe, um nicht einzuschlafen. Zum Beispiel war die Reise durch die Wüste so erstaunlich ereignislos verlaufen, daß ihm die Gefahr eines Hinterhalts nun doppelt wahrscheinlich erschien. Außerdem pulsierte durch seine Adern ein animierendes biophotonisches Stimulans namens Noctus.

Und morgen könnte er ermordet werden.

Er lag unter einem warmen, dicken, tröstlichen, zweimal zusammengefalteten Lipoca-Fell, mit weit geöffneten Augen. Minnix starrte zu der Felswand hinüber, die parallel zu seinem Gesicht verlief, und roch ihr rechtes Moos. Die Höhle, in die er sich gelegt hatte, reichte tief in eine Klippe hinein. Gelangweilt drehte er sich auf die andere Seite, blickte auf die Wüste, beobachtete die verglimmenden Lagerfeuer. Zuerst hatten sie das Essen erwärmt, jetzt wärmten sie die Soldaten. Aber wie viele mochten wohl schlafen? Nur wenige, dachte er, ganz wenige.

Sogar in diesem bescheidenen Licht war die Wüste aufregend schön. Aber Minnix hatte sie, genau wie die anderen Freiwilligen, voller Angst durchquert, voll banger Erwartung, mit abgestumpften Sinnen. Wann immer er den Horizont mit den Augen abgesucht hatte, so war das nicht geschehen, um die wechselnden Farben der Dünen zu betrachten oder die vom Wind gemeißelten Wunderwerke der Klippen, sondern um festzustellen, ob sich irgendwo etwas regte. Wann immer er in die Nacht gelauscht hatte, so war es nicht das Rauschen der Brise zwischen den Felsen gewesen, das ihn interessiert hatte, oder das Zischen der Wüsteneidechsen, sondern er hatte versucht, Neurovorenschritte im Sand zu hören.

Ein Tag war auf den anderen gefolgt, und das Glück hatte sie nicht verlassen. Einmal war ein erschöpfter Soldat zusammengebrochen, ein andermal hatten sie einen Munitionswagen reparieren müssen – aber bisher waren keine ernsthaften Probleme aufgetaucht. Welche Katastrophe würde sie in der Schlacht erwarten? Minnix erschauerte. Die Last der Verantwortung liegt auf Newman, dachte er, aber zum Teil auch auf mir, denn auf mein Drängen hin haben sich Dutzende von Freiwilligen gemeldet. Wenn wir versagen, wird man uns verachten, und eine Menge Blut wird an unseren Händen kleben.

Angenommen, der Burggraben ließ sie im Stich... In zwei Fällen, bei zwei Menschen namens Zamanta und Momictla, hatte sich erwiesen, daß Janet Vijs Prophezeiungen stimmten. Sechs Tage lang waren diese beiden Bürger in der Gewalt ihrer Instinkte gefangen gewesen, dann hatten sie sich·planmäßig wieder in Lämmer verwandelt. Aber wie würden sich die Leute verhalten, die nicht Zamanta oder Momictla hießen? Zum Beispiel der Mann namens Minnix Cies? Vielleicht ließ die Noctus-Wirkung im Gehirn anderer Personen früher nach? Wenn sie zum Beispiel nur drei Tage anhielt? Oder drei Stunden? Vielleicht wollte er gerade beginnen, einen hingestreckten Neurovoren aufzuspießen, und dann würde ihn plötzlich eine Lähmung befallen, die Klauen des Monsters würden die Kehle seines Angreifers aufreißen...

Groteske Phantasien fanden mühelos Zugang zu Minnix Cies' Gehirn. Er war ein Quetzalianer.

Das für Burne Newman so typische Organisationstalent war voll zum Zuge gekommen, als sie sich injiziert hatten. Er hatte seine tausend Soldaten in vierzig Kolonnen von je fünfundzwanzig Mann geteilt. »Ampullen!«

Tornister wurden auf den Boden geschwungen, und nach einer kurzen unmilitärischen Fummelei hatte jeder Quetzalianer eine Keramikkugel in der Hand, die eine Noctus-Dosis enthielt.

»Soldaten!« Burne hob die Spritze und eine Ampulle in die Höhe. »Morgen greifen wir die Gehirnfresser an. Alle Zeichen weisen auf einen totalen Sieg hin. Ihr braucht nur mit euren Pfeilen zu zielen und zu schießen – aber vorher müßt ihr den Burggraben trinken!«

Der Soldat, der an der Spitze der ersten Kolonne stand, war Minnix Cies.

»Folgen Sie meinem Beispiel«, forderte Burne, ging auf ihn zu und füllte die Spritze. Er demonstrierte an seinem eigenen Arm, wie man die Nadel einführen und sich vergewissern mußte, daß man keine Vene getroffen hatte, doch er betätigte den Kolben nicht. Burne Newman hatte in seinem bisherigen Leben Dutzende wilder

Tiere getötet, eine junge Crysaniumminenstreikerin und einen streunenden Neurovoren. Er brauchte keine Ersatzinstinkte.

»Schaut ihm zu!« befahl er und schlug dem ersten Soldaten der Kolonne kräftig auf die Schulter, damit der Mann die Tortur seines Nachbarn beobachtete und aus allen Mißgeschicken, die vielleicht passieren würden, lernte. Bevor er Minnix die Spritze gab, leerte er ihren Inhalt auf den Boden und desinfizierte die Nadel mit einem Thermalstein.

Minnix machte keinen Fehler. Mit einer Zuversicht, für die er keine Erklärung fand, füllte er die Dosis aus seiner Armeeampulle in die Spritze und stach die Nadel in seinen Deltamuskel. Langsam injizierte er sich die Lösung und überspielte den Schmerz des Einstichs, indem er an seine kleinen Brüder zu Hause dachte, an die Zwillinge.

»Geben Sie alles weiter«, befahl Burne, und Minnix händigte dem Soldaten an der Spitze von Kolonne zwei Spritzen und Thermalstein aus. »Sie sind entlassen.«

Minnix ging zu seinem Lipoca, gab ihm Zucker und wartete auf die Veränderung. Sein Arm schmerzte ein bißchen, ein grüner Rand umgab den Einstich. Bald würde er etwas Böses fühlen – was immer das auch bedeuten mochte. Würde er das Bedürfnis haben, seine Brüder zu erwürgen?

Kein solcher Drang stieg in ihm auf. Noctus wirkte aufmunternd, sogar aufheiternd, wie quetzalianischer Kräutertee. Die Injektion tat ihm gut – sonst nichts.

Die Soldaten gaben die Spritze weiter. Um Mitternacht war die ganze Armee im Besitz ihrer geheimen Waffe.

Es gab keinen Zweifel daran, daß das Zeug wirkte. Während des ganzen Abendessens wurde um die Größe dieser oder jener Portion gestritten. Als die Dunkelheit hereinbrach, reichten die Zankäpfel von »Du hast meine Feldflasche gestohlen!« bis zu »Diesen Lagerplatz habe ich zuerst entdeckt!«. Zwei Frauen erinnerten sich, daß sie eine alte Rechnung zu begleichen hatten. Es ging um einen Liebhaber. Sie rannten an den Rand des Camps und prügelten sich wüst.

Aber jetzt, da Minnix schlaflos unter der Klippe lag, machte er sich Sorgen darum, daß seine Aggressivität nachlassen könnte. Der Gedanke verflog, als ein Soldat herankam. Er konnte nur die Füße sehen, deren einer nun zurückglitt und gegen sein Knie trat. Minnix stöhnte.

»Tut mir leid«, sagte eine fröhliche weibliche Stimme. »Ich mußte einfach wissen, ob ich es noch kann.«

»Ja – ich verstehe . . .« Und *ob* du es nicht kannst, dachte er. Bald half ihm der quälende Schmerz in seinem Knie einzuschlafen.

Wie ein brennendes Auge glitt Iztac über den kalten Morgenhimmel. Vor Burnes Armee dehnte sich die Wüste aus, wenig einladend. Burne studierte die ferne Oase zwei Minuten lang, prägte sich das Gelände ein und beorderte Ras zu sich, einen Astrologen mit schütterem Haar, der über legendäre seherische Kräfte verfügte. »Sie haben uns noch nicht entdeckt«, sagte der Mann nervös und rieb den Hals seines Lipocas. »Alles ist so wie immer.«

»Wie viele sind es?«

Diesmal brauchte Ras dreißig Sekunden. »Fünf – nein, sechs schleichen sich am Oasenrand an wilde Chitzals heran. Zehn kauern dahinter unter den Bäumen.«

Jetzt müssen wir angreifen, dachte Burne. Die Wilden werden wütend sein und unseren Pfeilen entgegenlaufen – oder sie geraten in Panik und ziehen sich zurück. Es ist mir egal, wofür sie sich entscheiden.

Die Erste Armee von Aca entwickelte sich zu einem großen Kreis rings um die Oase, »um dem Feind in die Flanke zu fallen, ihn zu umfassen und zu verarschen«, wie Burne es ausgedrückt hatte. Auf ein verabredetes Kommando ihres Generals hin, dem lauten Ruf: »Vorrücken!«, der von Offizier zu Offizier weitergegeben wurde, trotteten die Soldaten nach vorn, und der Kreis verengte sich.

»Stoppen Sie uns, wenn wir nur noch fünfzig Meter von der Oase entfernt sind!« schrie Burne zu Ras hinüber. Fünfzig Meter – das war genau die richtige Entfernung für einen quetzalianischen Pfeil.

»Jawohl!« rief Ras zurück und beobachtete fasziniert die näherrückende Oase. Die Blumengesichter und die silbernen Wasserfälle erstaunten ihn so sehr, daß er wie hypnotisiert war. Im letzten Moment erinnerte er sich an seine Order. »Jetzt!«

»Halt!« brüllte Burne.

»Halt!« antworteten seine Offiziere, und die Armee blieb stehen.

Ras' legendäre Augen wurden nicht mehr gebraucht, denn aus dieser Entfernung konnten alle sehen, daß die Oase vor Aktivität brodelte. Die Chitzaljäger hatten sich ins Zentrum zurückgezogen, kreischten sich warnende Rufe zu. Zunächst reagierte das Camp mit der Konfusion einer Termitenkolonie, deren Nest von einem stochernden Zweig in einer Gorillafaust aufgerissen wird. Dann begannen die Aktionen langsam in geordneten Bahnen zu verlaufen. Animositäten zwischen einzelnen Stämmen wurden hastig bereinigt, Bündnisse geschlossen. Dutzende von Neurovoren strömten aus den Tiefen der Oase heraus, wo sie noch vor wenigen Minuten seelenruhig ihre Kinder gebadet oder verstohlen nach Rivalen gesucht hatten, deren Gehirne sie fressen könnten. Dutzende fuhren aus dem Schlaf hoch, sprangen von den Bäumen. Bald nach dem ersten Warnschrei war jeder kampftaugliche Gehirnfresser mit Speer und Axt bewaffnet und rannte nun an den Oasenrand. »Sie haben uns gesehen!« Ras' Stimme klang eher begeistert als erschrocken.

Burne studierte die feindlichen Massen. »Die Pfeile!«

»Pfeile!« kam das Echo. Tausend Pfeile glitten aus den Köchern.

»Auflegen!« schrie Burne.

»Auflegen!« kam das Echo. Tausend Sehnen schmiegten sich an die Nocks.

»Ziehen!« brüllte Burne.

»Ziehen!« antwortete das Echo.

»Zielen!«

»Zielen!«

Tausend Pfeilspitzen richteten sich auf Bäuche, Herzen, Köpfe.

»Feuer!«

»Feuer!« Doch zunächst schwirrte kein einziger Pfeil von der Sehne. Burne wartete auf den Tod der Neurovoren, und nach zwanzig Sekunden riß ihm die Geduld. »Feuer, habe ich gesagt!« schrie er wütend. »Öffnet die Finger! Tötet eure Feinde!« Die Sehnen blieben straff gespannt. »Feiglinge! Schleimer!« Nichts. Hilflos wandte er sich zu Ras. »Was ist los, Astrologe?«

Ras entspannte sich und brachte seinen Pfeil in eine wirkungslose senkrechte Position. »Tut mir leid, General, aber die Neurovoren haben nichts getan, das mich veranlassen könnte, sie zu töten.«

»Die Neurovoren haben Ihre Landsleute verschlungen und Ihrer Welt den Seelenfrieden geraubt, der ihr zusteht!«

»Der Friede der Seele ist relativ.«

»Ihr Eierköpfe, das ist eine Schlacht und kein philosophisches Seminar!«

»Der Feind verdient noch eine Chance.«

»Wenn diese Monster beschließen, uns anzugreifen, dann wird es nicht einmal zwei Minuten dauern, bis wir in der Reichweite ihrer Speere sind. Und zwei Minuten später können sie ihre Äxte auf uns schleudern.«

»Dann werden wir darauf warten. Wir sind eine *Verteidigung*sarmee.«

»Wir sind eine *tote* Armee. Kommen Sie!« Einer plötzlichen Eingebung folgend, packte Burne die Zügel von Ras' Lipoca und galoppierte auf die Oase zu. Erschrocken ließ der Astrologe seinen Pfeil fallen und klammerte sich am dicken Hals des Lipocas fest wie ein Ertrinkender an einem Strohhalm.

Ras im Schlepptau, sprengte Burne zum nächstbesten Weg, einem breiten Band aus Erdreich, gesäumt mit organischen Büschelschirmen und dicken blauen Früchten. Burne wußte, daß am Ende dieses Pfads eine Zufluchtsstätte wartete – nur für eine kurze Frist, doch das war im Augenblick alles, was er brauchte. Nur drei Neurovoren bewachten das Ende des Pfades, nur vier weitere standen bereit, um den kleinen Trupp zu verstärken. Sofort schleuderten die drei ersten ihre Speere. Burne schwang seinen Lipoca zur Seite, riß den Astrologen mit sich, und die scharfen Steinspitzen gruben sich in eine Düne. Die Neurovoren hoben ihre Äxte.

»Springen Sie!« brüllte Burne und gab ihm die Zügel zurück.

Falls noch Alternativen existierten, der Astrologe bemerkte sie nicht. Als er den Weg erreichte, versetzte er seinem verängstigten Lipoca einen Stoß, der bedeutete: »Spring!« Burnes Tier hatte den Boden bereits verlassen und segelte über die Neurovoren hinweg, deren Äxte die Luft durchschnitten. Ras folgte ihm, warf einen kurzen Blick auf die behaarten Wesen unter sich. Er hatte noch nie zuvor einen Neurovoren aus der Nähe gesehen, hatte dieser Hauptkalamität der Devolution noch nie von Angesicht zu Angesicht gegenübergestanden. Es war faszinierend. Die Hufe gruben sich in den Sand.

Blaue Flecken flogen vorbei, als tausend Meter zwischen den Soldaten und ihren Verfolgern lagen. Plötzlich schrie Burne: »Steigen Sie ab!« Die Flecken stoppten, und Ras erblickte einen hellen, stillen Teich. Die Bäume ringsum verharrten in unheimlichem Schweigen, abgesehen von einem gelegentlichen Vogellaut. Er stieg ab.

»Warum sind wir hier?«

Burne zog sein Schwert aus der Scheide. »Damit mich meine Armee nicht sehen kann.«

»Werden Sie mich töten?«

»Nein – Ihren Lipoca . . .«

»Er ist mein Haustier . . .«

»Wir brauchen Blut. Sie müssen einen Toten mimen.«

»Das ist Betrug.«

»Das ist ein Befehl.«

»Ein *böser* Befehl.«

»Ein nützlicher.« Burne zog seine Uniformjacke aus, die Epauletten flatterten. »Binden Sie ihm das um den Kopf.«

Der Astrologe griff lustlos nach der Jacke. »Können wir nicht Ihren Lipoca töten, Sir?«

»Hören Sie, Soldat, ich bin am Ende meines Wistar-Stabs. Ich will siegen, und deshalb schlitze ich jetzt entweder den Hals dieses Tieres auf – oder *Ihren*!«

Ras ließ sich überzeugen und legte die Jacke über das Gesicht des Lipocas, band die Ärmel wie Hutbänder zu.

»Treten Sie zurück!« Burne hob sein Schwert, und Ras gab seinem Freund einen Abschiedskuß.

Zehn Minuten, nachdem Burne und sein Gefangener in der Oase verschwunden waren, stürmte ein Reiter aus dem dichten Dschungel, flüchtete vor den Speeren, die ihm folgten. Die Soldaten in der vordersten Reihe beugten sich über den Hälsen ihrer Tiere vor, erkannten ihren General – und den nackten Körper eines quetzalianischen Astrologen, der über den Schultern des Lipocas lag und Blut in den Sand tropfen ließ.

Burne zügelte seinen Lipoca vor Minnix Cies. Das nackte Opfer zeigte mehr Blut als Haut. Mehr Blut als Haut! Für Minnix wurde dieser Gedanke zu einem inneren Zwang, Rache zu üben. Sein Blut begann zu kribbeln. Jetzt hatte Noctus das Kommando übernommen, spuckte ihre Forderungen in jede einzelne Körperzelle. Als die Erregung ihren Höhepunkt erreicht hatte, zog er spontan die Sehnen seines Bogens zurück.

Burne galoppierte im Kreis herum, schwang mit einer Hand sein Schwert, hielt mit der anderen Ras fest. »Der Feind hat uns angegriffen!« schrie er immer wieder und sah zufrieden, wie die Pfeile wieder aufgelegt wurden. Als er den Kreis vollendet hatte, ließ er den Astrologen sanft zu Boden sinken, aber nicht so sanft, daß der Trick durchschaut werden konnte, und brüllte: »Feuer!«

»Feuer!« echoten die Offiziere. Ein Schwarm von Pfeilen stob davon. Fünf Sekunden lang sahen die Neurovoren in dumpfer Spekulation zu und wunderten sich, warum die Eindringlinge so winzige Speere verwendeten und aus so großer Entfernung schleuderten. Am Ende der fünften Sekunde kamen die Pfeile an, und die Neurovoren wunderten sich nicht mehr. Als Dutzende zu Boden sanken – durchbohrt, blutend, kreischend –, schwirrte bereits eine zweite Salve durch die Luft. Die Anführer ignorierten das Winseln der Sterbenden und stürmten auf den Sand hinaus. Jeder erteilte seine Befehle in kläffenden Lauten, die in der Neurovorensprache bedeuteten: »Rückt so weit vor, daß sie in Reichweite unserer Speere sind!«

Die Neurovoren griffen in einer gewaltigen Welle an, die immer breiter wurde. Weitere Pfeile trafen ihr Ziel, die Welle ließ Leichen hinter sich. Als ihre Peiniger in Speerwurfweite waren, hatten die wilden Stämme die Hälfte ihrer Krieger verloren.

»Die Schilde!« schrie Burne, als die Neurovoren nach einem geknurrten Kommando ihrer Anführer stehenblieben und die Speere nach hinten schwangen. Jeder Soldat riß einen großen ovalen Panzer von der Schulter seines Reittiers, der einst eine Luta-Schildkröte beschirmt hatte. Wie Hagelsteine prallten die Speerspitzen gegen die erhobenen Rückenschilde, und die Schäfte fielen zu Boden.

Aber irgend etwas stimmte nicht. Statt triumphierend zu brüllen, schnappte die Erste Armee verwirrt nach Luft. Von der Speerattacke überrascht, begannen die sonst so phlegmatischen Lipocas Amok zu laufen, sprengten in wilden Kreisen herum.

Was kann denn *noch* alles zum Teufel gehen? Die Frage amüsierte Burne beinahe, als er abstieg, den Insulinkasten aus seinem Hemd und eine Ampulle aus seiner Satteltasche zog. Okay, dachte er, als er die Spritze füllte, wenn Mutter Natur es so haben will, dann werden wir eben diese gottverdammten *Lipocas* in Soldaten verwandeln.

Die Neurovoren machten sich den Wahnsinn der Tiere zunutze, liefen heran, sammelten ihre Speere wieder ein und schleuderten sie auf die Rücken ihrer Feinde. Dutzende von Quetzalianern wurden durchbohrt, fielen kreischend aus den Sätteln. Burne rammte die Injektionsnadel in die Flanke des erstbesten Lipocas, der an ihm vorbeikam.

»Was tun Sie, um Tolcas willen?« rief der Reiter.

»Ich verschaffe Ihnen ein Reitpferd, das Ihrer würdig ist!« Aber bevor Burne den Kolben hineinstoßen konnte, sprang die verrückte Kreatur davon und nahm die Spritze mit.

Auch jetzt weigerte sich Burne noch immer, die Möglichkeit zu akzeptieren, daß seine Armee kurz vor dem Rückzug stand. Er rannte um das Schlachtfeld herum und munterte seine Soldaten auf:

»Steigt ab und kämpft!«

Minnix stieg ab, doch er kämpfte nicht. Widerstrebend zog er sein Schwert. Neurovoren, Quetzalianer, reiterlose Lipocas wirbelten um ihn herum, narkotisierten seinen Verstand. Vergeblich versuchte er zu denken. Habe ich heute getötet? Nur verschwommene Erinnerungen antworteten ihm – Erinnerungen an die Pfeile, die er auf Neurovorenorgane gerichtet hatte. Dann hatte er die Sehne losgelassen, die Augen geschlossen, bevor er sehen konnte, was die Pfeilspitzen anrichteten . . .

Als Minnix nun vorwärts taumelte, erblickte er Dutzende seiner Kameraden, hingestreckt im Sand, mit Speeren im Rücken. Viele Schäfte schwankten nicht, und die Szene sah aus wie eine gigantische Insektensammlung, die plötzlich zum Leben erwacht war. Dieses Bild entfachte seine Entschlußkraft von neuem. »Rache!« heulte er, stürzte sich ins Kampfgetümmel, mit hochgeschwungenem Schwert. Bald fand er ein Leben, das er beenden konnte. Die Waffe des Neurovoren, eine plumpe Steinscheibe, an einen Holzgriff gebunden, war der Rüstung der Ersten Armee nicht gewachsen, ebensowenig der Schädel des Neurovoren. Enthauptet fiel der Wilde in den Sand.

»Friß dein *eigenes* Gehirn, du . . .«, krächzte Minnix, dann unterbrach er sich, als er den Quetzalianer erkannte, der an seiner Seite kämpfte. Es war Ras, von Kopf bis Fuß mit glänzendem Blut besudelt. »Sie sind von den Toten auferstanden!« keuchte Minnix.

»Ich war nie dort!« brüllte Ras und vergrub sein Schwert in einer Leber.

Die Schlacht tobte weiter wie ein langsam sterbendes Tier. Der Sand wurde mit Blut, Urin, Exkrementen und Erbrochenem zementiert. Schreie vibrierten in der stinkenden Luft. Es war ein Tag, der von allem Anstand, von aller Heiterkeit abgeschnitten worden war.

Minnix schwelgte in seiner Macht. Nie zuvor war er einem Gehirnfresser ebenbürtig gewesen, geschweige denn dessen Meister. Nutze die Gelegenheit, sagte er sich, damit du eine Kriegsgeschichte erzählen kannst, die deine kleinen Brüder faszinieren wird.

Er schwang sein Schwert, und ein Arm segelte davon, zog einen Kometenschweif aus Blut hinter sich her. Der Neurovore in seiner schmerzhaften Unvollkommenheit bot einen ekelerregenden Anblick. Minnix hatte einen seiner wenigen rationalen Gedanken dieses Tages und überlegte, daß das geistige Bedürfnis nach bilateraler Symmetrie tief verwurzelt war. Am liebsten hätte er sich übergeben.

Ein zweiter Schwertstreich beendete das Elend des Monstrums. So, dachte er, *so* haben meine Erdenahnen also ihre Angelegenheiten geregelt. So wurden Länder erobert, Reiche erweitert, Aufstände niedergeschlagen, Gefangene genommen, Sklaven gehalten, Ketzer bekehrt, Gefangene zum Sprechen gebracht. Zum erstenmal in seinem Leben fühlte sich Minnix als Teil der Menschheitsgeschichte. Und er fand, daß diese Geschichte schrecklich war.

Am frühen Nachmittag standen noch neunhundertsiebenundfünfzig Quetzalianer und ein Neurovore. Der eine Neurovore stand noch, weil ihm sein eigener Speer durch den Bauch und in den Boden darunter gerammt worden war. Der Tag gehörte Burne.

Vorsichtig betrat die Erste Armee die Oase und marschierte, einem Befehl gehorchend, zum größten Teich. Burne posierte auf einem hohen Felsblock und erwartete seine Truppen, ebenso wie sein Spiegelbild, das auf dem Wasser schimmerte. Die beiden Generäle schwangen jubelnd ihre Schwerter hoch und begannen zu sprechen. »Soldaten! Heute habt ihr einen großen Sieg errungen. Quetzalia ist frei!« Abrupt erstarrten die Gesten, der Tonfall senkte sich. »Aber bedenkt, daß euch die schlimmste Arbeit noch bevorsteht. In dieser Oase sind die letzten Reste der Neurovorenrasse verstreut, jene, die nicht an der Schlacht teilgenommen haben. Die Kranken, die Alten und – ja, auch die Kinder, die von den Alten und Kranken beaufsichtigt werden.«

»Müssen wir Kinder töten, Sir?« fragte ein bleicher Leutnant.

»In ein paar Tagen werden Sie wieder Zolmec praktizieren, und dann werden Ihnen die Waffen nichts mehr nützen. Mit der Zeit wachsen die Kinder zu einer bösen Bedrohung heran. So einfach ist das.«

»Wir könnten uns Injektionen geben, wenn es soweit ist«, beharrte der Leutnant.

»In fünfzehn Jahren werden Sie ebensowenig bereit sein, Kinder zu töten, wie jetzt. Los, Soldaten, zieht eure Schwerter!«

Das Massaker dauerte bis nach dem blutroten Sonnenuntergang an. So unaussprechlich war dieser letzte Gewaltakt, daß die Soldaten, als er beendet war, Hals über Kopf aus der Oase stürmten und ihr Lager in der Wüste aufschlugen. Die Teiche gehörten wieder den Neurovoren, ihren hingemetzelten Leichen, ihren wütenden Geistern.

Flammen erblühten in der Wüste. Auf Lagerfeuern wurde das Abendessen gekocht. Größere, hoch auflodernde Feuer verzehrten die toten Quetzalianer. Burne wanderte zwischen den Scheiterhaufen umher. Die Hitze erwärmte ihn, heiterte ihn aber nicht auf. Die kalte Winterluft war leichter zu besiegen als das Eis, das in seinem Inneren gefror.

Komm, Newman, sagte er sich, freu dich über deinen Sieg! Das ist ein Befehl. Gottes heilige Steuerrückzahlung! Die Neurovoren haben keine *Kinder* produziert, sondern haarige kleine *Dinger*.

Eine brüske Stimme, die aus dem Dunkel drang, beendete seine Seelenqual. »Wer ist *da*?«

»General Newman.«

Ein Soldat trat ins Licht eines brennenden Scheiterhaufens, einen Teekessel in der Hand. Sein Kindergesicht und die zögernden Schritte verrieten, daß der brüske Ton forciert war. »Ich dachte, Sie seien ein Neurovore.«

»Es gibt keine Neurovoren mehr. Wie heißen Sie?«

»Petla, Sir.« Er stellte seinen Kessel auf den Boden.

»Gehen Sie mit mir spazieren, Soldat Petla.«

Die Scheiterhaufen bildeten eine gut beleuchtete Straße. Burne versuchte Konversation zu machen. »Kannten Sie einige von diesen Leuten?« Er machte eine ziellose Handbewegung, und Petla nickte. »Wahrscheinlich ist Ihnen zum Weinen zumute.«

»Das wird noch kommen. Hier, direkt vor uns, verbrennt Ras, mein alter Lehrer. Hinter uns Mochi Shappa, ein Vetter.«

»Ras, der Astronom?«

»Ja. Der Mann, der gleich zu Anfang getötet wurde.«

»Nein, zu dem Zeitpunkt war er noch nicht tot. Ich denke, er hat noch ein paar Stunden länger gelebt.«

»Ich frage mich, ob diese Stunden wichtig für ihn waren.«

Schweigend gingen sie weiter, bogen immer nur nach links. Ein paar Minuten später waren sie wieder bei Petlas Kessel angelangt. Er hängte ihn über sein Lagerfeuer, zog einen Keramikbecher aus seiner Jacke, der mit einem subtil dargestellten glasierten Auge verziert war. »Möchten Sie einen Becher Tee?«

Burne gab keine Antwort und fragte: »Ich habe Lipocas brennen sehen. Haben wir viele verloren?«

»Ich habe acht gezählt. Sieben sind von Neurovorenhand gefallen – und über den achten wissen Sie Bescheid.«

»Ja . . .«

»Er gehörte meinem besten Freund. Er sagte, Sie hätten versucht, dem Tier Noctus zu injizieren.« Petla berichtete, gegen Ende der Schlacht sei er auf einen erschöpften Lipoca gestoßen, der auf dem Rücken gelegen habe, die Nadel einer Injektionsspritze in der Flanke. Er habe das Tier seines Freundes erkannt und zu ihm gehen wollen, als es sich herumgedreht, sich selbst injiziert und die Spritze zerbrochen hatte. Ein paar Sekunden später sei es tollwütig geworden, und Petla habe es töten müssen. »Ich glaube, das ist eine ungewöhnlich sensitive Spezies«, meinte er, »und unfähig, Noctus zu verkraften – egal, in welcher Dosierung.«

»War es unumgänglich, den Lipoca zu töten?«

Statt einer Antwort hielt Petla seinen bloßen Arm ins Licht des Feuers. Eine vier Millimeter tiefe Rißwunde zog sich durch sein Fleisch. »Können Sie das glauben, General? Der Lipoca meines besten Freundes hat mir das angetan!«

Als sich Iztacs erste Strahlen über das Schlachtfeld tasteten und auf die unbeerdigten Leichenhaufen von dreihundert Neurovoren fielen, kam es Burnes Soldaten auf schreckliche Weise zu Bewußtsein, daß sie gemordet hatten. Natürlich konnte man behaupten, der Feind hätte es nicht besser verdient, die Neurovoren seien viel schlimmere Mörder gewesen, als es die Quetzalianer jemals sein würden. Doch ohne den Anblick der geschlachteten Kameraden verlor dieses Argument an Wirksamkeit. Manche Soldaten litten unter Übelkeit, andere wurden von Katatonie befallen. Und alle wollten die Wüste ohne weitere Verzögerung verlassen.

Der General erhob keine Einwände. Zwei Stunden später waren die unverletzten Soldaten aufgestiegen, die Verwundeten auf den Munitionswagen festgeschnallt. Sie ließen die Neurovorenleichen liegen. Ein Massenbegräbnis wäre dem Eingeständnis gleichgekommen, daß diese Rasse existiert hatte.

Burne stellte seine Armee in drei konzentrischen Kreisen auf. Als er in die Mitte sprengte, fiel sein trauriger Blick auf eine reiterlose Lipoca-Schar. »Soldaten!« begann er. »Heute verlasse ich euch.« Er hob eine Hand, zeigte zur Sonne. »In dieser Richtung liegt mein Schiff. Ich kann in einem Tag hinreiten. Zwei Tage brauche ich, um es mit Treibstoff zu versorgen.« Nun lächelte er. »Ich werde schneller in eurer Heimat sein als ihr.« Seine Hand beschrieb eine Drehung um hundertachtzig Grad. »Dort liegt Quetzalia. Kehrt als Zivilisten zurück! Wir haben nun nichts mehr miteinander zu schaffen. Ich lege mein Kommando hier und jetzt nieder.«

Ein heiserer Ruf stieg aus dem äußeren Kreis auf. »Warten Sie, Dr. Newman! Wir sind noch nicht miteinander fertig!« Die feindselige Stimme weckte eine brennende Erinnerung in Burne – als sei eine gefürchtete Krankheit, an deren Heilung man geglaubt hatte, plötzlich zurückgekehrt.

Die Sprecherin ritt durch den mittleren Kreis, alle Augen auf sich gerichtet, dann durch den inneren Kreis und zügelte ihren Lipoca. Der Exgeneral zwang sich zu einem Lächeln. Die hübsche Frau, die er vergewaltigt hatte, lächelte zurück.

»Ziehen Sie Ihre Waffe, Doktor!« stieß Ticoma hervor. »Ehe mich meine Kräfte verlassen.«

Sie riß ihr blutbeflecktes Schwert aus der Scheide an ihrem Gürtel, lenkte ihren Lipoca zu Burne, zerteilte den Schildkrötenpanzer, der neben Burnes Knie befestigt war, mit zwei Streichen. Die beiden Hälften fielen zu Boden. »Verteidigen Sie sich, Doktor! Sie haben mir damals keine solche Chance gegeben!« Sie starrte an Burne vorbei, schwang ihr Reittier herum, wandte sich an die Erste Armee. »Er hat mich vergewaltigt!«

»Wir sollten darüber *reden*«, sagte Burne.

Statt einer Antwort griff Ticoma ihn mit erhobenem Schwert an. Burne schwang seine Waffe hoch, parierte einen wütenden Hieb, dann galoppierte er hinter seiner Gegnerin her. Zweimal ritt Ticoma im Kreis in der Arena aus Lipoca-Fleisch. Dann riß sie ihr Tier plötzlich herum, und in ihrem nächsten Schwertstreich lag die ganze Wut ihrer Muskeln, ihres Hasses. Die Schwungkraft des Stoßes war am stärksten, als er auf Burnes Waffe traf, und diese wilde Wucht warf ihn aus dem Sattel. Der Sand war nicht weich genug, um seinen Sturz zu mildern, als er kopfüber stürzte.

Ticoma stieg ab, entdeckte mit einem zufriedenen Lachen, daß Burnes Schwert in einer Düne steckte. Sie hielt die Klinge ihrer Waffe zwischen seine Beine. Verzweifelt versuchte er seine wirren Gedanken zu ordnen und blinzelte, um die Nebel vor seinen Augen zu vertreiben. Als er wieder klarer sehen konnte, blickte er auf die Menge. Die Gesichter zeigten Neugier, auch jene Selbstzufriedenheit, die so typisch ist für das Publikum eines blutrünstigen Melodrams. Keiner schien ihm helfen zu wollen.

»Soldaten . . .«, war alles, was er hervorbrachte.

»Das sind keine Soldaten mehr«, erinnerte Ticoma ihn boshaft. Burne stöhnte. »Sie haben die Leute ausgemustert. Aber keine

Angst, Nerdenmann, ich werde Sie nicht töten – so gern ich das auch möchte. Ich werde Sie auch nicht kastrieren, sosehr Sie das auch verdienen würden. Meine Hände werden Ihnen nur Demütigung und Schmerz zufügen. Sie sind gedemütigt, weil Sie einen Schwertkampf mit einer lebenslangen Pazifistin verloren haben. Und der Schmerz – der kann nur von jener uralten Kunst rühren, in der Sie uns so gut unterwiesen haben.«

»Ticoma, nicht!« rief irgend jemand – zu spät. Sie hatte ihr Schwert bereits tief in Burnes linken Schenkel gestoßen. Nun zog sie es heraus, und das Blut floß.

 Teot Yon war tot. Es geschah ganz allmählich, ohne Dramatik, während derselben Stunden, als Tez sich an ihrem Abschiedswein berauscht und Francis Umias Geschichten gelauscht hatte, doch das Liebespaar erfuhr es erst am nächsten Nachmittag. Francis hatte einen ganz bestimmten Plan für diesen Tag – er wollte die Wirkung der Noctus-Injektion beobachten und hatte beschlossen, Tez gnadenlos auf die Nerven zu fallen. Wenn er Glück hatte, würde er sie dazu animieren, ihn zu verfluchen, sein Leben zu bedrohen oder wenigstens das Geschirr quer durch die Küche zu werfen.

Doch nun war es klar, daß solche Experimente nicht nur an Grausamkeit grenzen, sondern wahrscheinlich auch fehlschlagen würden. Welche Aggressionen der Burggraben auch immer wecken mochte, der Kummer dieses Tages würde sie neutralisieren.

Tez aß nichts beim Dinner. Zwischen zwei Bissen Chactol schlug Francis vor: »Wir könnten doch morgen ins Hexenmoor gehen.«

»Warum nicht?« murmelte sie, zog sich in den Hof zurück, beobachtete die Sterne und fragte sich, welcher davon gestorben war, bevor sein Licht Quetzalia erreicht hatte.

Francis verging der Appetit, und er stand auf und folgte ihr. »In einem Jahr wird es nicht mehr so schlimm sein«, sagte er und wünschte sofort, er hätte es nicht getan. »Vielleicht möchtest du lieber allein sein«, fügte er hastig hinzu, als könne er damit seine erste Bemerkung zurücknehmen.

»Nein.« Sie wandte sich um und schmiegte sich an seine Schulter, an den weichen Stoff seiner Robe. Hinter ihr hoben sich Arme wie Türflügel.

»Mool verdient, was immer du ihm zugedacht hast«, sagte er. Ihr lebendiger Bauch fühlte sich gut und warm an.

»Als Vater noch Steinhauer war, hatten wir nicht viel Geld. Und ich sah diesen Bären – einen großen ausgestopften Panda. Auf Luta gibt es keine echten Pandas. In der Arche waren vier Kodiaks. Huaca hat einmal einen in den Bergen gesehen. Das war letztes Jahr, glaube ich.«

»Und du wolltest den ausgestopften Pandabären haben?« Francis lockerte seine Umarmung, und sie rückte von ihm ab.

»Der Verkäufer sagte, er würde zwanzig Cortas kosten. An meinem sechsten Geburtstag saß ein Bär auf dem Frühstückstisch, aber es war nicht der richtige. Es war nicht der Bär, den ich in diesem Laden gesehen hatte.«

»Woher kam dein Bär?«

»Es ist erstaunlich, nicht wahr? Der Mann brach Steine aus Felswänden, und er bastelte dieses Ding zusammen – aus Dingen. Das Schreckliche ist nur, daß ich ihn wissen ließ, wie enttäuscht ich war. Kinder können so . . . Ich meine, er brach doch *Steine* aus den Felsen . . .« Weinend tastete sie nach den Sternen. »Da ist sie – unsere Spielzeugkönigin.«

»Hatte der Bär einen Namen?«

»Ja – Fropie«, erwiderte Tez, und jetzt weinte auch Francis.

Eine scharfe Brise fuhr durch den Nationalpark. Die Liebenden fuhren ins Hexenmoor und wußten, daß sie nicht lange genug bleiben würden, um die Kanumiete von vier Cortas zu rechtfertigen, die sie einem albernen, gutmütigen Kind namens Popet bezahlt hatten. Das Kanu war schäbig, hatte keine Sitzbänke, und die Farbe blätterte ab. Doch die Bootswände ragten hoch aus dem Wasser, und die Fahrgäste wurden wenigstens nicht naß. Francis paddelte im Heck, während sich seine Liebste über den Bug neigte, einen Zweig hinter sich herzog und nachdenklich in kleine Wirbelströme starrte. Die importierten Sumpfreptilien, die Muskeln vor Kälte verkrampft, rührten sich nicht.

Sie war heute gefaßter. Der Kummer hatte sich zu einem Gefühl entwickelt, das zu erleben sich auf seltsame Weise lohnte. Sie durfte diesem Gefühl keinen Widerstand leisten, durfte es nicht verleugnen, durfte nicht einmal versuchen, es zu intensivieren, um es möglichst schnell hinter sich zu bringen. Sie mußte es als etwas Natürliches, Unvermeidliches akzeptieren, genauso wie das Gebären, das Erbrechen, den Regen. Die Worte kamen ihr ganz leicht über die Lippen. »Wie mag es wohl der Ersten Armee gehen?« fragte sie beiläufig. »Die Schlacht war für gestern geplant.«

»Vorgestern«, korrigierte Francis, erstaunt über diese Gesprächsthemenwahl. »Ich glaube, Burne ist jetzt schon an Bord des Schiffes und verwandelt euer quetzalianisches Polluzit in Cäsium.«

»›Es gibt keine notwendigen Übel‹, pflegte Janet Vij zu sagen. Hatte Sie unrecht, mein Freund? Ist Burnes Krieg gut?«

»Was das betrifft, so kann ich nur irrational denken.« Er blickte zum Himmel auf, über den dünne, bronzefarbene Wolken krochen.

»Jetzt erinnere ich mich. Du schleppst diesen Groll mit dir herum, seit die Neurovoren die Gehirne deiner Freunde gefressen haben.«

»Tez!« Francis' Zorn verdrängte sein Staunen. »Wie kannst du so reden!«

Sie lächelte mutwillig. »Wie soll ich denn reden? Mit einem Zweig zwischen den Zähnen?« Sie steckte sich einen Zweig zwischen die Zähne. »Sehr clever, wie Burne diesen Neurovoren umgebracht hat . . . Von vorn bis hinten durchbohrt . . . Hat er das vorher üben müssen? Ich meine den Käfer.« Der Zweig brach entzwei, als sie ihn durchbiß.

Francis hörte zu paddeln auf. »Nein. Wenn ein *Cortexclavus* erst mal zu bohren anfängt, bohrt er immer weiter. Nichts kann ihn aufhalten.«

»Der ideale Soldat«, sagte sie ohne jede Ironie. »Burne hätte eine Armee aus Korkenzieherkäfern aufstellen sollen.«

»Normalerweise sprichst du nicht über solche Dinge.«

»Aber ich denke daran, das weiß Iztac.« Ihr Lächeln erinnerte an eine Wunde. »Und heute denke ich auf neue Weise daran. Ich frage mich – könnte Burne ein Held sein? Könnte eine gewisse *Art* des Tötens richtig sein, wenn das Ziel darin besteht, die Zivilisation zu erhalten, und wenn der Feind . . . Siehst du? Jetzt fange ich schon wieder an, die Dinge in Kästchen einzuordnen.«

Aus irgendeinem Grund freute sich Francis nicht über ihr unpazifistisches Geschwätz. Unbehagen stieg in ihm auf. »Ich glaube, wir sollten jetzt zurückfahren. Er starrte auf den Boden des Kanus, wo sich kleine Pfützen gebildet hatten. »Außerdem wird's hier langsam naß.«

Tez warf die beiden Hälften des Zweigs in den Sumpf und folgte Francis' Blick. »Gott der Gehirne! Ein Leck!«

»Ein erstklassiger Grund, um zurückzupaddeln«, bemerkte Francis mit dumpfer Stimme.

»Kümmert sich der Junge denn nicht um diese Dinge, bevor er die Kanus vermietet?« rief Tez ärgerlich. »Ist ihm das alles egal?«

Sie paddelten zurück, mit so heftigen Ruderschlägen, daß die Pfützen im Boot immer größer wurden. Das Wasser spritzte auf ihre Kleider, drang bis zur Haut durch und rief ein Gefühl hervor, das Francis genossen hätte, wäre er nicht so tief in Gedanken versunken gewesen.

Rasch erreichten sie das Ufer, viele Stunden bevor das dumme Leck sie ernsthaft in Gefahr gebracht hätte. Trotzdem hatten sie das Gefühl, gerettet zu sein. Tez sprang als erste an Land und marschierte auf Popet zu. »Entschuldige mal, aber der Kahn, den du uns da gegeben hast, ist voller Würmer.«

Popet starrte unglücklich auf das gestrandete Kanu. »So ein Pech. Ich werde ein anderes für Sie aussuchen.«

Francis kam gerade rechtzeitig hinzu, um Tez sagen zu hören: »Nein, es ist zu kalt da draußen. Gib uns das Geld zurück.«

»Alles?« Popet hämmerte mit seiner Ferse in den Sand.

»Alles«, beharrte Tez steif.

»Da muß ich erst meinen Vater fragen.«

»Du wirst niemanden fragen«, lautete die Antwort. »Wir wollen unser Geld jetzt haben – sofort.«

Verblüfft über die hartherzige Forderung dieser kleinen Frau, nahm Popet einen Lipoca-Lederbeutel von seinem Handgelenk, öffnete ihn, schüttelte vier Cortas in seine Handfläche. »Ich kann Ihren Standpunkt verstehen«, sagte er und meinte das Gegenteil.

Tez nahm das Geld. »Wir wären fast ertrunken!« Sie wirbelte herum, marschierte davon. Francis folgte ihr ein paar Meter, dann drehte er sich zu Popet um, gab eine fadenscheinige Erklärung ab.

»Ihr Vater ist vor zwei Tagen gestorben.«

»Tut mir leid«, entgegnete Popet. »Normalerweise lecken unsere Kanus nicht.«

Francis rannte davon, überdachte die Veränderung, die er so raffiniert in Tez bewirkt hatte, und seine tiefe Befriedigung glich einem Orgasmus. Nie zuvor hatte er sie so ekelhaft erlebt, so nerdenhaft. Das gefiel ihm.

»Diesmal hast du wirklich erreicht, was du wolltest«, sagte er, als er sie eingeholt hatte.

»Offenbar hast du trotz allem einen gewissen Einfluß auf mich.« Ihre Stimme klang leicht verwirrt. »Der Junge hat doch kein Trauma?«

»Er wird sich schon wieder erholen.«

»So muß man sich also auf der Nerde benehmen – immer?«

»Ja.«

»Es ist gar nicht so schlimm. Ich glaube, es hat mir sogar Spaß gemacht.«

Ohne ihr zu erklären, warum, küßte er sie. Sehr gut, Tez . . . Es hat ihr Spaß gemacht! Das ist ihre Ausdrucksweise, nicht meine. Jetzt wird es nicht schwer sein, dir von der Injektion zu erzählen. Ich werde es dir gestehen, bevor die erste Wiederholungsimpfung fällig ist. Dann wird die Bestattung deines Vaters eine drei Tage alte Erinnerung sein. Dann gibt es keine Geheimnisse mehr zwischen uns, Tez. Und vielleicht wirst du mir nicht einmal böse sein.

Mr. Nose war boshaft. Er hatte seine Fäden absichtlich durcheinandergebracht und in einem gordischen Knoten auf der Werkbank liegenlassen. Als Tez diese Teufelei in seinen Porzellanaugen las, beschloß sie, ihm eine Lektion zu erteilen. Sie nahm ihren Hammer und schlug ihm auf die Stirn. Splitter sprühten aus dem Schädel.

Der Lärm lockte Francis ins Zimmer, und der Anblick erschreckte ihn. »Große Sonnengöttin!«

»Der arme Mr. Nose!« Tez' Zerknirschung wirkte irgendwie unheimlich. »Er hat versucht, mich zu ärgern.«

»Erlaubt Zolmec, Rache an Marionetten zu üben?«

Sie antwortete nicht. Langsam umschloß ihre Hand den größten Splitter, dann überreichte sie ihn Francis mit morbidem Übermut. Ihr Grinsen war häßlich. »Möchtest du ein Stück haben?«

Francis bemerkte, daß sie gleichzeitig die Neurovoren-Verworfenheit und ihre eigenen kindlichen Eigenschaften parodierte. Er barg die Hände in seiner Robe, schüttelte den Kopf und ging. Draußen vor dem Olo senkte sich die Dunkelheit herab.

Man sagte, daß Teot Yon mit seinen Steinen gesprochen hätte. Er hatte ihnen geschmeichelt und ihnen versprochen, wenn sie in sauberen Blöcken aus den Felswänden fielen, statt zu zersplittern, würden sie nach Aca wandern und große öffentliche Gebäude werden. Wie poetisch, dachte Francis, daß sich sein Scheiterhaufen nun neben einem Steinbruch im Osten erhebt. Der Wind wird Teots Asche erheben und über die Felsen streuen, die er so geliebt hat.

Und die Leute, die Teot liebten, standen im dicken Nebel und warteten auf die Verbrennung. Es war typisch für Huaca, daß er die Verzögerung bewirkte. Die Tagesdebatte hätte schon vor Stunden zu Ende gehen müssen, aber er hatte sich zweifellos in einen heftigen Diskurs hineingesteigert, und sein Gedankenstrom durfte nicht von so banalen Dingen wie einer Familientragödie durchbrochen werden.

Tez' zornige Augen glitten über die Menge hinweg. »Man sollte sein Gehirn fressen«, verkündete sie in heiserem Flüsterton.

Francis hörte es. »Genau meine Meinung.« Von rechtmäßigen Trauernden umgeben, kam er sich klein und betrügerisch vor. Er hatte bei dieser Bestattung nichts zu suchen. Ein symbolischer Blätterregen von einem schwächlichen Ipu-Baum, dessen Lebensdauer der des Menschen glich, bewegte alle außer ihm.

Die meisten von diesen Leuten waren auf der Party gewesen. Heute hatten sie neue Identitäten angenommen, hatten graue Gesichter, trugen schwarze Kleider. Francis ertappte sich dabei, daß er immer wieder nickte, wenn er jemanden wiedererkannte – die blinde Umia, den ausgemergelten Fischer *et alii* –, jedesmal rasselte er »Wie schön, Sie wiederzusehen« herunter, und jedesmal wurde er von jenem merkwürdigen Unbehagen befallen, jener peinlichen Mischung von Vertrautheit und Geheimnis, die sich einstellt, wenn man einer Person zum zweitenmal begegnet.

Eine mürrische junge Priesterin kam heran, eine lodernde Fackel in der Hand. Der Nebel spuckte die Flamme an, und sie zuckte zusammen. »Ich halte nicht gern Reden, wenn ich naß bin«, sagte sie unfreundlich.

Tez beherrschte sich mühsam. »Gut, fangen wir ohne meinen Bruder an.«

In einer feierlichen, einsamen Prozession trug die Priesterin die Fackel zum Scheiterhaufen, der kegelförmig aus dem Nebel aufragte wie der Geist einer Pyramide. Francis hatte angenommen, die Scheite würden sofort entzündet werden, bevor die Luftfeuchtigkeit sie durchtränken konnte. Statt dessen wandte sich die Priesterin den Trauergästen zu und leierte eine kurze, aber wohldurchdachte Inhaltsangabe von Teots Leben herunter.

»Als ein Volk von Wissenschaftlern und Denkern«, schloß sie, »können wir nicht mit absoluter Sicherheit behaupten, daß sich Teot Yons Persönlichkeit jetzt jenseits des Himmelstors oder in Satans Suppentopf befindet oder ob sie in den Embryo eines Bullen eingehen wird. Einige von uns glauben an die Hypothese eines Lebens nach dem Tode, andere an weniger erfreuliche Aussichten. Wir alle wissen, daß Teot Yons Existenz als empirisches Ereignis nun beendet ist, und es ist an der Zeit, daß seine Moleküle zu Luft und Asche werden und danach – wohin werden die schwebenden Partikel treiben, welche neuen Dinge werden sie zu formen helfen? Wir wollen mit der Transformation beginnen!«

Die Priesterin stach mehrmals mit ihrer Fackel in den Scheiterhaufen. Francis fühlte jene Genugtuung, die ihn immer erfüllte, wenn er zusah, wie ein Feuer die Herrschaft übernahm. Er griff nach Tez' Hand. Wie betäubt starrte sie in die Flammen und murmelte immer wieder: »Man sollte sein Gehirn fressen . . .«

Plötzlich verdichtete sich der Nebel, versperrte die Sicht auf das Feuer. Zischende Geräusche drangen herüber, als die Scheite trockneten. Herausfordernd schossen blutrote Flammen empor, sanken zurück, starben.

»Man sollte sein Gehirn fressen.«

Als nichts mehr von dem Scheiterhaufen übriggeblieben war als graue, schwelende Klumpen, als die Sonne beinahe hinter den runden Gebirgsausläufern am östlichen Horizont verschwunden war, als die Trauergäste gegangen waren bis auf ein halbes Dutzend, das nichts Besseres zu tun hatte, als umherzuschlendern und von Dingen zu reden, die nichts mit der Bestattung zu tun hatten, tauchte Huaca endlich auf. Er marschierte geradewegs auf seine Schwester zu. Die anderen hörten auf umherzuwandern, sperrten Mund und Augen auf. Francis zog sich in den Hintergrund zurück.

»Verzeih mir nicht«, begann der professionelle Debattenredner, »aber bedenk, daß ich auf Huaca Yon wahrscheinlich nicht weniger wütend bin als du.« Er hatte beabsichtigt, seiner Stimme einen zerknirschten Klang zu verleihen, aber die Erklärung kam ihm zu glatt über die Lippen.

Tez schob ihre feuchten Hände in die Falten ihrer Robe. Sie sagte nichts, sah ihn nur an, mit wilden Augen.

»Habe ich wirklich so schwer gesündigt, daß es keine Worte dafür gibt?« Huaca blickte auf die Asche. Der Wind begann sie bereits in den Steinbruch zu wehen. »Großer Gott der Gehirne, Tez, ich habe ihn auch geliebt – vielleicht genausosehr wie du. Wenn ich überzeugt gewesen wäre, daß ihm diese Bestattung irgend etwas nützen könnte, hätte ich alles liegen- und stehenlassen und wäre sofort gekommen. Aber ich hatte gerade eine neue Kunsttheorie entwickelt – und ich war es der Epistemologie schuldig, im Ring zu bleiben. Und jetzt wollen wir uns bitte wieder vertragen.«

Tez erschauerte, halb vor Kälte, halb vor Zorn. »Du – hast – recht, Bruder. Diesmal – gibt – es – wirklich – keine – Worte – für – deine – Rücksichtslosigkeit, und so – muß – meine Antwort – über – alle Worte – hinausgehen . . .« Sie zog eine Waffe aus ihrer Robe – fünf Finger und eine Handfläche –, hob sie hoch, schlug sie mit aller Kraft auf Huacas Wange. Sein Kopf flog zur Seite.

Ringsum wurden hundert Augen groß und rund.

Keuchend trat Tez zwei Schritte zurück, inspizierte ihre Hand, als sei sie ein künstlich angefertigter Klumpen aus fremdem Fleisch, dann schrie sie: »Gott des Friedens!« Huacas Kopf saß wieder gerade auf dem Hals, und sein Gesicht zeigte keine Merkmale ihrer Rache, abgesehen von einem gestaltlosen roten Fleck. »Tut mir leid, Huaca.«

Sein Zorn verflog, bevor er ihn hinausschreien konnte, und das gleiche geschah mit seiner Angst. Nur Mitleid und Verblüffung blieben zurück. »Fühlst du dich nicht wohl, Tez? Glaubst du, daß du in der Kirche bist?«

»Ich weiß nicht, was mit mir los ist.«

Ich muß es ihr sagen, beschloß Francis. Sie ist so aufgeregt. Vielleicht wird sie es gar nicht richtig begreifen. Endlich brachte er genug Mut auf, um zu ihr zu gehen, aber die Kluft zwischen ihnen wurde nicht schmaler. Sie zog sich hastig zurück, wandte sich ab, rannte in den Nebel – dorthin, wo er am dichtesten war.

»Ich weiß nicht, was mit mir los ist!«

»Tez!«

»Später!« Ihre nächsten Worte wurden übertönt vom Schnauben eines Lipocas, der sich in den grauen Schwaden gefesselt sah. Mixtlas Sattel knarrte, als Tez aufstieg.

»Tez!«

Doch die einzige Antwort war das Trommeln von sechs Hufen.

Vaxcala Coatl, die Hohepriesterin des Iztac-Tempels und geistig-seelische Ratgeberin der quetzalianischen Rasse, litt unter Bauchschmerzen. Sie war nicht in der Lage, weitere Besucher zu empfangen. Stundenlang waren besorgte Bürger zu ihr gekommen, mit ihren drängenden, ermüdenden Fragen. Vaxcala, ist es richtig, daß ich meiner kleinen Tochter Bonbons gebe, wenn sie die Wahrheit sagt? (Ja, aber nur, wenn das Kind weiß, daß Sie es auch richtig belohnen wollen und nicht nur deshalb, weil es sich Ihren Wünschen fügt.) Vaxcala, begeht der Tiger eine Sünde, wenn er tötet? (Nein, denn der Tiger haßt nicht.) Vaxcala, was soll ich meinen Kindern über Burne Newmans Krieg sagen? (Das weiß ich nicht.)

Draußen vor der Pyramide ging Iztac in kupferroter Pracht unter. »Wer wartet denn noch?« fragte Vaxcala.

Mouzon Thu watschelte aus den Schatten heraus. »Drei Leute. Ein Mauerflicker, ein Schachmeister und eine junge Ärztin.«

»Ich werde ihren Kummer morgen heilen.«

Mouzon verließ die Tempelhalle. Vaxcala erhob sich von ihrem Sofa und begann auf die Kerzen zu blasen. Sie schwebten zwischen Leben und Tod, bis sie genau die richtige Intensität eruiert hatte, die sie in ihre Atemstöße legen mußte, so daß die Flammen erstarben. Es war ein kindisches Experiment, doch es lenkte ihre Gedanken von den Bauchschmerzen ab.

Mouzon kam zurück, sein Warzengesicht zuckte vor Ärger. »Die Ärztin will nicht gehen!«

Vaxcala rülpste. »Wie heißt sie!«

»Tez Yon.«

»Heute morgen wurde ein Steinhauer namens Teot Yon verbrannt.«

»Sie ist seine Tochter.«

»Ich werde sie empfangen.« Vaxcala zündete die Kerzen wieder an.

Tez' schüchterne Schritte hallten im Korridor wider, passierten die Kerzen, näherten sich dem Podest. Sie löschte ihre Laterne, stellte sie verlegen auf den Boden. Vaxcala beugte sich vor und lächelte aufmunternd, aber ihre Besucherin blieb ernst und traurig. »Ihr Vater war berühmt für seine Güte und Tüchtigkeit. Sein Tod ist für uns alle ein großer Verlust.«

»Ich komme gerade von der Bestattung . . . Nein, das ist nicht wahr, ich komme aus dem Olo.« Dann fügte Tez vorsichtig hinzu: »Ich lebe mit Francis Lostwax zusammen.«

»Nicht ohne Konsequenzen, wie ich sehe.«

»Sie wissen, daß ich schwanger bin?«

»Keine Frau, die als Ärztin arbeitet, könnte *so* gesund aussehen, wenn sie nicht guter Hoffnung wäre. Was ist los? Will er Sie nicht heiraten?«

»Er will, daß unser Kind als Nerdenmensch aufwächst.«

»Und nun soll ich Ihnen sagen, ob Sie auf die Nerde übersiedeln sollen oder nicht?«

»Ich habe bereits beschlossen, ihm in seine Heimat zu folgen. Aber meine Gefühle sind natürlich widersprüchlich . . . Ich liebe Quetzalia und seine Wissenschaft, doch die Bande, die mich hier festhalten, lösen sich auf. Mein Bruder liebt mich nicht, mein Vater ist tot. Auch die Nerdenbewohner haben ihre Wissenschaft. Eines Tages werde ich Charles Darwin entthronen.«

»Ist Francis ein guter Mensch?«

»Gut und sehr sanftmütig – nicht so unverschämt wie Dr. Newman.«

»Ich persönlich freue mich über Ihren Entschluß. Sie werden die beiden ständig daran erinnern können, daß sie versprochen haben, die Existenz Lutas geheimzuhalten, Dr. Yon.«

»Ja – und außerdem die Reise – dieses große Abenteuer . . . Francis bietet mir eine Chance, um die mich sicher viele Leute beneiden.«

»Warum sind Sie dann noch hier?« fragte Vaxcala sarkastisch.

Tez lächelte zerknirscht. »Vor zwölf Tagen sagte mir Francis, daß eine Quetzalianerin nur dann auf der Nerde glücklich werden kann, wenn sie imstande ist, Aggressionen zu entwickeln. Er wollte mir Noctus injizieren – auf der Stelle.«

»Große Sonnengöttin! Damit würde er doch dem Baby schaden!«

»Die Tierversuche haben erwiesen, daß diese Gefahr nicht besteht.«

»Aber die Fähigkeit zu Gewaltakten würde nach sechs Tagen erlöschen.«

»Ich würde Wiederholungsimpfungen bekommen. Natürlich fand ich diese Idee abstoßend. Aber in letzter Zeit haben sich meine Gefühle geändert.«

Vaxcala runzelte die Stirn. »Warum?«

»Ich bin mir nicht sicher. Vielleicht liegt es an Francis' Einfluß? Jedenfalls stehe ich – das klingt jetzt etwas seltsam – den Aggressionen nicht mehr so feindselig gegenüber.«

Die Hohepriesterin lachte freudlos.

»Gestern schrie ich einen Jungen an, weil er uns ein Kanu mit einem Leck vermietet hatt«, fuhr Tez fort.

»Das kann man kaum als Ketzerei bezeichnen.«

»Und heute nachmittag, nach der Bestattung, ist etwas Schreckliches passiert. Mein Bruder kam zu spät, und das war ihm auch noch egal. Ich kochte vor Wut – wollte ihn töten . . .«

»Das ist immer noch normal. Es entspricht zwar nicht dem Durchschnitt, ist aber normal.«

»Ja, doch diesmal wartete ich nicht auf Zolmec. Ich unterdrückte meine Gefühle nicht.« Tez schilderte, wie sie ihren Bruder geohrfeigt hatte. Nie zuvor hatten Vaxcalas Ohren ein solches Geständnis gehört. Sie schluckte eine Luftkugel.

»Sie haben *geschlagen*?«

»Ja, ganz fest. Auf die Wange.«

Die Finger der Hohepriesterin schlängelten sich nach vorn und krallten sich um die Sofakante. Ihre Stimme klang spröde. »Ich nehme an – Sie waren überreizt. Haben Sie einen Gottesdienst versäumt? Vielleicht sollten Sie das nächstemal ganz besonders heftig freveln – eventuell ein Mord mit einer Axt . . .«

»Es wird kein nächstes Mal geben. In dieser Woche landet die *Darwin*.«

Vaxcala kannte keine echte Besorgnis. »Dr. Yon, wie *ist* es denn, wenn man jemanden ohrfeigt?«

»Das ist ja das Verwirrende – ich kam mir kein bißchen sündhaft vor. Es ist nicht viel anders, als wenn man jemanden während des Gottesdienstes schlägt.«

»Und nun sind Sie entschlossen, auf Francis' Vorschlag einzugehen?«

Es dauerte lange, bis Tez antwortete. »Ja – aber ich möchte Ihren Segen haben, Vaxcala. Sie haben auch die Injektionen sanktioniert, die Burnes Armee bekommen hat.«

»Weil ich unter Druck stand.«

»Ich versuche auch, Sie unter Druck zu setzen.«

Vaxcala erhob sich, richtete einen toten Blick auf Tez. Das Licht ihrer Augen schien nach innen, suchte nach einer Antwort. »Dies sind schwere, beunruhigende Zeiten, Dr. Yon. Die Antistasisten bedrängen uns mit neuen Ideen. Wer kann sagen, ob diese Ideen falsch sind? Und jetzt dieser Krieg ... Veränderungen erschrecken mich.« Sie wandte sich ab, begann wieder ihre Kerzen zu quälen.

»Tez, Sie schwanken zwischen zwei Kulturen. Aus Gründen, die mir immer noch schleierhaft sind, haben Sie sich bereits in einer Art und Weise benommen, die sich mit unseren quetzalianischen Überzeugungen nicht vereinbaren läßt. Ob es Ihnen bewußt ist oder nicht – Sie haben bereits begonnen, sich einem neuen Lebensstil zuzuwenden. Ich rate Ihnen, diesen Prozeß zu vollenden und – mit meinem Segen – ein ganzer Nerdenmensch zu werden.« Sie wirbelte herum, mit todernstem Gesicht. »Aber erwarten Sie nicht, daß Sie in Quetzalia jemals wieder willkommen sein werden.«

Trotz dieser harten Worte fühlte sich Tez getröstet. »Francis wird so glücklich sein. Ich werde sofort zur Mauer gehen.« Sie zog ein grünes Bündel aus der Tasche, wickelte eine funkelnde Spritze aus.

»Weiß Francis, daß Sie das Ding haben?«

»Nein.«

»Offenbar lassen Ihre Skrupel auch *ohne* Noctus' Hilfe nach.«

»Ich habe es nicht gestohlen. Ich werde es zurückgeben.«

»Sie haben es gestohlen«, entgegnete Vaxcala.

»Nun, dann habe ich es zu einem guten Zweck gestohlen – ich will ihn überraschen. Die Injektion soll mein Hochzeitsgeschenk sein.«

Vaxcala sank auf das Sofa. »Wir haben uns nichts mehr zu sagen, Nerdenmädchen. Ich muß jetzt meinen Bauch hätscheln.« Sie entließ Tez mit einer knappen Handbewegung. »Gehen Sie – trinken Sie den Burggraben.«

Tez nahm ihre Laterne auf. Diesmal hallten ihre Sandalen selbstbewußt durch den Saal. Als sie die Außentreppe erreichte, sah sie, daß der feuchte Nebel nach oben gestiegen, daß eine trockene, sternenlose Nacht angebrochen war. Trotz der erstickenden Finsternis brauchte sie nur eine Minute, um an der Seitenfront der Pyramide hinabzuspringen, Mixtla loszubinden und zum Tolca-Tempel aufzubrechen.

Während der dienstfreien Stunden wirken alle öffentlichen Gebäude geisterhaft und unheimlich. Das bekommen Kinder oft zu spüren, wenn sie abends in die dunklen Korridore ihrer Schulen zurückkehren, um an einer Feier teilzunehmen. Auch Tez hatte dieses Gefühl, als sie den Tolca-Tempel betrat. Ohne das Flimmern der Laternen, ohne das Geschrei der Gläubigen erschien er ihr abweisend und fremdartig, obwohl sie schon hundertmal durch diese Passagen gegangen war. Dies war die Zeit, wo der Tempel allein sein wollte.

In einem der großen zehneckigen Gewölbe angekommen, schlich sie auf Zehenspitzen in die nächstbeste Kapelle. Da wartete der leere Holovisionsschirm, ein Reservoir wilden Hasses. Sein Gesicht fühlte sich tot an.

Eine rasche Bewegung, und sie hatte ihre Gehirnschale abgenommen, legte sie hinter das dicke rote Kissen und setzte sich.

Den Blick auf den Holovisionsschirm gebannt, hob sie die Hand, tastete nach der Elektrode, zog sie herab und drückte sie tief in das gefühllose Großhirn. Grüne Schleier tanzten über den Bildschirm. Sekundenlang schloß Tez die Augen, riß sie dann auf, mit knirschenden Zähnen. Ihre Gedanken gewannen an Kraft, an Intensität.

Die Schleier im Holovisionsschirm veränderten sich. Das Grün verwandelte sich in Gelb, das Gelb in Orange. Das amorphe Orange nahm Gestalt an. Es war ein Feuer – ein brennender Scheiterhaufen. Die Flammen verzehrten das Holz, sprangen in den Hintergrund. Huaca erschien auf der Bühne. Er hatte keine Beine. Tez konzentrierte sich, und er bekam Beine.

»Habe ich wirklich so schwer gesündigt, daß es keine Worte dafür gibt?« fragte Huaca auf dem Holovisionsschirm. »Großer Gott der Gehirne, Tez, ich habe ihn auch geliebt – vielleicht genausosehr wie du.«

Ein verirrtes orangegelbes Licht schwebte vor Huaca. Tez setzte ihre Gedankenkraft in verstärktem Maße ein und erzeugte aus dem Licht ihre eigene Gestalt. Die projizierte Tez lief zu ihrem Bruder, der die Rede vom vergangenen Morgen repetierte. Als er das Obsidianskalpell in ihrer Hand erblickte, ließ er sein Manuskript fallen. »Aber – ich habe etwas Neues entdeckt – eine neue Methode, Lipoca-Mist zu malen. Man muß das Pigment in die Nase gießen und niesen. Ein Meisterwerk . . .« Nervös starrte er auf das Messer.

Tez stürzte sich auf ihn, schwang das Skalpell, zerfetzte seine Robe, riß sie ihm vom Leib. Sie zielte nach unten, und die Klinge drang in Huacas unsportlichen Bauch ein, ohne auf Widerstand zu stoßen. Eine grausige Masse aus Eingeweiden strömte heraus, zerfloß und verschwand.

Verschwand? Ihre Konzentration ließ nach. Dieser Gottesdienst kam ihr ganz anders vor als die anderen. Warum? Sie wußte es nicht. Und dann erkannte sie das Offensichtliche.

Sie amüsierte sich.

Wie alle anderen Gläubigen benutzte Tez die Bilder, um eine lebhafte Flut von Träumen hervorzurufen und auch den letzten Tropfen gewalttätiger Lüste aus ihren eingekerkerten Frustrationen zu pressen. Aber während andere Quetzalianer mit humorloser, hypnotisierter Aufmerksamkeit auf den Bildschirm starrten, lachte Tez, bis ihre Augen in Tränen schwammen.

»Hol sie dir wieder, Doktor!«

Die Eingeweide kehrten zurück. Als die erfundene Tez sie zerquetschte, verwandelten sie sich, und sie zerrte einen kunstvoll geflochtenen Strick aus Huacas Bauch, Meter um Meter. Er versuchte zu fliehen, aber sie zog noch schneller, griff tief in seine Gedärme hinein, dann lief sie um ihren Gefangenen herum, bis er ein zusammengeschnürtes Bündel war.

Die wirkliche Tez lachte noch immer. Ihre Phantasie geriet ins Wanken, begann zu entschwinden. Verdammt, schimpfte sie mit sich selbst, paß doch auf!

Die Szene gewann ihre lustvolle Strahlkraft zurück. Nun hob sie ihren gefesselten Bruder hoch in die Luft, trug ihn zum Rand des Steinbruchs, warf ihn hinab. Durch die Magie der Gedanken wurde ein sechsbeiniges Ei aus Huacas Projektion. Mit einem schauerlichen Schrei segelte das Ei zweihundert Meter hinab in die Tiefe, in das unvermeidliche Verderben.

Tez schaltete auf einen subjektiven Blickwinkel um, packte die Ecken ihres Kissens, als der Boden emporraste. Ihr Magen stürzte im freien Fall nach unten, und sie lachte gellend. Und dann, im Augenblick des Aufpralls, wünschte sie sich hoch nach oben, schwebte hinauf und beobachtete entzückt, wie ihr eiförmiger Bruder auf den Felsen aufschlug und sich zu einem schleimigen Brei aus Eiweiß und Dotter auflöste, durchsetzt mit Schalensplittern.

Die Show war zu Ende.

Allmählich wurde sie wieder ernst. Ihr Gelächter sank zu einem leisen Kichern herab, dann zu einem Lächeln, sie schaute blinzelnd auf den Bildschirm. Kleine Bruchstellen bezeugten, daß das Gerät im Lauf der Jahre nur selten benutzt worden war. Tez drehte sich um, drückte den Hebel ganz nach oben. Schweigend glitt der Holovisionsschirm hinauf, durch eine Magnetvorrichtung bewegt, an Seilen gezogen. Er stieß mit dem Gewölbe der Kapelle zusammen.

Sie trat vor, kauerte sich vor die silberschwarzen Reste ihrer jüngsten Phantasiegebilde. Gurgelnd und stinkend sickerten sie ins Erdreich hinab. In wenigen Minuten würden sie für immer verschwunden sein, anonyme Moleküle im Alptraum der Gemeinde . . .

Tez war Noctus noch nie so nah gewesen. Der Geruch war stark, aber nicht ekelerregend. Vorsichtig tauchte sie einen Zeigefinger hinein, legte ihn auf die Zunge. Süß! Süße Träume! Der Anblick, die Geräusche, der Geruch, die Berührung, der Geschmack – sie hatte alle nur möglichen Tests durchgeführt.

Schmerz durchbohrte ihre Zunge und den Finger an den Stellen, wo die ätzende Süßigkeit geklebt hatte. Tez war bereit. Geduldig wartete sie, bis der Schmerz in ein angenehm erträgliches Pochen überging.

Dann nahm sie einen Krug, der zu neun Zehntel mit Salzwasser gefüllt war, um Noctus in das Gefäß zu schöpfen. Zwei Verschlußkappen – und sie hatte eine zehnprozentige Lösung. Sie schüttelte den Krug.

In ihrer vollkommenen Symmetrie sah die Nadel viel grausamer aus, als Tez sie in Erinnerung hatte. Vielleicht sollte ich Francis bitten, mir die Injektion zu geben, dachte sie. Nein, es soll ja ein Geschenk sein. Nur Mut, Doktor!

Sie stellte den Krug auf den Boden, pumpte die Spritze voll, dann stieß sie den Kolben hinab, bis alles ausgespuckt war – bis auf drei Kubikzentimeter. Drei. Die perfekte, magische Zahl.

Natürlich zögerte sie ein paar Minuten lang. Damit hatte sie gerechnet. Während dieser Zeit stellte sie sich vor, daß sie sich Noctus injizierte, massierte ihren Deltamuskel, kitzelte ihn mit der Nadel. Dann schaffte sie es wie eine furchtsame, zähneklappernde Schwimmerin, die bis zum Nabel in einem eisigen See steht, ihre Gedanken auszuschalten und der Materie ihres Körpers das Kommando zu übergeben.

Das Eintauchen . . .

Die Nadel war unter ihrer Haut. Der Kolben wurde aktiv – bewegte sich zurück – kein Blut – glitt wieder nach unten, zwang unheimliche Gefühle in ihr Inneres.

»Für die Liebe!«

Tez erwartete nicht, daß die Wirkung augenblicklich eintreten würde. Es waren ja nur drei cm^3. Und die Wirkung kam auch nicht. Sie zog die Nadel heraus, wickelte sie in das grüne Tuch. Ich muß meine Spuren verwischen, dachte sie, ließ den Bildschirm herabgleiten, setzte die Gehirnschale wieder auf.

Und da setzte die Wirkung ein, durchfuhr sie in wilder Wut. Zuerst wurde ihr Verdauungssystem betroffen. Die knochigen Finger von zehntausend Rattenskeletten zerrten an den Gefängniswänden ihres Magens. Schreiend krümmte sie sich zusammen. Und als der Burggraben in ihr Gehirn vordrang, löste sich der Schmerz in bebende Frivolität auf. Sie wußte, daß sich ihr Gesicht zu einem breiten Grinsen verzerrte, um zwischendurch auf groteske Weise die Stirn zu runzeln. Ihre Augäpfel kreisten in den Höhlen. Ein psychotischer Regenbogen strömte in die Kapelle, tanzte umher, und als er explodierte, enthüllte er hundert Oktaven des unsichtbaren Spektrums. Ein schrilles, widerwärtiges Klingeln erfüllte die Luft, nahm Gestalt an, bildete namenlose geometrische Formen, um sich dann wieder in ein Klingeln zurückzuverwandeln. Die Kapellenwände stöhnten und pulsierten wie Herzmuskeln.

Tez träumte, daß sie die Elektrode wieder in ihr Großhirn gesteckt hatte. Keine Phantasiebilder tauchten auf. Statt dessen schoß eine Noctus-Fontäne aus ihrem Kopf und begann den Holovisionsschirm zu füllen. Sein Fassungsvermögen wurde erreicht und überschritten. Er zerbrach, doch die Gallenflüssigkeit spritzte nicht heraus, sondern schien sich in Schlangenbewegungen auszubreiten wie ein dunkles, glänzendes Monstrum. Zitternde Tentakel griffen in Tez' Körper, und plötzlich hatte das Ding ihr Baby gepackt. Es war ein Junge.

Ihr eigener erstickter Schrei weckte sie. Ihr Körper war zu einer verkrampften, bleichen schwangeren Kugel zusammengeballt. Die Halluzination war barmherzig und erlosch.

Finsternis . . .

Teil drei

Der Apostel

Der Winter bahnte sich seinen Weg, über die Berge, durch die Täler, in die Städte. Das Leben in Tepec begann zu frieren, die Bürger betasteten ihre Mäntel, suchten nach Löchern, die man flicken mußte. Die Gärten verfielen in formlosem Braun. Die Chitzals flohen in die südlichen Obstgärten und hängten sich an gefrorene, fast unnachgiebige Opos. Auf dem Fluß, der aus Haß gemacht war, bildeten sich zerfurchte Eisscheiben und strebten der Mitte zu. Wie eine heilende Wunde begann sich der Graben zu schließen.

Die Opoche namens Lamux war berühmt für ihre plötzlichen Schneefälle. Bestehend aus purpurrotem Dampf, beleuchtet von einer Jadesonne, strahlten die Flocken das intensive Blau stofflosen Bluts aus. Schon zweimal waren sie sanft auf Quetzalia herabgesegelt, wie Samen aus einer Bauernhand, doch Iztac hatte sie beide Male verbrannt. Doch jetzt schneite es stärker in solchen Mengen, daß die Bürger beschlossen, daheim am Herd zu bleiben. Wenn die *Darwin* heute eintrifft, so sagten sie sich, würde sich die Neuigkeit schnell genug verbreiten, und außerdem ist dieser Tee so warm und süß.

Einsam wanderte Francis auf der Mauer dahin, wartete fröstelnd auf das überfällige Schiff. Trommelwirbel dröhnten aus der Knochenhülle seines Mundraums. Was tue ich hier? Bin ich verrückt?

Zwei Ichs kämpften in seinem Gehirn. Wenn ich nach Hause gehe, sagte das erste, denke ich an Tez, brüte vor mich hin und masturbiere. Du denkst schon *jetzt* an Tez, sagte das zweite Ich. Und du brütest auch, aber du masturbierst nicht, weil das Wetter nicht dazu geeignet ist.

Seit der Ohrfeige wurde Tez vermißt. Ihre Kollegen in der Klinik nahmen an, daß sie sich Urlaub genommen hatte, ohne vorher Bescheid zu sagen. Ihr Bruder, noch immer schockiert über jene Tätlichkeit und voller Schuldgefühle, weil sie berechtigt gewesen war, hatte keine Theorien anzubieten. Bedrückt wegen der peinlichen Rolle, die er bei der Erforschung von Janet Vijs Notizen gespielt hatte, zuckte Loloc Haz nur mit den Schultern, als Francis ihm Fragen stellte, und meinte, Tez sei zu tüchtig und Quetzalia zu gütig, als daß sie in irgendwelchen physischen Gefahren schweben könnte. »Dies ist nicht die Nerde, wissen Sie, auch wenn es vielleicht dazu kommt, wenn Sie und Newman hier fertig sind.«

Verzweifelt über die Leere in seinem Bett hatte Francis zunächst in einem Gästezimmer, dann auf einer Couch geschlafen – und jetzt schlief er überhaupt nicht mehr. Wenn Tez in den nächsten zehn Stunden keine Noctus-Injektion bekam, überlegte er besorgt, würde sich ihre neuerworbene Menschlichkeit wieder zum quetzalianischen Pazifismus zurückentwickeln. Aber das war noch nicht das Schlimmste.

Es war auch nicht das Schlimmste, daß sie sich verlaufen haben könnte. Wie Loloc gemeint hatte – Tez war ganz sicher imstande, sich zu retten.

Das Schlimmste war, daß sie sich vor ihm versteckte, daß sie seine Auswanderungspläne stumm zurückwies. Sie liebte ihn nicht ...

In der Abenddämmerung ließ der Schneefall nach. Wie ein Bauer, der die Stalltür hinter seinen entlaufenen Kühen schließt, knöpfte Francis seinen Mantel zu. Seit kurzem folgte er dem quetzalianischen Beispiel und ergänzte seine Robe mit einem wollenen Mantel. Seine Wollkappe war wie ein Kürbis geformt. Das Ensemble war so eindrucksvoll, daß es auf der Nerde die ungeteilte Aufmerksamkeit zahlreicher Entrepreneurs hervorgerufen hätte. Vorausgesetzt, daß man das Design ändern konnte, um es der schnellebigen, profitträchtigen Mode anzugleichen, hätten sie entweder ein horrendes Vermögen damit gemacht oder eine angenehme Steuerabschreibung herausgeschlagen.

Francis studierte die quetzalianische Seite der Mauer, ließ den Blick über die heterogene Harmonie wandern – viereckige Steine, runde Steine, glatte Steine, rissige Steine –, bis er zwei Gestalten entdeckte, die sich ernsthaft und unverständlich am Fuß des näheren Zugbrückenturms unterhielten. Heute fungierte eine temperamentvolle Frau in mittlerem Alter als Türsteherin. Ihr Kopf war von mehreren Tüchern umhüllt. Ihr Gesprächspartner, ein Kurier, ebenfalls in mittleren Jahren und vor Kälte etwas lethargisch, war offenbar mehr als ein flüchtiger Bekannter. Einmal versuchte er sie zu küssen, aber sie zuckte so blitzschnell zurück wie eine Möwe, die gemerkt hat, daß sie im falschen Nest sitzt. Sehr gut, dachte Francis, der ist nichts für dich.

Das zweite Ich hatte gewonnen. Geh nach Hause, sagte es, und er näherte sich den Stufen. Eine niederträchtige Schneeflocke flog ihm ins Auge. Er wandte sich zum Wald und sah seinen Lipoca, an einen Strauch festgebunden, der wie eine große fleischlose Hand aussah. Kohlendioxyd dampfte aus den Nüstern des Tieres.

Er wollte gerade die Stufen hinabsteigen, als – unverkennbar und beharrlich – ein metallisches Kreischen aus den Wolken herabrauschte. Wie eine große Schauspielerin, deren Auftritt das Publikum in erwartungsvolles Schweigen versetzt, brach die *Darwin* über die Abenddämmerung herein.

Die Quetzalianer, die zum ersten Mal in ihrem Leben ein Raumschiff sahen, sperrten Mund und Nase auf.

Der Kurier rannte davon, nachdem er sich von seiner Überraschung erholt hatte. Die Türsteherin ging zur Winde. Fünfzig Meter vom Fluß entfernt hielt die *Darwin* an, schwebte in der Luft, während sich die Brücke knirschend hinabsenkte.

Francis kam sich vor wie ein Patient, der gerade erfährt, daß er nun doch nicht sterben muß. Das Kriegsziel war erreicht! Die Noctus-Droge berechenbar, kontrollierbar. Die Injektion konnte Tez keinen Schaden zugefügt haben.

Als Francis erkannte, wo Burne landen wollte, erfüllte ihn grenzenlose Bewunderung für das diplomatische Geschick seines Freundes. Die *Darwin* steuerte nicht in die Wüste. Kleiner als eine Durchschnittsdüne, hätte sie einen mitleiderregenden Kontrast zu alldem Blut gebildet, daß sie gekostet hatte. Aber die *Darwin* nahm auch nicht Kurs auf die andere Seite der Mauer. Sie wäre mit ihren dröhnenden Maschinen eine schwere Beleidigung für das quetzalianische Technologie-Tabu gewesen.

Als das Seil der Winde abgespult war, flog die *Darwin* auf das Tor zu und landete direkt auf der Zugbrücke.

Die Holzplanken stöhnten zwar unter dem ungewohnten Tonnengewicht, brachen aber wunderbarerweise nicht, als Francis über den schmalen Rand zwischen dem Schiff und dem Burggraben lief. Er nahm den Schlüssel von der Kette, die um seinen Hals hing. Dann erstarb sein Lächeln, als er die Luke aufgeschlossen hatte, auf den Anblick von Burne Newmans muskulöser Gestalt und seines zerfurchten Gesichts vorbereitet, und nur einen leeren Rahmen vor sich sah. Er hängte sich die Kette wieder um den Hals und erschauerte, als das kalte Metall durch seine Robe drang, ging an Bord, raste vorbei an den Sauerstoffröhren, die wie Organe aussahen und zum Kontrolldeck führten.

Als Burne die Schritte hörte, drehte er seinen Stuhl herum und setzte ein Grinsen auf. »Tut mir leid, daß ich nicht an die Tür gekommen bin«, sagte er und deutete nach unten. Eine Bandage umschloß seinen linken Schenkel. Das weiße Leinen hatte einen häßlichen gelben Fleck.

Francis schnappte nach Luft. Er konnte es nicht ertragen, in der Nähe eines Menschen zu sein, der Schmerz litt. Lieber wäre er selbst verletzt worden. »Wir bringen dich zu Dr. Mool.«

»Nein«, erwiderte Burne mit einem makabren Zwinkern. »Es ist wirklich nur so schlimm, wie es aussieht.«

Francis schälte sich aus seinem Umhang. Großer Gott, der Bastard hatte sich diese Wunde mit *Absicht* zugezogen. »Das ist sicher passiert, als du irgend jemand das Leben gerettet hast, was?«

Burne grunzte und nickte. Er hatte keine Lust, zuzugeben, daß dieses Mißgeschick überhaupt nichts mit dem Krieg zu tun hatte.

Zögernd schüttelte Francis die Hand seines Freundes, als würde er glauben, daß Kriegsverletzungen wie Krankheiten übertragen werden konnten. Aber seine Stimme war voller Zuneigung.

»Ich hob den Kopf und entdeckte die alte *Darwin*, und das war der schönste Anblick seit Ollie *Cortexclavus*.«

»Hast du an meinem Sieg gezweifelt?«

»Ich sehe keine Überlebenden.«

Burne erklärte, daß die Erste Armee von Aca zwei Tage später eintreffen würde – schmutzig, aber glücklich. »Eigentlich müßten sie *fünf* Tage Verspätung haben, aber weil ich Fieber hatte und ein bißchen benebelt war, dauerte es ewig lange, bis ich diesem verdammten Polluzit einen Tank voll Cäsium abgeschmeichelt hatte.«

»Wollten die Quetzalianer dir nicht helfen?«

»Meine Leutnants haben mich zum Schiff getragen, aber ihre verrückte religiöse Überzeugung verbot es ihnen, an Bord zu kommen. Sie wollten nicht einmal ihre Toten und Verwundeten hereinbringen.«

»Wie viele sind es denn?«

»Dreiundvierzig Quetzalianer sind tot, dreißig verwundet.« Burne strich über den Langbogen, der unpassenderweise an der Computereinheit L-17 lehnte.

»Und die Neurovoren?«

Jetzt grinste Burne zum erstenmal wirklich. »Was für Neurovoren?« krähte er.

Francis begann zu tanzen. »Dr. N., du bist ein Wunder.«

Burne fand, daß es Zeit fürs Dinner war, Francis ging in die Kombüse und kam mit zwei Konservenbüchsen voll scheußlicher Fleischbällchen zurück, erhitzte sie mit Kelvin-Hüllen. Wenn man sich vorstellte, daß ein paar arme Tiere ihr Leben für dieses Zeug gegeben hatten . . .

Francis wartete auf Kriegsgeschichten, aber Burne fühlte sich zu elend, um welche zu erzählen. Sie unterhielten sich über Entomologie, Archäologie, Zeitreisen und die Nerde, wobei Francis viel mehr zum Gespräch beitrug als sein Freund. Als er sich das letzte Fleischbällchen in den Mund gerollt hatte, ging er zum Holovisionsmonitor und schaltete ihn ein. »Du hast es geschafft, Burne. Von allen lausigen Bastarden in der Galaxis . . .«

Ein heiseres Stöhnen unterbrach ihn. Er wandte sich um, sah Burne wie eine Boje vornüberkippen. Der Monitor begann zu singen. Mit ausgestreckten Armen lief Francis zu dem Verletzten, aber der Held protestierte und wollte sich nicht helfen lassen. »Ich kann meine verdammten Zehen nicht bewegen«, stieß er zwischen den Zähnen hervor. »Ich sage nicht ›wackeln‹ – denn ich habe es noch nie geschafft, mit diesen Warzenschweinen zu wackeln.«

»Geh ins Hospital, Burne«, erwiderte Francis mit gespieltem Desinteresse.

Burne packte ihn am Ärmel, zog ihn auf Flüster-Distanz zu sich heran. »Ich werde diesen Kahn unter keinen Umständen verlassen.« Seine Stimme schwankte irgendwo zwischen schwachem Murmeln und starker Willenskraft. »Und wenn meine Beine verrotten! Und wenn der liebe Gott durch die Luftkanäle furzt! Verstanden?«

»Und wenn du wieder Fieber bekommst?«

»Dann steuerst *du* das Schiff.«

Typisch Burne . . . Aber aus irgendeinem Grund lächelte Francis.

»Ich habe gerüchteweise gehört, daß du möglichst schnell nach Hause willst.«

»Ich hasse dieses Land, Lostwax. Ich hätte nicht gedacht, daß man mir mein Bein halb abschneiden würde – aber es ist passiert. Bevor noch was *anderes* kaputtgeht, reitest du jetzt wie der Wind zum Olo, holst deine Zahnbürste und deinen Käfer und deine hübsche kleine Verlobte – wie heißt sie doch gleich, diese Pazifistin – und bist bei Sonnenaufgang wieder hier.«

»Tez wird seit zwei Tagen vermißt.«

»Was ich jetzt am allerwenigsten brauchen kann, sind Komplikationen, Kumpel.«

»Hör mal, Burne, ich will mich nicht mit einem Schwerverletzten herumstreiten, aber ohne mich wärst du niemals auf die Idee gekommen, Noctus als Waffe zu benutzen.«

»Also gut, morgen mittag – keine Sekunde später.« Er klappte den Mund über seiner Fleischkugel zu, um seinen Worten noch mehr Nachdruck zu verleihen. »Wenn du dann nicht hier bist, kannst du selber sehen, wo du bleibst.«

Francis nickte. Das ist fair, dachte er. Wenn sie heute abend nicht auftaucht, ist das der beste Beweis dafür, daß sie sich für Quetzalia entschieden hat. Vielleicht ist es gut so, Tez. Vielleicht ist die Nerde deiner nicht würdig.

Burne saß vor der Kontrolltafel. Der Monitor glühte gelb, als die Positionslichter aufflammten. Draußen bildete sich eine kegelförmige Menge. Sie begann am anderen Ende des Tors und dehnte sich zum Wald hin aus. Die Dicksten, Gouverneur Nazra und Mouzon Thu, standen an der Spitze, schwangen ihre Laternen und fingen Schneeflocken auf den Zungen ein.

Burne betrachtete die Szene und seufzte. »Ich will nicht, daß hier irgendwelche Neugierigen reinkommen.«

»Du bist ihnen eine Siegeransprache schuldig.« Francis kämpfte mit seinem Mantel und rückte ihn mühsam zurecht.

»Kümmer du dich um das alles, Lostwax. Ich werde meinem Bein jetzt die wohlverdiente Ruhe gönnen.« Burne erhob sich, griff nach dem Langbogen, stützte sich darauf und hinkte unsicher über das Deck.

Francis trat vor, stopfte Knöpfe in Knopflöcher, fungierte als Burnes zweite Krücke. Arm in Arm gingen sie zu den Kabinen.

Es hatte noch nicht zu schneien aufgehört, als Francis in die schwache Glut der *Darwin* hinausstieg, die Luke versperrte und zum Bug lief. Die blauen Flocken, die den Lichtern entgegenwirbelten, verwandelten sich in einen grünen Erbsenhagel. Nazra und Mouzon stürmten eifrig herbei. Francis erzählte ihnen alles Wissenswerte, wehrte sie mit einem Wollärmel ab und lächelte in die Runde.

Nazra watschelte triumphierend in die Menge, konnte es kaum erwarten, das neueste Argument für seine Wiederwahl vorzubringen.

Mouzon klammerte sich an Francis' Kragen. »Es ist schrecklich – und obszön.« Dann fügte er nach kurzem Nachdenken hinzu: »Aber der Planet gehört nun uns. Deshalb möchte ich hineingehen und ihm danken.«

»Er empfängt keine Besucher – weil er krank ist.« Die Menge bejubelte eine besonders gelungene Phrase in Nazras Ansprache. Der Schnee dämpfte den Lärm. Francis beschloß, vorsichtig zu sein. »Bleiben Sie bei mir, Mouzon. Ohne Ihre Hilfe werde ich meinen Lipoca nie wiedersehen.«

Das Geschrei war verstummt, als sie das Fallgitter passierten. Und nachdem es sich herabgesenkt hatte, strahlte Mouzons heilige Autorität in alle Richtungen und sorgte dafür, daß Francis in einer unsichtbaren, zwei Meter breiten Luftblase einigermaßen unbehelligt blieb. Namen drangen ihm entgegen wie die Schneeflocken.

»Kitu Pon! Ist Kitu Pon am Leben?«

»Meine Tochter heißt Quilo Loir!«

»Topi Hazpec!«

»Mochi Shappa!«

Er konnte jedesmal einen schmerzlichen Blick und zehn Wörter anbieten. »Wir haben keine Verlustliste. Die Überlebenden werden in zwei Tagen zurückkommen.« Er sagte es dreißigmal.

Ohne die Schritte zu verlangsamen, erreichte er den Lipoca, der immer noch an dem Knochenstrauch festgebunden war. »Werden Sie bald abreisen?« fragte Mouzon. Blaue Flocken klebten an seinem Mantel, und er sah aus wie ein feister Schneemann.

Francis zeigte ihm einen unregelmäßigen Zylinder. »Damit kann man die *Darwin* aufsperren. Sehen Sie zu, daß Sie Tixo Mool finden, und bringen Sie ihn hinein.«

»Das Raumschiff ist für uns tabu, Dr. Lostwax.«

Francis mußte sich sehr anstrengen, um seiner Stimme einen festen Klang zu verleihen. »Das wird es nicht mehr sein, wenn Sie es gesegnet haben –« Sein Erfolg überraschte ihn.

Widerstrebend nahm Mouzon den Schlüssel entgegen. »Was soll er tun?«

»Meinen Freund untersuchen – Kabine Nummer zwei.«

»Vielleicht hat Dr. Mool andere Pläne für diesen Abend.«

»Sie wollen uns doch loswerden, oder? Aber solange Burne krank ist, haben Sie uns am Hals.«

»Ist es wirklich so wichtig?«

»Sehr wichtig.« Francis betonte jede Silbe. Dann fügte er in ebenso beunruhigendem Ton hinzu: »Ich glaube, sein Bein ist tot.«

 In dieser Stadt hat man das öffentliche Beleuchtungsproblem nie gelöst, dachte Francis, als er seinen Lipoca durch den trüben, öligen Schein der Straßenlampen lenkte. Um diese rauhe Jahreszeit verließ die Bevölkerung des Nordens ihr Zuhause, abgesehen von den beherzten Bürgern, und floh nach Tepec, Aca und Oaxa, wo der Winter traditionsgemäß um ein paar Grade wärmer und leichter zu ertragen war. Auch nach dem Einbruch der Dunkelheit hielt die Immigration noch an, und Francis ritt zwischen Tausenden von Quetzalianern dahin, die in aller Eile die diversen Hotels und Verwandtenquartiere ansteuerten, wo sie wohnen wollten, bis die Qual des Aphels vorüber war.

»Sagen Sie mal – kommen Sie vom Raumschiff?« Die Stimme war leise, aber keck. Sie gehörte einem kleinen Jungen, der in dem dunklen Tal zwischen Francis' Lipoca und einem mit Büchern gefüllten Karren stand. Der Junge lud Bücher aus. Das ergab einen gewissen Sinn, denn mit Büchern würde der Winter schneller vergehen.

Zuerst dachte Francis, er sei als außerplanetarer Besucher erkannt worden. »Ja«, antwortete er zögernd und zügelte sein Reittier.

»Die Nerdenmänner werden bald davonfliegen, nicht wahr?«

»Ja. Kennst du jemanden, der bei der Armee ist?«

Trotz der Finsternis sah Francis den Stolz in den Augen des Kindes. »Meine Familie, meine Freunde – wir waren alle dagegen. Vater sagt, man darf seine Prinzipien nicht töten, nur weil die Regie-

230

rung das Begräbnis zahlt.«

»Aber jetzt gehört der Planet uns.«

»Vater sagt, dadurch wird sich nichts ändern.«

Francis stammelte unverständliche Laute, zwang sich zu einem Husten. Was für ein Glück, daß ich einem gottverdammten fetten Priester in die Arme gelaufen bin ... Die dicke Lipoca-Wolle schob sich an seinen Schenkeln hoch, als er davongaloppierte.

Vor dem Olo war alles schneeblau, still und normal. Doch als er abgestiegen war und durch den Garten ging, sah er das Haupttor offenstehen wie eine klaffende Axtwunde. Gelbes Licht, aus unsichtbarer Quelle, fiel heraus. In diesem harmonischen Land, wo die Leute nichts von Türschlössern wußten, konnte jedermann, der Lust dazu hatte, in das Leben seiner Zeitgenossen eindringen, und heute abend hatte offenbar irgend jemand eine solche Lust verspürt. Francis' erster Gedanke war, daß er sich bewaffnen mußte, um sich gegen einen Einbrecher zu verteidigen, doch dann erinnerte er sich lächelnd, daß der Planet unter seinen Füßen nicht die Nerde war. Wahrscheinlich hatten sich ein paar Cuzianer im Haus einquartiert, die wie die Käfer ganz genau wußten, wo es warm war. Es war nicht nötig, sie hinauszuweisen. Wenn Mool dieses traurige Bein heute abend wiederbelebte, würde Francis die vielen Räume nicht mehr brauchen.

Als er die Villa betrat, sah er, daß das Licht aus dem Bankettsaal kam, einer tristen Riesenhöhle, die er normalerweise nur aufsuchte, weil sich die Tür zum Weinkeller darin befand. Der Tisch war, passend zur Atmosphäre des Raumes, aus einem Mammutbaum geschnitzt worden, der älter gewesen war als die *Eden Drei*. Am anderen Ende schimmerte Sternenschein durch ein Fenster und beleuchtete drei rohe Lammkoteletts, um eine fast leere Weinflasche gruppiert, die sich aus der Mitte einer Keramikplatte erhob. Eine kleine Frau saß vornübergeneigt am Tisch, das Gesicht im Schatten.

»Tez?« Er haßte diese Sekunde, die von ihm zu erwarten schien, daß er nun wie ein Kino-Epen-Held zu ihr stürmte und sie in die Arme riß. Und als er erkannte, daß er dazu nicht fähig war, wurde er sehr verlegen und ging mit schleppenden Schritten auf sie zu. Mit zögernden Schritten, die an die Scheinschwerkraft in der *Darwin* erinnerten.

Sie hob den Kopf, hielt ihr feingemeißeltes Gesicht in den Sternenschein. Ihr trüber Blick sprach von Verfall, von Ausschweifung.

»Dein Gesicht sieht aus, als hättest du darin geschlafen«, sagte Francis und ging weiter.

»Ich bin *krank*.« Der wilde Klang ihrer Stimme stoppte seine Schritte. »Setz dich!«

Er gehorchte – ohne zu wissen, warum. Ein ungewöhnlich langer Tisch trennte ihn von seiner Liebsten. »Willst du nicht in die Klinik gehen.«

»Es fängt mit A an.«

»Alkoholismus?«

»Nein!« Ihre Melancholie verwandelte sich übergangslos in hektische Fröhlichkeit. »Francis, Liebster, ich habe eine süße, wunderbare Überraschung für dich. Ich habe mir das vorher ganz genau überlegt ... Starr mich nicht so an! Können dein schiefer Mund und deine blecherne Stimme keine Freude mehr ausdrücken?«

»Eine schwangere Frau sollte nicht soviel trinken.«

Damit veranlaßte er sie, die Flasche zu packen und über einem Champagnerglas umzudrehen. Der letzte Tropfen floß heraus, bevor es zu einer Überschwemmung kam. »Ein Trinkspruch!« rief sie, hob das Glas und dirigierte damit ein unsichtbares Orchester. »Prost, du altbackener Brotkosmetiker!« Sie hielt das Glas an die Lippen, blies hinein.

»Womit willst du mich überraschen?«

»Die Überraschung ... Ich kann mich nicht mehr erinnern. Gib mir irgendeinen Hinweis. Was könnte es sein? Ist es verdaulich?«

Francis kaute an der Unterlippe. »Tez, wo warst du? Im Hospital?«

»Im Tolca-Tempel – mit sechs verwaisten Chitzals. Sie haben jetzt alle Namen. Irgendwann wurde ich hungrig. Hast du schon mal versucht, Fell zu essen. Lostwax? Es geht nicht. Deshalb bin ich zurückgekommen.«

Sie nahm einen Schluck Wein, und Francis sah seine Chance gekommen. Stolpernd sprudelten die Worte aus ihm heraus, er verhaspelte sich immer wieder, aber der Sinn seines Berichts drang sogar in Tez' umnebeltes Bewußtsein vor. Die Neurovoren waren ausgerottet worden. Burne war verwundet. Sie würden morgen abfliegen – vorausgesetzt, daß es ihm besserging. Wollte sie noch immer mitkommen?

»Natürlich!! Ich glaube, ich werde eine gute Sprengballspielerin abgeben, was? Knieschoner mit Spikes – wie witzig!«

»Warum bist du davongelaufen?«

»Großer Gott, wir haben gewonnen! Ich hätte auch zur Armee gehen sollen. Das muß ja ein tolles Picknick gewesen sein – wenn man ihnen die ranzigen Augen wie Furze rausgequetscht hat . . .«

»Tez, verdammt . . .«

»Burne ist ein richtiger Held, nicht wahr? Um die Wahrheit zu gestehen, da ist irgendwas in mir drin, das schon immer mit ihm schlafen wollte. Ich weiß nicht, wo dieser Teil meines Ich ist, aber . . .«

Francis sprang auf. »Zum letztenmal – warum bist du weggelaufen?«

»Das weiß ich nicht!« feuerte sie zurück.

»Aber ich weiß es, Tez! Vor vier Tagen hast du einen Jungen zur Schnecke gemacht, weil er uns ein schlechtes Kanu vermietet hat.«

»Ich hätte seinen Familienschmuck klauen sollen.«

»Und dann hast du Huaca bei der Bestattung deines Vaters geohrfeigt . . .«

»Vater hat mir geholfen, das zu ertragen, Lostwax.«

»Du hast dich in letzter Zeit etwas sonderbar gefühlt, nicht wahr?«

»Wie ein Pandabär . . .«

»Ich muß dir etwas gestehen . . . Tez – ich war es, der diese Veränderung bewirkt hat.«

»Ich liebe Geständnisse.«

Francis triumphierte insgeheim. Das ging viel glatter, als er es zu hoffen gewagt hatte. »Ich wußte ja, daß du es verstehen würdest. Manchmal liebt man einen Menschen so sehr, daß man einfach tun muß, was am besten für ihn ist.«

Plötzlich war sie ganz ruhig. Die Wirkung des letzten Schlucks war noch nicht in ihrem Gehirn angekommen. »Und so hast du etwas getan? Was?«

»Das Beste.«

»Für mich.«

»Das Beste für dich.«

»Ich habe geschlafen.«

»Du hattest viel getrunken in jener Nacht – so wie heute.«

»Drei Kubikzentimeter?« stieß sie keuchend hervor.

»Von einer zehnprozentigen Lösung. Genau die richtige Dosis.«

»Mit einer Injektionsnadel?«

»Wie sonst?«

»Mit dieser Spritze?« Zitternd erhob sie sich. Trotz der Kälte trug sie nur eine Robe. Und daraus riß sie nun Francis' Spritze, warf sie auf die Platte, verspritzte Lammblut.

Er erstickte beinahe an seiner Verblüffung. »Wo hast du das her? Das ist doch eine *Maschine*!«

Sie goß den Wein auf den Tisch, schlug in die Pfütze wie ein Kind, das mit seinem Essen spielt. »Du bezeichnest dich als Wissenschaftler. Und doch brichst du die Gesetze der Wissenschaft genauso wie . . .« Sie packte das leere Champagnerglas, und als sie damit fertig war, bestand es nur noch aus einem Stiel.

»Du hast recht«, sagte er. »Ich war unbesonnen . . .«

»Allerdings, du Rotznase!«

»Ich habe es wohl nicht besser verdient . . .«

»Du Gehirnfresser! Während ich schlief . . . Ich nehme an, du hast mich gleichzeitig auch vergewaltigt.«

»Es waren nur drei Kubikzentimeter.«

»Drei Kubikzentimeter! Du hast ja keine *Ahnung*, was du getan hast!« Das Blut dröhnte in ihren Ohren. »Ich dachte, es wäre alles nur ein Traum gewesen – den ich erfunden habe . . .«

»Erfunden?«

»Ich ertrage es nicht – nicht ohne . . .« Bevor er seine Frage wiederholen konnte, hatte sie die Spritze gepackt und war mit flatternder Robe in den Weinkeller gelaufen. Er folgte ihr nicht.

Francis hielt nicht viel von Souvenirs. Als er die berühmte Natwick-Wüste auf der Erde bereist hatte, waren alle entsetzt gewesen, als er ohne singende Kakteen zurückgekehrt war. Und aus Orchard City war er ohne ein einziges Schnitzbild von der berühmten Cathedral Bridge zurückgekommen. Und so war es ganz selbstverständlich für ihn, auch Quetzalia mit leeren Händen zu verlassen. Der halbvolle Rucksack, den er neben den glimmenden Kamin im Salon stellte, enthielt nur seine Nerdenkleider und – ganz zuoberst – den Glasmetallkäfig.

Er ging in die Küche und kehrte mit einem Berg fetter Würstchen zurück. Der *Cortexclavus* saß still und in sich gekehrt da, die Beine an den geschlossenen Deckel geheftet. Francis überlegte, daß für den Käfer von oben nach unten ungefähr genauso sein mußte wie von unten nach oben. Er steckte die Würstchen zwischen den Gitterstäben hindurch, und der Käfer krabbelte heran, als ihm der Duft in die Nase stieg.

»Ollie«, sagte Francis, »ich könnte deine Flügel durchlöchern und deine Antennen abschneiden und deinen Rüssel zu einem Löffel feilen, und du wärst immer noch glücklicher als ich.« Der Käfer hieb seine Mandibeln in das Fleisch. »Burne ist halbtot, Tez halbverrückt. Hörst du mich, mein Käfer? Ich *liebe* sie – nicht weniger als vor zwei Opochen, als sie mir sagte ...«

Ein Glasrescendo unterbrach ihn. Er sprang auf, und als er seinem Gehör durch den Bankettsaal zum Weinkeller folgte, krachte es ein paarmal noch lauter. Francis wußte, daß er sich wieder einmal mit Tez herumschlagen mußte, und murmelte: »Am liebsten würde ich weinen.«

Sie saß auf einem vermoderten Faß, den Rücken an ein Champagnergestell gelehnt. In der Wand über ihren Schultern klaffte ein Loch, und daraus nahm sie einen Ziegelstein nach dem anderen, um damit auf eine Claret-Fassade zu zielen. Wenn sie auch betrunken war – sie konnte gar nicht danebenwerfen.

Vor Francis' Füßen breitete sich ein Teppich aus Glasscherben und Wein aus. Erschrocken beugte er sich vor. Haß und Furcht verzerrten Tez' Gesicht. Die Weinflecken auf ihrer Robe sahen wie Wunden aus.

»Tez, du solltest ins Bett gehen.«

»Jetzt weiß ich wieder, womit ich dich überraschen wollte«, lallte sie.

»Ja?«

»Deine Überraschung ist – drei.«

»Drei«, wiederholte er.

»Drei und drei ist sechs.«

»Sechs – was?«

»Kubikzentimeter. Ich – ich wollte ein *Mensch* werden, Francis.«

»Du hast dir selber eine Injektion gegeben?« Er war gerührt – und auch entsetzt. »Wann?«

»Nach dem Begräbnis.«

Francis kämpfte mit sich, um seine Angst zu besiegen. Immerhin hatten drei Tage dazwischengelegen. »Wenn – die Überdosis gefährlich war«, stotterte er, »hättest du es mittlerweile merken müssen.«

Als wollten sie den Boden imitieren, wurden ihre Augen rot und glasig. »Ich habe es längst gemerkt. Noctus hat mich böse und zornig gemacht.«

»Ich verdiene deinen Zorn.«

»Böse auf Huaca.«

»Der verdient es auch.«

»Auf Mool.«

»Der hat deinen Vater mit Coyo behandelt.«

Plötzlich verzerrte sich Tez' Gesicht zu einem schrecklichen Grinsen. *»Auf unser Baby.«*

Das kam unerwartet, und Francis brauchte einen Augenblick, um seine Gedanken zu ordnen. »Es müßte wütend auf *dich* sein – weil du soviel trinkst.«

Tez' Lippen grinsten noch immer – aber es war kein Grinsen mehr, sondern etwas viel Unnatürlicheres. »Es hat mich getreten. Nicht jetzt. Ich habe eine Pflanze gegessen.« Sie zeigte auf das Chaos. »Wie muß es wohl sein, wenn man sich da drauf liebt? Hält das Leben Abenteuer bereit, von denen wir nichts ahnen?«

»Was für eine Pflanze?«

»Azti. Meine Krankheit beginnt mit einem A. Ich bin einfach ins Hospital gegangen und habe mir einen Krug geholt. Wenn man eine Diebin ist, kriegt man alles umsonst.«

»Und Azti schläfert einen Fötus ein?«

»Heia, puppeia . . .«, sang sie leise.

Eine fremdartige, prickelnde Angst stieg in ihm hoch. »Tez, mach deine Robe auf!«

Lässig löste sie den Gürtel, zog die beiden Hälften auseinander. Ihr Bauch war flach. »Es ist weg«, gurgelte sie. »Das scheußliche Ding, das meinen Körper gemietet hat, tritt mich nicht mehr. A bedeutet Azti. A bedeutet Abtreibung.«

Francis schrie, bis er glaubte, sein Hals müsse bersten.

Tez schloß die Robe, verschränkte die Arme vor der Brust. Mit vier Schritten war sie bei der Treppe, stieg hinauf, bis ihre Füße auf gleicher Höhe mit Francis' Kopf waren. »Ich bin keine Quetzalianerin mehr«, sagte sie mit erschöpfter Stimme und überließ ihn seinen Tränen.

Lamux' Teekanne, das Paradepferd der Winterkonstellationen, beleuchtete den Raum. Francis schwankte betrunken zum Bett und sehnte sich nach einem Wunder. Er wünschte, daß es sechs Tage früher wäre – daß er jetzt mit einer giftigen Spritze in der Hand zu der schlafenden Tez ging – nicht mit dieser Champagnerflasche – daß er sich anders besann, daß er die Spritze aus dem Fenster warf.

Er schob sich den Flaschenhals in den Mund, nahm einen großen Schluck. Einen Meter von ihm entfernt lag Tez mit ihrem flachen

Bauch unter einer dicken Decke. »Liebste?« murmelte er.

Sie bewegte sich. »Ja?«

»Tez, ich habe über alles nachgedacht. Wenn wir morgen zur Nerde aufbrechen und versuchen, einander zu verzeihen, und uns vor Augen führen . . . Zum Teufel, wir können wieder ein Kind bekommen. All die vielen Scherben könnten sich wieder zusammenfügen, wenn wir das Gefühl haben, daß es noch Hoffnung gibt . . .«

Tez' Antwort war eine warme, verlangende Hand, die aus der zerknüllten Wolle auftauchte und seinen Gürtel löste. Die Finger schlossen sich um das Band, zogen ihn ins Bett. In dem Augenblick, in dem sich die beiden Körper berührten, wurde eine wilde Aktivität ausgelöst, nach der er sich leicht besudelt, aber trotzdem befriedigt fühlte.

Angelockt vom weindurchtränkten Blut in seinem Gehirn, überkam ihn der Schlaf in einer einzigen, ungebrochenen Welle. Er träumte, daß er mit Tez einen großen Regenbogenvogel auf die Außenwand des Galileo-Instituts malte. Ein kleiner Junge mit Tez' braunem Haar mischte die Farben.

Andere Träume debütierten in dieser Nacht, und keiner war merkwürdig genug, um in der Erinnerung haften zu bleiben, aber bei Tagesanbruch bekam er die Insekten zurück, die Robert Poogley ihm gestohlen hatte. Die beiden Feinde trieben in einem Boot umher, auf einem ätzenden Meer – ein Umstand, der eindeutig eine Versöhnung forderte. Poogley griff gerade hinter seinen Rücken, um die gläserne Zigarrenkassette hervorzuholen, als ein beharrliches Klopfen erklang und das Boot zum Kentern brachte. Francis fiel in das ätzende Wasser und tauchte ins Bewußtsein empor, das Schlafzimmer drehte sich um ihn. Nach wenigen Sekunden hatte er Bilanz gezogen. Dies war die Wirklichkeit. Es gab kein Baby. Tez hatte eine Überdosis Noctus im Körper.

»Tez!« Die Ohren immer noch vom Schlaf betäubt, schrie er viel zu laut. »Mach die Tür auf!«

Keine Bewegung zur Linken, an ihrem üblichen Platz. Stöhnend setzte er sich auf. Das Hämmern drang immer noch ins Zimmer. Er schaute auf das Bett. Leer. Seine Geduld war am Ende. Du bist also schon wieder aus meinem Leben verschwunden. Nun, dann bleib diesmal, wo du bist!

Er schwang die nackten Füße über den Bettrand. Der Boden schoß einen Kältestrahl durch seinen Körper, weckte ihn endgültig, so daß er, nachdem er in eine Robe geschlüpft war, die Haustür fand, ohne sich ein einziges Mal zu verirren. Vorsichtig öffnete er die Tür, als würde sie auf eine möglicherweise besetzte Toilette führen, dann erschauerte er, als er ein furchterregendes, wohlbekanntes Gesicht erblickte.

Huaca Yon sah derangiert aus. Seine Murmnaht war rissig und saß schief, geronnenes Blut befleckte seine zerschlagene Nase, die gespaltene Lippe, sein linkes Auge war blau und triefte, und die Tränen schienen aus Blut zu bestehen.

»Großer Gott der Gehirne!« murmelte Francis.

Der Diskussionsredner schlurfte in die Halle. »Guten Morgen«, flüsterte er und quälte sich mit einem Lächeln ab.

»Sie sollten ins Hospital gehen.«

»Nein, dort kann ich mich nicht schützen.«

»Vor Tez?«

»Sie ist wahnsinnig geworden.«

»Ich glaube, sie ist nur ein bißchen überdreht.«

»Überdreht!« Aus Huacas Mund hörte sich das Wort ziemlich albern an.

»Ich habe ihr Noctus gegeben. Drei Kubikzentimeter, genausoviel wie den Soldaten.« Francis führte Huaca zum Schlafzimmer.

»Sie haben ihr – *was* gegeben?« Das Schweigen bedeutete: Sie haben es ja gehört. »In Iztacs Namen – *warum*?«

»Damit sie auf der Nerde überleben kann.«

»Ich vermute, daß sie mich beim nächstenmal *töten* wird.« Huaca folgte Francis durch die Tür. Ein großer, weicher Wollsessel besänftigte seine geschundenen Glieder.

Francis ging hinaus, kam bald darauf mit einem Wasserkessel zurück, ließ kühle kleine Bäche über Huacas Gesicht laufen.

»Nun, Lostwax? Was steckt hinter dieser Teufelei? Tez? Die Wissenschaft?«

»Das Problem besteht darin, daß sie sich selbst auch eine Injektion gegeben hat, bevor die Wirkung der ersten verflogen war. Offen gesagt, es überrascht mich, daß sechs cm³ so starke Reaktionen in einem Menschen auslösen können.«

»Meine Schwester ist kein x-beliebiger Mensch. Sie ist Tez. Sie ist wie unser Lipoca – eine Pazifistin von Natur aus, nicht nur durch den Umwelteinfluß. Ihr System hat keine Immunitäten aufgebaut. Gott der Gehirne, haben Sie ihr denn nicht gesagt, daß sie *infiziert* war?«

»Das hatte ich vor. Aber ich wußte nicht, daß es so dringend war.«

»Dann sind *Sie* also der Schuldige. Was für eine Ironie, daß ich mich jetzt ausgerechnet an Sie klammern muß, zumindest bis sie . . .« Huacas Blick hätte sogar Glühwein zu Eis erstarren lassen. »Wird sie jemals wieder gesund werden, Mr. Noctus-Experte?«

Francis begann zu schlucken, schaffte es aber nur bis zur Hälfte. »Wenn ich das nur wüßte . . .« Er fand im Schrank einen schwammigen Leinenstreifen.

»Offenbar haben Sie es versäumt, sich rechtzeitig über alle Eventualitäten zu informieren, finden Sie nicht auch?«

»Ich *glaube*, daß sie wieder gesund wird . . .« Mit unsicheren Fingern begann er Huacas Gesicht zu bandagieren. »Hat Tez Sie zu Hause überfallen?«

»Die Sonne war noch nicht aufgegangen. Sie nahm einen Schürhaken – und schrie die ganze Zeit nach Vater.«

»Wohin ist sie danach gegangen?«

»Zur Tür hinaus. Gott des Friedens, ich wünschte, ich hätte ihm jeden Tag Blumen gebracht.«

»Einmal hätte genügt.«

»Lostwax, in diesem Augenblick sind Sie wohl der letzte in der Galaxis, der das Recht hat, andere Leute zu kritisieren.«

»Ich will mich nicht mit Ihnen streiten.« Francis wickelte die Bandage spiralenförmig nach unten.

»Doch, bitte! Streiten Sie mit mir! Das kann ich sehr gut. Aber ich kann niemanden zusammenschlagen. Das muß ich Ihnen und den Leuten überlassen, die Sie vergiftet haben.«

»Ich wollte das nicht!«

»Und Sie haben noch immer nicht gesagt, daß Sie mein Leibwächter werden wollen.«

»Ich habe andere Pläne, Huaca – Nerdenpläne.«

»Hören Sie, Lostwax, wir kennen uns nicht besonders gut, und wenn es so wäre –, ich habe das Gefühl, daß uns das gar nicht gefallen würde. Aber nach dem Schlamassel, den sie aus der biophotonischen Kunst und Wissenschaft gemacht haben, sind Sie mir einiges schuldig.«

»Sie scheinen mich nicht zu verstehen. Dies ist mein letzter Vormittag in Quetzalia.«

»Kommt nur näher, liebe Kinder! Kauft euch einen echten, offiziellen Wissenschaftlerkasten, genauso einen, wie ihn auch Francis Lostwax benutzt hat, um damit rumzufuschen! Dann könnt auch ihr geheimnisvolle und abscheuliche Experimente mit euren Lieben machen!« Huacas Gesicht war eine Leinenkugel. »Es ist Ihnen wohl völlig egal, was aus mir wird, was?«

Francis staunte über sich selbst, als er wütend wurde. »*Sie* haben nichts mehr zu fürchten, Huaca. An *Ihnen* hat sie sich bereits gerächt.«

»Ich glaube Ihnen nicht.«

»Morgen mittag startet Burne das Schiff«, entgegnete Francis in energischem Ton und schlüpfte aus dem Zimmer. »Danach verkehren keine Züge mehr.« Seine Kleider und der Glasmetallkäfig mit dem krabbelnden Ollie warteten noch immer neben dem Kamin.

Huaca rief in den Salon hinüber: »Gefällt es Ihnen hier nicht? Ist es bei uns provinziell? Was ist denn so Besonderes an der Nerde?«

Francis kam zurück, unter seinem Rucksack gebeugt. »Ich gehe jetzt. In der Küche finden Sie was zu essen. Zumindest ein paar Äpfel. Verbarrikadieren Sie die Haustür, am besten mit dem Tisch aus dem Bankettsaal.«

Huaca kam auf die Beine, und jeder einzelne Zentimeter, den er sich hochrappelte, war schmerzlich. »Ich werde Sie begleiten, Sie können mich von hier bis zum Schiff beschützen. Was ich danach mache, weiß ich noch nicht. Vielleicht nehme ich selber Noctus.«

»Das geht nicht.«

»Warum nicht?«

»Tez hat die Spritze.«

Sogar zu dieser frühen Stunde wälzte sich ein Strom von Einwanderern über die Halcyon-Straße. Von einem Lipoca-Wagen behindert, hatte Francis keine andere Wahl, als sich durch die Menge zu kämpfen, die nach Oaxa wollte, einen mühsamen Kilometer nach dem anderen. Hin und wieder wandte er sich zur Seite und versuchte Konversation zu machen. Aber Huaca, der mürrisch und träge hinter ihm saß, beschränkte sich auf teilnahmslose Antworten. Okay, Huaca, du hast gewonnen. Meine Schuldgefühle machen mich ganz krank.

Endlich passierten sie die Außenbezirke. Sie bogen nach Westen in die unbefahrene Verwandtschaftsstraße, und Francis gab dem Lipoca einen Klaps. Der Wagen segelte davon, die Räder begegneten dem Zement mit dem Geräusch von Marmor, das über einen Tisch rutscht. Der Wald glitt vorbei, dann der Sand. Endlich lag die Zugbrücke vor ihnen. Die *Darwin* gleißte in der Mittagssonne.

Francis erinnerte sich an die Türsteherin, an die vielen Kopftücher und an ihren wenig erfolgreichen Liebhaber. Frost schmückte ihre Chitzal-Narbe. Er stellte sich als einer der beiden außerplanetaren Gäste vor und befahl ihr, das Fallgitter zu heben. Der große Metallrachen gähnte, Iztac spiegelte sich in seinen Zähnen. Francis kehrte zum Lipoca-Wagen zurück und wappnete sich für die, wie er hoffte, letzte Konfrontation mit Huaca oder irgendeinem anderen Quetzalianer.

»Nehmen Sie mich mit«, sagte der Diskussionsredner. »Sie haben schon genug auf Ihr Gewissen geladen. Wenn Tez mich zum Krüppel schlägt, werden Sie sich das niemals verzeihen können.«

»Warten Sie hier«, erwiderte Francis. »Ich werde mal sehen, ob Burne Lust hat, Anhalter mitzunehmen.«

Als er zur Luke ging, sah er, daß Mouzon den Schlüssel im Schloß hatte steckenlassen. Die quetzalianische Moral verlangte vermutlich, daß man sich so schnell wie möglich von allen profanen Geräten trennte. Er steckte den Schlüssel ins Schloß, öffnete die Luke.

Der Spezimenraum – vollgestopft mit der aretianischen Beute – mit Masken, Vasen und Göttern – erinnerte Francis an die Art von Museen, die er als Kind gehaßt hatte. Er nahm seinen Rucksack ab, packte den Glasmetallkäfig aus und hängte ihn an das Nahrungsausgabe-System, damit Ollie während der nächsten drei Tage auch garantiert jede Stunde seine Verne-Würmer bekam. Und danach würde der Planet Luta nichts weiter sein als eine Phantomkugel auf dem Holovisionsschirm ... Francis öffnete den Käfig und kraulte den Käfer hinter den Ohren. Dann ging er zu seiner Kabine und warf den Rucksack hinein. Sein nächstes Ziel war Burnes Kabine, wo er natürlich Burne vorzufinden erwartete.

Burne war verschwunden.

»Burne!«

Stille.

»Burne!«

Sekunden später raste Francis über die Zugbrücke, seine Schuhe trommelten auf die Eichenplanken. Die Türsteherin schlenderte um die Winde herum und zupfte geistesabwesend am Seil, als wäre es die Saite einer überdimensionalen Laute. »Wo ist der andere Nerdenmann?« fragte Francis.

»Ich dachte, das wußten Sie – er wurde ins Hospital gebracht.«

»Ist er sehr krank?«

»Sie haben ihn auf einer Bahre weggetragen.«

Francis begann zu wimmern wie der Collie aus seiner Kindheit, denn er wußte, daß er heute nicht nach Hause fliegen würde.

Von einer keimfreien Zivilisation erbaut, war die Chimec-Pyramide nicht von jenen scharfen, in die Nase stechenden Gerüchen erfüllt, die alle Nerdenmenschen mit Kliniken zu assoziieren pflegen. Keine Desinfektionsmittel – *das* ist also der Grund, warum mir dieser Bau immer so unwirklich erschienen ist, dachte Francis, als er durch die sauberen Freskenkorridore lief, gefolgt von dem keuchenden Huaca. Es war jene Art von dummen, irrelevanten Gedanken, die ihm immer dann kamen, wenn er außer sich war vor Verzweiflung.

Tixo Mool stand vor dem Operationssaal und studierte eine Wandmalerei. Ein Künstler (er hatte nicht mitgekämpft) hatte eine brutale, blutrünstige Impression vom jüngsten Neurovorenkrieg geschaffen. Die Quetzalianer waren schon trocken, die Gehirnfresser immer noch feucht.

»Mein Sohn war auch dabei«, sagte Mool, als Francis auf ihn zurannte.

»Wahrscheinlich ist er noch am Leben. Es sind ja nur dreiundvierzig gestorben.«

»Dreiundvierzig«, wiederholte Mool dumpf. Er schien in Trance zu sein. »Vierundvierzig, wenn wir den Nerdenmann auch noch verlieren. Wie ist das passiert?«

»Eine Kriegsverletzung. Ist sie infiziert?«

»Ich weiß, was eine Kriegsverletzung ist. *Sie* hatten auch eine, als wir uns kennenlernten, Lostwax. Doch das war ein schönerer Tag als heute – ein Tag, bevor die Armee aufgestellt wurde . . .« Er wandte sich von der Wandmalerei ab und starrte auf einen Klotz aus Bandagen. »Wer ist denn *das*?«

Huaca nannte seinen berühmten Namen.

»Das war eine gute Idee, die Sie da hatten, Mr. Yon – Ihr brillantes Gehirn zu mumifizieren . . .« Mools leerer Blick schweifte wieder zu dem Wandgemälde. »Es ist schlimmer als eine Infektion.«

»Ich kenne das Wort«, sagte Francis. »Gangräne.«

»Woher kommt die *Darwin*?«

»Von Arete.«

»Dieser Planet muß *Clostridium welchii* begünstigen.«

»Und die haben wir in unserem Schiff mitgebracht?«

Mool schnitt eine Grimasse. »Dort haben sie vermutlich auf eine neue Chance gewartet. Hier gibt's so gut wie keine Gangräne. Was wissen Sie darüber, Nerdenmann?«

»Halten Sie die Wunde sauber, und schneiden Sie ein bißchen Granulationsgewebe raus.«

»Das tun wir bereits. Aber die Bakterien gelangen trotzdem ins Blut.«

»Dann schneiden Sie das Bein ab«, entgegnete Francis kühl.

»Dazu haben wir uns schon entschlossen!« Mool trat durch den Torbogen. Francis folgte ihm und erinnerte sich an jenen erstaunlichen Tag, an dem man ihn in den OP gerollt hatte und Tez in sein Gehirn eingedrungen war.

Die Galerie war leer. Bei einer Tür am anderen Ende des Saales stand eine Flötistin und musizierte. Der riesenhafte junge Mann, der bei Francis' Amputation assistiert hatte, versuchte unentbehrlich und produktiv auszusehen, wartete aber offensichtlich auf Mools Anweisungen und umkreiste unruhig den gepolsterten Tisch.

Francis ging darauf zu, und beim Anblick seines Freundes, der bewußtlos dalag, stöhnte er unwillkürlich auf. Das war nicht der wirkliche Burne, dieser starke, tatendurstige Mann, sondern eine leere Hülle, die der richtige Burne einmal bewohnt hatte. Im Augenblick schützte ihn ein tiefer Drogenschlaf vor den Schmerzen der Infektion. Aus den geschwollenen Tiefen seines Beins ragte ein Katheter und goß Reinigungsflüssigkeiten in die wilde Schlacht mit dem Brand.

»Wir müssen die Wunde abschneiden«, sagte Mool mehr mitfühlend als klinisch. Der Krankenpfleger zuckte zusammen, ging hinaus und kam bald darauf mit glitzernden Instrumenten zurück – mit Skalpellen, Sägen und Eisstäben.

»Ich kann das nicht mit ansehen«, verkündete Huaca von der Tür her.

Francis seufzte. »Tun Sie Ihr Bestes, Mool. Quetzalia hat diesem Mann die Freiheit zu verdanken.«

»Ich werde mein Bestes tun. Aber Sie wissen hoffentlich, daß wir uns auf einem verzweifelten Kurs befinden. Und Sie wissen hoffentlich auch, daß Burne Newman niemals unser Nationalheld werden wird.«

»In der Vij-Arena sagten Sie, unsere Studien seien ... Jetzt fällt es mir wieder ein. Sie sagten, das seien Klassiker. Sie hatten recht. Burne wußte genau, was er tat.«

»Ich fürchte, ich habe begonnen, die Welt so zu betrachten, wie Tez sie sieht. Zolmec und veraltete Traditionen sind nicht das gleiche. Man wird keine Statuen von Burne Newman aufstellen – nicht, wenn ich es verhindern kann.«

»Heuchler«, sagte Francis fast unhörbar.

»Ja«, antwortete Mool mit einem wehmütigen Lächeln. »Aber ein harmloser Heuchler – und nicht mehr so dogmatisch wie in früheren Tagen.«

»Nicht einmal eine *kleine* Statue?« rief eine heisere Stimme von der Galerie herab. Tez schlenderte eine Treppe herunter, die linke Hand streifte über die Rückenlehnen der Sessel, die rechte umklammerte ein gleißendes Gerät. »Man sollte ihn zumindest in Form eines Türpuffers verewigen – oder als Briefbeschwerer.« Mit katzenhafter Geschmeidigkeit sprang sie über das Geländer, landete zwei Meter tiefer auf dem Boden des Saals. »Es war doch wirklich genial, unsere besten Bürger mit Gallenschleim vollzupumpen und in den Krieg zu führen.« Sie hob die rechte Hand. Francis würgte, als er die obszöne Spritze sah, von glänzendem Noctus verdunkelt.

»Wirf das Ding weg!« schrie er.

»Bald, Liebster.« Ihre Lippen teilten sich, entblößten die Zähne. »Ich war im Tolca-Tempel, und es wäre ein Skandal, einen so lustvollen Traum zu vergeuden.« Sie zeigte auf den Zylinder der Spritze. »*Du* bist da drin, Francis. Schau genau hin, dann erkennst du dich, wie du gestehst, eine heimliche Injektion verabreicht zu haben. Diesmal werdet ihr meinen Zorn nicht überleben.«

Sie riß an ihrem Ärmel, und er fiel von ihr ab wie Fleisch von einem Knochen. Ungläubig und reglos starrten die Männer sie an, während die Nadel durch die Haut stach. »Der Anfang ist immer am schönsten.«

»Nein!«

Aber der Kolben drang bereits ein, schob den Burggraben in ihren Körper. Dann zog sie die Spritze heraus, leckte die Nadel ab. »Nimm mir das nur ja nicht weg! Es tut so gut ...«

Sie spannte den Deltamuskel an, der durchlöchert war wie eine Brause. Als sie den neuen Einstich berührte, bildete sich ein grüner Rand darum.

Mool wich zitternd zurück. »Was wird sie jetzt tun?«

»Ich glaube, sie will Sie töten.« Francis sog die Luft zwischen den Zähnen ein. »Gehen Sie lieber . . .«

Aber Tez stand bereits neben dem Instrumentenwagen. Sie wählte ein schönes Obsidianskalpell aus. Francis erschauerte. Er hatte dieses Messer schon einmal gesehen – in jener Nacht, als er sich in den Tempel geschlichen hatte. Er hatte gesehen, wie sie es benutzte . . .

Tez ging zum Angriff über. Ein Stich, ein verblüffter Schrei – und Mool taumelte zurück. Der Schnitt in seiner Seite war nicht tief – und noch nicht schmerzhaft. »Lostwax! Können Sie sie nicht zurückhalten?«

Ich werde es versuchen, dachte Francis und rannte zu der Flötistin. Eine verrückte Idee nahm in seinem Kopf Gestalt an. Er sah, daß Tez zum Instrumentenwagen zurückgekehrt war.

»Warum verteidigen Sie sich nicht?« fuhr sie Mool an. »Eine Säge ist eine viel bessere Waffe als ein Messer.«

Sie sprang wieder vor, zielte mit ihrem Skalpell auf seinen Hals, doch da blieb ihre Robe an einer Ecke des Operationstisches hängen. Die Spritze entglitt ihrer Hand, fiel zu Boden, zerbrach in hundert Scherben, während sich das Messer, von seinem ursprünglichen Ziel abgelenkt, tief in Mools Schulter bohrte. Es blieb in ihrer Hand, und Mool verlor blutend und stöhnend seine letzte Hoffnung und das Gleichgewicht.

Tez kniete nieder, beide Hände um den Griff – in der Haltung einer Priesterin, die ein Opfer darbringt. Mool wand sich wie ein halbzertretener Wurm. Die Klinge schwang hoch zum Glasgewölbe.

Es krachte.

Die Klinge glitt nach unten – nicht schnell, nicht gezielt, sondern in einem armseligen, schwachen Zittern, das am Steinboden endete. Tez sank nach vorn und lag still. Francis hob die verbogene Flöte auf. Blut umgab das Mundstück. »Ich bringe sie aufs Schiff«, sagte er unglücklich. »Helfen Sie mir, Huaca.« Er blickte zum Torbogen, dann sah er sich im ganzen Raum um. Huaca war verschwunden.

Die Flötistin und der Krankenpfleger beugten sich geschäftig über Mool, verarzteten seine Wunden. Er scheuchte sie beiseite und erhob sich mühsam. »Wird dies das Ende sein?«

»Ein ungewöhnlicher Fall«, meinte Francis.

Wimmernd kehrte Tez ins Bewußtsein zurück. Auf Francis' Order hin goß ihr die Flötistin ein flüssiges Sedativum in den Hals. Sofort wurde sie von einem Schlaf übermannt, der laut der Aufschrift auf dem Flaschenetikett zehn Stunden dauern würde. Francis bezweifelte, daß das Beruhigungsmittel auf eine Noctus-Süchtige die gewünschte Wirkung haben würde, und fesselte ihr die Hände und Füße mit Bandagen.

»Ich habe Ihnen mein Leben zu verdanken«, sagte Mool.

»Und beinahe Ihren Tod. Ich hatte vor – sie menschlicher zu machen.«

Mool berührte seine feuchte Schulter. »Zoco wird die Amputation vornehmen.«

»Wann wird Burne reisefähig sein?«

»Er kann frühestens in einer Opoche wieder ein Schiff steuern.«

»Und wenn *ich* fliege?«

»In zwei Tagen können wir ihn entlassen – auf keinen Fall früher. Er braucht absolute Ruhe. Außerdem müssen wir ständig den Verband wechseln.«

Francis nickte langsam, hob das blutige Skalpell auf und steckte es in seine Manteltasche.

»Warum nehmen Sie das mit?« fragte Mool.

»Ich habe plötzlich das Gefühl, daß ich eine Waffe brauchen werde.«

Sie hätte ihn getötet! Die Tatsache war ebenso unbestreitbar wie unglaublich – Francis stieg die Stufen der Pyramide hinab, die schlafende Tez auf dem Rücken. Den neugierigen Zuschauern erklärte er, sie sei in Ohnmacht gefallen. Für ihre gefesselten Hände und Füße gab er keine Erklärung ab. Im Wagen, wo er sie in Decken wickelte, sah sie genauso aus wie die anderen Gepäckstücke, die von Cuz oder Uxco nach Tepec reisten. Man stellte ihm keine Fragen mehr. Die Menge trieb sich auf der Plaza herum, versuchte irgendwo ein warmes Plätzchen zu finden.

Sie hätte ihn getötet! Francis stieg auf den Wagen und lenkte den Lipoca zur Verwandtschaftsstraße. Hufe schlugen auf vereisten Stein. Die Straße führte nach Osten – nach Aca – und in westlicher Richtung zum Wald, zur Mauer. Sie hätte ihn getötet . . . Er fuhr nach Westen.

Die Straße schlängelte sich dahin, die Bäume zogen vorüber wie Treibgut, und Francis grübelte, sah sich als verurteilter Zauberer in seinem Lieblings-Kino-Epos, »Geisterdinge«. Er lag im Staub, und jedes seiner vier Gliedmaßen war an ein anderes Pferd gebunden, jedes Pferd strebte in eine andere Richtung.

Ein Viertel seines Ichs, das Tez liebte, wollte sofort mit ihr zur Nerde fliegen und Burne zurücklassen. Das Viertel, das Tez bemitleidete, wollte sie ins Olo bringen und sie in den Armen halten, während sie tobte. Das Viertel, das Tez fürchtete, wollte den Wagen irgendwo stehenlassen und flüchten, bevor sie erwachte und ihn angreifen würde. Das Viertel, das Tez verstand, erkannte ganz klar, daß seine Anwesenheit ihre Krankheit nur verschlimmerte, so daß es am besten wäre, sie einzusperren wie den Werwolf in »Geisterdinge«, bis Noctus aus ihrem Gehirn gewichen war. Vorausgesetzt, Noctus würde jemals aus ihrem Gehirn weichen.

Er zügelte den Lipoca vor dem Tolca-Tempel, sprang vom Wagen und hievte Tez auf seine Schulter. Der Schnee brachte ihn fast aus dem Gleichgewicht. Stolpernd trug er seine seltsame Bürde zur Brücke, und die Türsteherin fragte: »Wer ist denn das?«

»Der letzte Neurovore. Warum sind Sie immer noch hier? Quetzalia braucht keine Wachtposten mehr.«

»Gewohnheiten sind nicht so wie Menschen«, erwiderte sie. Sarkasmus und Nerden-Haß standen ihr deutlich ins Gesicht geschrieben. »Sie können nicht so schnell getötet werden. Ich glaube, wenn Ihre dicke Maschine verschwunden ist, wird man mir befehlen, die Brücke hochzuziehen.«

»Sie werden sie wieder senken müssen. Eines Tages wird Quetzalia Kolonien da draußen haben.«

»Möglich«, grunzte sie.

»Ziehen Sie das Fallgitter hoch.«

In seiner Kabine angekommen, legte er Tez auf die Koje und musterte ihr Gesicht. Sie sah verletzlich aus, neugeboren, schön. Er drückte seine Lippen auf die ihren und betete zu Iztac, sein Kuß möge ihr Unschuld verleihen, wenn sie erwachte.

Er holte ein schimmerndes Sortiment Konservendosen aus der Kombüse, trug sie in seine Pantry. Daraus konnte man ein halbes Dutzend Mahlzeiten bereiten – genug, so daß er Tez für zwei Tage einsperren konnte. Nach zwei Tagen Abstinenz würde sie, so hoffte er, von ihrer Sucht befreit sein, und die Überdosen würden den Appetit der Bakteriophagen wecken oder, wie Janet Vij es ausgedrückt hatte, durch die normalen Prozesse der Enzyme, Drüsen und des Duktus vernichtet werden.

Francis ging zu seinem Schreibtisch, griff nach einem Elektrostift und einem Blatt Papier, begann zu schreiben. Er strich den Zettel glatt und legte ihn zwischen das Skalpell und den Elektrostift. Dieses Arrangement konnte ihrem Blick nicht entgehen, wenn sie erwachte.

»Ich habe dich an Bord der *Darwin* gebracht, an den einzigen Ort in Quetzalia, den man abschließen kann. Die Kabine wird sogar deiner Zerstörungswut standhalten. Erwarte mich in genau fünfunddreißig Stunden, nachdem du erwacht bist, zurück. Dann wird Burne transportfähig sein, und wir können den Heimflug antreten. In der Pantry findest du etwas zu essen. Jetzt ist Sommer auf der Nerde, und die Berg-und-Tal-Bahnen sind in Betrieb. In Liebe, Francis.«

Ein Stück getrocknetes Mool-Blut löste sich vom Skalpell und diente als i-Punkt im Wort »Francis«.

Er kehrte ans Tageslicht zurück, verschloß die Luke. Großartig, dachte er voller Selbsthaß. Burne war Quatzalias erster General, und jetzt bist du sein erster Gefängniswärter. Ihr habt diesen Leuten wirklich gezeigt, was es heißt, menschlich zu sein.

Er stieg auf den Wagen, lenkte den Lipoca in den sonnengefleckten Wald und nahm Kurs auf Tepec.

 Minnix Cies rieb sich die Hände über dem geisterhaften Dampf, der aus seinem Tee aufstieg, die Handflächen zuerst nach unten gekehrt, dann nach oben. Aras, sein Vater, durchquerte die Küche, den einzigen großen Raum im Cottage und äußerte eine weitere Version seiner Es-ist-gut-daß-du-wieder-daheim-bist-mein-Sohn-Ansprache. Diesmal lautete sie: »Lix und Lapca werden ganz aus dem Häuschen sein, wenn sie dich sehen.«

»Ich habe ihnen ein Geschenk mitgebracht«, sagte Minnix, »ein Wüstenjuwel, das summen kann.« Er hatte nie herausgefunden, warum seine Eltern, normalerweise sehr verläßlich in ihrer Unberechenbarkeit, den Zwillingen Stabreimnamen gegeben hatten. Jetzt waren die Jungen in Tepec und halfen einer gebrechlichen Tante, die Überwinterung vorzubereiten.

»Lapca hat mich letzte Woche zum erstenmal besiegt – mit einer indischen Königin-Verteidigung.«

»Werden Sie am Legendenabend hiersein?«

»Ja. Wir hoffen, daß wir ein richtiges Familienfest feiern können.« Aras preßte seine alte Nase an das einzige Küchenfenster. Draußen hüpfte die frühe Morgensonne über die scharfkantigen Berge.

Sie waren ein zähes Paar, Aras und seine Frau, und zweifellos die einzigen Quetzalianer, die das ruhmreiche Epitheton »Cuz-Jährlinge« verdienten. Während die Mehrheit in den Süden floh, blieben die Cieses hier und gingen ihrem Tagewerk nach, förderten und verkauften den wunderbaren Brennstoff namens Feuermoos, ohne den man den cuzianischen Winter nicht überleben konnte.

Minnix kostete seinen Tee – zu heiß. »Ich *will* nicht darauf verzichten, Vater. Ich möchte die Lichterstadt sehen – und die Augen der Zwillinge.« Plötzlich sprang er auf. »Ich hab's! Ihr könnt alle mit mir nach Aca kommen.«

»Du weißt, daß das nicht geht.« Aras legte seine große Spinnenhand auf das Glimmerglas. »Cuz zählt auf uns.«

»Sollen sie sich ihren gottverdammten Brennstoff doch selber suchen!«

»Vielleicht im nächsten Jahr, wenn wir uns zur Ruhe setzen.« Aras' Stimme klang nicht sehr überzeugt. »Bis dahin hält uns das auf den Beinen – und wir lieben den Schnee.«

»Eines Tages werden diese Beine zusammenbrechen, und wir werden euch erst finden, wenn der Schnee schmilzt.«

»Vielleicht im nächsten Jahr«, wiederholte dieselbe Stimme.

»Dann sitzen wir in einer Sackgasse. Die ersten Debatten sind die wichtigsten. Wenn ich nächste Opoche nicht in Aca bin, wird Nazra nicht mehr zwischen Minnix Cies und dem Mann im Mond unterscheiden können. Woher kommt dieser Ausdruck eigentlich – ›der Mann im Mond‹?«

»Ich glaube, die Erde hatte einen Mond. Aber ich weiß nicht, wer dieser Mann war. Luta müßte auch einen Mond haben. Wenn du Nazra so weit hast, daß er dir aus der Hand frißt, dann sag ihm, er soll einen Mond beschaffen.«

»Das ist kein Witz. Die Nachkriegspolitik von Aca ist unglaublich wichtig – die bedeutendste Kernfrage, die Nazra jemals formulieren wird. Wenn wir die Wüste nicht sofort vereinnahmen – eine Stadt oder eine Straße oder sonstwas bauen –, werden die psychologischen Konsequenzen unabsehbar sein.«

»Immer der Antistasist, was? Ich hätte einen Feuermooshauer großziehen sollen. Da wärst du am Legendenabend wenigstens daheim.«

Minnix nahm die Pose eines Diskussionsredners ein. »Die Priester werden sagen: Tun wir so, als sei es nicht geschehen. Ziehen wir die Brücke hoch. Verbannen wir alle Erinnerungen an den Krieg. Aber das würde in Wirklichkeit heißen: Dreiundvierzig Quetzalianer sind vergebens gestorben. Eine Tradition des Friedens wurde grundlos beendet. Und in fünfzig oder dreißig oder vielleicht sogar schon in fünfzehn Jahren wird ein visionärer Landjunge, möglicherweise mein eigenes Kind, sagen: ›Hört auf mich! Diesmal habe ich einen stichhaltigen Grund gefunden, um Noctus zu trinken. Wenn wir uns dazu durchringen könnten, diese altersgraue Religion zu begraben, ein Raumschiff zu bauen und Injektionsspritzen zu fälschen … da draußen wartet eine ganze gottverdammte Galaxis, die man erobern könnte.‹«

»Übe deine Reden, wenn du das willst, Minnix, aber es ist gewiß nicht die Politik, über die wir verschiedene Meinungen haben – nicht heute. Um die Wahrheit zu sagen, wir hatten Angst, du würdest mit der Überzeugung zurückkommen, Zolmec sei veraltet und habe keine Geltung mehr.«

Minnix sank auf seinen Sessel und nippte an seinem Tee. »Nein«, antwortete er müde, »Zolmec ist stark. Aber wenn ich noch einmal in den Krieg ziehen müßte – ich weiß nicht, ob ich es könnte …«

»Wie war es?« fragte Aras langsam und wandte sich vom Fenster ab. Minnix zog den Dampf des Tees in die Nase. »Ich habe mindestens vier ermordet – vielleicht fünf oder sechs – ich habe nicht geschaut, wohin meine Pfeile geflogen sind. Ich sah brüllende Neurovoren zusammenbrechen. Und es genügt nicht, daß sie zu Boden stürzen – man muß sie zum Sterben zwingen … Dafür hatte ich ein Schwert … Das ist viel wirksamer als eine Axt. Vor allem bei Kindern. Wie ein Hund habe ich …« Er lachte, verstummte abrupt. »Du wirst mich am Legendenabend gar nicht daheim haben wollen, Vater.« Jetzt schluchzte er beinahe.

Aras stürzte zu dem Tisch, schlang beide Arme um seinen Sohn, als müsse er ein Feuermoosbündel festhalten. »Unsinn! Wir Zivilisten haben uns auch schuldig gemacht. Im Tolca-Tempel sind wir *alle* Soldaten. Ich habe deine Brüder zu *Tode* geprügelt.« Er ließ Minnix los und ging zum Herd. »Die Frage ist nur – wie fühlst du dich *jetzt?*«

»Ich fühle mich – wie ein Mensch. Als wäre ich nie unter Drogen gesetzt worden.«

»Gut.« Aras goß Tee in eine Keramiktasse. »Kannst du das beweisen?«

»Als ich nach Hause ritt, verlor mein Lipoca einen Huf. Der Schmied ließ mich warten – nicht nur das, ich bin sicher, daß auch die Rechnung zu hoch war. Trotzdem lud ich ihn in die Taverne auf ein Glas ein.«

»Gut. Dann ist ja alles beim alten geblieben.«

»Ja. In sieben Tagen ist Opochenwende.«

»Du wirst wieder in den Tempel gehen.«

»Und den Schmied wieder in die Taverne einladen. Ich werde ihn in Bier ertränken, und danach reite ich nach Aca.«

Aras pfiff in seine Teetasse und trat wieder ans Fenster. »Was ist mit den anderen Soldaten? Ist die Noctus-Wirkung völlig verflogen?«

»Es gibt keine Anzeichen für das Gegenteil.«

»Ich frage nur wegen deiner Mutter. Du weiß ja, daß sie so was Ähnliches wie eine Hexe ist. Gestern nacht hatte sie einen bösen Traum. Um es gradheraus zu sagen – sie glaubt, daß es zu weiteren Gewaltakten kommen wird. Minnix – wäre es möglich, daß ein Neurovore dem Massaker entkommen ist?«

»Ja. Aber wir leben noch immer in einer Festung. Ich war der letzte, der über die Zugbrücke geritten ist. Und danach sah ich, wie sie wieder hochgezogen wurde.«

»Vielleicht ist es Unsinn – aber versprichst du mir, daß du auf der Straße nach Aca vorsichtig sein wirst?«

»Ich werde allen Fremden ausweichen, die mir sagen, daß sie mich umbringen wollen.«

Aras nahm einen großen Schluck Tee. »Es wäre klug, mein Sohn, wenn du auch deiner eigenen Rasse aus dem Weg gehen würdest.«

Vier Leute waren eingetreten. Soviel konnte er feststellen. Die große Frau war vermutlich Vaxcala. Dahinter stand ein zweiter Besucher, in Schatten gehüllt. Das Häufchen Elend im Sessel war offenbar Huaca. Und neben dem Fenster wartete ein dicker Mann.

Francis bewegte sich. Die Silhouette einer leeren Flasche erhob sich auf dem Fensterbrett. Das graue Pochen in seinem Kopf verriet ihm, wo der Wein vor kurzem gewesen war – und der Druck in seiner Blase sagte ihm, wo er jetzt war. Er zwang sich, einen Arm unter der Decke hervorzuziehen, und betrachtete seinen Mantelärmel. Wenigstens kann ich sie in bekleidetem Zustand begrüßen, dachte er.

Die fette Gestalt am Fenster fragte: »Hätten Sie was gegen ein bißchen Sonnenschein?«

Francis erkannte Nazras Erdbebenstimme. »Knipsen Sie ihn an«, sagte er gähnend.

Der Gouverneur zog die Vorhänge auseinander, und Iztacs grelle Jadestrahlen fielen herein. Später Vormittag, dachte Francis. Ich muß zu Tez gehen. »Ist das dahinten Mool?«

Vaxcala trat zur Seite. »Ihr Freund ist vor drei Stunden aufgewacht«, berichtete Mool. Unter seiner Robe zeichnete sich sein Arm ab, den er in der Schlinge trug. »Er alterniert zwischen tiefen Depressionen und tapferen Bemerkungen über Prothetik.«

Francis' Erinnerungsvermögen begann zu arbeiten. Glückliche Bilder kehrten zurück. Er hatte den vergangenen Tag im Chimec-Hospital verbracht, von Dr. Zoco erfahren, daß die Amputation großartig verlaufen war, und Burne in einem friedlichen einbeinigen Schlaf beobachtet, dann war er ins Olo und in den Weinkeller zurückgegangen.

»Auf der Nerde ist das eine fortgeschrittene Kunst.«

»Die Depressionen?«

»Die Prothetik. Aber die Depressionen sicher auch.«

»Wir sind nicht hier, um über *Burne* zu diskutieren«, nörgelte Huaca. Man hatte ihm den Verband abgenommen. Schorfflecken übersäten sein Gesicht wie ein Insektenschwarm.

»Das hatte ich auch nicht erwartet«, entgegnete Francis. »Eher über Wissenschaft, Politik, Religion – und Geschwätz.«

»Philosophie«, korrigierte Huaca.

Vaxcala kam auf das Bett zu und schlang ihre Spinnenfinger ineinander. Sie sprach mit leiser Stimme, der man anhörte, daß sie endlich zur Sache kommen wollte. »In der letzten Nacht wurden zwei Menschen ermordet. Einer meiner Priester und ein kleines Mädchen auf der Oltac Farm. Ich habe den Gouverneur verständigt.«

Als sich Francis im Bett aufsetzte, nahmen die schrecklichsten von Vaxcalas Worten eine monströse, greifbare Gestalt an, so daß *Menschen* und *ermordet* nun wie pelzige, blutrünstige Würmer durch den Raum krochen und nach ihm suchten. *Menschen* . . . O Sonnengöttin, mein Name wird für die Quetzalianer der schlimmste aller Flüche sein. *Jemanden zu lostwaxen* – das wird bedeuten, daß man ihm den Dickdarm ohne Narkose herausoperiert – ihn *ermordet!*

Seine Zunge schien anzuschwellen, drängte nach vorn, und er fragte sich, ob er zuerst dem Bedürfnis zu erbrechen nachgeben oder zuerst in Ohnmacht fallen würde. Aber irgendwie schaffte er es, bei Bewußtsein zu bleiben.

»Wir waren bei Sonnenaufgang in Ihrem Schiff«, sagte Nazra.

»Es war abgeschlossen«, protestierte Francis schwach.

»Wir sind durch ein Bullauge hineingestiegen. Die Scheibe war abgesägt.«

»Wie konnte das passieren, Francis Lostwax?«

Noch bevor Vaxcala ihre Frage gestellt hatte, war die Antwort wie ein Messer in Francis' Seele gedrungen. Er sah das Ding lebhaft vor seinem geistigen Auge – eine spitze organische Spirale an einem großen sonnengrünen Insekt. Er hatte Ollie ganz vergessen – was für ein Wahnsinn, dachte er. Den Käfer bei ihr zu lassen . . . »Der *Cortexclavus* kann sogar Felsen durchbohren«, sagte er, »und offensichtlich auch massive Makroplastik.«

»Tez ist klüger als Sie, Nerdenmann«, spottete Huaca. »Sie ist aus Ihrem albernen Gefängnis ausgebrochen. Was werden Sie jetzt tun?«

»Ich entnehme diesem Besuch, daß Sie alle bereits eine Antwort auf die Frage gefunden haben.« Francis schlug die Bettdecke zurück und stolperte in die Mitte des Raumes.

Vaxcala berichtete mit rauher Stimme: »Heute morgen wurde auf der Straße der Ruhe ein Zoowärter gefunden – von seinem eigenen Lipoca-Wagen zerschmettert.«

»Begreifen Sie, Doktor?« fragte Mool. »Sie ist zu einem Bazillus geworden, dem wir keine Widerstandskraft entgegensetzen können. Ganz Quetzalia ist ihr auf Gnade und Ungnade ausgeliefert.«

»Tez ist kein *Bazillus!*«

Ein schwefelgelber Schimmer umgab Mools Auge. »Sie ist ein Bazillus – eine widerwärtige Pest, die diese Welt auslöschen könnte.«

Nun ergriff Nazra das Wort. »Sie sind der einzige, der uns retten kann, Dr. Lostwax.«

»Ich werde sie finden«, stöhnte Francis. »Es ist diese verdammte Droge . . . Sie verstehen das doch, nicht wahr? Es ist nicht Tez.«

»Reiten Sie nach Norden«, sagte Nazra. »Es wird nicht schwer sein, sie aufzuspüren, nur die Kälte wird Ihnen zu schaffen machen. Bald wird sie in den Vorstädten sein. In vier Tagen in Jostya. In fünfzehn – in Cuz. Cuz ist eine Großstadt!«

»Ich werde sie einfangen und dann zur Nerde bringen. Sie ist für mich immer noch – alles.« Die Worte kamen voller Gewißheit und ganz spontan über Francis' Lippen, und trotz seiner Verzweiflung befriedigte es ihn, daß sein Herz aus ihm gesprochen hatte.

»Ich bezweifle, daß sie freiwillig mit Ihnen gehen wird«, sagte Huaca. »Sie werden ihr weh tun müssen.«

»Weh tun? Ich *liebe* sie!«

Huaca legte seine zierliche Hand auf eine Öllaterne. »Verdammt, Nerdenmann, ich auch!« Mit einer wütenden Bewegung warf er die Lampe gegen das Fenster, schleuderte Glimmerglassplitter in den Morgen hinaus.

Stille senkte sich über den Raum herab. Dann stieß Francis hervor: »Warum suchen wir uns nicht einen quetzalianischen Freiwilligen und injizieren ihm Noctus?«

»Wie denn?« fragte Mool. »Sie haben doch gesehen, daß die Spritze zerbrochen ist.«

»Ja, aber es gibt eine zweite. Burne hat sie in die Wüste mitgenommen.«

Vaxcala seufzte. »Das gefällt mir nicht. Mit diesen Injektionen sollte doch nach Kriegsende Schluß sein.« Ihre traurigen Augen richteten sich auf Nazra. »Was schlagen Sie vor?«

Der Gouverneur griff nach der Weinflasche und zertrümmerte sie auf den Glimmerglasscherben, die auf dem Fensterbrett lagen. »Dr. Lostwax soll diese Spritze holen«, erwiderte er heiser.

»Ich habe keine Spritze.« Burnes Stimme erinnerte an einen *Cortexclavus*, der eine Schieferplatte durchbohrt. »Hast du wieder Diabetes?«

»Nein, es geht nicht ums Insulin.« Das Fenster lockte Francis' Blick von seinem Freund weg. Draußen schlief der Krankenhausgarten unter hohen Schneewehen.

»Sie ist kaputt.«

»Ganz kaputt?«

Burne sagte nichts.

Kaputt! Francis stöhnte vor Verzweiflung, als er an Mauern vorbeiging, auf denen keine Wandmalereien prangten. Der ganze Raum war bemerkenswert schmucklos wie eine Krone, die ihrer Juwelen beraubt ist. Hatte das Klinikpersonal seine Verachtung zum Ausdruck bringen wollen, als es Burne in dieses Zimmer verfrachtet hatte? »Ich will jemandem eine Noctus-Injektion geben.«

»Deiner Freundin?«

Eine Lüge wäre wohl das Beste. »Ja.« Sekundenlang schaute er direkt auf die Stelle, wo sich die Bettdecke hätte wölben müssen.

»Ich dachte, sie wird vermißt.« Auch Burne betrachtete seine Asymmetrie.

»Sie wurde gefunden.«

»Hast du noch andere Neuigkeiten? Was halten die Einheimischen von meiner Kampagne?«

Ja, es war am besten zu lügen. »Burne, du bist jetzt der Held von Quetzalia. Man spricht sogar von einer Statue.«

»Eine Statue – das ist herrlich. Ich überlege nur, ob sie . . .«

Francis unterbrach ihn. »Burne, wieso ist sie kaputt?«

»Sie steckte in einem Lipoca. Das arme Vieh fiel darauf und zerbrach sie.«

»Ich nehme nicht an, daß irgend jemand die Nadel gerettet hat?«

»Es war *Krieg*, Lostwax.«

Francis kratzte an seiner Chitzal-Narbe. Dann war alles klar – auf grausige Weise klar. »Ich werde für ein paar Wochen verreisen. Nach Norden – vielleicht bis nach Cuz. Wenn ich zurückkomme, wirst du dich erholt haben, und dann können wir heimfliegen.«

»Kommt sie mit?«

»Ich hoffe es.«

»Eure Beziehung ist nicht gerade *unkompliziert*, was?«

»Vielleicht wäre ich mit einem Nerdenmenschen glücklicher.«

Burne griff nach einem Topf mit Cuiclo-Tee. »Was soll dieser Trip nach Cuz?«

Francis erklärte, daß ein »Raubtier« dorthin unterwegs sei.

»Ein Neurovore?«

»So kann man's auch nennen.«

»Aber dem Massaker ist doch keiner entkommen«, erwiderte Burne ärgerlich.

Francis ließ seinen Blick verstohlen über die Bettdecke wandern. »Muß wohl ein Vagabund sein.«

»Ich würde dir gern helfen. Wenn meine Erektionen nicht nach

Süden, sondern nach Norden gerichtet wären, hätte ich noch ein Bein, auf dem ich stehen könnte.«

»Du hast deinen Verlust recht gut verkraftet, was?«

Burne füllte in düsterem Schweigen seine Teetasse. Dann sagte er: »Du brauchst eine Waffe, Lostwax. Wenn ich deinen Job hätte, würde ich den *Cortexclavus* einsetzen.«

»Der ist durchgebrannt.«

»Im Schiff findest du mein Schwert.«

»Ich will kein Schwert.«

»Was wirst du denn dann benutzen?«

Francis trat von einem Fuß auf den anderen. »Versprichst du mir, daß du nicht lachen wirst?«

Der Tee verzerrte Burnes Gesichtszüge. Er nickte.

»Ich werde es mit Liebe versuchen.«

Burne lachte noch immer, als Francis schon hinausging.

 Nördlich von Hostya erhebt sich ein großer Granitturm wie ein Grabmal aus der Erde, mit den eingravierten Namen der vier Bevölkerungszentren. Die Anordnung der Namen verrät dem Reisenden, welche Straße ihn ins Fischerdorf Uxco bringen wird, welche zur Gebirgsmetropole Cuz, welche zur Küstenhauptstadt Aca und welche zur heiligen Stadt Tepec. In der Timlath-Opoche ist der Turm besonders nützlich, denn da verschwinden die Straßen unter einer Schneedecke, und der Reisende muß stehenbleiben und an dem Turm reiben wie an einer magischen Lampe, bis er den Namen seines Ziels lesen kann.

Einsam und frierend streckte Francis eine behandschuhte Hand aus. Schneeklumpen fielen herunter wie Grind und gaben das Wort »Tepec« frei. Er erinnerte sich, daß Cuz im Nordnordwesten lag, und so stapfte er zu einer Stelle, die ihm, wie er hoffte, mehr Glück bringen würde. Er rieb den Schnee weg, ein C kam zum Vorschein. Das C in Cuz, nicht in Aca – es sei denn, er hätte sich verirrt. Er konnte nur Klarheit gewinnen, wenn er weiterrieb.

Ein menschliches Auge erschien, starrte ihn an, unter einem reglosen Lid hervor. Francis sank in den Schnee, blieb keuchend liegen.

Gott des Friedens, es ist wahr . . . Ich verfolge eine Mörderin.

Er legte eine Hand über die Augen, dann hob er einen Stiefel, trat nach der Leiche. Blaue Klumpen fielen auf sein Schienbein. Er ließ die Hand sinken, bestrafte sich mit diesem Anblick.

Die Leiche war noch jung – ein Mann, mit Tez' Wollschal an den Turm gebunden. Der Kopf war leergeräumt worden wie eine Nußschale. Schnee hatte sich in der häßlichen Höhle gesammelt.

Er sah noch einmal hin. Über dem zerklüfteten Turm zeigten sich die Buchstaben *u* und *z*, von gefrorenem Blut halb verdeckt.

Ihm war übel, als er zu seinem Lipoca stapfte und es erst beim dritten Versuch schaffte aufzusteigen. Er ritt in die Richtung, wo die toten Augen hinschauten – zu den ehrfurchtgebietenden Ripsaw-Mountains. Als die Gipfel näher rückten, hüpften seine Gedanken wie verrückt zwischen Tez und Burne und dem nächsten Besucher des Turms hin und her, der an der Basis einen vereisten Berg unverdautes Frühstück finden würde.

Blau. Blau auf Blau. Blau, das sich entnervend in alle Richtungen erstreckte. Glitzerndes Blau, das die ferne, jämmerliche Sonne einfing und geradewegs in Francis' zusammengekniffene Augen weiterleitete. Der Lipoca haßte das Blau und weigerte sich, in flottem Tempo dahinzutraben, bis Francis ihm mit einem doppelt zusammengelegten Schal die Augen zuband. Die blauen Kilometer trotteten vorbei.

Nachts stampfte Francis so lange auf dem Blau herum, bis es eine harte Plattform wurde, auf der er sein Zelt aufschlagen konnte. Ob in den schleimigen Sümpfen von Arete oder in der fieberheißen Wüste Lutas – er hatte Camping immer nur als Gipfel der Unbequemlichkeit betrachtet. Aber nun gestand er sich ein, daß es gewisse romantische Aspekte hatte, und er konnte sogar verstehen, daß Burne Spaß an diesem geballten Unbehagen fand.

Er bezweifelte nicht, daß Nazra zu Recht behauptet hatte, Tez würde nach Cuz gehen. Aber während der Gouverneur dieselbe primitive Punkteverbindungs-Technik angewandt hatte, mit deren Hilfe Burne vor einigen Opochen seinem Neurovoren zu Leibe gerückt war, hatte Francis versucht, Tez' wirres Gehirn zu analysieren und ihre Beweggründe zu rekonstruieren. Über allem lag die Last ihrer Schuld. Fliehe, sagte ihr Gewissen. Verkriech dich mit deinen schrecklichen Zwängen in der Einöde, in den südlichen Dschungeln, an den westlichen Meeren, in den nördlichen Bergen, damit du deiner Rasse keinen Schaden mehr zufügen kannst. Aber diese Triebe würden sie nicht verlassen, das wußte Tez. Sie würden sich heimtückisch in ihr aufstauen und dann eines Tages über sie herfallen wie tollwütige Hunde. Dann würde sie Leute brauchen – keinen einsamen jungen Dschungelökologen oder ein paar Fischer aus Uxco, sondern Cuz. Und Francis gelobte sich, daß sie nie dorthin gelangen würde.

Nach neun Tagen waren sie mitten in den Bergen. Keuchend erklomm der Lipoca die steilen Hänge und tat sich selber leid. Die Nächte konnte er ebensowenig genießen. Das Lager wurde unweigerlich in Höhlen aufgeschlagen, und die arme Kreatur quäkte verzweifelt, als ihr der Nachtwind ein unheimliches Rascheln aus den dunklen Tiefen ins eine Ohr wehte und schrilles Wolfsgeheul aus dem Wald ins andere trug.

Mit Hilfe seiner Laterne entdeckte Francis eines Nachts, daß die Raschler eine Art mutierter Chitzals waren, deren Körper von giftigen Federn strotzten. Glücklicherweise bewog das Licht sie zum Rückzug, und er betrachtete nachdenklich eine Reihe leuchtender Stalagmiten. Sie weckten Erinnerungen an den armen Luther, die arme Kappie, die er geliebt hatte, ohne Erfüllung zu finden, dann an die arme Tez, die er immer noch liebte, trotz allem. In diesem Moment lebte Tez irgendwo, schlief oder, was wahrscheinlicher war, lag wach und grübelte nach. Sie würde unablässig nachdenken. Wenn man irgend jemanden verstehen will, überlegte Francis, muß man sich bewußtmachen, daß er niemals zu denken aufhört.

Und dann ging er tiefer in die Höhle hinein, glaubte halb und halb, daß er nur noch um eine einzige Ecke biegen, nur noch unter einem einzigen tiefhängenden Felsen hindurchkriechen mußte – und da würde sie sein, voller Verlangen, mit ihm zu reden, ihn zu lieben.

Wie ein Eckzahn ragte der hohe Berg aus dem Wald auf. Der Lipoca weigerte sich, die Baumgrenze zu überqueren. Francis stieg ab und band das schwergeprüfte Tier an einem Zweig fest. Er stopfte Feuermoosklumpen in seinen Mantel, hing als Gewichtsausgleich eine Laterne in die andere Tasche, fand einen abgestorbenen Zweig, ernannte ihn zum Stock und begann Schritt für Schritt den Abstand zwischen sich und der Sonne zu verringern.

Am späten Nachmittag hatte er einen Gipfel erreicht, mit pochenden Waden und Lungen, die sich wie ausgeschürft anfühlten. In der

Ferne lag seine Belohnung, die sonnenhelle Pyramidenstadt Cuz. Von einer Fußbrücke überspannt, gähnte ein Abgrund wie ein wütender Prolog zu der eingeschneiten Stadt. Eine Fußbrücke – ausgezeichnet! Hier würde er warten.

Er stapelte sein Feuermoos auf dem Boden auf, hielt ein brennendes Streichholz daran. Iztac-grüne Flammen schossen in die Höhe, sanken dann zu pulsierender Glut herab. Er schaute nach Westen. Zwischen zwei Bergen winkte der Tolca-Tempel herüber, der sich an seinem heiligen Fluß erhob. Schnee krönte das Tor der nördlichen Zugbrücke.

Francis legte sich nieder. Der Gedanke, daß er so weit gekommen war, erwärmte ihn nicht weniger als das Feuermoos. Er hatte sich dieses Schläfchen doppelt verdient.

Dichte Schatten klammerten sich an die Berge, als Francis erwachte. Eine Gloriole im Norden erzählte, daß es Cuz nicht an Brennstoff mangelte. Er blickte zur tiefstehenden Sonne, sah einen weiteren kompakten Schein nahe der Baumgrenze. Tez' Lagerfeuer. Er blinzelte. Nein. Dafür war es zu groß. Er blinzelte noch einmal. Eine Hütte.

Schneeschauer folgten ihm den Berg hinab. Seine Öllaterne zeigte ihm einen klaren, hellen Weg zum Baum des Lipocas. Aber da war kein Lipoca. Der falsche Baum? Blaue Schleier rauschten ihm entgegen wie Lava.

Er hielt die Laterne hoch, inspizierte den Stamm. Steif von gefrorenem Speichel hing ein Strick an einem Zweig, mit einem abgebissenen Ende.

Heulend lachte der Sturm ihn aus. Er stellte die Laterne ab, zog den Kragen hoch, um seine schmerzenden Ohren zu schützen. Allmählich erwärmten sie sich. Das Essen weg, das Gepäck weg. Es wäre Wahnsinn, jetzt nach Cuz aufzubrechen. Wo war die verdammte Hütte? Im Nordwesten? Er marschierte in die kreischende Nacht.

Zwei Stunden lang kämpfte er gegen das peitschende Blau an, das Tentakel zu besitzen schien. Und dann strahlte ihm ein großes, freundliches Elmsfeuer entgegen. Francis ignorierte den Wind und begann zu laufen, trat die Schneewehen beiseite, bevor sie ihn einsaugen konnten. Er erreichte eine massive Eichentür und schlug mit der Handfläche dagegen.

Die dicke Frau, die ihm öffnete, war genau das, was Francis

brauchte – ein fröhliches Gesicht, ein nettes Lächeln, das ihm sagte, daß er gerade rechtzeitig zum Tee käme. Sie war weit über vierzig, doch das schien ihr nichts auszumachen.

»Ich gehe nach Cuz«, sagte er.

»Aber heute nacht nicht mehr. Gleich wird ein Blizzard losbrechen.« Sie führte ihn durch ein unscheinbares Wohnzimmer in eine geräumige Küche mit einem Feuermoosherd. »Setzen Sie sich. Möchten Sie Tee?«

»Ja, bitte.« Francis löschte seine Laterne und sank in einen Ledersessel. Auf dem Tisch lag eine aufgeschlagene handgebundene Ausgabe von »Geschichten des Id« und verriet ihm, daß die Frau gerade gelesen hatte.

»Ich hätte auch heiße Schokolade.«

»Ein Tee wäre mir lieber.« Kaum hatte er diese Worte ausgesprochen, wußte er, daß er heiße Schokolade bevorzugt hätte. Aber er wußte auch, daß er Tee gewollt hätte, wäre seine Wahl auf heiße Schokolade gefallen. Er mußte über sich selbst lachen. Es war schön hier.

Sie stapfte zum Herd und nahm zwei Tassen von den Haken. »Sind Sie auf dem Heimweg? Wollen Sie den Feiertag zu Hause verbringen?«

»Ich bin Francis Lostwax. Sagt Ihnen das irgendwas?«

»Ja – daß man sich in der Schule über Sie lustig gemacht hat.« Dampf zischte aus ihrem kleinen Kessel. Sie hängte zwei Teebeutel in die Tassen, goß Wasser über den einen.

»Ich bin auf der Nerde zur Schule gegangen. Und auf der Nerde ist das kein dummer Name.«

»Auf der Nerde! Gott der Gehirne – ein Raumfahrer! Dieser Name wird Sie überall verraten. Warum nennen Sie sich nicht Talo Cies wie ich? Es ist mir eine Ehre, Ihnen Tee servieren zu dürfen, Dr. Lostwax. Haben Sie es nicht satt, ständig Fragen nach Ihrem Planeten beantworten zu müssen? Die Zwillinge werden Ihnen keine Ruhe geben.«

»Ich bin auf der Suche nach einem Neurovoren.«

Talo erstarrte, während sie die zweite Tasse füllte, und das Wasser lief über. »Tut mir leid«, sagte sie, als sie sich von ihrem Schreck erholt hatte. »Dieses Wort . . .«

Francis nickte verständnisvoll.

»Vor vielen Tagen habe ich von einer Gewalttat geträumt – von einem Mord in Tepec.«

»Seit damals sind noch mehr Leute umgebracht worden. Ich glaube, sie – er geht nach Cuz.«

Immer noch nervös, trug Talo die dampfende Tasse zu Francis hinüber. »Sie werden hier in der Küche schlafen, Dr. Lostwax. Der Schlafsack paßt genau zwischen den Herd und die Wand. Das wärmste Plätzchen auf dem ganzen Planeten.«

»Sie sind sehr freundlich.«

»Große Sonnengöttin, ich muß mich doch um Sie kümmern . . . Ich meine, Sie sind der einzige, der . . . Dieser Gehirnfresser könnte uns alle ermorden.«

»Das ist ein bißchen übertrieben.«

»Es ist schon mal passiert – und da haben Sie uns auch gerettet.« Sie war wieder zum Herd gegangen und füllte den Kessel mit Wasser aus einer Zisterne.

»Nein, das war Burne Newman. Und glauben Sie bitte nicht, daß ich Sie retten werde. Ich will mich – nur umsehen . . .«

»Oh, aber Sie *müssen* uns retten!« flehte sie. »Und wenn Sie es nicht schaffen, muß Dr. Newman für Sie einspringen.«

»Burne liegt im Chimec-Hospital.«

»Mit einer Kriegsverletzung?«

»Ja, aber er wird sich bald erholen.« Der Wind rüttelte brutal an der Tür. Anscheinend hatte er es nur auf diese Hütte abgesehen und auf nichts sonst.

»Unser Sohn war auch im Krieg.«

»Wie hat es ihm gefallen?« Kaum hatte Francis die Frage ausgesprochen, als er sich auch schon ziemlich albern vorkam.

»Er fand es zum Kotzen«, erwiderte Talo beiläufig. »Minnix ist nach Aca geritten, um ein Wörtchen mit dem Gouverneur zu reden.«

Eisige Furcht stieg in Francis auf. Denk nach, Lostwax, befahl er sich, schnell . . . »Ich – ich glaube, ich habe Ihren Sohn in Aca gesehen.« Er mußte es wissen. »Wie sieht er denn aus?«

Schubladen polterten am anderen Ende der Küche, und dann brachte Talo ihm ein kleines Portrait. Francis nahm es in die Hand.

Die hirnlose Leiche an der Straßenkreuzung hatte eine große, häßliche Nase gehabt. Minnix' Nase war wohlgeformt und dünn. Die Leiche hatte aufgedunsene Wangen gehabt, Minnix hatte eingefallene. Das Gesicht war ihm irgendwie vertraut . . . Und dann erinnerte er sich. Minnix Cies war der fanatische Antistasist, der seine Partei veranlaßt hatte, am Krieg teilzunehmen. Die Realität hatte seine Ansichten offenbar geändert.

Francis erklärte, er habe Minnix wohl doch nicht gesehen. »Sie haben vorhin Zwillinge erwähnt.«

»Sie schlafen oben, genauso wie Vater Cies. Sie haben einen schweren Tag hinter sich, weil sie Feuermoos in Cuz abliefern mußten.« Sie zeigte auf eine Leiter aus Opo-Holz, die neben dem Türrahmen befestigt war, dann rannte sie plötzlich ins Wohnzimmer.

Fancis' Stimme folgte ihr. »Gibt's Probleme in der Stadt?«

»Wenn es so wäre«, rief sie, »glauben Sie, daß wir dann ein seelenruhiges Leben führen würden? Ein Glück, daß wir keine Schwierigkeiten haben – denn morgen nacht kommt Iztac zu Besuch, und da wird niemand viel Schlaf finden.«

»Iztac?«

Talo kam zurück und trug einen großen Schlafsack vor sich her wie einen schwangeren Bauch. »Das glauben die Kinder – eine Tradition. Feiern Sie auch auf der Nerde den Legendenabend?«

Francis spitzte die Lippen und trank einen Schluck Tee. »Nein. Dafür haben wir Halloween. Das klingt viel besser.«

»Iztac – das heißt, Vater Cies und ich – also, Iztac baut eine Lichterstadt im Wohnzimmer auf. Zu schade, daß Sie nicht bleiben können.« Sie rollte den Schlafsack auseinander, der sehr einladend aussah.

»Würden Sie mich im Morgengrauen wecken?« bat Francis. Talo nickte. »Und noch etwas – wenn heute nacht noch jemand an der Tür klopft, lassen Sie *mich* aufmachen.«

Francis blieb trotzdem. Als er erwachte, hatte der Blizzard seinen wütenden Höhepunkt erreicht und erschütterte die Hütte bis in die Grundmauern. In Talos Worten ausgedrückt: »Wenn Sie jetzt losgehen und der Wind Sie in einen Abgrund wirft, wird der Neurovore einen unverdienten Sieg erringen.«

Als er Talo zusammen mit ihrem Mann sah, mußte er an zwei Bücherstützen denken. Aras' Leibesfülle erschien dem Betrachter ebensowenig wie die seiner Frau als überflüssiges Beiwerk, sondern als notwendiger Teil eines Ganzen. Er sang, als er das Frühstück machte, und Talo fungierte als Begleitchor.

Der starke Geruch von gebratenem Räucherfleisch lockte Lix und Lapca die Leiter herab. Auf der Nerde hätte sich das Holovision sofort dieser beiden reizenden Kinder bemächtigt und sie benutzt, um irgend etwas zu verkaufen. Noch nicht ganz neun Jahre alt, strebten sie der Teenager-Zeit wie zwei stämmige junge Bäume entgegen und erinnerten Francis an seinen Sohn Barry. Er wäre sicher genauso geworden wie Lix und Lapca, intelligent und eifrig, auch mit dieser verdammten Krankheit. Francis bemühte sich, diese Gedanken zu verdrängen und die üblichen Fragen nach den Zwillingen zu stellen. Welcher war klüger? Welcher war selbstbewußter? Welcher wurde mehr beneidet?

Während der Vormittag gemütlich dahinging, wurde es deutlich, daß man diese Fragen nicht mit jeweils einem Wort klären konnte. Lix war schwatzhaft und liebenswert, aber wenn Lapca sprach, so hing eine Aura von tieferem Sinn in der Luft. Lix spielte Flöte und kannte fünf epische Gedichte auswendig, aber Lapca konnte um sechs Schachzüge vorausdenken. Lix neigte zu einem frühreifen Zynismus, und es fiel ihm schwer, seine wahren Gedanken auszusprechen. Lapca verlor ständig irgend etwas in der Hütte und wirkte manchmal selbst verloren, ohne ersichtlichen Grund.

Am Nachmittag versuchte Francis die Fragen der Zwillinge nach der Nerde und dem übrigen Solarsystem zu beantworten. Er wünschte, er wäre ein unterhaltsamerer Erzähler, nicht so sehr, weil sein Ego nach einem gebannten Publikum verlangte, sondern weil das eine nette Abwechslung für diese Kinder wäre, die in einer Welt ohne Kino-Epen, Holovisionen und andere phantastische Vergnügungen lebten. Er berichtete von Halloween und Berg-und-Tal-Bahnen, von Sprengball, Rabattmarken und dem Überangebot an Roboterspielzeug – vom Berg Fudge – und von größeren Dingen. Vom Planeten Arete. Von Kritonia mit seinen Morgs, die durch schweigende Meere schäumten. Als er schwieg, meinte Lapca: »Das war wahnsinnig interessant, Dr. Lostwax.« Er sagte es mit so aufrichtiger Begeisterung, daß Francis ihn am liebsten umarmt und geweint hätte.

Beim Dinner verkündeten die Zwillinge, daß Iztac nach ihrer allerneuesten übereinstimmenden Ansicht heute nacht *nicht* vom Himmel herabsteigen würde. Dieser ganze Feiertag war nur eine Illusion, geeignet für kleine *Kinder*, aber nicht für sie. An diesem besonderen Legendenabend würden Lix und Lapca ihren Eltern helfen, die Lichterstadt aufzubauen. Sie hatten sogar schon Pläne gemacht.

Aras lehnte sich von seinem Schweinefleischteller zurück und hob eine Teetasse an die Lippen. »Talo, unsere Söhne werden anscheinend erwachsen.«

»Tz, tz«, machte sie in spöttischem Ernst. »Und wir haben immer gesagt: ›Hier kann so was gar nicht passieren.‹«

»Wir haben ja nichts gegen die Legende«, warf Lix ein. »Sie ist immer noch – wie hast du das gestern abend ausgedrückt, Lapca?«

Lapca antwortete mit einem Koboldlächeln: »Es ist immer noch von profunder allegorischer Bedeutung.«

»Ich verstehe überhaupt nichts von dem, was ich in den letzten zwanzig Minuten gehört habe«, sagte Francis und spießte eine Kartoffel auf.

Lix begann es ihm zu erklären, und seine Familie fügte Einzelheiten hinzu.

Der Junge erzählte von einem längst vergangenen Zeitalter, als der Planet Luta das Lichtvolk beherbergt hatte, Wesen, die aus reiner Energie bestanden hatten. Das größte und herrlichste war Iztac gewesen. Für das Lichtvolk war die reine Materie eine ebenso abstrakte und flüchtige Realität wie für die Menschen das reine Bewußtsein. Aber allmählich lernte das Lichtvolk unter Iztacs Zwang mit der Wissenschaft umzugehen und das Greifbare zu erfassen. Sie bauten eine große, hoch aufragende Stadt auf Luta, eine Stadt, die halb aus Gedanken und halb aus Substanz bestand, halb aus Partikeln und halb aus Wellen. Eine Stadt des Lichts.

Eines Tages sprach Luta mit Iztac und warnte sie vor einem drohenden Schicksal. Das gegenwärtige Zeitalter würde enden. Die Materie sei die neue empordämmernde Wahrheit. Bald würde das Lichtvolk in der Zeit erstarren und auf den Himmel verbannt werden, um sich in Sterne zu verwandeln, während Steine und dann Tiere und dann wahrnehmungsfähige Tiere den Planeten erobern würden.

Iztac wurde ganz verzagt, als sie hörte, daß sie ihre Stadt verlieren würde.

»Ich kann dir nur einen Trost anbieten«, sagte Luta. »Wenn du zum Himmel hinaufgeschleudert wirst, werde ich versuchen, dich zu fangen und in der Nähe festzuhalten. Und einmal im Jahr, wenn die Menschen schlafen, darfst du wiederkommen und deine Stadt wieder aufbauen. Einmal im Jahr wird reine Energie über deine milchigen Straßen wandern und in deinen Glaspalästen wohnen. Aber in der folgenden Nacht muß deine Stadt verschwinden, und du mußt zum Himmel zurückfliegen.«

Iztac stimmte zu, und seither kam sie an jedem Legendenabend ...

Die Lichterstädte, die in den Wohnzimmern von Quetzalia rekonstruiert wurden, verdankten ihre Existenz einer süß duftenden, transparenten Substanz namens Zarc, einem Destillat aus den Herzen der Aale. Wenn Zarc auf zweihundert Grad Celsius erhitzt wurde, entwickelte es unheimliche Eigenschaften. Voller Ehrfurcht sah Francis zu, wie Talo, Aras und die Kinder mit Schilfrohren in dampfenden Töpfen herumstocherten und dann mit der Luft duellierten, um Schleier aus großen, tropfenden Tüchern zu ziehen. Wenn Zarc abkühlte, erstarrte es in den seltsamen geometrischen Formen, die das Schilf gezeichnet hatte.

Aras baute die Stadtmauern, während sich Lix an seine Pläne hielt und die breiten Hauptstraßen hineingoß. Lapca blies in sein Schilfrohr, und da quoll ein glatter kegelförmiger Turm heraus. Talo spann mit kreisrunden Bewegungen ein massives Schloß. Dann übergab sie ihr Schilfrohr dem Gast Francis, experimentierte entzückt und voller Eifer und stattete das Nordwestviertel der Stadt mit einer Nerden-Berg-und-Tal-Bahn aus. Um Mitternacht war die Stadt bis zur Decke hinaufgewachsen und nahm einen Großteil des Wohnzimmers ein.

Nun kam das Lichtvolk heraus. Fünfzig Kerzen steckten hinter Fenstern und entlang der Straßen. Die Öllampen wurden gelöscht, und die kristallklare Leuchtkraft der Stadt erfüllte die Hütte. Am schönsten waren die Schatten – komplizierte Muster, die über die Zimmerdecke flackerten, wie Spinnennetze über die Wände glitten und sich immer wieder veränderten, wenn sich die Flammen bewegten.

Niemand sprach, alle sahen nur zu.

Als die Stille immer dichter wurde, bemerkte Francis, daß der einst so hysterische Blizzard zu einem leisen, periodischen Stöhnen herabgesunken war. Er öffnete die Tür und sah überrascht, daß das Lichtvolk den Himmel nicht ganz verlassen hatte. Unter den Sternen erstreckte sich eine riesenhafte, wellige Bläue ins eisige Dunkel. Es schneite nicht mehr. »Ich müßte jetzt gehen«, sagte er leise.

»Was für eine dumme Idee!« Talo stand an seiner Seite. »Durch diese Schneewehen? Man braucht nur einen falschen Schritt zu machen – und versinkt wie im Treibsand. Warten Sie bis morgen.«

Francis blieb in der Tür stehen und strich über den festgenagelten Pelz, der das Innere der Hütte vor Zugluft schützte. »Also gut, dann werde ich bei Sonnenaufgang losmarschieren. Nein, eine Stunde *vor* Sonnenaufgang.«

Die Cies-Familie verschwand in irgendwelchen Ecken und Winkeln und kam dann mit bunt bebänderten Paketen zurück. Wie Pilger, die um Einlaß bitten, stapelten sich die Geschenke vor den wächsernen Toren der Stadt.

Aras griff nach einem roten Zylinder, den er Francis lächelnd überreichte. »Das ist für Sie.«

»Darf ich es schon jetzt aufmachen?« Das Paket war ziemlich schwer.

»O ja!« rief Lix.

»Wir wollen auch sehen, was drin ist«, sagte Lapca.

Francis zog und zerrte an dem Papier, und da kam eine Klinge zum Vorschein, die im Kerzenlicht schimmerte, glatt und ebenmäßig. »Das ist ein Feuermoosmesser«, erklärte Aras. »Damit kann man Brennstoff fördern.«

»Morgen abend werden Sie ein großartiges Lagerfeuer haben«, meinte Lapca.

Francis balancierte das Messer auf dem Zeigefinger. Der Griff, mit phantastischen geschnitzten Tieren geschmückt, weckte eine traurige Erinnerung an Tez' Obsidianskalpell. »Ich habe gar nichts für Sie«, klagte er betrübt.

»Befreien Sie uns von allen Neurovoren«, entgegnete Talo. »Das ist mehr als genug.«

Aras ging in die Küche und kam mit zwei Terrinen zurück, über deren Ränder eine weiße Brühe schäumte. Becher wurden verteilt, und jeder tauchte den seinen in einen Topf und trank. Francis erfuhr, wie das Gebräu hieß – Rizka. Es war heiß und dick und furchtbar süß.

Lix holte seine Flöte, und bald sang die Familie voller Inbrunst Madrigale. Francis war nicht verlegen, weil er nicht mit einstimmen konnte. Er saß da, lauschte der Musik, war glücklich – abgesehen von jenen Momenten, wenn ihn plötzlich der Gedanke an Tez durchfuhr und er mehrere Minuten brauchte, um ihn wieder in den Hintergrund seines Bewußtseins zu verbannen. Dabei half ihm der Rizka – nicht weil er Alkohol enthielt, sondern weil überhaupt keiner darin war. Gerade durch seinen Alkoholmangel schmeckte der Rizka so verdammt gut, daß man ganz trunken davon wurde. Er überlegte, ob er seine Abneigung gegen Souvenirs nicht aufgeben und das Rezept auf die Nerde mitnehmen sollte.

Bevor er in dieser Nacht einschlief, drehte er sich auf den Bauch und blickte durch die offene Küchentür zu der strahlenden Metropole hinüber, starrte auf die fragilen Türme, die hohen, schaumigen Mauern, die kegelförmigen Bauten. Die Kerzen waren noch lange nicht herabgebrannt, und der Berg von Geschenken leuchtete noch immer so bunt wie zuvor. In dieser Hütte herrscht eine verwirrende Güte, dachte er, eine Güte, die überleben muß. Die Quetzalianer teilen ihren Tee mit Wildfremden und verabschieden sie dann mit Geschenken, die ihnen das Gefühl geben, geliebt zu werden.

Er glaubte nicht, daß die Cies-Familie sich vorstellte, er könnte ebensogut in Fleisch stechen wie in Feuermoos. Für Francis war das Messer nicht mehr und nicht weniger als sein allererstes Legendenabendgeschenk.

 Sie träumte immer dasselbe. Bei einer großen Überschwemmung trat der Fluß des Hasses über seine Ufer, ergoß sich über das Land, hinterließ verwüstete Städte und reingewaschene Gebeine. Millionen flohen vor dem Moloch – nicht aber Tez. Sie hielt ihre Stellung, schüttelte wütend die Fäuste, als die Quecksilberwelle sie ansprang. Und dann gefror Noctus plötzlich mitten in der Luft zu einem Kohlenberg.

Aus seinem Innern drang ein Klopfen. Irgend jemand bahnte sich einen Weg in die Welt.

Auf einmal stand ein riesiger menschlicher Fötus, so groß wie ein sich aufbäumender Lipoca, feucht und rund inmitten der Gallensplitter. Große blaue Augen strahlten unter einer Stirn, die sich über unzähligen Neuronen wölbte. Der Mund bewegte sich.

»*Vater* hat mich getötet«, sagte der Fötus in dumpfem Krächzen und hob einen gleißenden Finger. »Du warst es nicht.«

Hier endete der Traum. Von ihren fünf Opfern kehrte nur der abgetriebene Fötus in den Nächten zurück. Die anderen – der mißgelaunte Priester, die kleine verrotzte Heulsuse, der häßliche Wagenlenker bei Hostya, der eitle Troubadour an der Straßenkreuzung – warteten auf den Tag, und wenn die Erinnerung an sie wiederkam, stand Tez schreiend in den Schneewehen.

Am Legendenabend suchte sie der Traum zweimal heim, dann erwachte sie in der Morgensonne, die für den Timlath ungewöhnlich warm herabschien und ihr Licht über den Höhlenboden ergoß. Ein seltsamer Appetit regte sich in ihr. Es war kein Appetit auf Essen – nicht ganz. Letzte Nacht hatte sie das Fleisch eines verirrten Lipocas verschlungen. Dieser Appetit schien namenlos zu sein, hing irgendwie zusammen – mit einer Stadt? Ja! Sie hungerte nach Cuz. Auch im Winter beherbergte Cuz tausend Menschenleben.

Draußen vor der Höhle, den Rücken unter ihrem Bündel gebeugt, nahm sie ihre Wanderschaft wieder auf. Sie atmete die schwachen Gase ein, die in dieser Höhe als Atmosphäre galten, marschierte los und versank bis zur Taille in den weichen Überresten des nächtlichen Blizzards. Sie fluchte und überlegte: Wenn ich Glück habe, werde ich Cuz vor Sonnenuntergang erreichen.

Als der Morgen in den Mittag überging, wuchs Iztacs Kraft. Die Schneewehen zerschmolzen zu funkelnden, rauschenden Bächen, die Bäume, dicht mit Eiszapfen behangen, tropften wie unter einem Dauerregen. Noch eine Stunde, dachte Tez, und ich werde vielleicht Schlamm sehen.

An diesem Tag sah sie keinen Schlamm, nur die monotone Majestät des vereisten Waldes. Die Zweige sahen aus, als wären sie von Glas umgeben. Immer wieder grübelte sie über die Absurdität des Wetters nach. Wenn Kristallflocken von oben herabfallen und den gesamten Handel der Menschen lahmlegen können, warum spuckt das Erdreich dann keine Steine in die Luft? Plötzlich erkannte sie, daß ihr wissenschaftlicher Verstand nicht mehr funktionierte.

Die Fußbrücke nach Cuz, die den Abgrund wie ein breites Grinsen überspannte, schwankte im Winterwind. Vierzig Meter tiefer unten schimmerte ein Strom aus geschmolzenem Schnee, floß gurgelnd zum Tolca-Tempel. Ein zierliches Geflecht erhob sich von den Brückenrändern, verband die Planken mit gebogenen Kabeln, deren Enden in Steintürmen verankert waren. Auf der anderen Seite reckte die Gebirgsstadt ihre tempellosen Pyramiden in die Sonne.

Tez, die diese Brücke zum erstenmal in ihrem Leben sah, verschwendete keinen Gedanken an die delikate Schönheit dieses Bauwerks. In ihren Augen diente es nur einem praktischen Zweck, würde sie zu den zehntausend Gehirnen von Cuz führen. Schon aus dieser Entfernung konnte sie das pulsierende Fleisch spüren.

Sie begann zu laufen, hatte die Brücke schon fast erreicht, als sich eine knarrende Turmtür öffnete. »Hallo, Tez.« Francis' Stimme durchfuhr sie wie ein widerwärtiger Gestank. Er trat vor, ein Sonnenstrahl fing sich in seinen schmalen Augen. »Ich habe auf dich gewartet.«

Sie musterte ihn ohne Zorn. In ihrem kleinen dunklen Gesicht sah Francis, was er sehen wollte. Nicht die Wahnsinnige, die Mool beinahe getötet und den jungen Mann an der Straßenkreuzung mit Sicherheit geschlachtet hatte – und andere, sondern die einzigartige Frau, die er liebte.

»Ich möchte dir eine Chance geben«, fuhr er fort und strich über einen vorspringenden Stein in der Turmmauer. »Da drin ist es warm wie in einer Backstube. Ich habe Feuermoos angezündet.« Er trat vor, berührte den Mantel über ihrer Brust, die sich heftig hob und senkte. »Komm herein – ich will dir zeigen, wie es ist, wieder zu lieben.«

»Ich will nicht lieben.« Sie blickte auf seine Hand hinab, die sie schändete, hustete einen dicken Schleimklumpen in ihren Hals hinauf und spuckte ihn gezielt auf Francis' Finger. »Ich will ein Nerdenmensch sein.«

»Wie reizend«, meinte Francis und zog die gedemütigte Hand zurück.

»Habe ich eine andere Wahl?«

»Du kannst die Brücke nach Cuz überqueren, aber ich versichere dir, daß du es . . .«

»Bereuen wirst?«

»Ja.«

»Natürlich erwartest du, daß ich mich jetzt für die moralische Möglichkeit entscheide. Aber ich habe etwas gelernt, mein Freund. Die Moral zählt überhaupt nichts in dieser Galaxis. Ich ordne sie irgendwo zwischen geraden Zähnen und der Fähigkeit ein, eine Melodie zu singen. Mool hat meinen Vater getötet, und beim Teufel, er *verdient*, was . . .«

»Hat es der Mann an der Straßenkreuzung auch verdient zu sterben?«

»Ich kann nicht für alles, was ich tue, Gründe angeben, Francis Bastard Lostwax. Irgendwann muß jeder sterben.« Sie spie die Worte hervor, zwischen geifernden Lippen. »Das nächstemal werde ich Mools Brustkorb aufreißen – als würde ich ein Huhn tranchieren.«

Francis preßte die Hände in seinen Magen. Die Stimme, die diese grotesken Dinge sagte, kam aus einer kranken Parodie seiner Tez. Und Tez selbst war bereits tot.

»Dann geh doch zum Teufel! Lauf nach Cuz, du stinkende Kanibalin!«

Sie wirbelte herum, näherte sich der Brücke mit kurzen verkrüppelten Schritten. Dann veranlaßte sie irgend etwas – ein vages Gefühl – stehenzubleiben. »Du hast an diesem Ding herumhantiert«, sagte sie und spuckte auf die Planken. »Ich weiß es.«

Francis sagte nichts.

»Glaubst du, daß es ein verzeihlicherer Mord ist, wenn du mich nicht angreifst – wenn du mich einfach in den Tod *fallen* läßt?«

Schweigen.

Sie zeigte mit dem Daumen auf ihr Bündel. »Du hast mehr Gründe, mich zu warnen, als du ahnst! Einst habe ich dein Kind getragen – jetzt trage ich deinen Käfer.«

»Ein Märchen, das der blinden Umia würdig wäre . . .«

»Wenn ich da hinunterstürze, muß auch der *Cortexclavus* dran glauben. Wir werden beide zerschmettert.«

Diesen bösen Blick habe ich schon einmal gesehen, dachte er, diesen schlauen Insektendiebsblick, den Robert Poogley immer zur Schau getragen hatte. Plötzlich fuhren Francis' Hände ins Innere des Mantels, suchten das Feuermooshauermesser.

Als Tez die kalte Klinge sah, fühlte sie, wie ihre anfängliche Furcht in eine seltsame Mischung aus Zorn und Genuß überging. »O Gott, ich hasse dich!« Endlich hatte sie das Richtige gefunden – kein weiteres Opfer, sondern einen bona-fide-Feind.

Der Schatten einer Wolke glitt über Francis' Gesicht. »Gib mir dein Bündel!« Sie grinste nur. Langsam näherte er sich ihr, mit gezücktem Messer. »Ich werde es auf dich schleudern, Tez. Beim Gott der Gehirne, *ich* werde es tun!«

Tez dachte über diese Drohung nach und erkannte, daß sie ernst gemeint war. Sie beugte sich vor, und das Bündel rutschte von ihrem Arm, fiel in den Schnee, rollte einmal um die eigene Achse und lag dann still.

»Soeben habe ich das Leben deiner Küchenschabe gerettet, Lostwax. Jetzt bist du mir was schuldig.« Ihre Fußspitze klopfte auf eine Brückenplanke wie im Rhythmus eines Grabgesangs.

Francis blieb stehen. War das ein Ollie-Lärm, der aus Tez' Bündel drang? Er war sich nicht sicher, aber er war dankbar, weil er nun einen Grund hatte, ihre Tötung hinauszuzögern. »Geh nicht auf die

Brücke«, sagte er, ohne zu zögern. »Ich habe die Kabel durchschnitten.«

Eine glatte Eiskugel, so groß wie ein Opo-Baumstumpf und offenbar ebenso schwer, streifte Tez' Wade. Wütend bückte sie sich, hob sie mit ihrer starken Chirurgenhand hoch wie eine Kugelstoßerin. Eis traf auf Holz, und die Kabel über Tez' Kopf rasten zur Brücke hinab. Wie ein Fensterrolladen in einem Hurrikan stürzte die Brücke in den Abgrund und zerbarst in tausend Stücke.

Ein häßliches Lachen, begleitet von Speichel, rang sich aus Tez' Kehle. Francis hörte sie irgend etwas von einem raffinierten Bastard murmeln, dann fuhr sie herum und stürmte nach Westen.

Er blickte auf das Messer in seiner Hand. Es zitterte unkontrolliert, als wäre es mit einem verwundeten Gehirn verbunden. Hätte ich sie erstochen? fragte er sich. Hätte ich in das Fleisch geschnitten, das ich geküßt habe?

Er sagte sich, wenn seine nächste Aktion nicht darin bestünde, Tez' Bündel aufzuheben und die Verfolgungsjagd zu beginnen, könnte er genausogut weiter nach Cuz gehen und in diese Schlucht springen.

Als er das Bündel aufhob, erkannte er an dessen Form und am Gewicht, daß der *Cortexclavus* tatsächlich wieder ihm gehörte. Er betrat den warmen Turm, packte den Käfig aus, starrte in Ollies rechtes, aus mehreren Partikeln zusammengesetztes Auge. Der Käfer wackelte mit den Antennen.

»Mein Freund«, sagte Francis und trat das Feuer aus. »Dies ist der schlimmste Tag meines Lebens.«

Er ging wieder hinaus, holte tief Atem. Der kalte Wind schmerzte in seinen Zähnen. Entschlossen verließ er den Abgrund und rannte in die Richtung, wo die unförmigen Schneewehen und das einbrechende Dunkel sie davongetragen hatten.

Eine Stunde lang folgte er Tez' Spuren, seichten Fußabdrücken, die durch die abendlichen Schatten bodenlos wirkten. Unermüdlich ging er weiter, ohne zu vergessen, daß sie hinter jeder Schneewehe hervorspringen, ihn anfallen könnte, und erreichte schließlich den Tolca-Tempel. Dort blieb er stehen und erschauerte wie ein Verirrter, als Iztac den Horizont berührte und dann verschwand.

Warum der Tempel? Wäre es möglich, daß Tez zu Zolmec zurückkehrte? Doch der Gedanke verflog, als er sah, daß sie nicht zur

Mauer hinaufgestiegen war. Zwei Meter vor dem nächstbesten Treppenaufgang bogen ihre Spuren zu den Grundfesten der Mauer, zu einem großen Gegenstand mit undeutlichen Umrissen ab.

Die Temperatur sank jetzt. Auf dem Himmel leuchtete die Spielzeugkönigin auf. Francis stampfte umher, um sich zu erwärmen, rieb sich die Hände, dann nahm er seine Verfolgungsjagd wieder auf.

Warum der Tempel? Die Frage war beantwortet, als er das dunkle Gebilde erreichte – eine nackte Männerleiche am Tor der nördlichen Zugbrücke. Unter einem üppigen Bart war der Hals aufgeschlitzt, und die Wunde sah aus wie ein lachender Mund. Blut quoll zwischen breiigen Lippen hervor. Und natürlich war die Gehirnkapsel leer bis auf kleine rote, im Sternenlicht funkelnde Pfützen. Diesmal wurde Francis nicht übel. Ob sie nun real oder holojektiert waren – die geschmacklosen Gewaltakte der Quetzalianer schockierten ihn nicht mehr. Er fühlte sich nur in seinen Absichten bestärkt. Tez mußte sterben. Das war alles. Jede andere Wahrheit verblaßte.

Es war die leichteste Entscheidung, die er je getroffen hatte.

Das Fallgitter war hochgezogen, die langen Fänge von der Nacht verdunkelt und gezähmt. Dahinter führte die Brücke über ein breites Band aus gefrorenem Noctus. Francis überquerte sie, stieß mit den Stiefelspitzen Schneeklumpen von den Planken, sah zu, wie sie auf das Eis hinabfielen. Hier und da war das Tauwetter des vergangenen Tages durch die Eisdecke gedrungen, hatte große, runde Teiche hineingebohrt, die den Sternenschein einzusaugen schienen und nur den matten Schimmer blankpolierten Obsidians zurückwarfen.

In der Ferne brannte ein grünes Licht. Francis schob mit dem Fuß den Schnee von mehreren Planken, legte sich bäuchlings darauf, schwang die Beine über den Brückenrand und ließ sich vorsichtig auf das Eis hinuntergleiten. An dem Punkt, wo es keine Wiederkehr gab, ließ er das Holz los, fiel zwei Meter tief hinab in einen weichen Schneeberg. Als er seine Sinne wieder beisammen hatte, stapfte er durch die weißen Massen – bereit, beim ersten Anzeichen, wenn das Eis unter ihm nachgeben sollte, zum Ufer zu fliehen.

Doch der Fluß war hart wie ein Fossil. Beruhigt ging er zu Tez' Lagerfeuer.

Als er den ersten Eisteich übersprang, erinnerte er sich an den ersten Eindruck, den er von Noctus gewonnen hatte. Der Burggraben beherbergte das Böse – man konnte es spüren –, aber nicht das primitive geistlose Böse, das gute Seelen krank macht. Noctus war auf kreative Weise böse.

Es war das Böse, das gezähmt und heiliggesprochen war.

»Wer ist da?« Der Nachtwind trug Tez' schwache Stimme zu ihm. »Kommen Sie nicht näher! Diese Türsteherin hat ein Feuermooshauermesser, das Ihren Kopf aufspalten wird.«

Abrupt blieb er neben dem dritten Eisteich stehen. Wahrscheinlich sagte sie die Wahrheit. Welche Chance hatte er gegen eine bewaffnete, geübte Mörderin? Es wäre Selbstmord gewesen, noch weiter zu gehen.

Während er die Strecke musterte, die ihn von Tez' Lagerfeuer trennte, bemerkte er, daß er diese Stelle kannte – nicht aus eigener Anschauung, sondern von seinem Landkartenstudium in der Iztac-Bibliothek her. Er wußte zum Beispiel, daß Tez, die wahrscheinlich glaubte, am anderen Ufer zu kampieren, praktisch in der Mitte des Flusses saß.

Und plötzlich wußte er auch, wie er es machen würde.

»Ich habe Schmerzen!« rief Tez. »Ich habe mir die Hand am Kiefer dieses Bastards zerbrochen.«

»Ich wünschte, ich könnte dich sehen«, sagte Francis und ließ Tez' Bündel von der Schulter gleiten.

»Ja«, antwortete sie und meinte es aufrichtig, »ich will dich auch sehen. Ich liebe dich.«

»Ja . . .« Er lag nun auf den Knien, hackte mit seinem Feuermooshauermesser auf das Eis ein. In Sekundenschnelle stieß die Klinge auf Noctus. Er sägte einen Kreis hinein.

»Du wirst mich doch nicht töten?«

Francis hob die Eisscheibe hoch. Sternenlichtpunkte senkten sich in die dahinströmende Gallenflüssigkeit hinab. Von der Messerklinge war nur ein verkohlter, verbogener Stumpen übriggeblieben.

»Wir – haben unsere eigene Konstellation«, stammelte Tez, »und wir haben ihr einen Namen gegeben – die Scheißkönigin . . .«

Francis zog seine Handschuhe aus, öffnete den Glasmetallkäfig und packte Ollie am Brustkorb. Liebevoll streichelte er den Käfer, dann senkte er ihn in das Loch hinab, hielt in einer Schicht, die halbweich war, inne und zielte ihn auf das Lagerfeuer. »Vielleicht werden wir uns mal wiedersehen«, flüsterte er, als er Ollies Rüssel gegen die dunkle Masse stieß.

Der Käfer reagierte wie erwartet, verhielt sich so, wie sich seine Art immer verhalten hatte und bis zum Aussterben immer verhalten würde, bohrte und schoß vorwärts, grub einen Tunnel durch alles, was seinen Weg versperrte.

Wie Gewebe unter einem Chirurgenmesser begann sich das Eis zu teilen, der Einschnitt grub sich in den blauen Schnee.

»Du hast mich als Kannibalin bezeichnet«, jammerte Tez. »Glaubst du, ich kann das *kontrollieren*?«

Francis wich zurück von dem trügerischen Bächlein, gab dem Käfig einen Tritt, worauf dieser über das Eis rutschte und sich in eine Schneewehe hineinwühlte. »Es gibt einen alten Kannibalenwitz!« rief er und hoffte, sie abzulenken. »Ein Missionar sagt zu einem Eingeborenenhäuptling: ›Ich habe ein schreckliches Gerücht gehört. Angeblich töten Sie Menschen und fressen sie auf.‹ Und der Häuptling antwortet: ›Ja, das ist wahr, aber ich kenne ein Gerücht, das noch viel schrecklicher ist. Ich habe gehört, daß Sie Leute töten und sie *nicht* fressen.‹«

Zu spät – Tez sah den Käfer kommen. Eine zischende Fontäne dampfte vom rotierenden Rüssel des Tieres hoch. Ein grausiges Geräusch, das so klang, als würde das Bettlaken eines Riesen zerrissen, durchdrang die eisige Nacht.

Plötzlich war die Kreatur an ihr vorbeigerast, und sie starrte auf eine häßliche, silberschwarze Ritze. Aufsprühender Noctus attackierte das Lagerfeuer. Wie betäubt wandte Tez sich ab und lief zum Ufer, doch das Eis unter ihren Füßen war brüchig, ihr Gewicht drückte eine dunkle Platte nach unten, deren anderes Ende hochstieg. Lautlos glitt sie hinab, unterwarf sich der Strömung, und die klebrigen Sünden Quetzalias rollten über sie hinweg wie ein Sargdeckel aus Ebenholz.

Benommen stand Francis vor der Öffnung des *Cortexclavus*-Tunnels und regte sich nicht. Er weinte wie ein Kind, mit tränenden Augen und Triefnase, und der Schleim verfestigte sich zu starren Wachsflecken auf seinem Gesicht. Er versuchte einen Ausweg zu finden, eine Tür – vielleicht sollte er Noctus schlucken, seinen Hals aufreißen, das Fett seines Herzens kochen lassen – aber da war keine Tür, nur die grotesken Auswüchse seiner Stiefel, die Schneehaufen, die Spielzeugkönigin – all das, was sein Blick berührte. Im Gegensatz zu seinen früheren Begegnungen mit dem Frevel der Gewalt würde diese eine niemals enden – das wußte Francis.

 Die *Darwin* hatte sich in die Lüfte erhoben und schüttelte sich wie ein nasser Hund. Schnee wurde in alle Richtungen geschleudert, bis der Rumpf sauber war. Burne saß auf dem Kontrolldeck und lächelte, als er sah, daß sein Plan so gut funktionierte. Der Zitterflug nach unten war beendet, und nun fiel er unter die Wolkendecke und raste über die öde schlafende Bläue, die sich auf dem Monitor zeigte.

Das Eis war geschmolzen, und der Fluß des Hasses stieg der *Darwin* entgegen, eine fließende Wunde, die das Land durchschnitt – aber weiter drüben herrschte immer noch der Winter.

Wenn man bedachte, daß sie so lange im Schnee gelegen hatte, benahm sich die *Darwin* großartig. Sie hatte keine größeren Reparaturen nötig, abgesehen von einer neuen Bullaugenscheibe, die jene ersetzen mußte, die der verdammte Käfer weggefressen hatte. Aber Burnes Gedanken galten nicht der *Darwin*, sondern seinem Beinstumpf.

Es hatte eine ganze Opoche gedauert, bis die Wunde verheilt war. Er hatte diese Tage damit verbracht, Antworten für alle Leute zu suchen, die ihn jemals Krüppel nennen sollten. Die Intellektuellen im Galileo-Institut würde er mit körperlichen Attacken bedrohen. Verkrüppelt? Wollt ihr einen Krüppel sehen? Wartet nur, bis ich eine Hammelkeule in eure Wirbelsäulen ramme. (Er macht eine plötzliche Bewegung, und die Intellektuellen laufen angstvoll davon.) Und was seine Nerdenpolizeiakademie-Kumpel betraf, da würde er sich Befriedigung verschaffen, indem er sie verblüffte. Verkrüppelt? Vergeßt nicht – hinter verschlossenen Türen klingt das Lachen wie Weinen. (Lächelnd gehen die Kumpels davon.)

Als er das Krankenbett verlassen hatte, lernte Burne, seine Krükken zu meistern. Die boshaften Anhängsel gaben ihm anfangs das Gefühl, ein Mutant zu sein, den die Natur nur deshalb am Leben erhielt, damit sie sich stets vor Augen führte, wie sinnlos es war, dreibeinige Wesen zu erschaffen. Der Phantomschmerz in seinem fehlenden Bein, an dem er grausam litt, komplizierte seine Bemühungen. Doch eines Nachmittags humpelte er durch die Hospitalkorridore, in der glücklichen Überzeugung, daß die Krücken seine Persönlichkeit noch vertieften.

Am selben Tag kursierte ein Gerücht in Tepec. Francis Lostwax hatte den letzten Neurovoren nach einer langen Verfolgungsjagd getötet. Doch bald darauf tauchte ein zweites Gerücht auf und ließ allen Jubel verstummen. Der Massenmörder war kein Neurovore gewesen, sondern eine Ärztin aus dem Chimec-Hospital, die von einer Überdosis Noctus in den Wahnsinn getrieben worden war. Als Francis mit einem dreißig Tage alten Bart nach Tepec getaumelt war und den dichten Menschenmassen gestanden hatte, sein Opfer sei Dr. Tez Yon gewesen, war Burne so bestürzt, daß sein fehlendes Bein sofort wieder zu schmerzen begann.

Burne hatte genug Gründe, um auf Francis wütend zu sein. Francis hatte gelogen – nicht nur, was die Quetzalianer betraf, die ihren General angeblich als rettenden Helden betrachteten (zum Teufel, die würden eher einem Kinderschänder ein Denkmal errichten), sondern auch, was den Zweck seiner Reise nach Cuz anging (wie hatte er sich jemals dazu durchringen können, sie zu töten?). Trotzdem war Burne nicht wütend auf Francis. Er bewunderte ihn. Immerhin, so überlegte er, war das Märchen vom quetzalianischen Helden genau das, was mein einbeiniges Ego damals brauchte. Und Lostwax hätte mir ja auch die Schuld an der ganzen Tez-Yon-Katastrophe geben können. Ich war es ja, der erklärt hatte, die Quetzalianer seien keine Menschen.

Und nun freute sich Burne auf die bevorstehende Heimreise, während die *Darwin* eine breite Furche in den Schnee am Ufer des Burggrabens pflügte. In den nächsten Wochen würde er versuchen, diesen traurigen, seltsamen Entomologen kennenzulernen – wirklich kennenzulernen. Offenbar hatte er den Mann unterschätzt.

Im selbstgefälligen Heiligtum des Iztac-Tempels, vor einem Kamin, der massive Schatten seines Publikums an eine weißgetünchte Wand warf, nahmen Francis Lostwax und Vaxcala Coatls ihren Nachmittagstee ein.

»Ich habe gehört, daß Sie Ihr Insekt wiederhaben«, sagte Vaxcala und versuchte eine eingeschlafene Konversation zu retten.

»Ein Mauerflicker hat den Käfig gefunden, und der *Cortexclavus* war nur ein paar Meter davon entfernt.« Francis' Stimme war schwer von unendlicher Müdigkeit. »Ich glaube, er ist bald, nachdem er das Ufer erreicht hatte, an der Oberfläche aufgetaucht und hat dann kehrtgemacht.«

Die Wiedervereinigung mit dem *Cortexclavus* war bemerkenswert freudlos gewesen. In Francis' Augen war das Tier nun für immer besudelt.

Er nannte es nicht mehr Ollie.

Trotzdem hegte er nicht die Absicht, wegen dieser neuen Eigenschaften des Käfers auf den Poelsig-Preis zu verzichten.

»Sind Sie deprimiert?« fragte Vaxcala.

»Nicht direkt – aber ich fühle mich – verseucht.«

»Ver-seucht.« Vaxcala ließ das Wort auf der Zunge zergehen, und es gefiel ihr. »Ja, sehr gut. Haben Sie schon früher einmal irgend jemandem Schaden zugefügt?«

»Auf der Nerde bekommt man zum dreizehnten Geburtstag ein Fermentgewehr«, erwiderte Francis kühl. »Und wenn man mit einer Lehrerin schläft, gilt man als erwachsen.« Plötzlich schämte er sich. »Tut mir leid. Es wird mir zu langweilig, mich selber zu hassen, und deshalb versuche ich, Quetzalia zu hassen.«

»Tun Sie das?«

»Was?« Francis' Schatten wuchs, als er zum Feuer ging.

»Hassen Sie Quetzalia?«

»Nein.« Er drehte sich um und beobachtete seinen riesigen Zwilling an der Wand. »Wenn die Nerde jemals von diesem Planeten erfahren sollte – dann nicht von mir oder Burne.«

Vaxcala trank ihren Tee und ließ eine Träne zurück. »Gut. Aber deshalb habe ich Sie nicht eingeladen.«

Francis blickte mit gerunzelter Stirn nicht auf Vaxcala, sondern auf ihren Schatten.

»Ich finde, daß wenigstens ein Bewohner von Tepec Ihnen Lebewohl sagen sollte, Dr. Lostwax. Sie sind für uns durch die Hölle gegangen, und deshalb . . .« Lächelnd ging sie zu ihm und ließ sanft ihre Hände in die seinen gleiten.

Francis war gerührt, was er hinter einem bitteren Grinsen verbarg. »Sie sind mir keine Dankbarkeit schuldig, Vaxcala – nur Haß.« Er schüttelte ihre Hände mit einer Beiläufigkeit, als wolle er einer Toten einen Ring vom Finger ziehen. »Ich bin der *wirkliche* Massenmörder.«

»Das werde ich bei der Bestattung klarstellen.«

»Werden alle Ärzte mit einer Rede von der Hohenpriesterin geehrt?«

»Nein. Aber Tez war ein ganz besonderer Mensch.«

»Weil sie eines gewaltsamen Todes starb?«

»Weil uns ihre Tragödie lehrt, daß Noctus – Noctus ist. Doch das ist keine Antwort auf all die Fragen.«

»Aber sie bekam irrtümlich eine Überdosis.«

»Ja – und solange wir kein Mittel haben, um solche Fehler zu vermeiden, werden wir wieder zum totalen Pazifismus zurückkehren. Wir werden unseren Fluß in seinem Bett lassen.«

»Zusammen mit Tez' Gebeinen. Die Verbrennung wird eine Farce sein, Vaxcala. Sie haben keine Leiche.«

»Wir könnten ihre Instrumente verbrennen – ihre Skalpelle.«

»Warum nicht mich?« fragte Francis und meinte es beinahe ernst.

»Nein – das wäre gewalttätig.« Ihr Lächeln war schlau.

»Tez' Opfer – alle hatten Familie und Freunde.«

»Ja. Aber Sie mißverstehen die Quetzalianer, wenn Sie glauben, daß sie Ihnen grollen.«

»Also werden sie statt dessen mein Fleisch im Tolca-Tempel aufreißen. Das wird ihre Probleme auch nicht lösen. Die Ironie besteht darin, daß Tez an die Gewaltlosigkeit *glaubte*. Sie *brauchte* die Sakramente gar nicht.«

»Es wird Sie überraschen zu erfahren, daß viele von uns an die Gewaltlosigkeit glauben.«

»Ich meinte, daß . . .«

»Sie meinen, daß Tez wunderbar war. Sie ist die Heldin von Quetzalia.«

Plötzlich verließ ihn seine Müdigkeit. »Ich bin froh, daß Sie das wissen«, sagte er langsam.

Wie so oft durchmaß Vaxcala ihr Heiligtum mit großen Schritten. Mit neun Schritten – das änderte sich nie. »Was wünschen Sie sich vom Leben, Francis Lostwax?«

Er lächelte. »Daß ich nie wieder irgend jemandem weh tun muß.« Es überraschte ihn, daß er kein bißchen gezögert hatte. »Daß ich nie mehr schuldig werde.«

»Wissen Sie, Nerdenmann – ich habe beschlossen, Sie nicht mehr von Zolmec fernzuhalten. Wenn Sie wollen, dürfen Sie den nächsten Gottesdienst besuchen.«

»Wir reisen morgen nachmittag ab.«

»Ja. Trotzdem – Sie sind nun Ehrenquetzalianer.«

»Ich fühle mich genauso, als wäre ich posthum geehrt worden.«

»Sie sind nicht tot, Francis Lostwax.«

Bald trennten sie sich, und Francis stieg die Oststufen der großen Pyramidenbibliothek hinab, dachte mit mildem Neid an die Quetzalianer, die morgen und übermorgen und am Tag danach das massive, verschlungene Gehirn erforschen durften, wo all das viele Wissen in zahllosen zusammengerollten Pergamenten und gebundenem Papier lagerte. Er blickte über die Schulter und sah, wie Iztac ihren Tempel liebte. Während sie unterging, küßte sie ihn, bis er sich golden färbte. Auf der Nerde müßte man einen Tempel für UW Canis Majoris bauen. Er würde dafür sorgen.

Unten auf der Plaza eilten die Quetzalianer fröhlich und geschäftig dahin. Es hatte seit einer halben Opoche nicht mehr geschneit, und die übriggebliebenen, beiseite geschobenen Schneehaufen hatten längst aufgehört, die Pulsschläge der großen Stadt zu verlangsamen. In Francis' Phantasie erblühte der Frühling. Er sah bunte Blumen auf dem Damm, mit roten und violetten Blüten. Dahinter boten hundert Ackerterrassen der Welt ihren grünen Überfluß an. Lagunen schimmerten im Licht der verjüngten Sonne. Francis lächelte. Es war eine Ehre, ein Ehrenquetzalianer zu sein.

Der Korkenzieherkäfer saß stumm in seinem Käfig auf dem Kontrolldeck der *Darwin*, dachte rätselhafte Insektengedanken. Nachdem er seinen Schützling gefüttert hatte, wandte sich Francis zum Holovisionsmonitor und spielte mit den Knöpfen. Der Bildschirm leuchtete weiß und dann gelb, als Burne die Positionslichter einschaltete.

»Verdammt, es tut gut, wieder Kaffee in der Nähe zu haben.« Obwohl er im Pilotensitz festgeschnallt war, konnte Burne die Maschine erreichen. Er drückte auf den Hebel, und sie reagierte wie eine gequetschte Brustwarze, der busenförmige Krug nahm die Flüssigkeit auf. »Im Hospital haben wir so viel Tee getrunken, daß wir schließlich sogar Tee gepißt haben. Du könntest deine Urinproben bei Damenteepartys servieren. Und wenn du Zitronen statt Zucker hättest, würde es niemand merken.« Mit drei Schlucken trank er die Tasse leer.

Francis sagte nichts.

»Diese Phantomschmerzen sind teuflisch«, fuhr Burne fort und füllte die Tasse nach. »Ich frage mich, ob die Eunuchen Phantomeier haben.«

»Daher kommen die Geister«, murmelte Francis dumpf.

»Schnall dich jetzt lieber an, Kumpel.«

Francis trommelte mit einem Stiefel auf den Metallboden. Jetzt muß ich es sagen. Mein Gehirn ist wie erstarrt.

»Burne – da gibt's was, das du wissen solltest . . .«

»Was?«

»Ich komme nicht mit.«

Burne spuckte Kaffee aus. »Gottes heiliges Kanonenrohr!«

»Ich dachte, daß du so was ähnliches sagen würdest.«

»Du zerrst an meinem Phantombein.«

»Ich will Quetzalia zu meiner Heimat machen.«

»Gibt es dafür *begreifliche* Gründe?«

»Ich mag das Klima.«

Burne zeigte auf den Glasmetallkäfig. »Und was wird aus deinem Poelsig-Preis?«

»Ich opfere ihn nicht gern – glaub mir das. Aber es gibt auch auf Luta Insekten. Ich kann experimentieren, soviel ich will. Wenn du das nächstemal nach Arete fliegst, laß den Käfer frei. Du wirst sicher das Geld für eine weitere Expedition kriegen. Wenn er hierbliebe – das wäre kein Leben für ihn.«

»*Sie* hat dich zu ihrer Religion bekehrt.«

»Tez war ein Mensch, kein Pronomen.«

»Tez hat dich bekehrt.«

»Du warst immer neidisch auf mich und Tez. Deshalb hast du ihren Namen nie benutzt.« Mit einer plötzlichen Harakiri-Bewegung zog Francis den Reißverschluß seines Druckanzugs auf.

»Wir wollen nicht streiten, Francis.«

»Schon gut – ja. Sie *hat* mich bekehrt.« Er ging zum Käfig, hob den Deckel. »Schon am ersten Tag.«

»Ich dachte, du wärst ein Atheist.«

»Das bin ich auch. Aber ich glaube an das, was sie hier versuchen.« Er streichelte den *Cortexclavus* mit einem Zeigefinger.

Burne zupfte einen Splitter aus einer seiner Krücken. »Es wird nicht einfach sein, das Geheimnis dieses Planeten zu wahren.«

»Du wirst es schon schaffen.«

»Vielleicht stellt man Nachforschungen an.«

»Du bist ein erstklassiger Lügner.« Nachdem er sich aus dem Anzug geschält hatte, ging Francis zu Burne.

»Die Leute werden wissen wollen, warum du nicht zurückgekommen bist.«

»Denk dir irgendwas aus.«

»Wie Kappie und Luther gestorben sind.«

»Sag, sie seien den Wilden auf Arete zum Opfer gefallen. Dort fliegt niemand hin.« Francis streifte Burnes Krücken, Burne stellte sie beiseite.

»Ich werde dich vermissen, mein Freund«, sagte Francis und

wandte sich ab.

»Ja . . .« Burne starrte in seine Kaffeetasse. »Ich werde deine Post weiterleiten.«

Ein paar Minuten später stand Francis am anderen Ufer des Flusses, der aus Haß gemacht war, und beobachtete, wie die Lichter der *Darwin* wie Monde aufstiegen und in die Nacht hinausglitten. Ein Heiligenschein aus Ionen umgab den Output der Chemieschubkraft. Francis winkte ohne Begeisterung, denn er wußte, da es zu dunkel war – daß Burne ihn nicht auf dem Monitor sehen konnte.

Der Türsteher, ein schmutziger Mann um die Dreißig, trottete über die Zugbrücke und baute sich neben Francis auf. »Sie müssen jetzt rüberkommen. Ich will die Brücke hochziehen.«

Francis sah dem Schiff nach. »Ich bin Dr. Lostwax, der Nerdenmann.«

Der Türsteher imitierte Francis' Blick. Die Lichter der *Darwin* schmolzen zu einem einzigen Punkt zusammen, der immer kleiner wurde. »War er Ihr Freund?«

»Kein *guter* Freund. Nicht wie . . .«

»Eine tolle Maschine.« Der Mann folgte dem Punkt mit dem Zeigefinger.

»Warum wollen Sie die Brücke hochziehen?«

»Ich muß heute abend in die Kirche gehen.«

Francis folgte ihm zur Winde, dann ging er allein weiter durch das Tor. Er stattete seine Augen mit Röntgenstrahlen aus, stellte sich die Kapellen mit ihren Drähten vor. Als er auf den Sand trat, verriet ein Quietschen, daß sich die Brücke hob. Ein hohler Aufprall – und sie war oben. Er schlug den Kragen hoch, um sich vor dem Nachtwind zu schützen, und trat den langen Rückweg nach Tepec an.

Als er den Wald erreichte, drang das leise Klagen einer Zolmec-Hymne an sein Ohr. Nun verlor die Nacht ihre Schwärze. Vierhundert schimmernde Roben flatterten im Wind. Ärmel und Säume bewegten sich in gespenstischen Wellen. Langsam kam die Gemeinde zwischen den Bäumen heran, Laternen funkelten wie die Gesichter des Lichtvolks.

Francis blieb neben einem Strauch stehen und wartete darauf, daß ihn die weiße Woge überrollte. Und als sie dann kam, ließ er sich in den Sand zurücktragen.

Heute hörte die Gemeinde keine Predigt, keine Geschichten von

Janet Vij, nur eine kurze improvisierte Ansprache von Mouzon Thu. Er watschelte auf dem Tempel auf und ab, verkündete mit seiner musikalischen Stimme, wie herrlich es sei, die Brücke wieder hochgezogen zu sehen. Er hoffe, daß es immer so bleiben würde.

Eine junge Frau neben Francis' Schulter scharrte unzufrieden mit den Füßen. »Wir sind nicht hier, um politische Reden zu hören, Mouzon«, nörgelte sie leise. Francis wandte den Kopf und sah im Laternenschein ein Gesicht, das erstaunlich glatt und kräftig wirkte – wie aus Bronze gehauen. Er war ihm schon einmal begegnet, er wußte aber nicht mehr, wo.

»Schneid ihm das Bein ab, Ticoma«, wisperte ein junger Mann an ihrer Seite, vermutlich ihr Gatte.

Sie kicherte. Francis' Erinnerungsvermögen ließ ihn immer noch im Stich. »Das werde ich tun«, sagte sie.

»Wirklich?« fragte ihr Mann.

»In meinen Träumen. Aber heute abend will ich einen größeren Fisch braten. Ich muß mich an dir rächen – für diese unverschämte Bemerkung.«

»Nur zu«, ermunterte er sie liebevoll.

Mouzon begann den Segen zu sprechen. »Seid ihr bereit, Jünger? Seid ihr bereit, eure Sünden abzuwerfen, eure biophotonischen Sünden in den Fluß des Hasses zu werfen?«

»Ja!«

»Seid ihr bereit, eure Instinkte zu zähmen und eure Zähne zu beschwichtigen? Seid ihr bereit, Chimec, dem Gott der menschlichen Gehirne, jene schwarze summende Grube zu zeigen, die eure Träume zusammenklebt?«

»Ja!«

Vor allem Francis war dazu bereit. Als Mouzon seine Gehirnschale abnahm, war Francis der erste, der diesem Beispiel folgte. Er hatte sich gegen die Kälte gewappnet, spürte aber nichts und erinnerte sich, daß ein menschliches Gehirn keine Nerven hat – wie ein Ziegelstein.

Entlang der Mauer hoben sich Gehirnschalen von den Köpfen – wie Eier aus Eierbechern.

»Auf zum Tempel!« schrie Mouzon. Während die Pilger die Stufen hinaufstiegen und in den Falltüren verschwanden, ging Francis hinter Ticoma her, entschlossen, sich diesmal nicht zu verirren. Er folgte dem hüpfenden Licht ihrer Laterne um Ecken herum, durch Korridore, immer tiefer hinab.

Endlich gähnte ein Dekagon mit einem hohen Gewölbe vor ihm. Neun Pilger, darunter Ticoma, verteilten sich im Raum. Jeder schlüpfte durch die nächstbeste Tür. Die zehnte Kapelle gehört mir, dachte Francis.

Als er drinnen saß, legte er seine Hirnschale auf ein rotes Kissen, zog die Elektrode aus ihrer Halterung. Die Kapelle erwachte dröhnend zum Leben. Er steckte die Elektrode in die Kommissur seines Großhirns, wo sie aufrecht stehen blieb wie ein Löffel in einem Pudding. Dann richtete er seinen Blick, den Blick eines Kino-Epen-Süchtigen, auf den Bildschirm, in dessen Wänden grüne Schleier wirbelten und sich in einer flüssigen Revolution aufbäumten. Francis formte die Nebel mit seinen Gedanken, fachte sie mit seiner Leidenschaft an.

Ein Sumpf erschien. Er erkannte ihn wieder. Einen halben Kilometer davon entfernt war er zur Schule gegangen. Francis konzentrierte sich.

Ein Junge mit winzigen Augen und Kraushaar huschte über den Bildschirm, eine Aktentasche im Schlepptau. Plötzlich tauchte ein Schatten auf, vertrat ihm den Weg. »Sind sie da drin?« fragte der Besitzer des Schattens, eine besonders widerliche Inkarnation von Robert Poogley.

»Meine schönsten Insekten«, versicherte der Junge. Robert Poogley packte die Tasche, riß den Deckel auf . . .

Als es vorbei war, blieb Francis noch lange in der Kapelle und beobachtete, wie seine feindseligen Gefühle erstarben. Ein kleiner Beitrag – nicht das Denkmal, das Tez verdiente, aber wenigstens ein Anfang. Er fühlte sich schläfrig und wie frisch gebadet – und sehr klug. Kurz bevor das Tierchen losgesprungen war, hatte er herausgefunden, wie man einen Korkenzieherkäfer zum Lächeln bringen konnte.

Herbert W. Franke

IM GOLDMANN-TASCHENBUCH

Bekanntester und bester deutschsprachiger SF-Autor.

SF international III   (23412)
SF international II   (23388)
SF international I   (23345)
Die Stahlwüste   (23062)
Der Elfenbeinturm   (23049)
Die Glasfalle   (23041)
Der grüne Komet   (23037)
Das Gedankennetz   (23021)
Der Orchideenkäfig   (23018)

 Verlangen Sie das Gesamtprogramm beim
Goldmann Verlag · Neumarkter Straße 18 · 8000 München 80